万象文库·长篇小说

八棵老树

BA KE LAO SHU

王德文◎著

人民日报出版社

图书在版编目（CIP）数据

八棵老树 / 王德文著 . —北京：人民日报出版社，
2014. 12
ISBN 978－7－5115－2920－6

Ⅰ. ①八… Ⅱ. ①王… Ⅲ. ①长篇小说—中国—当代
Ⅳ. ①I247. 5

中国版本图书馆 CIP 数据核字（2014）第 281118 号

书　　　名：**八棵老树**
著　　　者：王德文

出 版 人：董　伟
责任编辑：陈　红
封面设计：中联学林

出版发行：人民日报出版社
社　　　址：北京金台西路 2 号
邮政编码：100733
发行热线：（010）65369527　65369846　65369509　65369510
邮购热线：（010）65369530　65363527
编辑热线：（010）65369844
网　　　址：www. peopledailypress. com
经　　　销：新华书店
印　　　刷：北京天正元印务有限公司

开　　　本：710mm×1000mm　1/16
字　　　数：341 千字
印　　　张：19
印　　　次：2015 年 3 月第 1 版　　2015 年 3 月第 1 次印刷

书　　　号：ISBN 978－7－5115－2920－6
定　　　价：57. 00 元

此书献给曾在这树下挣扎活命的人们

安放灵魂之所

李　旭

　　20世纪80年代,《蹉跎岁月》《年轮》《雪城》等一批知青小说在为作家赢得声名的同时,也将那个渐行渐远的时代深铭在几代人心中。尤其近年来,当人们流着泪,咀嚼着老三和静秋的故事时,爱情的纯美与感人里,一些冷硬的东西在淡化,柔化,进而退隐到岁月的烟霭中。在小说、影视作品里,在人们的意念中,苦痛后的冥思,淡忘时的反刍,受伤后的涅槃,让人们的感情由在旋涡中挣扎浮沉到从苦痛中提炼幸福,由踬踣中艰难爬起到蹒跚前行再到甩掉包袱轻装前进,从而实现了灵魂的净化和升华,灵魂的天穹变得高远澄碧。

　　就是这样。

　　就该这样。

　　王德文的《八棵老树》也是这样的一部小说。

　　也是知青,也是下乡;也有苦难的折磨,也有矛盾的冲撞;也有爱情的绽放与摧折,也有理想的涌动与呐喊……但读罢掩卷而思,觉得小说中除与其他同类小说有似曾相识的元素外,更有不安于现状的稚芽探出石缝,更有理性的光辉照亮灵台,更有深邃的哲义在贫瘠的土地上落落大方地招摇……

　　"夜静得如柔润的梦,而树叶的摩挲声、庄稼棵和庄稼棵向他们致意的影子,又像是梦中的呓语在悠悠飘移。夜的世界多美,她给人香馨的滋爽。他们走在村外悄静无人的大道上,这道多宽,在无限地延伸。林亮的心随着它走进他想象的苍茫和浩渺里。"主人公林亮完成对农活由陌生到熟悉、由排斥到接纳到喜爱的转变之后,在手上的老茧渐渐变硬、疼痛渐渐隐去之后,在从爱情夭折、工作成虚、前景迷茫的情感废墟上站起之后,风吹八棵老树时树叶发出的沙沙声便不再是揶揄,村庄上空匆匆飘过的云影也不再是想要弃他而去的无情之物,夜也不再是挤压人走向猥琐的罪魁,他的精神世界得以重建,心灵变得无限澄明,精神浴火重生,他可以将自己体味到的哲理用美的语言总结出来,可以声情并茂地将刘禹锡的"晴空一鹤排云上,便引诗情到碧霄"背诵给彩彩,可以忘掉过去的烦恼,昂然站在一个新的理想高地之上。

因为心空是澄澈的,林亮便时刻有想吹长笛的冲动,有作曲、赋诗的灵性,有想跳想唱的激情,生活的贫困淡去了,爱情的伤结痂了,工作泡汤的尴尬逐云飘散了。眼前的物质世界便与他精神的世界合二为一。"他后悔没把长笛带来。周围的夜色多静,月光多皎洁,吹奏一曲定是透彻肺腑的抒情开怀。他就用心灵和想象吹奏起德彪西的《月光》。优美如歌的旋律在夜空弥散。甜柔的音色把从云缝中泻下的缕缕月光揉碎,涂上色彩撒向无垠的大地。这是纷纷扬扬情感的花瓣,与万类亲吻的物语。岑寂的生命在颤颤的震动中苏醒,闪着灵光的萤火虫在月色下欢舞。夜似乎在发出微笑,迎接黎明的到来,向世界道一声:'爱你该多美!'"

不仅是林亮,林亮二姐林毓秀也有着干净而纯粹的灵魂。与小聪明陈代的爱情搁浅固然使她痛苦不堪,险遭冯书记蹂躏的经历令她屈辱难耐,生活的重负让她难以从容地呼吸,但她仍然想方设法在有限的时空里安放自己真水无香的灵魂——

她用爸爸喝完的酱紫色的五加皮空酒瓶做插花,她折了几枝表舅家后园子的刺梅,嘴里哼着曲子插上一瓶,摆在她小屋桌子上。又折了几枝芍药插一瓶,放在林亮床前的窗台上。每个瓶子里都灌进清凉的水,两个屋子里都有了温馨芬芳之气。

空酒瓶做的花瓶虽不比青花瓷的花瓶来得高贵,刺梅与芍药固然比不上名贵的君子兰,但对于林毓秀及像林毓秀这样的人而言,其意义与价值丝毫不输于青花瓷与君子兰。当生活的缝隙里有了花香沁入,心里的阴霾便会被驱散。尤为可贵的是,心灵深处有永恒的花香氤氲,理想便会永恒茁壮。

以林亮为中心的人文环境里,才阜志高的林父、勤劳贤惠的林母、义气意气并存的徐丙利、可爱得透明的彩彩……他们的身上都凝聚着或芬芳怡人或耐人寻味的人生故事。

或许,这并非作家王德文的全部本意,但小说通过林亮等人的"开悟",已为我们传达了这一点。

莫言有云:"人生在世,注定要受许多委屈。……要使自己的生命获得价值和炫彩,就不能太在乎委屈,不能让它们揪紧你的心灵、扰乱你的生活。要学会一笑置之,要学会超然待之……"林亮在他的理想日渐茁壮的地方,也在告诉读者与莫言相似的思想;林亮的思想,自然是作家王德文的思想。

生活是王德文的文学创作之源。他下放农村十一年,心怀理想而埋头农事,幸与不幸都成人生的行囊与宝藏;回城之后,油库警卫、织厂供料员、粮库保管员,他一路干起,扎根基层,工作之余,始终与文学同行,六年笔耕,终有"八棵老树"的新枝勃发。

扎根于生活深处,与生活一同呼吸,与文学之梦一同成长,让自己的青春年华打上文学的烙印。初时无意,年久最真,最终得偿所愿。

正如王德文自己所言:"文学是折磨人的差事,又是鼓舞人的过程……我是爱它的,爱得至真至纯,爱得自始至终,爱得舍出一切,爱得坦然又什么也不顾,爱得乐天知命,爱得它给了我第二次丰满的生命。"这与莫言的"极致的喜欢,更像是一个自己与另一个自己在光阴里的隔世重逢"的丰沛感情何其相似。文学与写作,无疑成了王德文们安放灵魂的绝佳之处;小说,从他们心底开出的花朵,又成为无数读者观照和安放自己灵魂的绝佳之处。

因为爱,所以爱,没有理由。

没有理由便是最好的理由。

正因如此,《八棵老树》中才随处可见细腻可感的景物,炊烟生动的颜色与形态,生活于贫困中的活跃可爱的孩子,调皮、片刻安静不下来的月光,连水桶汲水的声音也含情而富有乐感……

且看:

已是中午,家家户户屋顶上的烟囱正冒出青色的炊烟。每家门前都有一个不规整的高粱和玉米茬子垛。一群穿着脏兮兮小棉袄的孩子在泥地上玩儿。有几个大一些的孩子背着粪箕子,袖着手直呆呆地望着搬家的马车。街中有个大井,一个正在打水的人,只顾往车这边看,不觉手一松,辘轳被水桶坠得哗啦啦空响,咚一声,桶扎进井底。

读罢《八棵老树》,脑海老是有几双眼睛飘来飘去:林亮充满睿智的眼睛、林毓秀澄澈可人的眼睛、彩彩一派天真的眼睛、胡玲玲半是海水半是火焰的眼睛、徐丙利真诚而略带狡黠的眼睛、林父盛满忧郁的眼睛、齐队长正直负责的眼睛……眼睛的背后是涌动的精神,精神的高处是曼妙的境界。书中的人物都并非十全十美,然而唯其如此,才更见真实;唯其如此,才更见写作的态度和功力。

《八棵老树》一稿中,王德文用了颇具魔幻色彩的写法,比如长征队的两名女队员——樊歌和吴娇被与她们同行的男队员强奸之后,都生下了恐怖的怪胎,以此表达对某些特定事物或行为的讽刺或不满,但后来这样的魔幻情节被删除了。这是值得肯定和击节的。毕竟,现实主义的手法更接近客观,更发人深思,也更需勇气和才力。对于感情而言,冷静,也更显其诚挚与价值。"不思量,自难忘"固然因感情之笃,然而,"为了忘却的纪念"则更需要高度。罗曼·罗兰说:"人生是艰苦的,对不甘于平庸凡俗的人那是一场无日无夜的斗争。"删改自己的作品,不仅意味着对作品的斗争,也意味着对自我和人生的胜利,从这一角度而言,无异于壮士断腕。

铁凝感慨:"文学,实在是一件很笨很笨的活儿。"她是否在告诉我们,笨,又何尝不是另一种聪明呢?

(李旭,笔名泥马度,诗人、作家,中国作家协会会员)

一

那是个雪天,一个初春的雪天。

陈旧而狭窄的街道两边,家家的屋檐上搭着厚厚的雪,像肥颤颤的嘴唇探出一块。暖春似乎比往年来得早一些,屋顶和地上的雪静静地化着。一排排瓦尖悬垂着串串锥状的冰溜子,顺着流线型的锥体滴下的水,把墙根打出一排波纹型的圆坑。有的冰溜子因负重而坠落,扎进薄薄的泥里,摇晃几下,斜倚在墙隅,如等待风干的牛角。

三辆马车停在两间瓦房的门前,几匹不甘寂寞的马,用蹄子把地上的泥水刨得乱溅。

林亮的父亲刚从监狱保外就医出来不久,就接到街道刘主任送来的军管会的通知,通知上指示,让林亮一家下放到一个指定的公社。上边又说,投亲靠友自己找地方也可以,但得到军管会说明理由,允许后,给你开手续自己去联系。林亮一家感到这是大恩大德,总比到人生地不熟的地方强。后来知道刘主任先动员几户闲散居民,他们没有政治问题,来个死活不动,无奈就拿林亮家开了刀。通知上讲得明白,一星期内一定搬走,不得有误,否则采取强硬措施。没办法,只能听天由命了。林亮的母亲想了想,还是投奔有亲戚的地方,好歹有个依靠,就打发林亮的四哥去八棵老树的表舅家的生产队联系一下。两天后,林亮的四哥回来了。还好,表舅那儿的生产队愿接收。原来那儿也有接收沈阳下放户的任务,收谁都是为了完成任务。

泥泞的土路上,来往的各种车辆溅起的泥浆,把三辆马车的轮胎和车篷涂得模模糊糊,连车上的箱箱柜柜和过日子的家什也溅得斑斑点点,本来装车时东西是乱放上去的,此刻更像一车乱柴草,支棱八翘的。

林亮把车上要出发时镇上搞宣传的人贴的"城里不留你们吃闲饭""在阶级敌人的身上踏上一万只脚,让他永世不得翻身"的标语撕下来,用劲团了团,扔到路边的沟里。

雪住了。过往的车辆把本来很糟的土路践踏得更加泥泞不堪,车轮碾得路上的雪水哗哗直响。刚出城时的路还很平坦,过了会儿就走上了东西交错望不到边的有四道深深辙沟的长路。三辆马车吃力地走着,辙沟里的泥浆要没到车轴,车过去后,挤压出的泥浆又哗哗地还原到辙沟里。

车上已没有什么像样的东西了。原来林亮父亲收藏的那些古玩字画和几千册书,早就让刘主任领来的造反派抄走了,剩下的一些也让林亮的母亲烧的烧砸的砸,扔到城外的大桥下。林亮的父亲回来后,拍着两条残腿,又哭又叫。

林亮的母亲忙捂上他的嘴,战战兢兢地:"你可让这个家消停消停吧,你要不看那么多的书,嘴爱说爱讲,能抓进去吗?!"

林亮的父亲浑身哆嗦着,气有些不够喘,林亮过来给他捶背。在要下乡的头一天晚上,林亮的母亲流着泪对林亮父亲说:"到了农村,你可要少说话多磕头,别再因为你把全家毁了。孩子们因你受到多大的牵累,你应该想想他们的前途啊,我们还能活几年呀!"

车左右颠摇着。林亮坐在第一辆马车上,怀里揣着刘主任交给他的军管会遣送手续和户口关系,准备到了所下放的公社,递到人保组。他神情有些恍惚,有些忧郁,似乎在想着什么。对面前的命运,他早就料到了,但没想到这样的快。人活着就必然有这样或那样的遭遇。此时的一切不都在一件件地验证着吗?他想到这里,心里升起一股达观的情绪。他手按着放在双腿上装有长笛的黑色皮革盒子。这是他在校文艺宣传队时吹奏的长笛,每当它一响起,心灵立刻笼罩一层诗意。这几年的时间就是这美妙悦情的音乐伴随他度过的。这音乐能抚去忧愁,抚去烦恼,帮他寻找到理想的芳草地。

运动一来,学校把他从文艺宣传队撵出来,长笛上交了,是徐丙利又到校领导那儿要了回来。不久校领导遭批斗,宣传队队长去长征,在森林里迷了路,让狼吃了,记载乐器的花名册自然也就没了。徐丙利说你自己留着吧,谁要想起的话,我来对付他们。

徐丙利是谁也惹不起的人物。在学校时,他不管说什么,没有人敢和他争辩,他父亲是县武装部部长,"三结合"又选上军方最高代表,县革委会副主任,校新领导班子和工宣队都对他怵几分。他和胡玲玲都插队去了,小聪明也当兵走了,现在是一个部队文工团的萨克斯手。此时你们在各自的生活位置上活得怎么样?开心不?此时是否能想到我?当初我和二姐加上你们仨,被校园称为"才郎俊女五剑客",让全校的同学羡慕得不得了。林亮沉浸在回忆里。

"文革"运动刚来时,校方让林亮交代他父亲的反动言论,还开了一个所谓的争取反革命分子子女帮助会,有的同学早就拉开架势要宣泄他们过剩的精力,上台要对林亮和他的二姐大打出手,搞逼供信。是徐丙利领着小聪明和胡玲玲,还有和林亮要好的同学冲上台,把那几个疯狂的学生哄下台,喧宾夺主地把持住了会场,大喊:"要文斗,不要武斗!"会场哑然。

徐丙利举着《毛主席语录》大声说:"我们是林亮和林毓秀的同班同学,争取或帮助他们我们应首先来负责。他们的问题我们最清楚,问题要严重的话,就把他们送到上边处理。"

下边的学生一听这话，七嘴八舌地叫："你们这是找理由包庇反革命狗崽子，混淆了阶级路线！"接着是一阵叫骂："决不让一伙破坏运动大方向的跳梁小丑阴谋得逞！打倒同流合污的阴谋分子！誓死把无产阶级文化大革命进行到底！"

　　徐丙利双手叉腰，头顶《毛主席语录》，昂然地站在台边，有种岿然不动、气势压人的派头。下边没一个人敢上来，批斗的气焰总算悄悄地熄了下来。人群散了后，徐丙利把林亮和林毓秀领到他家，问他的父亲："老子是反革命，子女是好子女，能不能和我一起闹革命？"徐丙利十分严肃地、挺直腰板对坐在沙发的父亲又说："您老是心明眼亮的革命老干部，资格老地位高，请您以革命的名义说句公道话。"

　　徐丙利的父亲被他逻辑严谨的言辞给镇住了，坐在沙发上丝毫不动，像是沉思，又像是呆愣。想了会儿说："当然可以。共产党就是讲认真和实事求是的嘛。重在表现，要的是在思想和精神上脱离老子的反动血统关系，造老子的反，一同和无产阶级参加'文化大革命'，推翻旧世界。"秃顶老头悠然地点燃一支烟，绕着茶几走了一圈，拿出一副劳苦功高的架势，弹了下烟灰，双手在胸前伸出，拉回，激昂地说："当年我也是先分了我老子的地和房子，后参加革命又入了党，前仆后继建立新中国的嘛。"

　　徐丙利乘着间隙又问："林亮的父亲是反革命不假，但现在他正接受改造，这些年老子和儿子不在一起生活，能对子女说什么反动言论？来回通信监狱查得比过筛子还细，更不可能有反动过激的东西传过来。您说说，他们怎么交代他父亲的反动言论？何况他们平时表现非常好。尊敬的革命的父亲，真理在您手里，今天请您为林亮和林毓秀定定性！"

　　武装部长大人被儿子的话问得无话可说，忙点下头："可以革命，可以站在无产阶级这方面来。"

　　林亮和林毓秀出了徐丙利的家，立刻到学校。徐丙利当着全校的老师和同学的面，宣读了刚才他父亲的讲话笔录，是小聪明那会儿记的，上边还有徐丙利父亲的签名。

　　全校师生听得眼睛发直，嗓子眼儿发痒，听完一个个都沮丧地散了。

　　打那以后，全校没人敢再提林亮姐弟俩是反革命狗崽子了。徐丙利、小聪明、胡玲玲和林亮姐弟俩来往更密切了。徐丙利的父亲看出徐丙利是个难摆弄的刺头，他的那些大理论把自己轰得晕头转向，老部长知道自己的那点儿墨水抵不住儿子连珠炮似的大道理。别看他经过枪林弹雨，炮弹在头顶呼啸而过都不眨眼睛，但讲文化讲道理不佩服这帮小青年还真行。肚子里的一点儿文化，只是新中国成立后进了一次党校，老师敲着黑板提着耳朵，像把河卵石当鸡蛋腌，强腌进点儿墨水。做了领导工作，将多年的战斗生活和实践加上刚刚学来的文化结合在一起，不声不响地为人民服务着。工作是凭着以往的经验，讲话几乎是从学校学来的现成话，在任何场合都是千篇一律，照本宣科。有时变变样，也是在别处开会学的，就来个薄本快利的生意现买现卖。眼前的青年人可不同了，思想活，脑筋转得快，是理论不过他们了。和他来硬的，还怕适得其反，搞不好还会失掉自己的身份，现在正讲究造老子的反。老部长一想，凭自己的关系，找找部队的老战友，打发儿子到部队当兵去吧，以后别给我惹出什么麻烦。徐丙利是个犟性子，死活不去当兵。说当兵没有在地方干革命热闹，轰轰烈烈的有意思极了。

当时徐丙利正在组建一个全县最大的造反组织，叫"主沉浮"造反兵团，说要干一番震动全县的大事业。他要小聪明陈代、林亮做他的高参，胡玲玲、林毓秀做他这个组织的核心人员。非和三中另一个大组织，叫"大旗挥舞冲天笑"的联合造反兵团，好好地较量一番。林亮极力推辞徐丙利赋予他的这项实在不敢当的差事。徐丙利眼睛发红，操起菜刀，把左手的食指垫在书桌角上，要断指溅血表达他的一片赤心。林亮深为感动，夺下他手中的菜刀，热情地接受了他的诚意。但徐丙利还是咬破食指，在雪白的教室墙上写下"冷眼世人，热血知己"几个大字，学的是毛主席的狂草，边写边叫喊："我们'才郎俊女五剑客'，生不能同生，愿结下死能同死的谁也斩不断的友情！"

八个大字，鲜红欲滴。其他四人傻了似的站立着。林亮的二姐林毓秀首先清醒过来，掏出手绢把徐丙利还在滴血的手指包上。他撸下手绢，说："光我一个人说不行，今天我们也学古人'桃园三结义'，举行个歃血为盟仪式！"说完，徐丙利用牙咬开一瓶酒倒进一个装过墨水的大碗里，把食指上的血滴在里面："愿和我结盟干革命干到底的都把手指咬破，像我这样！"

林亮和小聪明也毫不犹豫地咬破食指，血滴在碗里。林毓秀和胡玲玲把手指放在嘴里，试了半天不敢咬，迟疑地望着周围的人。林亮摘下胸前的毛主席像章递给二姐，林毓秀用像章后边别针的尖刺破食指，胡玲玲接过林毓秀手中的毛主席像章，闭着眼睛，也刺破了自己的食指。血，如渐渐飘散的红雾，在清澈见底的酒里弥漫。徐丙利扑通一声跪在未干的八个血字前，其他四人也咚咚跪下。五个人望着墙，同声喊道："冷眼世人，热血知己！！"

五人一齐站起。徐丙利端起酒碗喝了一大口，完了递到林亮的手里，林亮扬脖也是一口，后三人互相传，直到喝尽。徐丙利拿过酒碗往地上猛摔下去，碗碎了无数片。

"谁要不讲情谊解盟，就像这碗粉身碎骨！"徐丙利用暗哑的嗓子喊。

十只手，紧紧地扣在一起。林亮立刻胆壮了，和徐丙利、小聪明陈代忙活一夜，一口气草拟了十几篇旗帜鲜明、言辞激烈、檄文般的大字报底稿，第二天用墨水写在整张白纸上，整整写了一天。到了夜里，林毓秀和胡玲玲就四处去张贴，一夜之间贴满了全街。"大旗挥舞冲天笑"联合造反兵团的大门口也贴了许多张，霎时轰动了全城！以前一些小造反派组织贴的是零零星星的小内容、小问题的小字报，不痛不痒难以引起人们的注意。这下子可把全城的机关学校，甚至各家各户的人都吸引到街上，欣赏"主沉浮"的风采。人们个个交头接耳，议论纷纷："还是'主沉浮'的笔杆子硬，观点正，目标明确，革命性强。真是响当当的造反派！"

徐丙利看头一炮打得很响，亮得够劲，便通过他父亲的关系，借了两辆汽车，每辆车配备两个高音喇叭，满街转悠。喇叭声震得人们耳根发麻。"怅寥廓，问苍茫大地，谁主沉浮……"效果好得很。经大张旗鼓地这么一折腾，"主沉浮"造反兵团的队伍迅速扩大。那些小打小闹的零星组织，都到徐丙利的兵团门下来"归附"，"大旗挥舞冲天笑"的人也有来投奔的。有的是双重身份，来回通风报信干起了"间谍"的生意。三中有个姓杨的老师，是"大旗挥舞冲天笑"的幕后人物。他看"主沉浮"热闹红火，偷偷地加入了"主沉浮"。"大旗挥舞冲天笑"白天搞宣传时，这个杨老师从幕后出来摇唇鼓舌地帮助本组织大骂"主沉浮"，晚上又出来到"主沉浮"这边透露消息，说"大旗挥舞冲天笑"内部正在分裂，我们快加紧政治攻势，很快就能瓦解他们，他们会纷纷到"主沉浮"门下的，"主沉浮"的前程是无量的，"主沉浮"将是全县空前的大造反派组织。他提供的消息果然是真。"主沉浮"又是一阵摇旗呐喊，"大旗挥舞冲天笑"有一半的人马加入到了"主沉浮"。头头李占峰知道了他的组织的瓦解是杨老师"两面"工作起的作用，就用一把匕首抵住杨老师的后腰，吆喝道："你到底是'大旗'，还是'主沉浮'？"李占峰揪着杨的头，使他脸朝前，不让他转过来答话。

杨老师听出了这是"大旗"派头头的声音，坚定地回答："我是一点儿不掺假，毫不含糊地'大旗'派！"

"是'大旗'派还给'主沉浮'的人通风报信？我看你是中央情报局和克格勃的双重'间谍'！"说完，李占峰命手下的人把他按在地上，撬开他的嘴，割去了杨的舌头尖，又让人捆结实，把杨装进麻袋里，用绳子吊在街边的柳树上。把麻袋抠个洞，让他的脑袋露出来。贴了一张大字报，写上：这是叛徒、双重"间谍"和现代"张仪"的下场！

"主沉浮"的革命战友们听后，笑出了眼泪。徐丙利让林亮和小聪明去把杨老师解下来，让他公开参加"主沉浮"，组织又多了一个干将。再成立一个"情报处"，让他当处长。

林亮反对，说："他是个性情不稳、变化无常的人，可利用不可使用。有一天他也会翻脸不认人背叛我们的。"

"他给我们做了那么多工作，不然怎有我们今天这声势浩大的队伍？咱不能有恩不报吧？"徐丙利坚持他的意见。

小聪明摆着手大声说："林亮有远见，这人不可使用。咱去把他放下来，送到医院治治伤，就算报恩了。看样子，'大旗'的人是想把他活活饿死。"徐丙利同意了小聪明的最后说法，让林亮和小聪明去了。

二

以徐丙利为首的"主沉浮"造反兵团，在全县是一路风光，势头越来越盛。可他的父亲不支持他，让他当兵不去，想想就感到火要顶脑门子。看来桀骜不驯的儿子真要给他惹祸了。他认为儿子把革命的造反精神发展成宗派盟体了，扭曲了地方的革命运动实质。闹得太火，管得太宽。什么都是你"主沉浮"所为，县里面的革命机构往哪里摆呀？我这个革委会副主任还革谁的命呀？我这个武装部长能维持谁的政权呀？看三中的"大旗挥舞冲天笑"的组织，名字多浪漫，多够劲头，那才真正体现了革命的战斗精神！

一次，全家在一起吃饭时，徐丙利的父亲指着他的鼻子，吼道："你这个小毛孩子，总要问问中央的明确精神是什么吧？你有多大的资格？中央能理你们这些不知道深浅的一群毛小子？是毛主席带领我们，脑袋别在裤腰里打出的江山。毛主席他老人家说的千真万确，'枪杆子里面出政权'。中国的革命是你们几个生荒子闹出来的吗？不知天高地厚，简直是胡闹一气！"

徐丙利不慌不忙、振振有词地反驳他的父亲："我们是想真正地领略中央的精神，要继续深入地发扬光大。毛主席他老人家也明白地支持我们嘛，他说马克思主义的道理千头万绪，就是一句话：造反有理！这么明显的道理你都不理解，带着你的乒乓球脑袋见鬼去吧，马克思保证不能要你！"

他父亲听了，气得浑身打战，操起桌子上一个饭碗向徐丙利砸去，徐丙利一歪脑袋没打着。老部长哆嗦着嘴唇，说："我出生入死多少年还不如你？教训上我来了！造反造到家里来了！你还他妈的毛嫩点儿！"

老部长终于抑制不住行伍出身的秉性，盛气凌人地训斥着儿子。恼怒之下，把支左人员派到了"大旗挥舞冲天笑"的组织里。老部长在县广播站的大喇叭里公开支持了"大旗"人的观点和看法。

"大旗挥舞冲天笑"联合造反兵团立时精神大振，威震全城。他们也开启舆论机器，开始了空前的宣传。宣传车穿街串胡同，人们的耳朵又被震得要穿孔，大字报铺天盖地，也糊在"主沉浮"总部的大门口和墙上。"归附"到"主沉浮"门下的那些零星造反组织，又到"大旗"派里乞食；先前顺风倒在"主沉浮"兵团的"大旗"人，也拉帮结伙返回。"主沉浮"树倒猢狲散的局面已不可收拾，只有"才郎俊女五剑客"仍是热血知己。剩下一些人马已是心浮意移，象征性地在徐丙利周围，魂不守舍地游动。

这时，"大旗"的头头提出一个口号：不获全胜，决不收兵。展开第二次攻势，恶毒攻击和侮骂"主沉浮"的核心人物，搞歃血为盟，是伙江湖骗子，是反动的术士行为，是腐朽不堪的四旧。利用反革命分子的子女，当所谓的"革命组织"的高参军师，是彻头彻尾的反革命组织，要发动全县所有的造反派组织，对"主沉浮"进行清算、肃清流毒。此时，叫嚣最厉害的是"倒戈"到旧组织的原来的"大旗"人。

李占峰称赞道："只要你们还支持我们的一切革命行动，就是反戈一击有功。搞垮'主沉浮'，我们还是一个壕里的战友。"

徐丙利思考了几天，压压心头的怒火，立刻组织起自己的队伍，重振精神发起对"大旗"的反攻。夜里写，白天贴，大骂对方是投机的小丑，是有奶就是娘的汪精卫。但收拾残局效果很小，"大旗"成了摧不垮、打不烂的"巨人"。徐丙利觉得自己失败的根源是在他父亲那儿，回到家就冲到父亲面前，把头上的军帽往床上一摔，怒气冲天地说："我不再要你这个老靠山，和你断绝父子关系！"

说完，卷起行李到兵团总部去住了。徐丙利当着他的残部宣布道："以后，我们不搞大兵团战役了，要精兵简政，成立独立思考小分队，好好地研究研究现在的形势和未来的发展趋势，等待东山再起的时机。"

小聪明脑袋一晃："有什么可研究的？面前的一切就像《红楼梦》里说的，'乱哄哄你方唱罢我登场，反认他乡是故乡'。社会规律、人之常情。白天的市场争争吵吵，你买我卖，似乎热闹得很，红火得不得了，到了晚上寂静得吓人，仿佛再没有白天的喧嚣了。等早晨把人从梦里催醒，又身不由己地加入纷扰的市场。人生就是奔忙劳碌时是假设的生，躺在炕上做梦是假设的死。等到三寸气断，才是真正意义的死。把一切都看透了，什么都是没意思的。趁着我们感觉到有意思时，赶快干点儿什么吧。为他人作嫁衣裳多没劲，多委屈。"

徐丙利用大字报卷个筒敲打着小聪明的脑袋，说："你要拆伙啊？看大势已去，散布起消极情绪来了？忘记我们五个人的盟约啦？你愿意走，立刻走，我不留你！"

小聪明不慌不忙解释道："我不是那个意思。先声明一下，刚才我说的那些，不包括我们五个人，我说的那是普遍的人生大局面。我们还是牢不可破的铁兄妹。"小聪明又说："就让'大旗'那伙人瞎折腾去吧，我们败就败了，不和他们去争斗算了。"小聪明望望周围，见没有别人，小声地说，"这场造反运动不会太久了，物极必会衰的。就是再有运动，也是以另一种形式或面貌出现的。"他把头靠近徐丙利和林亮，神经兮兮的，"你们不信，就记住我这句话。事物发展到极致，就像一堆木头火，燃得越旺，木头变成灰越快，火必然熄得迅速。"

林亮过来拍着小聪明的肩头，翘起大拇指："绝对的，百分之百的哲学大师！"

徐丙利听了小聪明讲的这些话，好像明白了什么，独立思考小分队不再成立了。但还坚持拉着他的人马去北京探一探那里的运动形势和情况。后来还是因为父亲不支持他，说北京有他的老首长，别丢了他的面子，徐丙利也没张罗到去北京的旅差费。还有这些天来"革命"工作搞得他头昏脑涨，躺在炕上一病不起，所以没去成北京。胡玲玲整天守在病床边护理着徐丙利；暂时失去了徐丙利这个保护伞，林亮和他二姐吓得不敢上街和在学校露面，东藏西躲地过日子，怕"大旗"的人揪住他们批斗出气。

这时，有一个人悄悄地去了北京——小聪明。

经不起回忆的往事，如跨栏赛跑的障碍，越过的瞬间，就马上被甩在后边，回头望去，它不再追你，是你离它越来越远。有时回忆是一种幸福的忧伤，它烧灼人在去与留之间徘徊。

林亮的视线回到眼前的现实，而现实却像一条河一样地往前流淌，流到一道坎前面，被阻住不动，又绕过它继续前进。河水是不能倒流的，往事也不能回到你面前还原成活生生的现实。它只能供你咀嚼，梦一样地让你把玩。往事是一件老古董！

林亮的父亲母亲坐在第一辆马车上，神情沮丧。尤其林亮的母亲，脸庞日渐憔悴。几天来，熬得她眼睛往里陷。林亮伤心地不忍看母亲。老人家为这个家操碎了心，多年来过着提心吊胆的日子。当初她信奉上帝时，总也忘不了为这个家的平安美好时时祈祷着，但上帝没由着她的愿望来拯救这个家庭。父亲在狱里时，是她拉扯几个孩子看着人家的脸色生活，还常凑些钱买点儿吃的用的去监狱探望父亲。林亮有时半夜醒来，常看见母亲在暗淡的窗户光下啜泣掉泪，而在她第二天早早起来时，总又打起精神进进出出地忙活家务。走在胡同或邻居的门口、窗下，她总把身腰挺得直直的，与邻居们热情地打着招呼，脸上挂着快乐和他们寒暄，很怕在谁的眼里流露出对她的蔑视。林亮总为有这样坚强的妈妈而自豪。

林亮的父亲因腿患残疾总去不了户外，今天坐在马车上似乎贪婪地浏览着路两边的风光。他望着茫茫大地，用心酝酿着诗情，跃跃欲试地像要口占出许多佳句。林亮最愿看父亲那双深不可测的眼睛，深邃里有无穷的活力，明亮里游动着一种过人的智慧。后来林亮懂得了，这是他老人家与生俱来的，是谁也学不到的人生底蕴。他有满腹经纶的才情、易冲动的性格，待人坦诚，爱公开自己的观点。有时三杯酒入腹好吐露隐衷，他的悲剧就从这里开始。是一个他平日认为最好的朋友加棋友的人到公安局告发了他："老林头是真有学问，就是对社会不满，好写些反动诗词，有时还偷听敌台。"

这个人顺口溜似的，把林亮父亲写的诗，当着公安局的人的面背了几首。三天后，来了两个穿制服的民警，到林亮家查抄。拿走了林亮父亲的笔记本、诗词手稿和一些古玩字画。随后就把他父亲带走了。

林亮永远忘不了那个将近黄昏的下午。爸爸拄着双拐，被两个持枪的人，一边一个逼着，一步步挪向离家不远的看守所。刚刚懂事的林亮倚在门框上目送着行动艰难的父亲。母亲在屋里已泣不成声。父亲的身体迟缓地一起一伏地蠕动，双拐拄地时发出轻重不均的咯吱咯吱声。妈妈给他缝制的布鞋没提上，趿拉着。上衣只系一个扣，两边的衣襟被风吹到背后，花白的头发很乱。不时地回头望着家门和刚刚走过的短短的路，他看见了儿子林亮，一双天真的眼睛和一双充满智慧和离别之苦的眼睛交流着。那双天真的眼睛似乎在说："爸爸你走了，谁还给我讲故事啊？"

天边的云霞仿佛在变成浓重的褐色，空气沉凝如铅，一齐压向那狭长而嘈杂的街道。两边邻居争相出来，像送走一个去赴刑场永不归还的死囚。

当爸爸又一次回头望时，妈妈此刻正冲出屋奔向他，林亮紧紧随在后边。妈妈一个趔趄险些摔倒，倾斜着身体跑了几步，紧紧地抱住丈夫，大声哭喊："你走了，可叫我怎么办？身边还有两个不太懂事的孩子。"

是的，那年林亮刚八岁，他姐姐林毓秀十岁。

林亮过去对爸爸说："我也跟你去，在那儿我侍候你，还听你讲故事。"

爸爸松开双拐，搂住妈妈，双拐噼啪两声倒在地上。

"在家听妈妈的话，别光淘气，好好读书。我害了你们，就当……就当没我这个……"爸爸扬起头，在寻找着什么，"我的秀儿呢？我们的秀儿呢？"

林亮忙说："二姐在校劳动还没回来呢。"

爸爸放下摩挲着林亮的脑袋的手，说："给爸爸唱一段《苏武牧羊》，爸爸要走了。"

林亮咽了下口水，憋回眼里的泪，抹了抹淌出的鼻涕，刚要唱，又是一声："唱什么唱，装啥英雄？快点儿走吧！"黑乎乎的枪口顶住了爸爸的后背。

妈妈蹲下把爸爸的鞋穿好，站起又把敞开的衣襟系上。

爸爸那天走过的那段路，林亮锥心难忘。路如曲曲弯弯蠕动的长蛇，每当他出门上学或上街,就闭上眼睛跑过这段路,生怕它像吞吃父亲似的也要把他吞吃。

二姐从她坐的那辆车上下来,又上到林亮坐的这辆车上。姐弟俩依偎在一起。

"到那儿会怎么样?"二姐问林亮。

林亮说:"听其自然吧。"

林毓秀和林亮同在一个学校读书,都是高二级四班的学生。原来二姐高林亮一年级,后来林亮从一年级跳到二姐的高二级一班,同时也和徐丙利、小聪明陈代、胡玲玲成了同班同学,很快也成为最要好的朋友。不久学校成立了文艺宣传队,这五个人有的会唱,有的会吹,有的会拉,有的会跳,都被选了进去,从此更形影不离。林亮吹长笛、徐丙利吹双簧管、小聪明吹萨克斯、胡玲玲拉小提琴,林毓秀能唱擅跳,是整个宣传队中谁也不敢轻视的核心力量。五个人在校园走动或放学时出校门,全校的同学都用异样的表情,目送尊神似的向他们频频致意。

林毓秀最拿手的有几首歌:《唱得幸福落满坡》《花儿为什么这样红》《丽达之歌》。她时常在家偷着唱大姐教给她的《四季歌》。她的歌喉曾镇住了全校师生,在外界也产生过不小的反响。一次,全县十所中学文艺宣传队进行调演大赛,她的一首《丽达之歌》拿了个第一名,把一个大奖状捧回了家。那是爸爸走了几年后的事,妈妈的脸上也绽放出了笑容。

就在那一年,一个部队文工团来校选演员,一下子把林毓秀和小聪明选中了,当时林毓秀和小聪明恋情正热。文工团的负责人马上对他俩进行政审,林毓秀因她父亲的问题落选了。为这事,徐丙利让他当武装部长的父亲找文工团的负责人说了不少好话。人家一口回绝道:"她就是天才也不行!"

小聪明一看他的恋人去不上了,也拒绝了命运赐给他的这次机遇。林毓秀没当上渴求已久的文艺兵,本来烦得不得了,小聪明为爱而牺牲前程的决断使她感动得长吻了他一次。

林毓秀还有一手好文笔,"文革"没来之前,经常在校黑板报上登一些诗歌和散文。和弟弟一样,她继承了他们父亲的遗传基因,音乐才能和文学风采集于一身。

这时,林毓秀正轻声细语地背诵萧红去日本的旅途上写的一首诉说离愁别绪的诗:

从异乡又奔向异乡,

这愿望该是多么渺茫!

而况送着我的是海上的波浪,

迎接着我的是异乡的风霜……

此时,林亮的内心有种愤慨。谁愿意自己的青春是没成熟的花,被风无情地吹落,眼看着她的萼瓣无奈地落地,化为泥土? 在这场青春大流放中,谁有幸谁不幸,已没有一个恰当的、分明的尺度来界定。反正都被一个命运的模式紧箍在一起,摆弄着你,挤榨着你,让你无可奈何地屈从它。

"你在想什么呢?"二姐问。

林亮在沉思中醒过来,说:"没想什么,我是要睡着了。"

"你骗我,此时你想得比谁都多,一定非常复杂。"

林亮抬起头,把眼睛移向大地的深处,笑了一声。

"想有什么用? 现在我周身空了才好呢。行动起来没负担,走路轻巧。"林亮说,"也许你有很多可想的。"

"你说我能想什么?"二姐转过脸。

"八成是小聪明。"

"对,他让我不能不想。他是我挥之不去的空气!"

"是空气的话,说明更空更无妄。"

"你在发神经,你怎么变得这么缥缈神秘?"

林亮身子一耸,嗤的一声笑了:"你真的要等他吗?"

"初衷不改,一定等他回来。"

"他可是特殊兵种,还有咱家的处境,你可别白等一场。"

"白等我也认可,我就当一个风月情浓的情种。"沉默了半天她又说:"你爱胡玲玲吗?"

林亮仰头望望天空,说:"我不知道。"

"你不说真话,在伪装自己。"

林亮把双手扣在膝盖上不言语。

"她可真心爱你。她当我面说过你才华横溢,心胸博大,看问题深远。还说侧面观察你,一头蓬松的自然卷发,活脱脱的大卫风度。尤其你吹长笛时的姿态,特引人注目,浑身能迸发出音符,简直是一尊充满活力的雕像。"

林亮把脸朝向二姐:"是那样吗? 我自己怎没发现?"

二姐用胳膊肘顶了林亮一下:"明知故问,非得让局外人点明,自己却在一边暗暗地高兴。"

"也许和她没那个缘分。现在不都各奔东西了吗?"

"这不等于没有事实。走之前你应该去她的青年点看看,不就从此联系上了吗?"

"我发现徐丙利早就爱上了她,我再挤进去,不是自讨没趣吗? 我们要好了这么多年。"

"到了后,给他俩一人去一封信说一下我们的情况。"二姐说,"别扯远了。前年徐丙利是追过她,但胡玲玲对徐丙利态度很冷,说不喜欢他这种性格的人。给胡玲玲的信中就阐明你们之间的关系,少来些感情游戏。你要知道她和徐丙利住在相隔不远的两个青年点,别让他捷足先登啊。胡玲玲虽然不爱徐丙利,但猛攻也会使一个意志顽强的人软化的。"

"是吗?你可算是一个情场老手。"

"爱情这东西一旦涉入人的内心,都会如醉如痴。"她又说,"不信我的话,在感情上你会吃大亏的。"

三

雪已化得露出斑斑点点的白底儿,一群麻雀落在空白处寻找去年秋季剩下的粮粒。它们叽叽喳喳地,叫得很好听,吃饱后扬起灰色的胸脯,成群结队地飞到路边的杨树上,转动着褐色的小脑袋四处张望。

坐在高高的箱子上赶车的老板子,不时回头看看正在谈话的林亮姐弟俩。他甩了一声响鞭,问道:"你俩人神叨叨地说些啥呀?听了半天,我咋一句没听明白呢?都谁爱谁呀?"

二姐咯咯地笑着说:"真能逗,还谁爱谁呀。"

林亮仔细地观察面前这位赶车的老板子。大棉袄二棉裤,一看便知是位朴实老成的庄稼把式。脑袋上扣着一顶狗皮帽子,帽顶和帽耳子折叠处透出一层厚厚的脑油。帽耳子半奓拉着,随着马车的颠荡上下直呼扇,像猪八戒的两只大肥耳朵。还有别在腰带上的鱼刀子和杆锥相碰,哗哗作响。他看没人和他答话,不由得哼起小调来:

万家爆竹庆除夕儿呀,

五更拜年客满门儿呀,

人人面上添春色呀,

家家(那)门(啊)贴对儿了呀。

他唱完一句,用鞭子在空中抖个脆响,前边拉套的三匹马的耳朵就支棱一下。

林毓秀听了老板子唱的小调,笑得直扑蹬,用手使劲摇林亮的肩头。老板子说:"让你们城里人见笑了,不像你们唱的都是洋腔洋味。我们闷了得唱我们爱唱的,一唱,什么样的挠头事都没了。谁没有个自己的活法呢。"

林亮问他:"您老刚才唱的是什么曲啊?"

"是二人转《小拜年》,也叫秧歌柳子。"

鞭子带着风,在空中舞得嗖嗖直响。

"大爷,您老多大年纪了?"林亮和他拉起了家常。

"刚五十出头。"

"身体可真硬朗!"

"硬朗个啥,凑合活着吧。"

"您老贵姓?"

"免贵姓赵,大号赵庆义。"

"赶多少年车啦?"

"17 岁就捅马屁股,算算吧,你是有文化的人。"

过一会儿,他回头看着林亮,问:"哎,大侄子,我不明白,现在这城里又下乡又下放的是咋回事儿?是不是城里人多搁不下了?"

林亮沉思了会儿,说:"是。"

"那你说,城里搁不下,我们庄稼地就搁下了吗?将来我们往哪儿下,往地底儿下?"

"你们就哪儿也不下了。"

"那我们可就一锅搅马勺了。"

他好像又想起了什么,自言自语道:"不对,不对。你们是啥人?我们是啥人?我们是垄沟里找豆包的人,你们是吃盘菜的人,比不起呀。"

林亮感到很荣幸,看他的意思没把自己看成是对立的阶级敌人。这时跟车一起来的一匹小马驹,在车前车后咴咴直叫唤,撒欢似的疯跑。不时地停下把嘴巴伸进外套母马的胯下要拱那胀鼓鼓的乳房,母马只得站下,让它吮吸。驾辕的瞎马继续往前走,不知前边的马停下,头一下子触头前边母马的屁股上。母马向前一蹿,乳头从小马驹的嘴里拽出来,小马驹站在路边愠怒地叫着。赵老板子一收鞭,喊了声:"吁!"

四匹马全停下,扬起头,嘴唇沾着一圈白沫。小马驹重新回到母马的身边自由地吮吸着乳汁,脖子下的喉管被一股溪流鼓胀得直蠕动。赵老板子下了车,走到小马驹的跟前,像父亲抚摸心爱的婴儿似的,用手擀着小马驹身上油光发亮绒绒的细毛,嘴里念念有词:"好好吃,长得又大又壮,秋天上套给我出力气。"他摸了摸老母马,哼了一声:"你就一边歇着喽,干十多年啦,现在就多挨几鞭子吧,谁让你活计跟不上趟了?"

他眨眨发干的眼睛,感叹说:"人和牲畜一个样,老了怎么看也看不上眼,要不现在打爹骂娘的多了!"

小马驹吃够母亲的乳汁，精神十足地跑了。赵老板子坐上车，高喊了一声："嘿，驾！"

车又颠颠晃晃地继续前行。

赵老板子的眼睛突然一亮，指着一片洼地里被风旋成很厚闪着亮光的雪，说道："多平展，多白，没人耙轧该多好。不像你们城里，下完雪，家家把院子里的雪都拾掇到大街上，日头出来一化，什么炉灰渣子、破鞋烂袜子、揩屁股纸都露出来，恶心死个人！"林亮听了他这一句话，觉得有所启迪。心里说：是呀，雪是干净洁白的，但经不起人的践踏。世界好像应该按人的理想永远纯洁下去，这很不客观。世界要一味地纯和美会苍白无力，全是丑和恶在横行也会很快倾覆。

"赵大爷，离公社还多远？"林亮问。

"二十里地左右吧。"赵老板子说。

一群喜鹊在钻天杨树上跳蹦，欢快地扇动翅膀和摇着尾巴，一只鹞鹰飞来，吓跑了它们。凶兆独占了稠密的树枝！但在另一棵树上有只喜鹊没离去，用眼睛斜视着鹞鹰，扇动起翅膀，做出与它挑战的姿态。对峙了一会儿，这只喜鹊飞到前边的一棵树上。林亮此时在细心地琢磨这只喜鹊。它黑脑袋，黑尾巴，展翅欲飞时，在翅膀中间横着一道白杠，收起时看不见了，下边的白胸脯仍看得很清楚。马车前进把它甩在后边，它又飞到前边的树上迎接着马车到它近前。

林亮静静地望着路的尽头。在他的复杂情绪里，突然幻化出一幅画，是俄罗斯画家列维坦的《弗拉基米尔的路》。我们所走的不就是弗拉基米尔的路吗？和它一样曲折蜿蜒进迷茫苍远的深处。

那儿，到底是个什么样的尽头呢？

公社到了。三辆马车停在一个机关大门口。林亮跳下车，走进机关大院，经打听，来到人保组的房间。屋里乱哄哄的，有的在翻卷宗，有的在伏案抄写，有的在腰上挂着发着寒光的手铐子，在地上来回走动。墙角堆着彩旗和纸糊的高帽，林亮看见心里猛地一怔，腿有些发软，手用劲地攥了下遣送手续和户口关系，忙斗胆用柔和的声音说："请问，哪位是负责的同志？"

一个很胖的人，把头探进卷柜里在翻弄里面的东西，他没回头，用鼻子哼了一声："我是。"他从卷柜里拿出一摞卷宗，这才转过头瞟着林亮，上下看了看，说："什么事？"

林亮把捏出汗了的手中的东西递上去。对方接过仔细地看，看完，让正在抄写的女人把头几天军管会转来的批文找到。那女人从他面前的抽屉里翻出来进行核对，说道："不错，正是。"

胖组长又把户口关系交到另一个人手中，那人开了个介绍信给了胖组长。胖组长举着两张纸,对林亮说:"你到了八棵老树大队马上交到大队冯书记手里,不能延误。"他迟疑了半会儿又说:"你申请去的是第二生产队吧?看样你不像是受管制的本人?"

"那是我父亲,他在外边的车上。"

"其他人呢?就是你们全家?"胖组长急切地问。

"都来了。"

"你父亲残疾?是瘫痪在炕上不能动吗?"

"是的,不信你到车上看一看。"

"我没那闲工夫,是真假不了,是假真不了。"他又说,"告诉你父亲,要老老实实地接受改造和管制。叫你父亲每月写一份改造体会和思想认识汇报,交给刘队长,叫他再转给我。"

林亮接过手续和户口关系,回到大门口的马车上,爸爸妈妈和四哥询问刚才的情况。赵老板子在一旁听见,忙插嘴说:"不要着急跑大队,那个冯书记就住在咱小队,找个工夫去他家一交就得了。"

又走了一小时的路,四哥跳下车,跑到车前。用手指了指岭下边的一个屯子,说:"那就是,要到了。"

林亮往下一望,就是他们要去的八棵老树!

已是中午,家家户户屋顶上的烟囱正冒出青色的炊烟。每家门前都有一个不规整的高粱和玉米茬子垛。一群穿着脏兮兮小棉袄的孩子在泥地上玩儿。有几个大一些的孩子背着粪箕子,袖着手直呆呆地望着搬家的马车。街中有个大井,一个正在打水的人,只顾往车这边看,不觉手一松,辘轳被水桶坠得哗啦啦空响,咚一声,桶扎进井底。

车来到表舅家的大门口,表舅和表舅妈从屋里出来迎接,妈妈看着他们,泪唰唰地掉在握住的表舅的手上,嘴张了半天,勉强哽咽地说出:"我们来给你添麻烦啦!"

林亮的母亲回头叫过林亮、林毓秀和林亮的四哥,示意给表舅表舅妈行礼。当林亮低下头时,一股电流般的酸楚击冷了他的心,泪一下子便盈满了眼眶。

上一场雪刚化尽,在泥泞的路上、在寥落的村庄的草房土屋上,又纷纷扬扬落了一层。落得很厚,这次没很快融化,静静地停留着。

因这场雪比先前那场大,干不了农活,整个生产队都放了假。林亮就在家收拾搬家的东西,加上精神异常紧张,累得在炕上躺了好几天。困了睡,醒了看书,看困了还睡,看完了什么也没记住。妈妈说他,我知道你看书是为了糊弄眼睛。爸爸和二姐以为他病了,几次劝他到本队的赤脚医生那儿去看看,或拿点儿药回来吃。林亮说他什么病都没有，觉得从里到外就是一个乏，有时头晕要呕吐。家里人已催促他好几次，快把公社人保组开的手续和户口关系交到冯书记那去，林亮拖延着，怎么也不愿去。一想到那个人保组胖组长盛气凌人的架势，会一下子觉得这个冯书记与他也不会两样，这从四哥第一次来这儿联系落户的事就看出个分晓。来这儿前，妈妈还叫他揣着军管会的手续到公社办理交接，他死活不干，也不说什么原因。可能表舅带他找冯书记或到公社见那个人保组长没看着好脸吧。本来他是个胆小软弱的人。他读小学时，老师让他回家拿两元钱交学费，妈妈说暂时没有，告诉老师等几天再交，吓得他三天没敢上学。直到妈妈有了钱给他，他才去上学。

走入社会，有时人得学会憨脸皮厚才能生存。林亮想到这儿，咬咬牙说："晚上我去冯书记家。"

天黑下来，由小表弟领着林亮，借着发白的雪光来到冯书记家门口。林亮叫小表弟一个人回去，说："我自己进去就行了，你回家吧。"

林亮走进院子里，看了看这个屯子唯一的一家三间海青色砖墙水泥轧顶的房子。他站在院中间喊了声："冯书记在家吗？"

一条狗噌的一声从房檐下的窝里蹿出来，扑向林亮，吓得林亮转身就跑。这时从屋里出来一个人喊住要到林亮跟前的狗，但它仍龇着牙朝着林亮，不停地叫着。这个人把林亮领进屋里，还不住地用脚踢那狗，意思是不让它跟在后边，怕趁机蹿上来咬了客人。

进了屋，在微弱的灯光下，林亮才看清他前面带路的是个女人，她脸上浮着一种说不明白的邪气，有肥大的臀。她把林亮引到炕边，指了下在炕里躺着的男人，又用头向那人点点，意思是：你是不是找他？

林亮眼角一跳，这种介绍人的方法还第一次见。看样那是她的男人，当然也是冯书记。怎么不直说？像是两家人，又像是故意做作地猜谜。感觉到人一下子退化到动物的地步，如兽与兽之间沟通的哑语。

躺在炕上的那个消瘦的男人，慵懒地欠起身，斜倚在炕边一根柱子上。用眼睛瞥了林亮一下，有气无力地说："找我干什么？"

"我是新来的姓林的那家人，我把公社人保组开的手续和户口关系带来了，请您过目。"

林亮探身送上去，然后倚在炕沿边，没敢坐下，冷静地看着炕里人的反映。手揪着两边的衣襟。冯书记在窗台上拿来一副眼镜戴上。

"你父亲的问题很严重，怎么愿意申请到这儿来？干一天活都挣不来一盒握手牌烟钱，咋不去个好地方？"他说完看了林亮一眼。

引林亮进屋的肥臀女人上了炕，探头探脑地看着介绍信，说："下来的还有好人？不是窝囊废，就是破烂货。有一样好，咱这儿又多了几个劳动力。"

"你说得不一定对！城里人个个秧子似的，能干得动农村活？"冯书记接过那个女人的话茬。

林亮的脸呼地一下觉得烧得受不了，心又是一阵发冷发热。他暗暗地咬着牙根。躺在炕上的冯书记看完，把介绍信和户口关系塞进他用胳膊肘拄着的枕头底下，向林亮挥挥手："行了，回家安顿安顿，快点儿上班。"

说完，打个呵欠："我困了，得睡觉。"

林亮走出屋，把门使劲地往回一带。走在街上，脚下发出咯吱咯吱的响声。他仰头吸口新鲜空气，狠狠地憋了一会儿，又长长地吐了出来。似乎在把腹内的秽气干净彻底地全部换出来。咬着牙，用心把刚才那肥臀女人的话重复了一遍："没好人！破烂货！！妈的！！"

他在道边捧了把净雪，用劲攥攥，咬一口，剩下全抹在热烫的脸上。雪迅速融化滴下了水，用手搓搓，手与手又蹭蹭，濯去上边的脏尘。又在脸上打了下，回头朝那海青色水泥轧顶的房子唾了一口。

林亮在炕上昏沉沉地躺了两天。

一大早来了两个一高一矮的男人。一进院就左看右看窗下还没搬进屋的东西。高个的男人像在说，怎么不弄进屋去，咋还搁在雪里。俩人进了屋，在地上猛跺跺鞋上的雪，对屋的表舅过来，指着那六十来岁的高个男人说："这是咱队管生产的齐队长。"又指了指他身边五十岁左右的矮个男人说："这是抓革命的刘队长。"

坐在炕上，林亮的父亲向二位点点头，十分客气地让他们坐下。妈妈和二姐过来，一个给沏茶，一个给点烟，面带感恩般的赔笑。

"全家人都在吗？"齐队长问。

林亮的母亲说："坐在炕里的是孩子的爸爸。"母亲把屋内的哥仨唤过来，向齐队长一一介绍。之后说："这就是我们的全家人。"

齐队长说："你家老四，头几天来这儿我见过面，知道一些你家的情景。前天大队冯书记对我又交代了你家的详细情况。"他想了一会儿，又说："从城里来到乡下，是不情愿也是不容易的事，慢慢惯了就好了。放下思想负担，好好地干活劳动，人活一世都是难上加难过来的。想开点儿，想开点儿，在哪儿不是一辈子呢。"齐队长一席话让林亮全家人觉得心里很热乎。齐队长瞅瞅炕里的林亮的父亲，说："这位老哥的有关身份问题归刘队长负责，有什么事情与他联系。他是抓革命的队长，我是促生产的队长。"他朝刘队长笑了笑，说："你说是不是？咱俩分工不同,可唱的是一台戏,都是为全生产队的社员好,社会就是一个大集体嘛。"

妈妈接过话说:"孩子的爸爸腿有残疾,不能下地干农活,请二位队长要多多理解和照顾。他的生活起居全靠我和孩子们帮助料理。您看……"

齐队长干脆地说:"看见了,这不是明摆着嘛。干不了农活就不能硬干,就在家好好养身板。死刑犯临死前还给一顿饺子吃呢。真难为一家子有这样一个遭罪的病人,看老哥上下利索的样子,说明你摊上贤妻和一帮孝敬的儿女啦。"他又感慨地说:"什么叫福?平安就是福。还有老了有几个听话的好儿女也是福。"

妈妈的眼睛有些潮湿,忙给二位斟满茶水,又给每人递上一支烟。

"谢谢齐队长的大仁大义!"妈妈激动得不得了。

齐队长起身做出要走的架势,用眼睛瞟了刘队长一下,像在说:"你还有啥要讲的?"

刘队长有些领会,说道:"你家老头几级残废?"

林亮暗自苦笑,爸爸不是服过役的军人,怎谈到几级残废呢。这个人一定是个生性好斗的痞子。

刘队长上炕掀开爸爸盖着残腿的被,三角眼审视犯人似的眨巴了半天,看了看爸爸又收回去。爸爸的眼睛仍不错地方地瞄着他,直到他灰溜溜地低下头。

爸爸的那双眼睛全家人没有不畏惧的,是一双天生的虎眼。和他交往的许多人都说,和他面对面时间长了,不敢总对视,越看越害怕。当他发现他所喜欢的,尤其是古玩字画,和他所仇怨的东西,就虎目圆睁,上下左右旋转地观察。又像鹰俯视下边的猎物,待时机成熟,俯冲下去叼住。这和他深通文学、史学、哲学、金石学、书法、绘画,满腹经纶有关,他形成了渗透性思维,所以他的眼睛有种慑人的锐气。他总讲治学要精微严谨,方富有拓进的逻辑力量,语言就能精辟透彻,会恰到好处地反映出你内心所要表达的思想意识,这叫心到意到手才能到。写出的文章和诗词自然就如敲金割玉般的力透纸背。还常常引用禅宗里的一段名言:"若得深刻的修行,要心如明镜止水,面对世事突然变化,自然能在胸际中浮现应对方法,物来顺应。"

丰富的学识,刻意的理想化冲动,因此才养成他傲岸的性格。凡他想要做的事情,就要处处标新立异,不落窠臼。他的形象也与众不同。方面大耳,额头突兀发亮。有人说他有帝王之相,镇国之威,又具杀伐决断之秉性。

刘队长把头转向别处,说:"不能上班干活,就在家自我反省。多写几份接受改造体会和思想汇报。要相信无产阶级专政铁拳是无情的。"

林亮一听这话,心灵一阵震颤。几天前,四哥来这联系落户的事,回到家说:"清理阶级队伍那会儿,这地方把地富反坏右打昏死过去,就用马车拉到沟子里,等苏醒过来爬回家,发现了又抬到队部继续斗。有个叫于三猴子的是地主成分,就是这样折腾死的。"妈妈对爸爸说,咱别去那地方了。爸爸执拗地说,他表舅在那儿,说什么也能照应一下。不行的话,我这条老命结束也就算了,死了你们也清静,省得连累你和孩子。大丈夫何惧生死,精身来精身去,不就是一副早晚化为泥的臭皮囊吗?

妈妈留二位队长吃午饭,二位怎么也不吃。齐队长说:"你家的几个孩子先别忙上班,在家好好地拾掇拾掇。赶在种地前上班就行,现在都是些闲活,劳力多人手够。"

两位队长走后,林亮在想刚才爸爸没说一句与刘队长对抗的话,就吓得对方不声不响地告辞了。要不然会有一场不大不小的麻烦,起码得引出一大堆话,把爸爸批斗一通,摧残得半死不活。当时把人诅咒贬损谩骂到绝地的语言俯拾皆是。

父亲今天算幸免了,是凭着他超然的人格威力,压倒了对方。

四

一个早上,几声当当的钟声,打破了刚刚苏醒的村庄的沉寂。第二场雪开始融化,凹凸不齐的物体上的雪、地上和路上的雪,在入春的阳光照射下,蒸发出如雾如烟的湿气。小小的自然屯有种陷入梦幻般的景象。

稀落的鸡啼,狺狺的狗吠,游丝般的炊烟,在勾勒一幅妙不可言的田园图画。

八棵沧桑老树耸立在哪里啊?来的那天,林亮在马车上问过赵老板子有关八棵老树村名是怎么个来历,赵老板子说,树长在村西头,是一个姓于的来这儿开荒栽上的,别的就说不清了。

越说不清的东西,就越悠久神奇,必定是一个迷人的故事。林亮向西望了望,透过雾气能看到簇簇树梢,影影绰绰中已显示出它的高大伟岸。刚才的钟声是从那里传来的吗?它的下边一定是八棵老树村人们的生活舞台,整个自然屯的岁月在下边流来流去。

坐落在村东头的队部很大。正房四间是社员集会的地方,西边五间是马圈,东边四间是仓库。和四间正房对着的是一排装粮的尖顶仓子,一个个如待发射的导弹。每个圆墩墩的仓子身上都写上打油诗似的标语。是用板刷蘸白灰写的:

学大寨粮满仓,

抓革命不能撂。

促生产收五谷,

听党话展宏图。

字是从上往下写的，每个仓子都贯穿一句话，歪歪扭扭，笔画粗细不均，每个字有一扇门般大，醒目得有点儿吓人。院子坑洼不平，满是凌乱的车篷和拉巴架子，还有摊开的马套，车闸杆上串着马套包。两个木匠正在修犁杖和打怀耙，叮叮当当的响声传得很远。等待出工的男女社员散立在四周的墙根，都挂着铁锹和二齿钩，有的觉得站累了，就走到车篷和拉巴架子前坐在上头。他们看人群里又多了二男一女新社员，惊奇地交头接耳："这就是刚下来的那家仨孩子吧。跟我们土土活活的，这样一辈子啦！"

西边马圈有匹儿马咬住另一匹母马的鬃毛吼叫着，不一会儿松开，高扬起蹄子骑在那母马的身上。母马回头咬儿马，臀部不停地左右摆动。正在修马套的赵老板子看这情景，放下手中的活，拔下插在车辕上鞭座里的红缨鞭奔进马圈，扬鞭狠狠地抽骑在母马身上的儿马。儿马睁着快要瞪出来的色性性的蓝眼睛，没在乎身上挨的几鞭子，只激灵了几下。有经验的赵老板，最后一鞭抽在儿马的臀沟没毛的嫩肉上，这一招真灵，儿马痛得直哆嗦，咴咴叫了几声，下来了。

齐队长和刘队长一前一后走出院北边的四间正房。齐队长站在院中心环视了一周，开始安排今天的活计："崔组长领着你那伙去南洼子把那儿的粪倒了。孙组长领着你的人马去北长垄子刨高粱茬子去。大车组的赵组长你派两个车把式在家收拾一下犁杖套，过几天清明到了好播小麦。剩下的大车跟着刨茬子的劳动力去，就手把刚刨下的茬子拉回来垛在当院。"他接着又说："唉，仓库保管老姚头，今天妇女队和沈阳女知青归你管，你领着他们把昨天从公社拉来的新豆种挑挑。千万注意，把兔子嘴和破瓣挑出来，那玩意儿种上可不出。这是从公社科站领来的新品种，到了谷雨先翻地种它。公社技术员再三嘱咐，不同往年，别的庄稼种完才种它。"他看了一眼院子，又说："别愣着了，各路负责的快领你们的人马下地吧，还死等啥呀！"

人们正要纷纷走出院子。有个叫张信的社员，嗷的一声站出来，拖着铁锹来到齐队长面前，扯着大嗓门："我说，往年都是谷雨怀谷子，立夏翻黄豆，今年咋就谷雨翻上黄豆了？这不是大姑娘生孩子稀奇嘛。队长大人，不明白问问，还可以吧？"

人群中有个叫姜宝库的跟着说："可不是咋的，黄豆翻早了，不克权，不克权就减产，秋后大酱豆都分不家来。人不吃盐酱，能有劲和精神头吗？"

齐队长忙过来走到二人面前，解释道："这是上边的指示，随豆种还夹着说明书呢，是上边让这样干的。人家这样说，可能就是有科学道理。别的生产队也都分下这豆种了，不光是咱。你就当人家说鸡蛋是带把的，我们就跟着喊它是树上结的。都别呛呛这事了，快下地去吧。要是秋天真的出了岔头，我负责，我一个人去戴高帽游街，学开飞机。"

张信和姜宝库听齐队长这么一说，似乎是那么回事。俩人觉得没意思地转身要走，齐队长叫了一声："你俩别下地刨茬子了，回家取泥锸和泥板子和些泥，把沤粪大坑边的猪圈修修，圈墙上让猪拱得大窟窿小眼子的。别再那几头老母猪跑出来，拱跟前几家的柴火垛，人家成天找我，弄得我无话可说，一家就那么一点儿柴火也不容易。"

齐队长把林亮分到崔组长这伙人里，四哥跟着孙组长去刨茬子，林亮的二姐到仓库挑豆种。

到了南洼子没先动手干活，崔组长领着大家先坐在粪堆旁背风，因雪刚化完地潮，每个人都把铁锹和二齿钩把垫在屁股底下。崔组长说："大伙先抽着，完了再干。"

看样这是老规矩了，干活之前首先吸支烟。林亮看他们一个个从上衣兜里摸出烟口袋，又在里边夹出二指宽的纸，上有小学生写的铅笔字，有的是发黄的包装纸。他们小心地捏出细烟末，在二指宽的纸条上均匀地撒出一条线，有的让一阵小风吹走了些，急忙用手护着慢慢地卷上。一头粗一头细，揪去粗的一头捻成绳状的疙瘩。嚓的一声，划燃火柴点上，个个吞云吐雾起来。这时，他们的嘴也不闲着，东山套个虎、北山抓个狼地神聊。过一会儿工夫，崔组长把抽剩的烟头扔在地上，用脚踏了一下。

"都过足瘾了吧？起来干活。"崔组长说，"一把二齿钩两把锹各找各的伙，四外往中间兜着倒。别藏奸啊，咱就不割块分着干了，都主动点儿！谁要把我的话当耳边风，我可管记工分，别说让你们白冒汗。"

他说他的，没人点头应声。持二齿钩的把高高的粪堆尖搭下来，在堆根底用二齿钩趟开扇面型，再一下一下把粪坷垃打碎，又把掺进去的大粪弄散，均匀地搅在里面。还把里面的柴火棍、乱绳头、布条、砖头、瓦块钩出来放在一边。持铁锹的两个人上前，把倒好的粪撮成长型堆，倒和没倒的粪堆中间亮出一条道。持二齿钩的再上去连搭带倒，持铁锹的又上去撮，就这样有秩有序地反复着。四个方面的人往中间挺进，中间像被水冲刷成越来越小的岛屿。

林亮这伙持二齿钩的是外号叫雷漏子的老头，另一个持铁锹的叫丁凤贵，仨人一副架配合得很顺手。雷漏子老用眼睛不住地瞅林亮，像在他身上有瞅不够的东西。他看林亮干得笨拙，额头冒了汗，说道："这不是着急的事，年轻轻的骨头嫩，多吐沫少使劲。"又说："悠着劲干，别呕着。你干活的日子还在后头呢，要是累坏了可没人给媳妇啦。"

林亮用的是来之前在城里供销商店买的新锹，没开刃，撮起粪来一点儿不痛快，笨得厉害，太费劲。撮不几下，锹口就铰住不少草根和乱麻秧，累得林亮通身是汗，他是第一次干这活。雷漏子在一旁观察了半天，过来从林亮手里接过铁锹，在地上捡起一块从粪堆里钩出来的砖头，拿着它在桃尖型的锹口猛锉。说："我锉完你再试试，保证痛快。要说你们城里人，干庄稼活就是不行。锹不亮还能好使吗？累死都不知道咋死的。"

不一会儿，雷漏子把锹口和锹面用砖头锉得亮闪闪的，又把发松的锹裤用砖头砸了砸，锹把朝下在一块石头上用劲蹾蹾。刚才锹把和锹裤之间有空隙，撮粪时因为松动，不一会儿就把林亮的虎口挤出个血泡，还咯吱吱地发出闹心的响动，弄得他精神十分紧张。心里老恨自己笨，这活要干一辈子可要命了。

"小伙子别上火，现在你先对付使，等会儿收工我把铁锹带回家去，给你好好收拾收拾，一定让你用得爽手麻利。"

林亮激动得不得了，说了几句感谢的话。

阵阵凉风吹着云朵西移，隔住了太阳洒下的热意。人们把披在身上的棉袄一抿，抱着肩胛哆哆嗦嗦地干着活。有的社员冷得受不了，说："噢，小风好凉哟。我说崔组长，早晚一个气，就歇着吧。大伙捡点儿柴火笼笼火，暖和暖和，不然等会儿冻死了。"

崔组长把二齿钩往粪堆上一刀，两手在一起拍拍，哼了一声说："歇着就歇着。"

一声下来，大伙放下手中干活的家什，四处散去到地里拾柴火。一抱抱地从垄沟里划拉来的玉米秆，还有苣子头，在地上堆得很高。大伙都围拢过来，看着一个社员趴在地上，在柴火底下划火点燃，呼地一声，火在舔舐着蓬松的柴火，又迅速地喷出一道道火舌。一双双钢锉般的手、粗短的手、青筋暴突的手，都伸向火边，啧啧呵呵地感叹着火给他们带来的温暖和惬意。暖和过冻僵的手，又用它卷烟，又用它从火堆里捏出一根火炭点燃。雷漏子把装满烟叶的烟袋锅放在喷出的火舌上吸着。霎时，蛤蟆癞劣质烟味钻进在场人的鼻孔。崔组长说："你们谁再去捡些硬实柴火，那玩意儿抗炼，火有劲。"

说完半天没人去。他又说："谁去？一会儿起来我让他少干点儿活。"

一听这话，几个社员一路小跑着去了，崔组长骂道："人他妈的都是无利不起早，给点儿便宜就灵。要让他吃顿饺子，玩命也能干。"

那会儿张罗歇气的社员，冷不丁来了一嗓子：

火烤胸前暖，

风吹背后寒。

老婆跳了槽,

汉子在家闲。

火焰往上旋升。人们被火烤得兴致大增,精神十足,说着笑着,纷纷敞开棉袄怀。雷漏子把抽完的烟锅往鞋底上磕磕,抬头望着被几片云朵遮住、不一会儿又冒出来的太阳,用右手在前额搭个凉篷,对着太阳一扬脑袋自言自语:"还行吧!"

别人没注意到他这举动。林亮揣摸了半天,始终没明白这是什么意思。是和自己对话呢,还是和别人说呢?说完他离开火堆,坐在粪堆根边的背风处,看样子他暖和好了。林亮把身子挪到他跟前,想与他聊聊。

"你是头几天打城里来这儿的老林家的小伙子吧?"他首先说话了。

"是。"林亮回答。

"来了,还能回去不?"

林亮想了一会儿,说:"很难说。"

"可也是,瞎子跳井,在哪儿不是一样待着呢。"

他看了林亮一眼,说:"人有时就得到哪儿说哪儿,谁又能跑出老天爷给人安排的生辰八字的圈呢!"

林亮暗暗地叹息,说:"雷大爷,你说得很对,人得学会随遇而安。不承认这个道理,就给自己找苦恼。"

"明白人,明白人!我看你这个小伙子是个满脑门子知识的精灵人。你说现在这人念多少书,也不都白费了吗?什么下放来的教授、沈阳知青都个个一肚子学问,可当不了饭吃,还是到农村跟我们一道刨土掘食。"

林亮觉得有些事无法和他沟通,忽然想到了什么,马上问他:"雷大爷,咱们这个八棵老树的屯子名是怎么来的?"

雷漏子又装上一烟锅烟,意味深长地说:"问这话,可有年头了。我是将近六十的人,还是小时候听我爷爷说的。"他沉思了会儿,接着说:"据讲早早年,从关里不知是啥府或啥县,来了一户姓于的人家,逃荒到这里。"

林亮打断他问道:"是哪朝哪代?"

"那可叫不准了,反正是离现在很远很远的一年。"他又说,"他们一家子到了后,看这一马平川甩手无边的大荒片子,几百里不见人家,土地肥,雨水足,就地随便搭个马架子,领着老婆孩子开始了烟火,用带来的镐和锹开起荒种上地。又有人讲,他们怕狼吃了他们,晚上在马架子周围整夜地笼火,下套子,挖陷阱,把打住的野兽吃了肉,用皮做被和衣服防寒。打了粮食就不用说了,吃不了用不尽的。"

说到这儿,雷漏子语气加重,颇动情地说:"你说说,一家人在那时没人说没人管该多好,逍遥自在,不愁吃不愁喝,单吃横睡,爱咋咋地。我看那时的人才算叫真正的人呢！现在可好,动不动就限制你这限制你那。"

林亮听了这话,感到这里有种一时说不清的东西,像道家所讲的意志自由,回归自然。

他又继续讲:"日子一长了,他们感到有些孤单,马上领着孩子老婆回了关里。走之前在野地挖了十棵野生的小榆树,栽在马架前做记号,寻思回来时好找,不走瞎道。到了家乡,他把亲朋好友,还有同乡拉孩带崽地领了来。大约一年后,又回到这儿,一看马架子早被风雨吹塌了,十棵小榆树死了两棵,剩下八棵。人一多烟火也稠起来,先来的那个姓于的说,咱们这么多的人烟,不能没个名号,得起个庄户名,就依照这八棵榆树来起,叫它八棵树庄吧。"

林亮不解地问:"现在为什么叫八棵老树呢?"

"年头越多,树当然越来越老,一代接一代的人,在不断发展、变化,不知是谁把后边的庄抹去了,中间添了个老字。"

"后来呢?"

"后来他们在这开垦出无数垧肥得喷香的土地,挖井挑渠引水,打猎捞鱼网虾,织布缝衣。来的人生了养,养了生,忙忙叨叨的,过着没外人招扰的和和气气的日子。吃的穿的要不足了,再四外开垦种地。地有的是,不像现在的地金贵。日子能不红火吗?"

林亮又问:"姓于的后代,现在还有多少?"

"没几户了,后来陆续地都散了。尤其土改的时候,数他们家有钱有势,就把他们分了打倒了,镇反时还枪毙了好几个。就剩下一个于三猴子,还在'文化大革命'运动刚来时,给批斗死了。他的后人都齐刷刷地回了关里老家。打那儿,在这开荒占草的老于家就断了根。"

林亮思考了半天,有一句话想问,但有点儿怕,还是憋不住,便脱口而出:"雷大爷,这是不是后来的外姓人故意排斥老于家人?"

"啥叫排斥?"雷漏子皱着眉头问。

林亮思忖了会儿说:"就是一个心眼地欺负老于家。"

"你问这事,还真是个理。整死他的人不是过去给他扛过活种过地的,就是过去那时给他放过猪的。是共产党讲穷人翻身,专斗骑在他们头上有钱有势的人。有毛主席给撑腰,放心大胆地干呗!"

"还有有关八棵老树其他的故事吗?"

"有的是,怕你听腻了。"

"不会腻的,你尽情地讲吧。"

"这也是听我爷爷讲的。金兀术攻打北宋国的时候,金兀术抓住了徽、钦二皇帝，把他俩装进木笼囚车往北边大金国黄龙府走，正走咱们屯外那条通向南北的大道。金兀术的大军进了咱这屯子歇脚烧火做饭，听说装徽、钦二皇帝的囚车就停在了八棵榆树下。金兀术叫人把二位皇帝脖子上和手上的大枷子卸下，让他俩坐在树下乘凉吃饭，他们喝的水就是咱大街中心那口井的水。还有的说，全屯子的人和外屯的人，都来围着徽、钦二皇帝跪下哭。"

"哭什么?"林亮问。

"哭咱们大宋朝的亡国之君呗。有人说，从那时人们才管这儿叫八棵老树，先前的说法是人们讲小话讲出来的。这么说吧，什么事传得越远，年头越多，真的能变成假的，假的能变成真的。后边的说法像是真的，徽、钦二皇帝虽是亡国之君，能来咱这儿，也算是咱这地方和人们的洪福吉祥。就算是真的吧!"

雷漏子喷出一股蛤蟆癞烟味，林亮被呛得受不了，想远点儿躲开他。雷漏子拉住林亮的手不让动，说:"还有一个事一定是真的，也是许多年前的事了。不知从哪儿来的两个南方蛮子，找咱们屯说了算的人，要买下屯西头那八棵老榆树。说了算的人说什么也不卖，说它是我们的根，是祖宗的灵气，卖了老祖宗会惩罚他的后人。两个南方蛮子不死心，在一个刮风下雨夜黑天，一人操一把斧子摸到树下就砍，砍一会儿，他俩感到脑袋疼，吓得夹起斧子就跑。三天后，有人发现他俩死在北沟子一个水筲箩里。人们骂这是报应，到树下一看，两棵榆树根下有四五寸深的斧凿口，往外正淌着血呢。瞧这树，是不是成精灵了? 以后人们在八棵老榆树下，丢魂的烧个替身，有病讨个药。你要不信，现在你就去看看，那斧凿口还有呢。"

五

崔组长喊了声:"起来干活啦!"

这一声，打断了这边林亮和雷漏子的长谈。过了一阵儿，又是一声:"收工了。"

大伙在地上蹭蹭沾在鞋底上的粪和泥，用脚刮掉锹和二齿钩上挂的杂物，排成一条直线顺着地垄台往村子走去。此时地上的冻刚化开一层，走在队伍前边第一个人的双脚沾得像两个泥榔头，抬起落下显得十分费劲。他回头一看，后边人们的脚不怎么沾了，最后的甚至就不沾了。因前边先走的人沾去了表层的泥，下边是冻结实的硬底，走在上边光滑轻松省力。走在前边的几个人感到自己干了傻大头事:我踩出光溜的道你们享受现成的，我才不干呢。说着走在队伍前头的第一个人走出队伍，第二个变成了开拓者，他也巴哒出点儿滋味，也走出去了。第

三、第四个也觉得不对劲，你们都是尖妈家养的，我也不是傻娘生的，一个接一个地从队伍中走出去。后来，排成一条横线前进，像张兜鱼的网成弧形往前拉。个个的脚都沾成泥砣砣。林亮看在眼里想在心里，这里面有学问，是这里的人们缺少团队精神，但它会促使独具慧眼的人能从小中看大。他不是在无病呻吟地发神经吗？

林亮看到这里，突然想起一件事。

那是刚上高中二年级时的那个秋天，林亮和全校同学到郊区农村，帮助一个生产队搞秋收。这个生产队的队长是个很关心社员群众的人，给学生们办伙食的同时，想让他的社员也借借光，就多做些饭和几板豆腐分给社员回家去吃。没曾想在分豆腐时，做豆腐的和一个社员打了起来。这个社员硬说他分的豆腐块小，没有先前分完的那个社员的大，认为做豆腐的人分得不均。做豆腐的说，都是一个豆腐模子做出的豆腐，哪有大小之说呢？你是王麻子膏药没病找病。要说它大的原因只是豆腐板儿边的豆腐，打完刀，豆腐板儿一撤，豆腐块自然堆下来，显得比里边的豆腐块大一点儿。俩人争执了半天谁也不服谁，一个操起豆腐刀，一个拿起豆腐板子，大打出手。结果双方都受伤进了医院。气得那位队长把豆腐掀翻在地，狠狠地骂道："你们这些沾点儿好处就有说的贱皮子，不给你们吃啥话没有，给了就不要脸闹事。多吃一口能长二两肉？少吃一口能饿死？纯他妈的正事没有、闲事有余。你们这些东西像驴似的，就得饿着渴着也得给我干，不干就用鞭子抽，一抽就舒坦就老实，不抽就倒退！"

那天晚上，小聪明陈代趴在老乡的炕沿上，在日记上写道："白天两个农民的一场殴斗，使我认识到，新中国的农民还停留在狭隘的小农意识中。要拯救他们得先拯救他们的灵魂，这才能谈到我们整个民族的觉悟和文明，否则就是一席空谈！毛主席当初在发动一场中国真正的革命的时候，他首先懂得了这个道理，他认为：中国的革命要想成功，首先要解决好中国农民的土地问题和他们的吃饭问题，也就是解决了中国农民的根本问题。所以才产生他的农村包围城市、再去夺取城市的理论。这也和我上边所述的问题相似。因为六亿人的泱泱大中国，农民占绝大多数，现代中国问题仍是这样。拯救他们的灵魂，从真正意义上讲，就是拯救了这个民族。"因这事，林亮和小聪明辩论得脸红脖子粗。林亮说，你离题太远，有些小题大做。面前发生的，事实是事实，但根本不像你想象的那样复杂。新中国的农民怎能与旧中国的农民相比？旧中国的农民是半封建半殖民地的产物，两种文化的冲撞才造成了他们的愚昧、贫困；新中国农民的落后只是暂时的文化落后，等社会继续深入地发展，他们会自然地觉悟文明起来。

林亮对小聪明说，这篇日记你记在心里自己知道就算了，撕下来快点儿烧掉！

林亮在回家的路上，站在一个高冈上向远处望去，面前的八棵老树屯子整个处在一个椭圆形的盆地里，周围的垄台垄沟仿佛是向四外延伸的辐射线。屯西头的八棵老榆树像挺拔的摩天大厦，下边的幢幢房屋显得如静卧的甲壳虫。林亮抗不住刚才雷漏子讲的那些有关八棵老树的故事的诱惑，急切地来到树下。树上一群群喜鹊、麻雀在嬉闹欢叫，也有几只乌鸦张开长喙跟着争食。

林亮双臂交叉在胸前围着树转着，从上到下又从下到上地观察着面前这神奇的庞然大物。每棵树能有四十多米高，棵棵树干有四人对搂粗，浑圆粗壮的树干上，不难看出它在还是小树时，被人认真地修剪过，砍下的树枝处有渐渐被树皮包住的痕迹。树的皮肤有让绵长的岁月撕开的苍老的裂痕。高高的枝丫间长满深绿色的寄生，结出的豆果，远看像一团团老鸹窝，显得沉沉欲坠，但没影响树枝盘桓而上的生长气势，如无数条挣扎的手臂在自由地抚摸着天空。有的枝丫像断了许多年，渐渐干枯，似狰狞的巨兽的骨茬子。站在底下往上望一会儿，使人仰得脖颈酸痛，头皮发麻，越望越让人使产生魔幻般的感觉，那高高的横七竖八的枝杈像一阵阵从天上扑下来的风暴在压向你，让你无处躲避，等着它把你包抄，网住，拧你的神经！

八棵树双行东西排列，北边的一排五棵，南边的一排三棵。之间相距很宽大，但上边的树枝像在友好地交错相握。由于处于仲春时节，没长出茂密的叶子，在树枝的间隙正筛下缕缕的正午阳光。

林亮望了半天，觉得身上出了层冷汗。他被这树苍劲的威严、古老的狡黠，慑服得难以自拔，就低头在寻找雷漏子说的两个南方蛮子砍的斧凿口。果然，在南排头两棵的根部，有四五寸深的斧凿口，斧凿口错落不齐，呈阶梯状，敷着一层褐色的岁月尘垢。用手抠抠里边往年留下的干燥的苔藓，便可看清斧凿口上暗绕的年轮。

在东边第一棵最低的小枝丫上，悬着刻有 USA 英文缩写字母的空炮壳子，字迹已斑斑驳驳。早晨听到的钟声，是它发出来的吧？拴着炮弹壳子和枝丫的是一根粗铁丝，空炮壳子钻出的孔中，别着一把敲钟的铁锤。钟的下边立着一个碾砣，看样敲钟的人每次都是蹬着它摘下铁锤来敲的。

林亮看完树在回家的路上，遇见了垛完猪圈墙回家的张信，他鸡啄米似的小脑袋，走起路来哽哽嗒嗒，眯成一条缝的小眼睛，上下乱眨着。他甩着八字的鸭子脚，肩上扛把泥锨，看见林亮立刻站住，泥锨扎进地里，说："城里人，你不是上南洼子跟崔组长倒粪去了吗？"

林亮笑着说："早就回来了，我绕到老榆树底下看看。张大哥，你怎么才收工啊？"

"今天贪晌了，后来齐队长把垛猪圈墙的活儿包给我和姜宝库了，干完下午就不上工了。到家有活儿干点儿，没活儿躺在炕上望房棚。"他想了想又说："一棵树有啥好看的？也不是活物。"

林亮笑道："没看过，感到挺新鲜，那树太高太粗了，得长多少年？"

"多少年？那可有年头了。我小时候看它这么高，这些年好像没见它长啥。"

"树上长的一团团像老鸹窝似的，到底是叫什么东西？"

"叫冻青，冬天还是老绿色，冻不死，越冻越绿。唉，它还能治病啊。我小的时候我爹得了关节炎，有人说把它摘下来熬水喝还能治病，我胆大爬上去摘，别说，真就把我爹的关节炎病治好了！"

"它可能是一种药，当然会起药物作用啦。"

"不知怎的，现在我不敢爬了，是我胆子小，还是我腿不灵了？越瞅它越害怕。前几年我老婆得了气管炎，说它也能治，我爬过好几次，爬到中间就下来了。还是我十六岁的儿子胆肥，他爬上去摘了一大堆扔了下来。可我儿子下来硬说他在上边听见有人说话。"

林亮不解地问："谁说的？说些什么？"

"我儿子说是树说的，瓮声瓮气的。'我是神，我是精灵。你要再伤害我，叫你们全村降祸遭灾！'"张信用手揉了下眼睛，嘴嗞呵一声，又说："树怎么能会说话呢？也不是人。后来有人猜，那是徽、钦二帝的魂灵附在上边，是他俩说的。打那以后，再没人敢上树摘冻青了。"

"听差了吧？八成是把风吹树枝发出的声音当成人说话声啦！"林亮解释道。

"你说得不对，你说得不对。为这事，我反复问我儿子好几遍，他张嘴闭嘴说是真的，还起誓发愿的。我儿子不是撒谎的孩子，像我似的倔，说话做事，是箭杆捅王八，直来直去。以后我儿子还得了场脑袋疼病，嘴里老是一个劲说着他在树上听的那几句话。花了不少钱，吃了不少药也没治好。在树下烧个替身才算好了。"

"真有这回事吗？"林亮怀疑地问道。

"真有啥呀？就是有！"张信急得直嚷。

"刚才你在树下，看没看见有两棵树有被南方蛮子砍出的斧凿口？那两个南方蛮子不是得暴病死了吗？是我太爷领着几个人挖坑把他们埋掉的，个个七窍流血！"

张信抬头望望天，说："天不早了，我得回家了。"

中午吃饭时，林亮的妈妈说："是不是应该选一个日子，请请冯书记和二位队长吃顿饭，还有对面屋他表舅一家？以后的事能好办些。趁机跟二位队长说说，先分给咱们些柴火,从城里拉来的煤大灶炕烧不了,现在一直烧人家那屋的柴火,长了也不是个事。"

林亮的四哥说:"请表舅一家人可以,千万别请冯书记和二位队长,让全屯子人知道了不好。人家吃完了,会反咬一口,说咱们拉拢腐蚀干部。我二哥、三哥和大姐不是给爸爸寄来不少的瓶酒和糕点吗?给他们偷偷地一送就得了。他们也高兴,我们也省事,不显山不露水的。干部就喜欢这样送礼的,说你明白道儿。"

爸爸说:"四儿说得对,这事你来办,今晚上你把东西给他们送去。事来由之,不由再思之。"

四哥忙推托说:"方法我讲了,我不去送,我可不愿看他们的脸子。"

爸爸生气地说:"给他们送礼,还有什么脸子?你怎么这样执拗呢!"爸爸怒目圆睁,看着四哥。

四哥吓得低下头,瞟着桌面说:"反正他们的好脸歹脸我都不想看,谁愿去谁去。"四哥放下筷子,到一边去了。

林亮猛地咽下一口饭,说:"我去,我不怕他们的脸子!倒看看他们能把人吃了怎的。"

林亮的二姐没上桌吃饭,在屋中间洗头发。说挑了一上午豆种,仓库灰尘太大,脏得她受不了。洗罢梳完,在脸上搽上一层雪花膏,又在镜前理眉蹭鼻凹,又用洗头发的水洗脚洗袜子。边洗边说:"妈妈,你叫四哥和亮弟给我修个小屋呗。我都这么大了,不愿和你们睡在一个炕上,过些天暖和了不得挤出痱子呀。我看外屋北边放柴火的地方不小,一间壁能睡下我就行。"

妈妈说:"那是你表舅家的地方,得跟人家商量商量。现在哪有砖和泥呀,地还冻着呢,刚化一小层。"

"我和表舅说一声。门前正好有一垛土坯,叫表舅去那儿拉点儿土。没我自己的屋,到夏天一热都没地方洗澡。"

妈妈讽刺道:"你不会游泳吗?到大河里洗,在家太窄。"

二姐说:"我可不去,多脏啊。"

妈妈接着说:"那年和小聪明去大连,在海里洗怎不嫌脏呢?看你那回把我气的,旺条条的大姑娘,跟着一个大小伙子说走就走了。你也不想想是那么回事吗?洗澡上那么老远。"

"妈妈,你又提过去的事了。大海脏什么呀。"

妈妈改个话题说:"小聪明最近给你来信没?看样你和他成不了吧?人家在部队当上了文艺兵,前途大着呢,还能跟你当了农民的人搞对象?凭你爸爸的问题,肯定是不行的事。"

"我爸爸的问题他也知道。走之前他说过,过几年他转业到地方就和我结婚。"

"发昏吧。我看你不得白等一场!不行的话,趁早在这边选一个不错的小伙子得了。让你大姐在沈阳挑一个,她眼光高看得准,姐俩在一起还不孤独。过几年我和你爸拿不动腿了,去你大姐和你那儿养老送终。"

爸爸吃完放下饭碗,说:"我的秀儿要和小聪明不能成,就难找了。"

妈妈生气地说:"孩子一个个都让你给宠坏了。将来高不成,低不就,还不剩在家呀,为她可操死心啦!"妈妈用手指点了点坐炕里的爸爸,说:"像天下就你这么一个宝贝闺女,花似的,天仙似的。"

爸爸自豪地说:"你的看法和我就是不一样。不是才高出众的堂堂须眉,难配我这天生丽质的龙女。"

"看你满肚子学问,一身的能耐。"妈妈瞪了爸爸一眼,"你的女儿比龙女高一等,是天上玉皇大帝的玉女,出门登云驾雾,出嫁时坐宝马金车。你就这样地夸她吧,明天她会忘了自己姓什么,叫什么。"

二姐笑眯眯地上了炕,给爸爸揉腿捶背。说:"全家就爸爸一个人喜欢我,理解我。找不着好的,我就一辈子不嫁人,在家侍候您老一辈子。"

别看爸爸性情刚烈,但对二姐有一种特殊的爱法。二姐从小就长得逗人喜爱,又白又胖,两只眼睛秀美、有神。爸爸让妈妈把洗得干干净净的二姐放在他身边,不错眼珠地看着她。有时伏下身用舌头舐二姐的头发和脸,把油黑发亮、散乱的头发,舐得服服帖帖。他要是作画写书法时就左手抱着二姐。一天,妈妈对爸爸说,给孩子起个名吧。爸爸当时正在看《红楼梦》第三十六回,其中有"真真有负天地钟灵毓秀之往"。爸爸心里一动,给二姐起名为林毓秀。

这时爸爸说:"喜欢有什么用,为父遭遇南冠之祸,害得你们前程无望,落魄于乡野。只要不嫌弃爸爸是你们的累赘,我方能安生地认作吞声野老了。"爸爸干咳了两声,从睿智的眼里挤出几滴老泪,又说道:"我生足矣。你妈妈虽不识文墨,但贤惠有余,持家有方,还给我生下个个容貌非凡、才学超人的五郎二女。一想此事,真可聊慰我这五尺残躯。你们对我怠慢,我无怨无悔,可对你们的妈妈千万要百般孝顺。这是我想了许久要说的话!改日我一一写信给你的三个哥哥一个姐姐,倾诉适才的衷肠,没有你们的母亲就没有这个家。可想而知我身陷囹圄之时,你母亲不知怎么样的操守苦度呢!"

二姐用手绢给爸爸拭去眼角的泪。他叹道:"此时休矣!我也能心安瞑目了!"

屋内一阵瘆人的静谧。过了一会儿,林亮为了打破这难忍的沉寂,一下想起了八棵老榆树的事,给爸爸讲了一遍。爸爸边思考边说:"金兀术押送徽、钦二帝回黄龙府走的是屯外大道,是合乎历史的路线。离这往北十几里路有条河叫两宗河,说是徽、钦二帝涉过此河时得的名,但仔细考证这段历史差异就大了。以前本县县志记载:'本境在虞、夏、商、周时为肃慎属地;秦汉晋时为辽东郡北境,为扶余和鲜卑族控占;隋唐时期,为契丹所占领的上京道本境及东京道本境;后魏、齐时期既属于扶余地,又曾一度为高句丽所占。'又记载:'一八〇二年(嘉庆七年)驰游牧禁;准汉人入本境垦荒。'另有史书上记载,十世纪契丹人首领耶律阿保机称帝为辽国,辽河由此而来,此地当然契丹所属。十二世纪女真人阿骨打举旗伐辽,占领了辽国一部分土地,也包括此地。女真人为重新建置,把辽国的韩洲改为柳河县,此地也正属柳河县,此时也正是一一一五年。辽天祚皇帝被金人俘获,辽国灭亡。金军继续南下与北宋军队逐鹿中原。也正是俘获徽、钦二帝押送回五国城时期,自然而然这里也正属金国领地。二帝坐井观天的柳河县(韩洲,离这里二百多里地),那么当地的人民必然是金国的属民。金国的人怎么能哭宋朝的徽、钦二君呢?怎称他俩是他们的亡国君王呢?即使他们不是纯粹的金国人,也是纯粹的辽国契丹人,他们也不会哭宋朝的亡国之君。顶多看热闹观赏而已,哭的应是真正的宋朝汉人。要是金国人迁徙到他们占领的属地,就是这里,他们会纷纷跑出部落和牛皮帐篷,或从放牧的草原操着鞭子围拢过来,夹道迎接他们的'胜利果实'而拍手称快。兴许还用放牧的鞭子,用牛粪和马粪往二帝身上、脸上掷,二帝会无奈地用失去威严的黄袍大袖遮住脸,挡住落下的鞭子和掷来的牛马粪呢。"

爸爸一扫先前的伤感和忧郁,讲得兴致勃勃。他喝了口妈妈倒来的浓茶,又说道:"关里那家姓于的来这开荒占草也不可能,清朝嘉庆年间才准许'驰游牧禁',让汉人入此地。考证历史的依据我们得凭现成的历史记载来推理论述。即使他能来那么早,也是八百多年前,八百多年前这里正是金国的经济军事兴盛时期,不可能让宋朝人随便来这儿占据他们的土地,又怎能存在徽、钦二帝在八棵老榆树下乘凉吃饭,喝街中大井的水呢?这不合乎历史发展的逻辑和现实。"

林亮问:"当地人为什么讲得有条是理?让后人听起来不得不相信。"

爸爸深思熟虑地说:"历史总归是历史,有它谁也改变不了的真实性。民间传说也有它咋说咋有理的自由。可惜的是历史真实的东西记载的少,湮没无闻的多,真的也是星星点点的。因为那时的印刷手段和其他传播方法都落后,这给乡野中爱编故事的闲适秀才钻了空子,他们就信马由缰地编起来,听的人是渴望文化滋润的人。俗话说:话越传越多,井越挖越深,往往是越多越假。有的历史文化传说也是,它越悠久错就越多。编造民间传说的人,往往带着一种个人意志和投机的渴望,因他不是秉笔写正史的史官,不受事实和法规的制约,所以由他自己的心理需要来圆说过去,补救以往的失衡和缺憾。"

爸爸喝了一大口浓茶,兴奋得满脸潮红,又继续说:"这里还有一种政治和现实的作用,和宗教的崇拜性、自醉性。当人们在现实生活中碰得头破血流、困惑不解时,猛然感到,他们心中渴望的那个支撑他们的精神,冥冥之中的神不存在了,就不管什么真的假的能唤起自信的力量就行,以一种假设的虚妄权当心灵的慰藉。不管异国的徽、钦二帝昏庸也好、误国也好,便以他为寄托,以关怀他人的人格效应来安抚自己失落的精神。也就把亡国之君的可怜处境赋予了更具魅力的人格关怀了。唐后主李煜,人们对他词的喜爱,也出于此种原因。徽宗赵佶在五国城做囚徒生活中吟的那首'北行见杏花'《燕山亭》词,以泄他思念故国之怀,抒自己飘零之情。"

"一阕什么词? 内容是什么?"林亮忙问道。

爸爸轻声地背诵起来:

裁剪冰绡,

轻叠数重,

淡著胭脂匀注。

新样靓妆,

艳溢香融,

羞煞蕊珠宫女。

易得凋零,

更多少无情风雨?

愁苦。

问院落凄凉,

几番春暮?

凭寄离恨重重,

这双燕,

何曾会人言语?

天遥地远,

万水千山,

知他故宫何处?

怎不思量!

除梦里有时曾去,

无据。

和梦也新来不做!

爸爸背诵完，长叹了一声，重复了《燕山亭》中的几句："好一个'天遥地远，万水千山，知他故宫何处？'好一个'除梦里有时曾去'！"他脸上的表情异常沉重，又颇动情地说道："百姓也是人，君主更是人，都逃脱不了人生的绝世离苦。明朝末年李自成攻进北京，崇祯皇帝看大势已去，怕他的家人尽遭凌辱，让他的闺女长公主自裁避辱。少年的长公主怎有自尽之力？崇祯皇帝抽出宝剑刺向自己的女儿，哭着说道：'你为何生在帝王富贵之家，此时你要是平民贱女，怎遭这等父屠生女之患！'"

林亮被父亲深沉的历史感和对人生的悲天悯人的情怀濡染得几乎要落下泪来。他感到自己比以前敏感了许多，只觉茅塞顿开，人生的体验立时变得十分丰富，促使他要心明眼亮地生活。长长的生活道路上，难免艰辛坎坷，有爸爸赋予他高贵的睿智，定会毫不畏惧地扫除障碍，不屈不挠地面对现实和未来。

六

几天后的一个下午，队里大多数劳动力都去北长垄子突击刨茬子。齐队长叫崔组长派几个人，去把南洼子没倒完的粪抓紧倒完。因剩下的活儿不多，崔组长只派雷漏子、丁凤贵、林亮、沈阳知青韩文德四人去南洼子。崔组长让雷漏子暂时当一回这四个人的头头，当中就他年岁大有经验。崔组长说："那点活儿，高低得干完，干不完不给记工分。"

雷漏子听完，向手下的三个兵一挥手，说："走，这是我们的时间了！"

到了地方，没像那天干之前，先抽袋烟再干。雷漏子简单地分下工，这回是一把锹供一把二齿钩撮。先把中间剩下的那个小"岛屿"突击完，好再归拢倒完的大堆，雷漏子一项一项地指示着。林亮想，雷漏子这么有水平，怎么没当上队长呢？身板硬实，干啥还不落后。

"别耍滑啊，都抻腰卖点儿力气。这叫烟筒燎驴腿，管（了）不管黑。"雷漏子很怕大伙干得慢，嘴不住地督促着。

别看雷漏子比其他人岁数大了许多，但真要干起活来谁也不服。当然，他的头上，有包活儿的压力和暂时的权威感。他利索的行动和脸上的表情，都带种外化的权力欲。

他指挥着三个小兵，把没倒完的小"岛屿"首先倒完，又迅速地去归拢先前倒完的四大堆。他叫林亮把粪堆撮成漫坡，又叫韩文德用锹拍平拍实。丁凤贵和他干的是技巧活，把粪堆修理得棱角分明四方见线。雷漏子身体手脚活动起来十分轻捷。不一会儿，四个大粪堆成了四个半高状的金字塔。雷漏子干得布满褶皱的额头布满汗珠。干完活儿,他说:"都别回家,在这老实待着,天黑了和其他干活的一起回家,等一会儿当官的兴许来检查,要早早地回了去,你就干得再快再好也会挑你的毛病,别看当官的说包给你了,他们都是掉屁股拉屎不认账的东西。"

听他一说,没一个人张罗走,想想也有道理。其他三个人也干得冒了汗,坐下长喘。丁凤贵说:"没事笼点儿火呗,闲也闲着,一会儿落汗浑身冷飕飕的受不了。"

其他仨人累得声也不吭,丁凤贵看没人动,就自己去找柴火回来笼上了。

下午的阳光比上午足。往大地深处望去,那里有袅袅浮动的地气,有一些晃动的人头和一起一伏劳作的身影。偶尔有掠过头顶的鸟鸣,阵阵不凉不热的风,吹得人的心扉渐开。地上爬着向早春报到、不知名的虫儿,演绎着它微微生命的自然灵动。自然啊,你这博大胸襟的歌手,唱着世间令人神往的美。林亮在心里涌上一股诗情,顺畅地流出……

春光的双眸,

你悄悄地把谁探望,

又把谁涂上痴情的灵光。

余寒在无力地徜徉,

只待春来做大地的新嫁娘。

这里有一个等待生机的潮汐,

正准备奔向沸腾的汪洋。

羞涩是你的妩媚,

谦逊是你的度量。

抓不住你,

就瞬间消亡,

会留下遗憾的忧伤。

请你温柔地来入我怀,

享受你的幸福绵长。

啊,爱意纷呈的春光!

林亮陶醉在充满诗意的大自然里,又盘桓在自己用情感营造的意境中,他怀着对美好生活的向往,时时寻找热望,把心灵深处的神秘企及。他忽然想起法国作家罗曼·罗兰的小说《约翰·克利斯朵夫》中的小克利斯朵夫,被父亲教训后,趴在木楼的窗口望着莱茵河,沉思着:

……他闭上眼睛,便看到光怪陆离的颜色:蓝的、绿的、黄的、红的;还有巨大的影子在飞驰,水流似的阳光在倾泻……种种景色分明了。一片辽阔的平原,微风挟着野草与薄荷的香味，把芦苇与庄稼吹得如涟波荡漾。矢车菊、罂粟、紫罗兰，到处是。多美！空气多甜。

小克利斯朵夫是用他小音乐家的遐想、感觉来形容德国大地的自然景物与风光。当他受到屈辱后，憋闷已久的乐思在翻涌，就用抽象的音符营造一个具有混响加形象世界的意境。

我吹奏的那支长笛不也是极力地捕捉这些吗？长笛可以用音符形容风声、雨声、鸟声、蜂鸣声、阳光的融融声、倾泻的月光声，把寂静的变为声响，把声响升华成真善美的力量。诗歌和音乐与其他艺术门类都是抚慰人类骚动不安的心灵的艺术，去鼓舞人的斗志，一往无前地征服所有，否则就没有它存在的意义了。世界是靠她来净化而变得理想、纯美。

面前这片祖国怀抱中的大地，虽没有像小克斯朵夫用乐思描绘的那样，也没有紫罗兰、矢车菊、薄荷的香气，此时它还处于单纯裸露的季节。春来了，夏到了，也一定有蝈蝈的鸣唱、鸟儿的啁啾、淙淙的河流，还会有绿意旋舞红艳飞翔。只有把她以诗的语言、抽象的音符表达变奏出来，这才能馈赠给人们，让人尽情领悟到人心与自然共同勃跳的情愫。

雷漏子坐在二齿钩把上，倚着粪堆的一角避着风睡着了。嘴角淌着涎水，手握着烟袋，呼噜一声接一声。

另一边闲着没趣的丁凤贵，在用一根棍挑着那天在粪堆里他拣出来的两样东西，在知青韩文德面前摇晃，挖苦道："看你们城里人多文明，干那事还戴上保险。下边过着瘾，上边忘不了臭浪。"

韩文德用眼睛使劲瞪他，不吱声，开始他没在乎丁凤贵的那些胡言乱语。得寸进尺的丁凤贵把挑着的东西在韩文德面前晃来晃去，又把先前的话重复了一遍。韩文德的脸涨得通红，用手点着丁凤贵大声说："你他妈的没事找挨电咋地！城市人就是比你们农村人强。滚一边去！少在这儿烦我。"

"那是当然，你们城里人啥都高级。"

韩文德指指林亮："他还是城里人呢，你为什么单找我麻烦？"

丁凤贵说："他是小城里的人，你是大城里的人，啥都比他们高级。唉，林亮你说是不是？"

林亮坐在一边当没听见。这时韩文德呼的一声从地上站起来，骂道："我让你高级，我让你……"

说着，韩文德的拳头带着风声打了过去，只听见呱叽一声，一重拳打在丁凤贵的鼻梁子上。

"今天我废了你，让你单看我不顺眼。"

丁凤贵捂着鼻子,哇的叫了一声,连着后退三步,树桩子似的,扑通一声坐在地上。

丁凤贵哇啦哇啦地叫着,松开手一看,满掌心是血,哇地一声哭了:"妈呀,出血了!跟你说笑话,你他妈的还真打呀?"

韩文德上前又踢了丁凤贵两脚,抢下他手中挑着的避孕套和口红盒,顺手扔进烧得正旺的火堆里。说:"什么说笑话?你是闲着没事纯拿我开心。我是来接受再教育的,不是挨你埋汰来了!"

丁凤贵鼻孔的血越出越多,他就越抹,整个嘴巴和脸颊,全血糊糊一片,有不少滴在胸前的衣襟上。淌到嘴边的他还往里吸吸,加上鼻涕,觉得咸滋滋的。他想了想,把口中的血沫子喷向韩文德,骂道:"操你姥姥韩文德,我鼻子里的血要止不住,就抽你的血给我补上!"

"给你补个屁,我再给你一电炮。"韩文德挥着拳头奔向丁凤贵,吓得丁凤贵急忙躲到林亮的身后。林亮憋不住笑出声来,从口袋里掏出纸揉成小团,把丁凤贵的鼻孔堵住,又拿出手绢给他擦擦嘴巴和脸上的血。雷漏子被丁凤贵的哭声惊醒了,呆直地站起来,看着眼前发生的一切,问:"咋回事?"

林亮把事情讲了一遍。

"该!谁叫你嘴损了?我看你这几天不是往好里作嘛,年轻轻的不往好里学,整天的没事找事玩,跟你爹丁二拐子一个德行,到你这辈还没差。黄皮子下豆鼠子,一辈不如一辈。照这样下去,你好好一个媳妇不得跳槽跟上哪个男人。"雷漏子把丁凤贵贬个底朝上。

丁凤贵也来了火,指着雷漏子骂道:"你这个老棺材瓢子,也凑热闹跟我起刺。我打不过他,还打不过你!"

"哎哟咳!你真行啊!还要和我这老的来来?打死我吧,我可正愁没棺材本呢。"

"打你咋的?你也不是我爹。"丁凤贵说着要起身去够雷漏子,林亮把他按到原地。

"我可和你爹一个辈分。"雷漏子说。

"一个辈分能咋?红眼了我谁也不管!"丁凤贵还要往雷漏子那边靠,林亮拽住不让他动。雷漏子拨拉了一下林亮,说:"你别拦着他,越拦他越有劲,不拦就没尿水了。我还不知道他?"

韩文德在一旁看得直发笑,悠闲地吸着烟。丁凤贵真的没敢动,耍熊地把手中的血和鼻涕甩向雷漏子,嘴也不闲着,骂道:"老不死的,也叫你挂挂彩。"

韩文德扔掉烟头,走到了丁凤贵身边,说:"我问你,以后你服不服我?俺们沈阳知青是你们不惹俺们,俺们也不惹你,是朋友咱还绝对够意思。"

雷漏子接过来,说:"得了,得了,你也见好就收吧,把他打那样也够说了,别逮住蛤蟆攥出尿来。"他又说:"明个你们沈阳知青要有回城的时候,还得让我们社员说话呢,都得罪了,有你好吗?"雷漏子眼神忽然一定,望着远处,嗖的一声站起来,喊道:"刘队长来了,操家什干活!"

林亮不解地问:"还干啥呀?不干完了吗?"

雷漏子嚷道:"啥也不明白的傻小子,都快听我的,叫你咋干就咋干。快点儿,快点儿!"他指着丁凤贵:"把你的脸擦干净,让他看见,你俩还得挨顿怨损,兴许还要查下这是什么性质的问题。"

丁凤贵向林亮要了张纸,吐上一口唾沫使劲擦着自己的脸。林亮出主意,让他把滴上血的上衣翻过来穿。雷漏子叫每人操起锹,把粪堆拍一遍。他自己用二齿钩把从粪堆里挑出的乱七八糟的砖头、瓦块归拢到一块,显得整齐。四个人急忙忙地干着,像从来没停下来过,边干边往刘队长来的方向望。刘队长越走越近,佝偻着个大虾米腰,饿马奔槽似的,脑袋往前一探一探,像饿了七八天急着找草吃。他眼睛乱瞅,其实没起作用,让面前的一个茬头绊了个趔趄。回头望望,用脚把茬头狠狠地踢个老远。到了跟前,雷漏子主动地说:"队长大人,我们干得能说得过去吧?"

刘队长看看倒完的粪堆,说:"还行。"

雷漏子嘿嘿一声:"我干活,多咱让当官的操过心啊。"又说:"你可要明白,这个活儿我们包赔了,中午来的现在还没干完!"

刘队长哼了哼,说:"赔就赔了吧,都为建设社会主义做贡献嘛。"他在粪堆的周围绕了一圈说:"别的不说,你们的这点儿活干得挺利索。"

"感情了,看谁领着干的?"雷漏子来个借好卖好。

"唉,这活儿是谁包给你们的?"

"齐队长让崔组长包给我们的。"雷漏子忙答。

刘队长抽了口气,说:"他们能让你轻巧了?再说了,上边老开会不让包工,这是资产阶级的余毒,封资修那一套,齐队长有关这事总是不听我的。他是低头拉车,不抬头看革命的路。我是抓革命搞政治的队长,他和毛主席的革命路线对着干哪行,有工夫得纠正。"刘队长把虾米腰往上挺挺,像那么回事地围着粪堆又绕了一圈,到了林亮跟前,用异常严肃的口吻说:"你父亲的改造体会写完了吗?"

林亮说:"写好了,马上要吗?在家呢。"

"要,晚上送我家去。昨天公社人保组王组长捎信问我了呢。哎,可要写好呀,别像唬弄洋鬼子似的唬弄我。"说完他走到雷漏子面前,要过烟口袋卷上一支烟,雷漏子忙点燃火柴点上。刘队长说道:"这两天晚上兴许开个会,请有个准备。"

雷漏子问:"什么会?"

"土化开要种地了,你说还能开什么会。听到敲钟的声就明白了,一个不能落,都得去。"说完,刘队长抽着烟照来时的方向走了。

林亮看刘队长走远,问雷漏子:"咱们的活儿都干完了,你还装干什么?"

雷漏子吐出一口带着烟的唾沫,说:"你真是城里的年轻人,活儿也得学,事情头也得练。"他加重语气:"这叫不打勤的,不打懒的,专打没有眼的!"

林亮困惑地问:"这是啥意思?"

"我要说一会儿就干完了,下回他们往死里包给你。要早早地回了家,更坏醋了,挑你的不是的地方就更多了。这叫窍门满地跑,就看你找不找。"

林亮听了,有所顿悟。明白了雷漏子是个老奸巨猾的变色龙。林亮想了会儿问:"刘队长是个怎么样的人?"

"问他哪方面吧? 你就直说。"

林亮犹豫了一下,说:"我看他像个运动痞子,批人整人有套本事。"

雷漏子激动地说:"这下子你可说着了,还没猜差。"他用烟袋敲敲鞋底,说:"他是一个狼心狗肺都损出胰子的玩意儿。"他一反刚才向刘队长那种献媚的态度,以另一番表情大骂起刘队长来。

林亮想这里一定有戏,又问:"听说他对阶级敌人挺狠的?"

"狠,狠死个人!"雷漏子用烟袋点着林亮的脑门。

"怎么个狠法?"林亮眨了下眼睛。

雷漏子用手抠了下眼角,说:"说这话,是十多年前的事了,当时他不是队长。有一年在一个大城市里下来一个女'右派',公社让他监管这个女'右派',叫什么专管员。"雷漏子不解地问林亮:"那时候这个'左派',那个'右派'的,到底是个啥意思啊?"

林亮说:"他们提了不合时宜的意见,就是所谓的坏人。"

"我咋没看出那个女'右派'是个坏人呢?"

"你怎么看出来的?"林亮问。

"她刚下咱这儿,就安排到我家住,睡在我家的北炕。住在我家那段时间,她能干又勤快,还干净利落,屋里屋外的活儿什么都干。在小队干完活儿回到我家,替我老婆挑水洗衣服,过不几天就打扫一次房子,她炕上的叠得四棱四格,立正劲就不用说了。还管我和我老婆大爷大娘叫得那个亲近,还帮助我给儿子闺女写信念信。

"第二年开春时，小队给她腾出一间草栏子给她住，还是我给砌的间壁墙、搭的炕呢。她用白纸糊了一遍又一遍，等她搬进去，把过日子的家什摆停当了，人们进去一看，天堂似的敞亮！虽然没有什么像样的柜柜箱箱，但看上去都舒服得不得了，还有股香味，她的屋里也没有胭脂和花露水什么的。后来我明白了，要是人香到哪儿都香。一到晚上或下雨阴天，队里闲着没活儿干，屯子里的大姑娘、小媳妇都挤到她那个小屋，她是又教唱歌，又教读书识字，又教她们穿什么配色的衣服。"

林亮打断他问道："她没结婚吗？就一个人？"

"她有过家，我问过她这事，男人看她打成'右派'就跟她离婚了。孩子归了她，没带来，放在她哥哥家。"

"后来呢？"林亮把身体更加挨近雷漏子。

"后来她就惨了！"雷漏子咽下唾沫，说，"惨就惨在她爱干净上了。隔几天，她就洗一茬衣服，晾在小队当院的绳子上，那衣服洗得干净透落。"

林亮有些着急，问他："您老说了半天这些，她跟刘队长有什么关系？离得太远了吧？"

"你急哪门子？慢慢就到正题了。红花还得绿叶扶呢。"他继续说道，"一天，赵庆义赵老板子赶车进队部院。一匹骡子被她晾的花花绿绿的衣服晃花了眼，惊了！拉着车满当院跑起来，一下压死两个猪羔子，好悬没把赵老板子碰了。她从屋里出来向赵老板好顿道歉，又找当时的张队长承认了错误，说压死的猪羔她该赔多少钱就赔多少钱。可刘队长不干，说晚上开会得好好研究研究这个事。

"晚上一声钟响，全体社员都来到队部。她先进了屋，掏出张纸念起来，说是悔过书。念完，刘队长嗷的一声，叫妇女们都出去。他给每个男社员发一个小瓶，说统统地给我拿虱子。大伙不知道这是哪葫芦药，就都敞开怀拿起来。当时正和现在一样，刚开春，人人身上一搓一把汗泥的时候。满屋子汗酸味，呛得人直紧鼻子。拿完都交给刘队长，他让女'右派'低下头。刘队长就把一瓶瓶的虱子往女右派的脖梗子里倒，嘴里念叨着：'让你穷干净！让你穷干净！！'

"大伙这才明白，个个傻了眼。屋子里静得吓人，谁出气都能听见。刘队长向大伙挥着手说，大家不白拿，每人记五个工分。女'右派'这时浑身抖成个团，一颗颗的眼泪掉在腿上，牙咬得嘎嘣嘎嘣直响！倒完，刘队长说散会，大伙走完，她最后回了自己的屋。

"第二天早上大伙到队部上工，人们发现她吊死在碾道里，仍穿得干干净净。"

林亮问："她叫什么名字？"

"叫什么呢？对，叫石丽梅。白瞎一个好好的人啦。"

"她死后埋在哪里了?"

"事发生后,张队长立刻报告了大队和公社。公社指示埋在小队的集体坟茔,也通知了她哥哥和孩子,隔一两天的工夫他们都来了。由张队长做主给女'右派'打了个柳木棺材。出殡那天,队里的那些姑娘媳妇哭个不停。我和我老婆也憋不住直掉泪。她那不到十岁的闺女拍打着坟堆,嚎着叫着要她的娘,说什么也不离开坟堆。那情景让人揪心死了!她的哥哥长得大高个,脸白白的,只看见掉泪,但没哭出声来。给帮着打墓子和送行的人一个劲地发着洋烟,那个客气劲,老说道歉话:麻烦大家了,麻烦大家了。看样儿和他妹妹一样也是个念大书的。有文化的人就文明,和咱们这些庄稼人一看就两样。"

林亮听到这里,心情紧张,身上冒出冷汗,知道了刘队长是歹毒至极的家伙。逼死女"右派"的方式,比用刀子捅还残酷。想到这儿,林亮浑身一阵战栗。

雷漏子沉思了会儿,又说:"这个千刀万剐的刘队长,也没落个好下场。第二年夏天,他十二岁的儿子在水库洗澡给淹死了,这是他整死女'右派'的报应。人家爱干净关你什么事? 犯的是哪国的法? 大伙都跺脚骂他:该! 明个他也不得好死! 他孩子死了,没一个人去帮着埋,他一个人抱着和老婆埋的。打那以后他不像以前那样损和狠了。"雷漏子说完,看看西边要沉进去的落日,又说:"不早了,这会儿该到收工回家的时候了。"

四个人起身,拍打拍打身上的尘土,走上回家的路。

七

吃完晚饭,林亮妈妈把哥哥和姐姐给爸爸寄来的瓶酒糕点分成三份包好,放在炕上,叫林亮给冯书记和二位队长送去。林亮看看心里明白了,四瓶酒和大包糕点是送给冯书记的,其他两份少点儿的是给二位队长的。林亮把三份东西装在一个黑提包里,拎起就去了。他虽然从心到外十分不情愿,还得挺直腰板,做出不萎缩的样子,向他们咬着牙说几句道歉的话:"添麻烦了,以后请多多关照。"

他们看拎着礼物进门的人,个个笑脸相迎。嘴里说:"来就来呗,多哪份的心啊。炕里坐,炕里坐,炕里热乎。"一片令人肉麻的热情。

林亮心里说:是我送的东西让你心热乎了,炕才不热乎呢。

冯书记一反常态,龇着大板牙,麻溜地下了地,接过东西,一把抻住林亮的胳膊按在炕边让坐下,又叫他那个一脸邪气、晃着肥臀的老婆痛快沏茶上水。这回她也不同以往,把邪气换成喜气,和林亮嘘寒问暖的,殷勤得让人头皮发麻。她的儿子冯良看着炕上的礼物,涎水流到嘴角,无所顾忌地打开拿起一块糕点放进嘴里就吃，又拿上两块，送到炕梢坐着的一个样子像新娘似的女人嘴里说:"吃，吃，不吃白不吃。"

林亮听到这儿，心里好笑:是气我，还是气你爹你妈? 我是不管了，愿谁吃谁吃，就是喂你家门口的狗，我也不在乎。林亮抬头看一眼炕梢的装饰，崭新的被褥和窗帘，红色幔帐杆上裹着紫色的布幔，一副新结婚的模样。那个一身新装的女人不吃冯良递上的糕点，嘴里说:"我不吃那驴屁玩意儿，你们一家人没有好下水。"她指着冯良骂道:"看你那个损样，我进你家门的第一步，就看你这家人没一个好东西，早晚有一天，高低和你……"

肥臀女人摇着身子过去，指着新娘，一脸的怒气:"别不管什么人在场，啥话都说。你离了我儿还能找到比你更好的大姑娘。"

"为啥?"新娘问。

"就凭我家老头子是个大队书记，你说为啥!"

一旁的冯书记吱了声:"你们他妈的都别跟着瞎呛呛了，我脑袋好疼知道不知道!"

林亮一看，这是窝乱糟糟的人家，听不明白，看着心烦。说了句告别的话，就出了冯书记家的门。

第二天中午，妈妈把对屋的表舅一家请过来吃饭。桌子上摆满了鱼肉、猪肉、牛肉、火腿罐头，酒是酱紫色坛装的五加皮。表舅是公社联合厂的铁匠，吃起东西是旁若无人的饕餮之徒，说出话来如他所从事的职业一样，铁匠打石匠，实打实凿。妈妈和二姐要不给小表弟小表妹碗里夹些菜，都会进他贪婪的肚子里。爸爸和表舅连碰三杯，表舅脸红得老冒汗。妈妈和他说话，他只点头不答。表舅妈直用眼瞪他，有时在桌子底下踢他，示意他不要太下食烂，你这样别人还怎么吃? 他明白了些，抬起头，接过四哥递上的烟，慢慢地抽着。表舅叫林亮妈妈递给他炕里的笤帚，在上边掐断一根细篾，抠牙缝里的肉丝。他不住地吧嗒着嘴，品味着满嘴的余香，又从嘴里喷出烟和五加皮的中药味。妈妈说:"看把你们一家熬苦的，一年到头也见不着几回荤腥吧?"

表舅妈说:"可不是咋的，年底养肥一口猪，得送到公社交任务。都要熬苦死啦!"

二姐看准机会，笑着问表舅:"表舅，求你点儿事?"

"什么事? 要能办到的，舅舅没二话!"

"我想在外屋地修个小屋在里住。"

表舅趁着酒兴满口答应了。还说外边的土坯就用吧，没说的。高兴得二姐忙又给他倒了一杯酒。

林亮和四哥向齐队长请了一天假，由表舅指挥，从早干到晚上，一间不大不小的屋子就修好了。

几天后，修完的小屋等墙上的泥皮干燥之后，林亮的二姐往抹得溜平光滑的墙上糊着洁白的纸。她的脸上带着少有的兴奋和喜悦，为终于有了自己的一个小天地，津津有味地忙碌着，还哼着苏联电影《少女的春天》里的插曲：

小河的流水向何处？

我没看见也不清楚，

当我和心上人儿相遇，

我和他谈论幸福。

……

林亮为二姐陶醉在幸福的气氛中而暗暗地高兴。幸福是自己不断去寻找而争取来的，真正的属于自己后，耐心地把握住她，方是人生的永恒。想到这里，林亮的心里不由一阵颤悸。忽然想起雷漏子讲的那个被害死的女"右派"，也为这样一个小屋，为了洁身自好，为了每天能穿上洗得干净爽洁的衣服，就丢了性命。多悲惨的遭遇！

林亮又想起自己的父亲。他虽然前一段过的是囚徒生活，外边社会上的政治风波一浪高过一浪，但对他们这些"罪犯"仍保留着传统的人道狱规。可以说他们比狱外的同等人算是幸运的，因为台风中心是更静的，最危险的地方往往是最安全的地方。父亲是个性情刚烈、宁折不弯的人，怎能受得这般凌辱？

意料不到的事情还是发生了——刘队长对表舅说了林亮家给他送礼的事。表舅回到家，在他那个圈门骂起来："好心好意把他们招到这儿避难，到底还是个没良心的一家亲戚。给他们送了为什么不给我？终归是没看得起我这个人！光请我吃顿饭就完事了？为了你们来这儿，我和冯书记、齐队长说了多少小话？我还用钢筋给他们一家焊一个猪圈门子呢！明个别再烧我们的柴火，你帮着烧完，我们烧大腿啊！本来柴火就不多。"

他的话都让西屋的爸爸妈妈听见了，妈妈的泪水夺眶而出。

爸爸长叹一声："真是虎落平原被犬欺。我林某人怎到了这般田地！"

在外屋地做饭的表舅妈推开东屋的门，点着表舅的鼻子大声吵道："你是个什么东西，一点儿老爷们的气量都没有，鼠肚鸡肠。看咱不错，大姐一家人才大老远投奔咱们来的，要不然请都请不到。大姐在城里时，你一去满招满待的，还给咱孩子拿穿的拿戴的。光大米白面就给咱拿来多少？咱只给人家点儿高粱米、苞米茬子什么的。"表舅妈说完，回到外屋，往灶膛里续着柴火，说道："柴火明个不够烧，到夏天时我去沟子里打蒿子。"表舅妈来到西屋，一把薅住妈妈的手："大姐，你该烧就烧,别理他那根胡子,这个我说了算。人得讲点儿良心,别有用了就甜哥哥蜜姐姐的,没用了就用脚踹。"

表舅在屋里气哼哼的:"痛快地给我回来,别在那屋瞎子撒尿乱滋。你他妈的是个狗屁不明白的虎老娘们,让人家卖了,都不知上哪儿使钱去!"

"你他妈的才狗屁不明白呢!人在难处拉一把,才看出谁是真假人。白托生一回大老爷们,心眼比虮子屁眼还小三圈。"表舅妈用肩膀碰了下林亮妈妈,说:"大姐、大姐夫,别听他瞎咧咧,他是个有嘴无心的人。"

妈妈含着眼泪说:"你们两口子别打了,明天我们出去找房,立刻搬家。"

表舅妈气得回到灶膛根,又说:"今天我一定当这个家,你们就在这儿住。除了我们你们在这还认识谁呀,非亲非故的,上哪儿找房子去住?"说着说着表舅妈也掉了泪。她又回到屋,揪住表舅的胳膊,说:"大姐一家人在这儿的日子还长着哩,你就看下巴壳那点儿地方,不往远了看,有外人挑理的也没有你挑的。你就不明白人家在城里,现在下来了,就够孬着的了,你还火上浇油。将来咱们活低了,要有人难为咱,该是个啥滋味!"

妈妈听到这儿,趔趄地跑进屋,哇的一声扎进炕里大哭起来。爸爸擦擦眼角:"人在世,花在池!"

晚上,躺在炕上的妈妈让二姐在柜子里找出几件半新不旧的衣服,还有给爸爸留着吃的两包蛋糕,让林亮的四哥给表舅那屋送去。此时,四哥再不愿意看见这些,早躲出去了。还是二姐硬着头皮送了过去,开始表舅妈推推搡搡地说什么也不接,最后二姐把东西放在炕上麻利地回来了。这时表舅一声不吭,头朝下躺在炕上,头枕着一个小脏枕头,脸扣着他那个打铁时被烟熏得发黑的前进帽,像什么都没有发生似的装睐。那屋又传来:"到那屋给大姐家赔个不是去……"

"哎呀呀……"是耳朵被揪痛的声音。

"去,去。就这么大点儿脓水,你男子汉的能为呢?"

三天后,公社给小队派来个修桥的民工号。四哥找齐队长恳求一番,去当了民工。临走时说:"这个家我无法待了,认可在外边累死,也不在家憋屈死!"

与表舅家的风波过去之后,二姐才平静地搬进她那个小屋。不大的小炕上,叠着整齐洁净的被褥,上罩着红纱巾。地上的墙犄角摆放一张办公桌,上放有雪花膏、胭粉盒。中间摆一个小聪明用贝壳粘成的台灯,盖着绣有梅花图案的手绢。这儿没电,只能做摆设。台灯底下立着一个镜框,里边镶着小聪明在部队文工团吹萨克斯的黑白照片,桌子的右角放着一摞书,有《红楼梦》《李清照词选》《青春之歌》《红岩》《钢铁是怎样炼成的》《外国民歌三百首》,书上边一个"上海"牌的重音口琴。真是一个别致的小天地。一本打开扣在炕沿边的海涅的《诗歌集》,还有一本《拜伦诗选》正压在枕头底下，这是二姐常翻看的两本书。满屋弥漫着一种青春的气息，空气里透着神秘的温馨和魅惑。

二姐长了一双含笑招人搭讪的大眼睛，洁白爽润的脸庞，高高的个子，匀称稍显丰腴的身体，发育良好的坚挺的双乳，给人一种青春的活力、美的灵动。在校时虽因爸爸的问题影响不小，但还是有许多男生给她写情书。她接到后，看也不看立刻烧掉，所以那些人送她个"冷公主"的外号，只有和她同在文艺宣传队的小聪明曾神奇地撩开她的心扉。在一次二姐回家的时候，小聪明塞给她一个日记本。到了家，二姐打开后发现，日记本扉页用工整的钢笔字写着一首诗：

　　我以前梦过热烈的爱情，

　　梦见美丽的卷发，桃金娘和木樨草，

　　梦见甜蜜的嘴唇和辛酸的话语，

　　梦见忧郁之歌的忧郁的曲调，

　　这些旧梦早已残破而无影无踪，

　　连我那最可爱的梦影也已消逝！

　　留下的只有我从前在那轻柔的小调里，

　　热情奔放地写下的小诗。

　　孤独的短歌呀，你还留着！

　　现在也去吧，

　　为我寻访消逝已久的梦影，

　　你若遇到了它，请你替我问好。

　　我要把我的悠思送给那个幻影。

这首美妙灵秀的诗把二姐打动了，她激动得不得了，借着月色找到小聪明，问他："你什么时候写的这么好的诗？"

小聪明说："眼下我还没有那么大的才气。你在这本书里找吧。"

二姐接过小聪明递过的书，一看是海涅的《诗歌集》，她不停地翻动着，发现日记中的诗，是少年的烦恼中的一首《梦影曲》。小聪明把这本《诗歌集》当时就给了二姐，二姐回来后仔细地读着。又到书店买来其他不同版本和不同译本的海涅的诗集，两个人来往越来越频繁了。一年春天，那是个星期天的下午，二姐和小聪明还有徐丙利去城外郊游。走到半道，二姐突然蹲下说肚子痛，受不了。徐丙利问是不是晚上睡觉凉着了，二姐说不是。小聪明在一旁看了一会儿，转身跑向街里，一会儿，他拿着一卷卫生纸交到二姐手里。然后对身后的徐丙利说："咱俩到那边转转。"

徐丙利不肯走，说："咱俩走，把林毓秀一个人留在这儿，你是啥意思？"小聪明拉着徐丙利走到离二姐很远的地方说："现在不告诉你,你真是个傻帽。"

过后,二姐问小聪明:"你怎么明白女孩子的事?"

小聪明说:"我母亲是妇科大夫,几个姐姐一到你这般年龄,常嘱咐她们怎样做女性的卫生保健,还把必备的物品为她们准备好,教她们怎么用。然后妈妈安置她们和大人分开住。"

二姐眼睛盈满泪花,搂住小聪明的脖子,在上边吻一口:"你真聪明!"

从那,二姐管陈代叫小聪明,周围的人也随着叫。二姐终于敞开心扉向小聪明表白了心情,说:"爱我吧?"

"我值得你爱吗?在你面前尽耍小聪明。"

"说你是小聪明不爱接受啊?愿你没有一点儿浮躁和虚伪,浑身上下全聪明透顶,行了吧?男子汉大丈夫,跟一个刚懂事的女孩子一般见识,多没出息!"

小聪明问二姐:"我们去大连玩玩可以不?"

"我真愿去,就怕中了你的圈套。"

"根本没那个意思,你是庸人自扰。"小聪明说,"难道你不爱大海?"

"爱是爱,怕妈妈不让我去。"

"我背诵一首诗,你一定非去不可。"

"什么诗?我听听。"

小聪明背诵着:

海滨悄静,

夜色深沉,

月自云中破绽,

海向明月谈心。

"这是海涅的诗,郭沫若译的。你再提海涅的诗已经考不住我了,最近我把海涅的所有诗集都弄来通读了一遍。"二姐说,"你知道海涅还有一首写大海的诗吗?比这首还气势跌宕,更富有节奏感、形象感。"

小聪明问:"你背出一句,我就知道是哪首。"

暮色朦胧地走近,

潮水变得更狂暴,

我坐在岸边观看波浪雪白的舞蹈,

我的心像大海一样膨胀,

一种深沉的乡愁使我想望你。

你那美丽的肖像,

到处萦绕着我,

到处呼唤着我；

它无处不在，

在风浪里，

在海的呼啸里；

在我胸怀的叹息里。

我用轻细的芦管写在沙滩上：

"阿格纳斯我爱你……"

"这是海涅的《宣告》。"小聪明说。

"你知道这首诗是谁译的吗?"二姐问。

"好像是……"

"好像是不行,要坚定、准确。"

小聪明想了半天没想出来。

二姐说:"我白夸你聪明了,还想要当大诗人呢。学识浅,记性不好什么也干不成。我告诉你吧,是冯至译的。海涅是德国伟大的海洋诗人,对大海最富有抒情能力。你给我的那首《梦影曲》是钱春绮译的,他们译的都有各自的特色。钱春绮译的灵秀、雅逸、富于技巧;冯至译的酣畅、瑰丽、寄寓哲思;郭沫若译的恬静、幻化,诗里隐含有中国古典诗的蕴藉和意境。这说明郭老有着深厚的中国文化底蕴,自然而然地带有这种迹象。"

"别说了,我算服你了,几天的工夫,你把我超过去了。"小聪明说,"唉,我问你,大连还能去不能去?"

"我们怎么去?"

"坐火车去呗。"小聪明悠然浪漫地说,"我们背诵着海涅的诗,徜徉在海滩上,我们不就真的走进诗情画意的境界里了吗? 到那儿我给你买件鲜艳的游泳衣,扑进大海里畅游一番,游累了上来坐在沙滩上吃着野餐。我们再到大连的自然博物馆看看,我太爱大自然啦!"

"请别说那些诱惑我的事情了,我跟你去。"二姐说,"这可叫我妈妈又操心了。爸爸不在家,在狱里过着囚徒的生活。"

小聪明说:"主意自己拿,道路自己选择。"

二姐问小聪明:"你不嫌弃我的家吗? 你能真心始终如一地爱我吗?"

"绝对是真心如一的,我早就有了心理准备。"

"陈代,我多想对你大哭一场,心里好舒服些。我和亮弟升入中学,校方知道我爸爸的事情,从校领导到老师和同学们都用鄙视的目光看着我和亮弟,这种压抑太让我们受不了! 好赖有你和胡玲玲、徐丙利,和我姐弟俩相好如初,否则真活得没趣了。亮弟表面上好像比我坚强，但他内心最痛苦。他敏感，性格孤僻，感情深沉，和你一样有远大的抱负，很难使人理解。在男生当中只有你和徐丙利理解他，关心他，爱护他。他曾说过要出家当和尚去，远离喧嚣的尘世。我们五个千万别分开！哦，行不？不然的话，我和亮弟的后果会惨的。最近，他和徐丙利经常在一起喝酒吸烟，他说这是打发无聊的人生。我们去大连前，你好好劝劝他，让他尽快高兴起来。"

"别说了，这我都理解，我都明白。你要哭就哭吧，只要你心里能敞亮些。"

二姐把头扎进小聪明的怀里，泪水打湿了他的衣襟。小聪明也热泪扑簌。

八

表舅妈是个心直口快、朴朴实实、很能干的农村女性。说话时舌头有时挽不过花来，话一出口有点儿不利索，乱乱的，但干起活来勤快得很。家里家外忙忙叨叨的，用她的话说，一天下来脚打后脑勺地忙，也没看忙出个啥来。有时不住嘴地嚷嚷一通："和他说一大堆，嘴皮子磨薄了，起来干不多少，倒惹气。有那工夫还不如自己去干啦。"

这是说表舅。说完她操起掏笆，把灶膛里的柴火灰扒出来，撮进土篮子里，倒在大门口临街的小粪坑里。回来也不空手，在大门旁的茬子垛上装满一土篮茬子，放在外屋地用烧火棍打下茬根茎上的土块，茬子自然也就软了，有些碎，塞进灶膛。起身刷净大铁锅，用葫芦瓢舀满一锅清凉的大井水。此时，她脚旁的灶膛里已是一膛红彤彤的火。她边揉着惺忪的眼睛边到当院打开鸡笼、鸭圈、鹅圈，咕咕嗷嗷地把一群活物哄到大街上自己去找食吃。回来后，在大灶膛旁边的小灶膛里添一把茬子，看锅边刚冒气，舀一瓢里边的猪食，送到猪圈里的猪食槽中。喂完猪转身往回走，院子里的大花狗追着她，用舌头舔她手上沾的猪食碴，有时瞅瞅她，还"汪汪"两声。回到屋，她往大灶膛里又塞一把茬子。等一会儿，大锅的水半开，磨身去往一个泥盆舀半下米，到灶膛这把锅里的半开水舀到装米的泥盆里，这样地淘了三遍，澄净汩水，把米下到要开的锅里。等饭熟得差不多了，进了东屋叫表舅起来，哄起孩子立马吃饭，完了痛快去上学。放在炕上的桌子上，摆的菜只是一把扒了皮的雪白的葱，中间是一碗咸菜半碗大酱。表舅妈就这样，每天凭着自己的勤恳养成有条不紊的劳动运筹规律，日复一日地做着。二姐有时抻着脸说："我在农村待长了，也得像表舅妈似的，累得驼了背，满脸红黑，再添一脸皱纹。一看她干的那些活，我都替她感到心累。"

二姐可好，眼时农活不累，下班到家洗刷完，拿着"上海"牌口琴去房后林子里唱啊,吹啊,尽情地过着城里人浪漫的生活。回来读读书,写写小诗,给同学写封信。脖项养得白皙,五号头梳得又黑又亮,白运动鞋一点儿水渍没有。挺着高挑的身段,时而来几个舞蹈动作。浑身擦得像个香麝。她那个小屋搭衣绳上,总晾着洗净的、带有一股香味的白色三角裤头、粉红色乳罩。妈妈总是说:"心肝呀!你这样娇滴滴的,到了大忙季节,你会累得受不了。"

一个刚眼差黑的晚上,从屯西头八棵老榆树下,传来几声长长的钟声。齐队长一边咳嗽着一边喊着什么,噎着口痰的嗓子眼儿,喊得有些含混不清,像是让全体社员到队部开春耕动员大会。春困的人们刚脱掉衣服,摊开被褥准备钻进去睡下,一个个不得不穿上衣袖扣上扣,打着呵欠一步步挪向队部。

过了会儿,队部挤满了黑压压的男女社员。三间通铺大炕,炕头坐着男社员,炕梢坐着女社员,地下的小腕子炕上坐着男女知青。他们有的看书有的读报,有的女知青在织毛衣。后来的没地方就坐在地中央的磨盘上。有的进了屋眨着眼睛转身找地方,实在没有就坐在干豆腐榨上和装豆浆的矮缸上。乌黑的干豆腐榨和磨盘缝往外渗出一股腐酸气加甜丝丝味,磨眼里余下几个没拉净发了霉的胖胀豆,长出了绒嘟嘟的绿毛。什么味屋里的人也是闻不着了,因被一个坐上的人用屁股把磨眼揞住了。两头分别系在东西房梁的一条麻绳上,搭着丝绦般的豆腐包布,上边布满了灰尘和臭虫泻出的污渍。磨底托的周围被坐在上面的人蹭得镶着一圈泥卷卷。炕上的席子损坏得这一片那一片,每一片都脏得看不清炕席花,露出炕面的地方也暴起一层浮土和滚动着从人们鞋上掉下的泥团。四周房墙上的泥皮剥落了,能看清大坯缝中的胶口。棚上的秫秆叶,盖房时没撕净,耷拉着,坠满灰尘嘟噜,似阴森森的黑树挂。一屋子人的气息和烟雾吹得它直摆动,吓得下边的人不敢抬头,很怕眼见它落下来沾在身上。低下头,心里说:"眼不见,心不烦了!"

张信眨动着小眼睛指着坐在磨盘上的人,大声喊:"你们别放屁把磨熏臭了!明个做豆腐可怎么吃呀。坐别的地方好不好?显你们屁股大爱生小子还是咋的?"

坐在上边的丁凤贵故意气张信,屁股在磨盘上颠了两颠,瞟了张信一眼:"哪儿都有你。做豆腐你吃着了吗?人家公社和大队来人才吃着了。熏臭了,他们吃才算有滋有味呢!"

说完,丁凤贵欠起屁股嘟嘟地来了几声,不知他来得怎么这么方便。屋里的人妈呀妈呀地争着揞鼻子。脖子上挎个半导体收音机的冯大林嚷道:"响屁不臭,蔫巴屁臭。"

静了一会儿,坐在炕里的赵庆义赵老板子,举着烟袋杆敲着窗户框,喊道:

"唉,趁没开会,谁来段蹦蹦好不好?我配合。"

过了会儿,没人搭茬。他耐不住了,指着炕梢一个有四十来岁的妇女,说:"呱嗒板子你先来段《红月娥做梦》,完了我来段《王二姐思夫》,你看咋样?"

对方没应声。他急得又喊,还一边点着头:"快来呀,等一会儿开会了!"

赵老板子最后把手伸向呱嗒板子,手心朝上翘动,示意她快唱。对方忽然大叫一声:"你可别硌碜我了,在这么多人面前让我要狗砣子呀,当我缺心眼还是当我傻啊。这是小事吗?要是刘队长来了,再说我搞封资修,挨斗你替我跪着呀!"呱嗒板子忸怩在炕角,偎成一团不动。

"没事,来吧。行,挨斗我替你跪着。你这岁数正是浪头上,这时不浪,就没浪时候了。"赵老板子又催促着她。

呱嗒板子说什么也不浪,弄得赵老板子很难堪,屁股一沉坐在炕上,吧嗒吧嗒知趣地抽着闷烟。

冯大林把耳朵贴在他那个上海无线电三厂生产的"春雷"牌半导体收音机上。半导体的声音时断时续,不响时,冯大林就用手在上边,啪!啪啪!嘴里不住地念叨着:"我看你是不打不招啊!"

别说,他这么一拍,不响的半导体一下了响了起来,里边传出吱吱哇哇的声音。他又气嚷嚷的:"花三十八元钱买个匣子,净他妈的杂音。"

啪!啪啪!

"净他妈的杂音!"

最使人不解的是,在靠窗户台的一角"杠子房"老板郑万年,坐在那儿,用牛皮纸在大腿上叠纸飞机,叠完扬手抛向空中。机尾有个舵,向里歪着,飞机在空中旋了一圈,又飞到他身边,郑万年用手轻轻一接。他这样反复抛着接着,屋里发生的一切对他来说,好像是另一个世界的事情。他神情木然,如无法测试的神秘黑洞。他抛出去的纸飞机穿行在垂下的钟乳石般的黑树挂中,稀稀星星的灰尘浮在下边人们的头上肩上,轻盈得谁也不知晓。他的行为已不吸引人了,那边的说说笑笑、吵吵闹闹早已盖住了他。他的嘴角挤出一丝孩子般的童真,抛飞机的动作有种顽皮的诙谐、出世的憨态。

这时,齐队长和刘队长一前一后走进屋里,嚷成一团的队部,渐渐地像人咽气似的平静下来。坐在地中间一条长板凳上的几个社员,知趣地立刻站起,都摊开手让二位队长坐下。齐队长没坐,抬头去把悬在房梁上发暗的围灯捻得更亮一些。又回身摘下挂在墙上的、下边两角翻卷上去的社员记工签到簿子,递给刘队长,然后说:"点点名,看看还缺谁,没来的赶快打发人去找。春耕动员大会不是一般的会,谁不到场听不见安排,后天种地会出岔的。"齐队长说完,捅了冯大林一下,让他把他那个破收音机关了,就手到外边把那会儿躲在外边的妇女们招回屋。

刘队长点完名,让旁边的一个社员把签到簿子挂回墙上,回头对刘队长说:"有十五个人没来。"

齐队长说声:"赶快派人去找,我这先慢慢讲几句等着他们。"

说着,刘队长打发两个人分头去了。

刘队长用眼睛扫了下会场,提高嗓门,说:"大家都不要说话了,现在开始开会。又到春暖花开的时候了,不用我细讲,也不重复往年的老话,大家心里都明白这个当儿是咋回事。老天爷真作美,前些天连溜下了两场雪。下得好啊!墒情一定错不了。只要我们拿出真心来,劲往一处使,精神头鼓得足足的,把这场春耕播种的仗打好。下种及时,底肥滤匀,夏锄时看见绿油油、齐刷刷的好苗情,我们庄稼人就高兴,心就盛。到了秋天会给国家多做点儿贡献,我们还能多分些口粮。这是不是叫大河满了,小河也不会干啊?这道理叫人多明白多痛快呀!把话拉回来,反正种地的事是我们庄稼人十分关键的大事。土地是我们的命根子,我们要拿它不当回事,行当二症的,它都会不让我们喘上一口顺溜气,尤其地要是种不好,我们就是自己割断自己的命根子!"齐队长咳嗽一声,接着说:"种地时大家千万别糊弄啊。你们要知道,要糊弄的话,可不是糊弄我姓齐的一个人,是整个八棵老树几百口子的嗓子眼儿那段气的事,那段气一断,你说我们还有啥啦?到那时哭都找不着调门!在场的都不是一天半天的庄稼人,着手一干就都会了。新来的沈阳知青和刚来的城里下放户他们不明白种地是咋回事,我们要好好带动他们,帮助他们。依我看种地就是种良心,把良心放正就一定能种好。其实它不是太难懂的技巧活儿,它是我们怀揣着、随时可以拿出来用的良心活儿!就这样吧,大道理我也不懂。后天是谷雨,马上开始种地了。下面我把种地配备犁杖点种、踩格子人员名单念一遍,回家准备好所用的家什,明天到队部聚齐帮助赶犁杖的老板子们检查一下犁杖和绳套。没念着的闲人明天仍去北长垄子,把剩下的高粱茬子刨完。唉?念到谁谁答应一声啊。有困难不能干的讲出来,我掂量着再给你找些别的活儿。"

齐队长念完名单。大家交头接耳起来:"齐队长这人真够料,话不多,说得实在,刀着理了。从打他当队长,到这时候,把桩桩事事料理得头头是道,没落空的地方。"

"哎,还有件事,算个不小的事,好悬没忘了。"齐队长把名单揣进兜里,说道,"就是崔组长前两天得了肝炎病,看样一时半会儿不能上工,趁这个机会再选一个组长。"他语气很庄重:"咱们也发扬一下民主,大家看看谁能胜任?麻溜选一个。"

过了半天下边也没有动静。最后姜宝库忖不住说:"我看张信这人行,他样样农活都行,拿起来放得下,还敢说话不怕得罪人。当组长是第一线的角色,不敢得罪人怎行,谁说咋干就咋干,水水汤汤稀松带平常,还不是带我们白忙活一年。不管别人,我是同意张信当组长。"

齐队长说:"姜宝库提议张信能胜任组长,兴许有比他更高明的人选,都用心好好琢磨琢磨,大家再举出几个人来,凑在一块儿共同参考一下,今晚上就把这个事定下来。"

会场一片沉静,没有一个人说话。刘队长说:"要是真的没有别的合适人选,就按姜宝库说的,谁同意张信任组长就高点儿举手,超过半数就定下来,不超过半数再另选他人,咋样?"

会场依然是静的。刘队长说:"大家要是同意张信当组长,举手吧? 都是乡里乡亲的,客气啥呀? 这是解决大家的事情,当然也是好事。"

过了一会儿,人群里渐渐有不少举手的,齐队长让赵会计和知青高占奎到人堆里查举起的手,每人仔细查了一遍,回来碰数看俩人查的是否一致,又核对一下所有在场的人与举手的人对比一下超过半数没。齐队长一看举手的已超过半数,他笑着问张信:"请你站起来,愿当不愿当这个组长? 愿当对大家讲几句话,完了立刻走马上任。"

齐队长回头问刘队长:"你说这样合理不?"

刘队长说:"这事你就拿主意吧,我就不参言了。"

张信站起来,跳下地,面对全体社员,大声说:"大伙选我当这个比芝麻粒还小的官,不用说这是信着我张信了,那么我就下定决心把它干好。大伙都知道我这张嘴不是让人的,说出的话好刮鼻子刮脸,大伙就多包涵点儿。既然我想干这个光得罪人又不讨好的差事,就豁出去披个血布衫子让你们骂,让你们戳脊梁骨。"他一转话锋,又说:"其实当官的越想得罪人,就越是为大家好,秋后就能多分点儿,多吃点儿,有了上两点就能多舒服点儿。我看人的一辈子就是为这三点儿活着! 行,我干,那我就不说别的啦。"

齐队长喊道:"请大伙来点儿掌声,欢迎新组长张信同志走马上任!"

掌声息了。齐队长说:"张信散会后,你先别走。我要和你谈谈你与孙组长分工的事。"齐队长看了一眼刘队长,又说:"你还要说点儿啥? 看我有没有落的地方,你趁机补充一下,天也不早了,完了咱好散会。"

刘队长离了座,往前走了两步。被他挡住的围灯,在他身后投下一条游动的影子。他双臂抱在胸前,把佝偻的身子挺了挺,扫了一圈在座的人,说道:"齐队长刚才把生产方面的事都安排布置好啦,我也不再讲这方面的事情了。我只提提头几天到公社参加农业学大寨会议的精神,顺便向社员传达一下,主要是以后要学大寨的按劳取酬、评工记分问题。这个问题一会儿我讲完话再搞个怎么评比、怎个按劳取酬法，一定要好好地贯彻执行下去。彻底打破按人头挣分、出工不出力的旧框框。不学大寨我们农民就不能多打粮食，不能创高产打翻身仗。"他停了一会儿，又说："巴黎公社的失败，就是因为没学大寨嘛！所以我们要加快学大寨的步伐，迎接全国的大好形势……"

这是哪儿跟哪儿啊！巴黎公社的失败与学大寨简直是风马牛不相及。

会场一片寂静，都在听刘队长讲话。

但这事怎能瞒过沈阳知青？他们早就捂住嘴，想乐不敢乐。有个叫单玉波的女知青憋得实在受不了，松开捂住嘴的手哈哈大笑起来。随后爆炸般的，全体男女知青都大笑起来，个个笑得前仰后合！屋里其他男女社员被他们笑傻了，直愣愣地相互瞅着。有的说："这是咋了？胳肢窝爬进虫豸啦？"

半天，他们也被感染得大笑起来。

有个坐在装豆浆缸上的社员，乐得一仰掉进了缸里，坐了一屁股剩豆浆和落进去的混合污物。等那个社员从缸里撑着双臂出来，一股酸唧唧的臭味扑进大家的鼻子。齐队长正抽烟，也乐得呛了嗓子，磕头似的直咳嗽。赵老板子乐的，汉白玉的烟袋嘴把门牙硌掉半拉。

刘队长有些犯晕，发现周围的目光都射向他，怎么想这不是个事，就又坐在长板凳上，耷拉个脑袋，掐住脖子似的，大气不敢出。

齐队长收住咳嗽声，看这样下去要没头脑，就喊道："大伙别笑了，我再讲几件事。后天早上三点半吃饭，四点下地。踩格子的要穿大号鞋，脚窝大，踩得严实。告诉你们，谁要不穿就扣半天工分。"他又说："保管员老姚头，从明天起给每个下地干活的牲口多称十斤料，交到饲养员卢希尧那儿。牲口跟人一样，吃不好也一样干不动。就这样，散会回家。"

刘队长按劳取酬、评工记分的大寨精神没贯彻上，懊恼的他，等别人走完，他才没劲地去了。

在种地的前一天，林亮找齐队长说明家里的情况，提出提前先分他家一车玉米秆。他特意赶着拉着一车柴火的牛车，绕个弯路到八棵老榆树下。他看见树上开始长出绿色的叶子，稠密的树枝间聚集了越来越多的各种鸟儿。林亮还碰到一个挑着嗡头、担着担的剃头匠。嗡子的嘤嘤声，震得人的耳根子嗖嗖发麻。

又碰到一个摇着铜铃铛的铰酱人也进了屯子。便宜得很，每斤只收二分钱的铰酱费。他铰了不少家的酱，带着满足的心情和很鼓的腰包，乐滋滋地走了。

剃头匠和铰酱人的到来，也为八棵老树的生活底蕴增添了两个秘密。

那个剃头匠做完生意天已黑，住了的小队部。他给独身一人的饲养员卢希尧免费剃了个光头,卢希尧留下他吃了晚饭和早饭。他的脑袋从此在马圈的里里外外晃动,大伙说咱生产队多了个新出家的和尚。卢希尧过后发现,那个剃头匠把饲养员舀料的大马勺偷走了。因此卢希尧为这事十分上火,好似患了牙痛病。他自己说自己是哑巴让驴日了,有话说不出。

那个摇铃的铰酱人给小队赵会计家铰酱时,从队部挣脱出一头公驴和一头母驴跑到赵会计家的院里。发情的公驴母驴在院子中交配起来,赵会计老婆被撩得欲火烧身,拉起铰酱人到下屋在高粱囤子上做了次爱。做完赵会计老婆回屋煮了两个咸鸡蛋烫了一壶酒,两个人边谈边对饮起来。吃喝完,铰酱人走了,把铜铃铛忘在了赵会计家。赵会计老婆怕她男人知道后这事不好办,就把高粱囤子上的秽物收拾干净,又把铜铃铛卖给了从大门口过的收破烂的人,她把卖铜铃铛的五元钱别在下屋的房棚里,总也舍不得花。

九

天刚放亮,屯中的大道上,就响起拉巴架子驮着犁杖摩挲地面的吱吱声,还有马嘶和牛的哞哞声。八棵老榆树下挂着那个印着 USA 英文缩写字母的空炮弹壳子又响了一遍。齐队长可能怕有的人觉大不醒耽误下地,他已经敲了三遍。"钟"的余音在寂寥的村庄上空回响。

社员们陆续走出各自的家门,后面响起砰砰的关门声。个个打着呵欠,腋下夹着葫芦和踩格子用的木棍,有的拎着点豆种的料斗子。一个个披着大衣和棉袄,都两只手对拢抄着袖,弯着腰,惧着早晨的春寒低头走着,稀稀溜溜地会聚在大道上。惊得窝里的狗猎猎地叫着,鸡高一声低一声地啼。户户屋顶上的炊烟渐渐地散了。只有人喊马叫的声音,扑向暗夜正欲退去、光明即将来到的大地上。

林亮借着朦胧的月光找到了赵老板子的犁杖。与赵老板子这副犁杖搭伙的是:雷漏子点种,林亮踩格子。赵老板子看着昨天擦完的犁碗子,今个有些发乌,又用一片布鞋帮蹭了一遍,锃亮的犁碗子在拂晓中闪闪放光。因为它有凹度,照得赵老板子的脸有些畸形,酒糟鼻子突出的大,皱纹沟壑般的粗糙。雷漏子往料斗里装豆种,哗哗直响。

挨着另一副犁杖踩格子的是女知青夏丽娟。她把刚才跟着拉犁杖的马拾满的一粪箕子粪,滤在没趟起的垄沟里。此举是为了证明她与农民要打成一片,融合进劳动阶层的血肉里,她认为这是接受再教育的真髓。

赵老板子把四处检修了一遍的犁杖插进一条垄的地头,回头说:"都准备好了吗? 可要走了。"

这时齐队长在大地里横穿过来，到了雷漏子面前，说："这是新品种豆子，我看没把握，多点些，长出的苗要多的话，就拔一点儿，要坐地点少了就坑害娘啦。"他又朝赶着犁杖的赵老板子说："赵老弟，直点儿破茬，深些掏墒，别到趟三遍地时就插不进犁铧。牲口多加料，这可比拉车累多了，不有那句话吗——牲口这玩意儿，认拉千斤载，不拉一犁土。"

齐队长是个非常称职的农民哲学家，他有着对人生和农事严谨、认真的逻辑态度。他的理想就是紧紧地拴在这块土地上的使命！

拉犁的两匹马是赵老板子车上拉前套的两匹马，那匹小马驹还在它母亲的前后撒欢似的跑着。两匹马吭哧吭哧用劲地拉着犁杖，把新菌麻套绷得啪啪响。八只马蹄子在松软的地上一刀一个坑，马头埋在胸前。臀部、前胸、大腿上的肌肉一用劲，如运动的地壳起伏不停，暴突的血管像是蜿蜒的山脉蠕动。四双蓝幽幽的眼睛，直瞪着前方，仿佛那儿有湖泊和绿洲。

天渐渐地大亮起来，太阳柔和地升起在东方的天边，大地现出勃发的生机，种地的人群像在她的胸膛上尽情吮吸着乳汁。

另一伙正在种谷子的人，乒乒乓乓均匀地敲着种葫芦，与这边犁尖铧开土的哗哗声连成一片，击响这鲜亮的早晨，像是在问："春天您好？"

赵老板子犁耙下的犁铧豁开垄台，后边甩出一道深深的犁沟，分开的土壤喷出一股清凉的气息。红头的蚯蚓、黑色的蝼蛄纷纷爬出重见天日。

赵老板子的鞭子在空中抖个响，一个劲地吆喝着牲口。

雷漏子手攥的豆种在指缝中漏出，均匀地落在林亮踩出的脚窝里。雷漏子点完一把种，把手放在前额搭个凉蓬，朝着太阳又说了那句："还行吧？！"

他的脸上马上现出一种得意而神秘的光彩，低头又攥把豆种继续边点边往前走。

林亮穿的是42号的球鞋，这是他在校时经常打篮球穿的，它弹性好，鞋底有深陷的花纹，此时早以沾成一个大泥砣砣。心想，怪不得那天倒粪回家时，走在泥泞的地上没人愿当开路先锋，这回可知道这番苦头了。开始抬脚落脚觉得很轻松，后来简直是在垄上拖着走。实在不行，只得用棍刮掉那大泥砣砣。

赵老板子甩几下鞭子，看看前方一里半地长长的垄头，忽觉得有些单调。往右一望，发现呱嗒板子在离他不远的一副犁杖上踩格子，就说："唉，呱嗒板子，反正干这活儿像走道似的不耽误事。咱悠一段二人转咋样？开会那天晚上人多你抹不开，今天人少，刘队长不在，来来，悠一段！"

呱嗒板子满不在乎地说："其实刘队长我还真不怕他，就是人多有点儿不好意思。今天你说悠啥吧，我豁出去了！"

"你别老嘞嘞了，我服你那片呱嗒板子似的嘴。你爱悠啥就悠啥，我听你的。"

"《楼台会》怎么样？还文还有情。我宁可当一把祝英台，让你占一回我是你空头情人的便宜。我告诉你，过后可就当没这回事，别半真半假地在人面前老提它。不管我多大岁数，我也是个要脸面的妇道人家。"

赵老板子一听，兴致来了，说："你就唱梁山泊和祝英台下山那段，有情有景的。我麻溜地随着。"

呱嗒板子清清嗓子唱起来：

走一村来又一村，

村村走出卖花人。

梁兄你把花来买呀，

我就是你的戴花人。

赵老板子也打扫一下嗓子，还故意往细处勒了勒：

贤弟我本是男子汉，

你怎比我是戴花人。

呱嗒板子那边唱：

穿过岭来到河旁，

公鹅母鹅汇成帮。

你坐地若是一女子，

我和梁兄咱俩个拜花堂。

……

赵老板子和呱嗒板子俩人唱出了感情，个个眼窝里都汪着泪。

在地头歇气时，三副翻黄豆犁杖的人围坐一圈，只有踩格子的女知青夏丽娟又背着粪箕子四处捡粪去了。还有点种的爱叠纸飞机的"杠子房老板"郑万年，在一旁低头思过似的看着地上。剩下赵老板子、呱嗒板子、雷漏子三人谈着有关二人转的戏情。

赵老板子说："现在看不着压江东的戏啦！尤其他唱的《莺莺听琴》，那才是绷瓷不叫绷瓷，听听那小曼（味）！你说是跟半截还是咬尾巴，还是甩腔、行腔，都弄得你心都随着颤微。"他咽了口涎水，又说："还有温大个子的《蓝桥》，听了后浑身麻酥酥的。有一年在城里我一连看了三场他俩演的戏，一天没吃饭也没觉得饿。过瘾死了！唉，现在这伙人都哪儿去了？"

雷漏子也很懂戏文地跟着说："以前这些戏我也没少看。我看他们唱的不光叫人瞎听取乐，里头主要还是劝人，让人学好。有的是骂世，有的是哭情。你看《马前泼水》，骂的是那些丧尽天良的人。缺德跳槽的崔氏瞧不起又穷又酸的丈夫朱买臣，看人家做官回来，高头大马骑着，人家不勒她，她一头撞死在马前。这就是劝那些吃着碗里望着锅里的贱货，心眼子不正到任时候都不行，后来不是横死就是……反正不得好死。"他想了会儿又说："《大劈子棺》里的刘氏，她男人庄子修刚死她就嫁了别的男人。那人得了要死要活的病，郎中说吃活人的脑子能治病。刘氏说刚死的人的脑子行不行？郎中说也行。刘氏拿着斧子去劈庄子修的棺材，没曾想庄子修从棺材里站起来。其实庄子修装死，是试探他老婆对他是真心还是假意。你们说说这是不是叫骂世劝人？在一个炕上睡了半辈子的老婆还没睡出个好啦，没睡出一条心。这就叫人加小心，谁也不可靠。"雷漏子哼了一声，"你们说，这是不是夫妻恩爱假温柔？"

呱嗒板子用手中的木棍点了雷漏子一下，说："戏是戏，跟眼前的事是两码事。"

雷漏子不服地说："你一捏子岁数，懂得个什么，我走过的桥比你走的路都多。刚才你唱祝英台，别看逗出你几滴眼泪，那是写书编曲的闲着没事瞎想出来的。我就不信一男一女总在一块儿，愣看不出谁是公谁是母，怎么装扮也是瞒不住的事。男的女的两眼一对光，手一摸一碰，一下子就有了情，就有了那意思。"

呱嗒板子生气地说："照你说，你那个老婆也白过大半辈子啦？说不上哪天会把你害了。趁早把她休回家得啦！"

雷漏子感叹道："啥时候害我啥时候算，听天命由。穿坏是衣，死了是妻。"

呱嗒板子不忿地说："梁山泊和祝英台的戏是劝人学好，让男人真心喜欢女人，女人看准一个男人就应当爱个死，不然活着也是没有意思的。你还整出个把人分公分母的这档事，人也不是牲口，用公母来分。还有什么一接触就想起那意思。什么事你咋不往好里想呢？一窍不开的老顽固，明个告诉我的老表姐非把你害死不可，再找一个比你好的。"

一旁的赵老板子说："你俩是表姐夫表小姨子的有啥呛呛的。唉，雷漏子，谁害死你了啊，哥俩一对在树下背雨，一雷锤子下来劈死了你二弟，你咋没咋地，命大得没边了，真龙天子也不如你，说明你会成为千年的王八、万年的老龟，没个死！我们兴许看不见共产主义了，可你保证看到了。到那时你站在共产主义的金銮殿上往下喊喊，告诉我们一声共产主义是个啥样。活着没见着，做了鬼也好明白明白。"

一边的林亮暗暗地"啊"了一声，原来雷漏子的外号是这么来的！郑大年在那边又叠起了纸飞机，沉浸在老顽童的娱乐圈里。从那天晚上开会到今天他还是老样子，发现人们早已对他看腻了看惯了。这边一伙人的说笑谈唠怎么也吸引不了他，他那不变的行为也撩不起那方的注意。因有点儿小风，他的纸飞机抛出去，再也旋不到他身边,伸出去的手仍是空空的。

夏丽娟在大道上又捡满了一粪箕子粪,背到地里把粪滤进垄沟里。她做的这些事情都是不抬头做的,从行为上看不是在装,表现得十分虔诚。她长得并不漂亮,但很白净。中等个,脸上的神情总是一个样,不变化。稍一张嘴露出白色牙齿,像是在笑。嘴唇很厚,头发梳成两条小辫子,一身洗得发白的蓝色劳动布工作服。眼睛里总有种说不出来的乐天意识。呱嗒板子走过去问她:"踩半天格子了你也不嫌累得慌,又去捡粪。夹生饭,真闷不透?"

夏丽娟爽朗地说:"我们知青来农村就是认真改造世界观的,世界观的改造是一项十分艰巨的根本性改造。首先得和你们打成一片,做一个朴朴实实的农民,与你们一起摘掉农村的落后面貌,消除城乡三大差别。"

她说这话底气很足,好像谁也改变不了她。

赵老板子把草料口袋里的料全倒进马槽子里,浇上半桶水,用鞭杆子使劲搅动。赵老板子忙完这样活,腾出手去摸索正在吃奶的小马驹那缎子似的皮毛,像是人性的至爱能从他的指尖缓缓地流进小马驹的身上。

又歇了会儿,赵老板子搬开马槽子,正了一下犁杖套,叫起坐在地上的人,扬鞭破茬、掏墒干了起来。

收工的人马穿过南北大道进了屯子。屯西头第一家是大队冯书记家,林亮走到这儿站下,仔细地看着这青砖水泥轧顶的房子。高高的大山墙正对着伸进屯子的路口,从路口能眺望到屯外无际的平原大地,给人一种从封闭的生活中一下子涌进广阔明亮的世界之感,这世界能使你感觉到无忧无虑的单纯、旷美。

山墙上刷着一层白灰,上写着五个硕大醒目的黑体字"农业学大寨",字的上一半的白灰底儿已剥落了,只剩五个字茬茬,在墙底层露出一幅油画,斑斑驳驳褪了色,看上去还算清楚。

上边是玉米,下边是钢铁,真是一幅立体的工农业宏观的理想图景!

林亮聚精会神地看着画。种地的人们早在他身边走没了,他也不知道。齐队长最后一个过来,问:"在这干什么呢? 还不回家吃午饭去,下午上工种地赶趟吗?"

林亮说:"看看这画,还怪有意思的。"

齐队长哼了一声:"有意思! 照那样折腾下去,中国人都得被折腾死,现在觉得那口气还没喘上来呢!"

二姐一进家,脱下米黄色的衣服裤子,摘下白纱巾,甩掉鞋。打了一盆清水,到她的小屋细细地洗起来,很怕春天的阳光和风把她的皮肤晒黑吹糙抠不下去。抹一头一脸香皂,像个泡沫人,嘴里嘟嘟囔囔的:"农活太累人啦,要干一辈子可真够呛。"

妈妈问："你干什么活了,怎累得这样?"

"跟着大伙刨坑种玉米了。"

二姐洗完不吃饭,进她的小屋躺着去了。妈妈进去劝："实在不愿意干,我找齐队长就说你病了,请个假,去沈阳你大姐家住些日子,待够再回来。最好叫你大姐在沈阳那儿给你选个对象,合适的话尽快在沈阳结婚成家算了,就别在这地方挨累遭罪了,我也省了这份心事。"

二姐说："现在种地那么忙,说有病齐队长不会轻易相信,不得上家来看看?"

"那咋办?"妈妈说。

"还有,那个冯书记今天下地来检查,一个劲地不用好眼睛看我。一想他那样,都恶心死了。眼珠错都不错,我唾他两下,他才没味地走了。"

"你表舅说过他不是个好东西,以后你看到他远点儿躲着。硬顶不行,人家在高处,我们在低处。找个理由整你爸爸,这是干没辙的事。"

林亮说："二姐你放心,他要动你一手指头,我就要他老命。我早就想好了,他们真要无故地对咱家人不怀好意,我就和他们拼个高低。大丈夫可杀,而不可辱!"

妈妈又在劝二姐忘了小聪明,别寻思那些没影的事,自己折磨自己到什么时候是个头。

从种地几天来,林亮踩格子累得腿和脚都肿了,回到家躺下便睡,饭也不愿吃,妈妈过来让好几次,才勉强起来坐在桌旁。爸爸吃完,就念藏经似背诵他满肚子的陈年烂芝麻,这是妈妈常说他的话。今天爸爸背诵的是《论语》中的"子路曾皙冉有公西华侍坐章"。

子路,曾皙、冉有、公西华侍坐。子曰："以吾一日长乎尔,毋吾以也。居则曰:'不吾知也!'如或知尔,则何以哉?

他背诵完《论语》,又背诵《战国策》中的"燕昭王求士"。

燕昭王收破燕后即位,卑身厚币,以招贤者,欲将以报雠。故往见郭隗先生曰:"齐因孤国之乱而袭破燕。孤报知燕小力少,不足以报。然得贤士与共国,以雪先王之耻,孤之愿也。敢问以国报雠者奈何?

林亮打心里佩服爸爸的博闻强记,但他满脑子的东西生不逢时无处发挥。雪谁的耻,报哪个国?眼前的一切你不奈何又能如何呢!

他想想自己的将来,可怕得不敢想。当他看见表舅妈跟他一样在地里干活,回来像一点儿都不累似的,仍如以前一样,屋内院外忙叨着,不像自己到家就栽倒在炕上,一摊泥似的。而表舅妈吃完饭,把灶膛里的小灰撮到一个筐头里,拿到当院坐在一个半截缸茬子上,又挑着水桶到街中大井打来水,浇在装着小灰的缸茬子里,水在底下渗出来。她把一堆衣服按进洗衣盆里,舀出缸茬里滤出来的、黄汤色的小灰水倒在盆中,绾起衣袖,露出黑色的胳膊,稀里呼噜地洗起来。妈妈过去问:"用这水洗衣服能洗干净吗?我家有洗衣粉和肥皂你拿来用呗,比这小灰水洗得干净多了。"

表舅妈不抬头地说:"别小看用这小灰水洗衣服,不照你那些洋玩意儿差,今天用一回,明天用一回,能总用吗?长了不是个事。再说那洋玩意儿我可没钱买,有钱的话还得顾脑袋上的嘴呢!"

"那你就用洗衣板搓吧,用手搓得多长时间洗完?"妈妈说。

"还是一句话,罗锅上山(前)钱紧。我知道搓衣板好,商店里没钱不给。"表舅妈长叹了一声。

现实是严峻的,贫困落后是这严峻的根源,我就要和这无情的现实渐渐地融合起来了,没法逃脱,也无法改变这一切。只能眼看着自己的青春热情悄悄地熄灭。也许夏丽娟的那种方法真的会把现实改变了?林亮想到这儿,觉得太阳穴阵阵疼痛。

下午,人们听见刚响过的钟声,如同腻歪了的长途跋涉,没等真正劳动的时候,就感到浑身疲惫。稀稀拉拉的人们来到队部,他们仍像以前一样散落在院子里。

林亮深思着,是劳动把人们召集到一起的,体现了劳动的神圣。但配合劳动的群体意识才产生和证明什么是凝聚力。可从他们脸上的神情不难看出,有一种无可奈何的散漫、慵懒,像没有别的活路才来这里挨苦受累。用他们常说的一句话来表达是:"都来这儿靠呗,看谁经靠,天塌大家死,过河有矬子!"

刘队长今天没把双手抱在胸前,而是双手叉着腰。胸脯往高挺挺,佝偻腰没了,但把屁股撅得很高。他在院子中间走了两圈,用眼睛四处扫描一番,这是他讲话的前奏,像胸有千条妙计等到了关键时刻好尽力施展一样。他站在院子的一个中心位置,准备好洋洋洒洒地讲上一通,这才真正地抖抖派头。今天齐队长不在,得超常发挥一下独当一面的权威感。

他忽然想起几天前弄出那句驴唇不对马嘴的"巴黎公社的失败,是因为没学大寨"那件丢脸的事,心里马上觉得不快,当时要是有条地缝,恨不要钻进去。这是他到县里开会时,听人家讲他学来的。这些年练达得总算憋脸皮厚些,不然磕碜死啦。干这玩意儿就别怕人家骂和咒,为革命嘛,哪有一帆风顺的。活着干,死了算!卑鄙、狠毒是当官的本钱,那些当上大官的不都是靠这些上去的吗?善良是弱者的别名,在这个狼吃羊的社会,是没人可怜、同情弱者的!

齐队长这个挡住我路的傻瓜,他是靠工作办法和圆滑笼络住全体社员。但他上不去了,也不能在正队长的位置上干到死。早晚有一天我非取而代之不可,成为我的羊!眼时没办法,暂时当个副手侍候他。不行,今天要好好表现表现,赚回那天的面子。他清了一下嗓子眼儿,喊道:"在祖国一片大好形势下,轰轰烈烈的春耕高潮开始了。"院里的目光忽然集中到他这里。很静。他接着说:"所以都要拿出崇高的干劲迎接春耕高潮。要以阶级斗争为纲,用阶级斗争这个纲领指导我们的抓革命,促生产,时时警惕蠢蠢欲动的阶级敌人对春耕生产的破坏。我们要斗私批修防微杜渐,把私字修字扼杀在萌芽中。"

　　他停了一会儿。那天大笑他的女知青单玉波和另一个男知青小声地说:"崇高的干劲,这是什么话啊?干劲怎能用崇高来修饰呀。"

　　男知青说:"没文化的农民说话就别挑了,要细琢磨他们的话都有病,语无伦次。"

　　"春耕刚几天就有人嫌累,找队长挑轻巧活儿干,这种现象非常不好。在革命和生产中要全力地发挥自己的积极性嘛,都争取做党的一块砖,任党东西南北搬。不要以为自己是诸葛亮,别人是阿斗,对他人是马列主义,对自己是自由主义。自由主义要不得,它是公字的大敌!"刘队长的长脸露出笑容,自我感觉良好。

　　林亮暗暗地骂道:去你的阶级斗争,斗私批修,马列主义吧!我给你送礼,喜笑颜开地叫老婆立刻放进柜子里,很怕别人看见,亲自为阶级敌人的儿子沏茶点烟的。

　　刘队长精神头越来越足,又说道:"齐队长下午到大队开会去了,下午的工作由我安排。新上任的张组长,你在南腰节地刨坑种苞米也不太忙,不像翻黄豆犁杖那边忙,你派几个社员留在队部,把院子扫扫,明天好迎接公社和大队领导来我队检查春耕工作。再派两个人把磨和豆腐榨刷刷,做一板大豆腐和一榨干豆腐。再派一个人到谁家抓三只鸡回来褪了,先别给他钱回头记账,秋后粮下来拿粮抵。鸡褪好了吊在仓库的房梁上,别让狗和猫叼去。"刘队长提高嗓门,说:"张组长你快分派人干去吧。没什么事了,其他人也快下地去。"

　　张信从坐在马圈的墙上下来,走到刘队长面前,说:"不行啊,刘队长。齐队长早晨就告诉我了,下午必须把南腰节地种苞米的任务拿下来,明天好种房山地的,你这么一整不就乱套了吗?你也不是不明白,春种差一天,秋后可晚收十天啊,行许遭霜打,这可不是闹着玩的!"张信有些气愤地继续说:"又杀鸡又做豆腐的,那帮玩意儿吃完嘴巴一抹滚了,咱们的地收不收,他们管都不管,干啥好吃好喝供着他们啊!"一听这话,刘队长气得脸像紫猪肝。今天好不容易独自发挥一下,过一把权力的瘾,刚当两天半官的小毛沁子张信敢站出来和他作对,真他妈的翻天了!

他朝着张信大喊:"今天我是一队之长,叫你干啥你就给我干啥,是你官大还是我官大? 是你说了算还是我说了算? 明天你当队长我当草民也听你的! 不听从领导指挥咋地,干够了吱声,麻溜换人!"刘队长得势不让人,专制加流氓的霸道劲这回全用上了。

张信使劲瞪瞪小眼睛,把刨玉米坑的大镐,噗的一声刀进刘队长身旁正在发酵的马粪堆上,把刘队长吓了一大跳! 从大镐刀进去的缝里冒出股马粪发酵的沼气,有种窜七窍的辣味。张信挺着前胸,用力撕开对襟上衣,纽扣崩飞两颗,一颗射向房顶,一颗落在墙根底下。他用眼睛盯着刘队长:"我是听齐队长的,还是听你刘队长的? 你们拿定主意再下令,别二十四个鸡巴乱点头!"

"今天你要不按我吩咐的去干,你和你领的那组人下午干别的活去,都一个工分不给。"刘队长在院中间使劲跺下脚。

"你这个小家雀,毛还嫩点儿,敢不给我们工分! 我就不信那回事呢,干的是正经活,你不给我们记分,看看我管齐队长要出来了不?"

雷漏子看这情景,在一旁咂咂嘴,急得直跺脚,嘴呀呀地:"张信这小子反骨大,早晚得吃大亏……叫干啥就干啥得了。事事不由东,累死也无功。"

这时,整个院子叽叽喳喳地议论起来,有的说:"张信说得对,好玩意儿不让他们吃,你说他们能咋的。我看这帮当官的纯是咱们老百姓给惯的,吃常了也就吃馋了。不顺着他们几回也就都老实了。"

有的说:"官大一品压死人,磨道驴听喝得了。"

还有的说:"当队长的闲忙不知道,打溜须也不看看时候。没有弯弯肚子,就别吃那镰刀头。"

又有的说:"人家刘队长管好歹是狗尿苔不忌,长在金銮殿上了。"

再有的说:"现在就这么回事吧。人在低檐下,怎敢不低头?"

刘队长和张信还像斗嘴鸡似的,啄得鸡毛翻飞乌烟瘴气。张信朝着他这边手下的人,喊道:"刘队长不给记工分,我给你们拿,都把心放在肚子里。走,跟我还到南腰节地种苞米去。"

总不爱说话的"杠子房老板"郑万年也憋不住说话了:"毛主席啊,您老人家搞社会主义多不容易,太操心了吧! 谁和他老人家相好,替我捎个话去,就这样说:您老的'经'是一本好'经',就让下边这些歪嘴和尚念跑调了!"

郑万年的话把一片恐怖紧张的场面,豁弄得一阵笑声。

张信看他组的社员仍然不动,又喊道:"有种的随我走,没种的不走,明儿个我这个组就总也不要你们啦!"

张信的人马想了会儿,就陆陆续续跟他去了。他们也看出来了,刘队长是个瘸子打猎，坐山喊的主，是箭杆扎的狼，心空一捅就破。琢磨了半天张信的话，觉得也对。院子里又重新喧闹起来，套犁杖的套犁杖，点种的到仓库去灌种子，滤粪的用锹挑起粪箕子，吵吵嚷嚷地出了院子。有几个知青边走边打着口哨，有的哈哈大笑，哄刘队长。整个院子空荡荡的，只有刘队长一个在立棍。

走在半路上的张信更牛气了，俨然一个山大王的姿态。回头朝着他的这组人，大声嚷道："他算个屁！我才没拿他当根打鸡巴棍呢。用不用我这个组长，是大伙举手选的，不让我干，也不是他说了算。"他面对着大伙站住说："以后跟我干，保证没亏吃。"

到了地里的雷漏子还在说："张信这小子反骨大，把自己坑了才死心。人犟没饭吃，狗犟没屎吃。"

呱嗒板子也跟着参与，她说："像刘队长这样的货，卡棱住老老实实的，卡棱不住回头咬人更狠！"

赵老板子用鞭杠指指前边拉犁杖的一匹马，也说："刘队长就像这青马似的，公社的周兽医手法不成，把它骟得茬高了，见了骒马就闹，闹了一会儿能水就没了。人也像牲口一样，骟就骟尽，要不就别骟，可不能让它成为二椅子玩意儿。"

下午歇气时，林亮凑到郑万年的面前，掏出"红玫瑰"牌香烟递给他一支，他点上吸了几口，说："还是现成的烟比卷的旱烟好抽、味正，就是没啥大劲。"他看了看林亮，说："小伙子长得好清秀啊，面皮白净，两眼生辉，不亚于当年的宋玉。将来不是坐椅子的，就是拿笔杆子的，别看你现在干的是庄稼活。"

"怎么说呢，郑大叔？"

"人干啥玩意儿必须有种面相，看你天堂饱满发亮，满脸的祥气，前程一定有大造化！"

林亮说："谈不到造化，能平平安安就行了。"

"整个日子没有？"郑万年问道。

整个日子？！林亮思忖了半天，不明白这是什么意思。郑万年看出林亮在纳闷，说："城里人还是见识短，你不明白了吧？庄稼人没有媳妇，就是没有家，就不叫日子，光棍一条！娶了媳妇才算有了家，是个完整的人，算是过上真正的日子。这回懂了吧！"

"你叠纸飞机是过日子吗？"

"也算是日子吧，闲着没事要不干啥。"他出了口长气，又说，"我小时候想长大了当个开飞机的飞行员，没承想却当个扛枪的大头兵。老了就叠个纸飞机圆我儿时的梦。"

"您老过去读过不少书吧？"林亮问。

"只读个初中。"郑万年回答。

林亮见郑万年不太愿谈他的过去，就无法与他再聊下去了。沟子里的布谷鸟又咕咕地叫起来，传得辽远、清幽，让人心胸怡然。林亮想，此时要是把长笛带来，与鸟儿合奏一曲该多么美妙，多么神爽。

正当赵老板子犁杖走得正有劲头时，犁杖咯噔一声像是被什么东西挡住了，前边的两匹马被拉紧的绳套弹了回来。赵老板子又晃鞭子吆喝牲口往前拉，两匹马一用劲嘎巴一声，犁杖这回是过去了。赵老板子发现声不对劲，提起犁杖一看，犁杖上的铧打成两半了，忙吁的一声，喝住牲口。他弓下腰低头细看打坏铧的地方，用手扒去松软的浮土，露出一块炕桌般大的青石板。两半了的铧的茬口亮晶晶的，上有蜂窝样的孔隙，是浇铸得不密实。赵老板子和雷漏子伸手用劲去掀动那块被犁铧豁起来的青石板，他俩掀两下没掀动，便召唤林亮帮忙。三个人终于把石板立了起来。下面是一个发黑的坛子，石板放倒，赵老板子和雷漏子趴下身体去抠坛子，过一会儿，两个人哆哆嗦嗦，哎哎哟哟地把那坛子捧出来，走到一边。雷漏子手一滑，坛子一侧歪，啪的一声四分五裂，里面现出一团绿乎乎的东西，还有一个弹到了一边。

"完了，白瞎了！"雷漏子喊了一声。

其他犁杖上的人都围拢过来。绿乎乎的东西锈在一起很结实，赵老板子捧起它往青石板上摔，碎了！围着的人你一把他一把地抢着。有的拿一小块用手指蹭去绿锈，一看是铜钱，锈得上面的字已看不清了。

"妈的，是堆锈得拿不成的破铜钱。"

"别说，卖给换破烂的也能换几个钱。"

"这一定是过去住在这儿的古人埋下的，兴许是哪个土鳖财主背着家人埋的，怕他的后代把家底败霍了。这是留下的后手，一死他就忘了。"

几个人胡乱猜想着。

雷漏子把蹭了半天的铜钱往地上一扔，忙说："我寻思是金银细软呢。"

赵老板子说："可不是咋的，这要是一坛子珠宝玉器，大伙分巴分巴够过半辈子的。"

郑万年坐在拉巴架子上抽着烟，没过去看，没过去抢，眯着眼睛显得自在悠闲。

林亮到处找那会儿弹出去的东西，找到拿在手里一看，是个圆状的东西，像一个很大的手镯，又宽又厚。擦去上边的泥垢，发出酱紫色的光，是玛瑙制成的。

收工时，赵老板子把那块青石板搬到拉巴架子上，说道："拉回家，正好铺在滴水檐下，脚踩上去不沾泥。"

回到家，林亮一进屋，就把踩格子的拄棍放在门后，递给爸爸在地里捡到的那个圆东西，讲了一遍在地里发生的情景。爸爸戴上花镜仔细看了会儿，说："这是射箭时套在右手食指和中指上的扳子儿，戴上它拉弓勾住弓弦时不至于勒进肉里，它是起这种作用的。先前它是铁制的，后来发展成玉石和玛瑙的，后来渐渐成了人们生活中的装饰物。"爸爸摘下花镜，又说："有一种古乐器叫埙，起源于新石器的洞穴和部落时代。它也是当时还没把它发展成乐器时，是狩猎人打动物的一种器械，鹅卵石般大，中间钻个孔穿过一条绳子，狩猎人抛出去击打前方飞跑的目标，像古兵器流星锤。后来发展成陶制的，共七个孔，如放在嘴边吹的箫。"

林亮问："爸爸，它们的形成和发展，是不是像马克思说的'来源于劳动和社会实践呢'？"

爸爸说："对。这种形成、发展、演变的过程，到后来在形式上不管怎么变化，但仍不离它原创本质的定势，就是说古人总结出来的，一切都是：万变不离其宗，这就是文明！"爸爸又说："亮儿，千万不要放下书本，成为一个菜囊饭袋的白痴！要有一种严谨的治学精神和豁达的胸怀。我虽已风烛残年，朽而无用了，像你年纪轻轻，多掌握些知识定有好处，有一天会用上的。现实社会不能总这样荒唐下去。"

"爸爸放心吧，我一定照你说的做。"

"那就好。"

爸爸拿过他写的一首七言律诗让林亮看。

"这是我入狱第二年的端午节写成的。"爸爸说。

林亮接过来高声念道：

泽畔高风荡楚魂，

流谪尚系故园心。

满腔忧奋离骚注，

漫地疑愁天问深。

贾子犹然怀悼祭，

柳翁还自贯崇尊。

卧江千载神难没，

永做青史不朽人。

林亮被爸爸的诗震慑了。老人家屡遭涂炭之苦，仍有一腔爱国、爱民族的热血，讴歌具有伟大爱国精神的诗人屈原。父亲的高尚情操深深感染着林亮，他说道："爸爸，您的诗句，可以像岳飞的《满江红》、苏轼的《赤壁怀古》配上黄钟大吕来唱和，一定是激情悲壮，荡气回肠！"

"亮儿过奖了，一介小民怎敢与历史上大家的千古绝唱相提并论呢。"爸爸又说，"亮儿，以后你治学时，不要虚荣、浮躁，这是读书人的大忌。要一步步地来，扎扎实实地学，不然到最后会一事无成，闹来闹去只混出个虚名。"

十

一种完地，二姐就张罗去沈阳的大姐家。林亮告诉她，回来时把大姐夫那套《鲁迅全集》带来。

小满这天，林亮来到八棵老榆树下。枯竭的枝丫上已结满翠嫩的榆树钱，嘀里嘟噜，灯笼串似的，风一摇就掉下几片。上边落满各种鸟儿，在树枝间跳跃、飞蹿。有黄雀、金钟鸟、三道眉、春暖、腊嘴，鸣叫起来喧声震天，简直是一部空中交响乐，为大自然尽情欢奏！有时刮来一阵旋风，吹得那个悬着的"钟"嗡嗡直响。朵朵白云飘过，太阳时而隐去、时而出现，射下的光芒落在大地和村庄上，这忽儿明亮、那忽儿有些阴暗。但落在八棵老榆树上的各种鸟儿，没停止它们的变奏交响。

林亮被这醉心和宏伟的自然景观感染得怦然心动。现实的烟雾渐渐淡去，记忆的幻影中悄悄闪现出他难以忘怀的校园生活。

春天一到，一进校门，铺着红砖的甬路两旁长的是皂角树，教室门前和窗下的是丁香树，操场周围是梧桐树。室内朗朗的读书声，外边树上鸟儿鸣唱，不也是一部青春与学习生活的自然的交响乐吗？

这时林亮的双眼转悠着一层愉悦的潮湿。

一次校方组织全校师生看了一场《烈火中永生》的电影，紧接着全校掀起一股争相读小说《红岩》的热潮。语文教研组给学生们出了一个《我与小萝卜头比童年》的作文题，优秀的选出来在全校举行评奖活动。当时校文艺宣传队刚刚成立，校方让文艺宣传队排有关小萝卜头生活的小话剧。教语文的女老师郝倩演江姐，胡玲玲长得瘦小，剃个男孩子头，叫她演小萝卜头。先在校礼堂演出，后又在县影剧院向社会公演，获得意想不到的成功。音乐伴奏也非常棒，徐丙利、林亮、小聪明陈代组成小乐队，用《五月的鲜花》给小话剧配乐伴奏，烘托主题，营造气氛。林亮用长笛首先吹出个引子，象征着烈士们为国家为民族洒一腔热血、求解放的大无畏精神。

多么动人的场面啊。演小萝卜头的胡玲玲把头伸进牢门里，问道："江阿姨你疼吗？全体难友都在关心着你。你要坚强！"

江姐问她："你是谁？"

小萝卜头说:"我是老政治犯,叫小萝卜头。"

看到这儿,在场的人无不热泪滚滚。还有小萝卜头打开火柴盒放飞蝴蝶的最后一场戏,更感人至深。演小萝卜头的胡玲玲绕着舞台拍着手在追逐着蝴蝶,嘴里还喊道:"自由了!自由了!"

话剧在林亮用长笛吹奏的《五月的鲜花》的袅袅余音中结束。从县剧团请来的导演演出结束时说:"小萝卜头的最后两句台词,意义极其深远,是一个幼小而早熟的心灵,越过高墙电网飞向希望,飞向共和国的明天,飞向鲜艳的五星红旗升起的地方,有着强烈的感染力和艺术象征性。"导演对胡玲玲的才华给予充分的肯定。

没等到谢幕,全场掌声雷动。

人们的眼里溢出泪花!齐声高喊,让胡玲玲再次登台还要表演一个节目。胡玲玲卸下装操起小提琴,喊来林亮用长笛为她伴奏,她拉了一首马斯涅的《沉思》,这才算满足了在场观众的愿望。拉完,胡玲玲精疲力竭地走下舞台。

不知什么时候,冯大林来到树下,对着树上的鸟儿打着口哨,这时才把林亮从思忆中唤回到现实。他心里说:这都已成为过去,回不来了。他听着冯大林打的非常好听的口哨,就细心地看着他用右手的拇指和食指伸进嘴里,用气鼓着腮帮子,发出叽叽啾啾的声音,与树上的鸟儿叫的一模一样。林亮想起他也带来了长笛,拿出放在嘴边,滴溜溜地也和树上的群鸟对唱。冯大林打完口哨坐在敲钟登高的碾砣上,又开始听他那不打不招的"春雷"牌半导体收音机,耳朵贴在上面,听了半天也没听清是什么,他就用手啪、啪、啪地在上边敲打着,嘴里仍是不停地乱嘟嘟一气:"花三十八元钱买个匣子,净他妈的杂音!净他妈的杂音!!"

过一会儿,树下来了一位乘凉的、林亮不认识的耄耋老人,林亮看他这么大年岁,一定更晓得八棵老树的故事,便坐下和他聊起来。他支支吾吾了半天,讲的和雷漏子说的差不多,没有多大的区别。

张信从屯子里走到树下,登上碾砣摘下别在"钟"上的铁锤猛敲起来,敲完看看林亮:"又在这儿瞅啥呀?就这几棵树有啥瞅不够的?"

林亮说:"今天是小满,我是来特意听鸟叫的。"

"钟响可要上工了。"张信说。

"我一会儿就去。"林亮看了张信一眼,说。

打张信和刘队长吵完架,齐队长把敲"钟"的差事就交给了张信,这从中可以看出齐队长对张信更深一步的信任。气得刘队长大骂齐队长是拆他的台,故意孤立他,不支持他的工作。

过来几个听到钟响等着上工的社员,说:"敲几下就得了呗,还没完没了的,不留几个下崽啦？在家里听得都震耳朵根子。真是新官上任三把火，瘾头子太大了！"

张信说："我要是兽医连你都劁了！少跟我说话带刺。"

"当上官，说个笑话都不行了。"

他们不一会儿都走了，又来了一群女人和孩子，女人指挥她的孩子怎么上树摘榆树钱，她把一块石头拴在绳子的一头，悠向树枝间，等石头和绳子缠住一根树丫上，押几下，看拴牢了，就叫孩子们攀着绳子上树。不一会儿，结满榆树钱的树枝落下来。这时树上孩子的嘴也塞得满满的，嘴角流出绿色的汁液。女人们说说笑笑把撸下的榆树钱装在筐里，拿回家用碾子轧的秫面搅糊涂汤吃。从她们说话的兴致中，可以听出她们咀嚼到了生活的甜意。其实生活的本身，只你要细致玩味，它的底蕴也是滋润无穷的。

鸟儿渐渐地匿去，树下开始变得昏暗。家家户户的烟囱里飘来烧柴火的小灰味，和家家妇女们哄赶鸡、鸭、鹅归圈的吆喝声。

西坠的红日，散碎的晚霞，乳白色调的雾气弥散在丘壑和林带上，稍停留一会儿，就缓缓地聚成一条纱幔，缭绕在岭下一座村庄的周围。

林亮被一种说不清的自然的魔力催促着，不由自主地信步走向黄昏下的旷野。夹着丝丝凉意的春风吹着他那乌黑的卷发，满头蓬蓬松松，像正在燃烧着的激情。他要独自一人静静地走去，耐心感受一下，静谧中大自然的瑰丽。他爱大自然，爱音乐，爱诗，这三样是他生命的法宝。他想，我虽没有爸爸那渊深的学识、敏锐的思想，但我有青春的热情和一往无前的精神。老人家为了他所追求的，耗费了一生的心血，到现在仍两手空空，但他那高贵的品质和坚贞的操行，是我一生都难以学到手的。我决不做一个匆匆虚无的尘世过客，父亲就是我一生读不完的书！

他慢慢地走着，偶尔又传来布谷鸟的叫声。刚种地时它就叫，现在仍在叫，歌唱这璀璨的黄昏，歌唱这静穆、舒展的旷野。这不是诗吗？这不是华彩乐段结束后，余响激荡的乐章吗？此时种子不是在湿润的土壤中孕育，正准备钻出地皮，迎着太阳，顶着雨露苗壮地成长吗？我不是和它一样在成长吗？还有灵魂的雨露，创造的雨露在滋润着自己！

他感到有种脉冲般的骚动在周身翻涌。是爱情吗？是她在潜移默化地操纵自己！即使感觉到她了，就是美好的，那就来吧。拒绝她就是拒绝生活，拒绝青春。他蓦然想起一个人，那个人有着素雅的书卷气，有着古典的气质和飘然的风韵，又有着缤花欲落无语、寥寞人淡如菊的气质。他不敢往下细想了，也许她选中了意中人，正处在如火如荼的情爱之中。因和她已有半年多没见上一面了，虽然二姐说她很钦佩他,但这是一面之词,隔这么长时间谁料到她会有多大的变化。自从来到八棵老树她一封信没来,他给她可去了两封信了。她插队在辽河边上一个偏僻的小村,听说那儿比这儿还闭塞。我真想他们啊!想她,想丙利,想小聪明。多少年来,五个人感情真挚、情谊笃实。聚会时要是少了一个,就感到空落落的。丙利的直爽、敢想敢干的精神,小聪明超人的聪慧、敢向自然挑战的探索意志,二姐热情活泼、追求诗意生活的性格,还有着比他们更善解人意、乐施于人的心地。这就是我们的曾经……

林亮这时不知不觉走到那乳白色调的雾气缭绕的村子里,顺风飘来一股股刚刚开放的杏花、桃花、樱桃花的香气。他忽然觉得尝到了人间无比热忱的温馨,遂停下脚步尽情地吮吸。风中裹挟着点点斑斑的白色的、粉红色的花瓣!他看见,在月色下,村子里的人们熙熙攘攘汇集到街中心,看见放映员往高高的竹竿上挂白色的幕布。妇女抱着孩子,男人拿着板凳,站着或坐在银幕下。

啊,多么迷人的田园景致!

林亮回来时,没走来时的羊肠土路,却走在软绵绵刚种完的大地上,后面留下一个个很深的脚窝。

吃完晚饭,林亮进了二姐住的小屋,他把二姐的行李推到一边,搬来自己的铺盖放好。又把二姐的生活用品归拢到抽屉里,把小闹表拨到明晨六点整。煤油灯上满油,捻得很亮。林亮发现在一本书中夹着两封信,他拿出来一看,是小聪明来的。一封是写给自己的,另一封是写给二姐林毓秀的。可能是大队通讯员上午送来的,肯定是妈妈放到这儿的。林亮急忙拆开小聪明给自己来的那封——

林亮:你好!

你和秀姐随家下放到农村,在你来的信中知道了这件事情。此时的你一定心事重重吧?这我理解。我要不去部队当兵,必然与你和秀姐和徐丙利、胡玲玲一样的命运。这也许是人生的机遇和上苍不同的安排罢了。其实我没感到比你们幸运多少,我的性格你们是知道的。在当今我们这一代年轻人中,比我不幸的还多得多!所以我越发感到孤独,在一场灾难当中只有极少的人幸存下来,这个人能产生优越感吗?尤其他回首往事,想起曾经在他身边朝夕相处的人,更让他心神不安。我说的这些都是发自我的内心,不是在虚假玩弄你们的感情。真的,全是真的!

你是一个感情深沉、头脑敏感的人,对任何事好产生不懈的执着,有时就缺少变通和适应,不用说你,其实我也这样。我劝你要卸掉一些不必要的烦恼,以平安轻松的心笑迎我们的未来。我们生活的道路还长着呢,请冷静珍重。想开些,把目光放得远一些。实在闷了多读点儿书,吹吹长笛,我们谁也离不开音乐,就像在校时那样。

我的一切都好，整天忙着排练和下连队演出，有时觉得它是快乐，也有时感到很枯燥，和你们一样都是为了一种活法。

你最近和丙利、胡玲玲有来往没？不要中断，你们之间距离比我近，容易联系。去年年底我接到他俩的信，信中说他俩不在一个青年点，都说知青生活异常艰苦，吃的是野菜蘸咸盐就窝头，真太不可思议了。秀姐不知她怎么样，她是一个非常娇气的女性，我最担心的是她。我所说的话都写在给她的那封信里，这里我就不多谈了，祝你和她都有好运。

我有时一想起这些就整夜睡不好觉，即使有时睡了，也常常在梦中呼唤你们的名字，同宿的战友叫醒我好几次，每次眼角还挂着泪珠！我们五个人铁打般的友谊，可以说是天造地设、牢不可破的。我真想把你们都找来，在我这儿好好玩玩，像以前那样无忧无虑、欢天喜地的。

到这里吧，请代我向大爷大娘问好。常来信。

此致

敬礼

小聪明陈代

×年×月×日

林亮拿信的手在颤抖，眼前有些模糊。终于盼来一封知己来的信啦！他把信小心地装进信封里。林亮拿起小聪明写给二姐的信，看了看信的正面和反面，放进抽屉里。他从桌子上拿起二姐的一张演出照和小聪明吹萨克斯的照片，并排放在书架子边上，照片中间夹着一张纸掉出来，上写有李清照的几句词：

花自飘零水自流。

一种相思，

两处闲愁。

此情无计可消除，

才下眉头，

却上心头。

你怎是小聪明呢？你是个大智大慧的人。就在你独自去北京时，就看出了这个现实的许多问题，在你带着满腹的狐疑和最后的明白返程时，命运又重新照顾了你。在你回来的火车上又遇见了来校招演员的部队文工团的首长，你凭着如簧的巧舌说服了那位首长，回家很快办完手续，随着首长去了部队。走之前，二姐陪着你流出多少泪水，你们海誓山盟：我爱你、你爱我，我等你、你等我地发誓一通。这封没打开的信中是否写的是留留恋恋？爱情就应该这样吗？没有波折，没有矛盾的撞击,会是淡而无味的白开水,步步平安走到头的路,不能供人沉思和回头深望的可能。我为你替这一代多数人的不幸说句公道话而叫好,同时祝福你和二姐的爱情成功。

林亮这个晚上失眠了,翻来覆去睡不下,下地在他的书箱子里翻出《莎士比亚全集》,拿出第九卷,在煤油下耐心地看着。

林亮看完哈姆雷特和奥菲利娅相互揣测的这一段台词。一个是佯装丧失理智,借疯人的口说出了对宗教的怀疑和否定,对人的虚伪、丑恶的蔑视。另一个是她对希望救世的爱人感到失望,其实她没有看透她所爱的人,是利用一种雾障来遮住自己,来对摄取人的灵魂的宗教进行抨击。所以造成奥菲利娅最后厌世溺水而死。

林亮思考到这儿,合上书,静静地看着如豆的煤油灯,思想仍沉浸在大师的启迪之中。许久,林亮蒙头睡去,做了许多他也记不清的梦。

十一

当当当……

“谁?”林亮妈妈问。

“我是冯大林。”

“什么事? 这么晚了。”

“我找林亮有事。”

“啥事这么急,深更半夜的?”妈妈穿衣服下地。

“快叫他起来,有要紧的事。”

妈妈走进小屋,推醒林亮。林亮披衣出了去,问:“找我干什么?”

冯大林急促地说:“你快回屋多穿点儿衣服,夜凉得很,完了我再告诉你。”林亮只好听他的,上下衣服穿好又来到外边。

“冯书记的儿媳妇跑了,他找齐队长叫全队的劳动力分头去找。”冯大林说道。

“他儿媳妇跑了! 让咱们找什么呀?”

“哎呀,你就别问我了。不光咱,人都在街中大井那儿等着呢。边走边对你说。”

“到底是咋回事?”

“你真的啥也不知道? 冯书记有个儿子叫冯良,愣二八登的,仗着他爹是大队书记,给了不少的彩礼强娶个媳妇。可那个媳妇本来就看不上冯良的熊样,她爹妈看上那些彩礼了,硬把闺女嫁给了冯家。结婚后和冯良一直不好好过,不是今天走了，就是明儿个跑了，有时回了娘家，有时躲在外边待上一夜。今儿个刚黑天时她又跑了，冯家人去她娘家找没在，知道这又是在哪儿汪着呢。他家人少找不过来，这不又叫劳力帮着找。"冯大林又说道："你放心，不白找。冯书记说了，叫齐队长给咱记工分，跟上工一样，所以我一想就来找你。"

天太黑，林亮和冯大林来到街中大井旁。近前一看，这里已集结了二十多人。个个不是披着棉大衣就是伸着棉袄抄着袖，腋下都夹着铁锹或棒子，像是准备暴动的赤卫队，都睡眼惺忪打着呵欠。冯书记在人群中穿梭，看人来得差不多了，就把人群分成四伙，东西南北各奔一方。告诉说村里的破屋子、柴火垛、场院、村外的沟子和大桥下都认真地找，每伙人发个手电筒。林亮和冯大林这伙五个人去了西沟子，当中就有冯书记的儿子冯良，他手持电筒在前边照路，林亮和冯大林走在最后边，林亮问："你和冯书记是一家子吧？"

"不是，别看都姓冯。"

"我看过一次冯良的媳妇，长得不错啊。不过就离婚呗，为什么东跑西颠的？"

"冯良的妈是跳大神的出身，远近有名。过去跳得欢，现在运动紧不咋跳了，有时还偷着跳。朝阳堡有个得了邪病的姑娘把她请去跳好了，这个姑娘就是现在的冯良媳妇。听说冯良的妈在跳之前向姑娘家要个条件，问跳好了能不能给她儿子做媳妇？娘家人答应了，要了不少的彩礼，冯家也认可。姑娘的邪病一好，来个死不同意。她家人左劝右哄，说你嫁给大队书记的儿子，是难得的福分，你到了冯家也把咱们这个穷家成全了。"冯大林加重语气又说："你可没看见冯良结婚那天都热闹死了。新娘白天哭哭啼啼，天黑了说什么也不入洞房，穿了好几层裤子，系了两条裤腰带，在炕沿硬坐一夜！"

"原来是这样。"林亮说。

冯大林哼了声："这人也是，享福就行呗，管它到哪儿呢？"

如墨的夜幕中，五个人进了西沟子的柳树丛里，风吹树梢微微拂动。手电筒的光柱四处乱扫，被照射到的鹌鹑吱吱地钻进树丛深处，洼水坑中的小青鱼和蝌蚪在慢慢地游动。五个人的脚踩在湿漉漉的青苔上，漫过鞋帮，凉凉的。柳树根下有一盘打鸟人忘收的铁丝夹子，销信上的虫儿没了，夹子被细土面埋着，周围影影绰绰露出黑色铁丝的框。林亮一脚落在一只青蛙身上，痛得它哇哇直叫，急忙抬脚，青蛙一下子纵到小溪里，潜水而去。小溪清清亮亮，一群鱼儿炸散似的游得影儿无踪。眼尖的冯大林看见一只翠鸟让手电筒光照花了眼，在这愣神的工夫，他上去一把抓住，喜欢地搿在手里。

寻了半天也没见到冯良的媳妇。有个社员说："我看她没这么大的胆，敢在柳树丛里躲着，走，到大桥下看看。"

　　五个人转身走去，大衣和棉袄刮得柳树哗啦啦响，手电筒刚晃到桥下，一群麻雀在桥梁上突突地飞起。有几只撞到桥桩子上，掉了下来，陈国臣忙抓在手上，揣在兜里。

　　"这儿有个人！"一个社员喊。

　　大伙急忙围拢过去，冯良用手电筒一照，一个女人蹲在桥桩子下，在嘤嘤地哭泣。浑身哆嗦成一团，头发蓬乱，光着脚半趿着两只鞋，上衣只系着三个扣，露出里面的红毛衣和白领衬衫。她用手把捂着的脸紧贴在双膝上，泪从指缝里直流。冯良上前一把揪住她，大声喊："你他妈的在这儿干啥呢？动不动就跑。走，回家睡觉去。"

　　"我不回去，今儿个就死在这儿！"女人哭着说。

　　"死？没那么便宜！我家白拿那么多的钱娶你啦？痛快地回去，跟我睡够觉再死！"冯良如拎小鸡似的把那女人拎起来就走，女人往下坠，大伙上去连推带拽地，强把她哄到冯良的家。冯书记老婆逼着冯良媳妇跪在地上，脸上又泛起古怪的邪气，审犯人似的指着儿媳妇的鼻子又吼又骂："花钱把你买到家来，不好好地待着，竟敢上外边跑骚去……"

　　冯良媳妇的嘴也不让份，从地上站起来，呸，吐了老婆婆一口，也大声骂道："我跑哪国的骚？我一看你儿子那个熊样，就从心里往外地恶心。一到晚上和我没完没了干那事，别的啥能耐没有。人家来事他都不管。"她指着冯良的妈，说："你才真的是跑骚呢，不跑骚就叫浪张啦？"

　　屋里的人听到了，偷着笑。过了一会儿分头找的人都回来了，屋一半外一半地站着。刚进屋的冯书记喘着闷气走到冯良媳妇面前，说："你也是个岁数不小的人啦，怎么不知道好歹轻重呢？到我们这个家能亏了你吗？我就这么一个儿子，你咋就不知足呢！过些日子，我想把你安排到大队学校当老师，那是我一句话的事。你跑吧，有能耐你再跑。"冯书记用手指着敞开的门。冯良媳妇一声不吱，扑通一声趴在炕上大哭起来："我那败家的爹娘，硬把我嫁到这个损人家，别说你让我当老师，就是给我座金山我也不愿意和你儿子过！"

　　冯书记老婆浪张对儿子说："看住她，再跑就往死里打，妈再给你娶一个黄花闺女。"

　　冯良说："我才不打呢，哪个黄花闺女也没她好。打死了让我去抵命啊！"

　　屋里屋外的人听了，哈哈大笑。

　　"我咋下你这么个窝囊废呢？纯是一个人味不懂的头排大损种！"浪张感到难堪，骂道。

　　冯书记向人们招招手，说："都回家睡觉去吧，没你们的事了。"

大伙走到半路上,有的骂:"真他妈的是个人,半夜三更地给他们卖半宿的命,连口水和烟都没让让,还叫小队给他掏工分。下回他儿媳妇再跑给分也不干了!死了能咋? 也不是我媳妇。"

"当官的都那个鸡巴样,说话净说上句,办事挑好事。咱们都是啥也不是的草民一个,想在他们身上能得到点儿便宜? 临死打呵欠,你妄想吧!"

一个社员边走道边学着浪张走路时晃屁股的姿势,还说:"你瞅瞅她那个浪样,不怪她叫浪张。谁给起的呢? 这个人真绝。"

"哎,你们说说,是不是冯书记想当掏笆,他儿媳妇不干才跑的?"

"可别瞎说呀,传到人家嘴里,你还能有好? 没看见真事可别乱糟践人。"

"我看没准,冯书记这个人啥屎不拉? 沈阳女知青比他小那么多岁数,他都敢下手。冯良媳妇长得那个俊,一定馋得他直淌哈喇子。刚才我看他瞅冯良媳妇时,他眼神里有股邪劲。"

"家花没有野花香,老媳妇没有小媳妇嫩。"

"你说都不会说啦,他家的媳妇怎是野花呢? 这叫二拇指卷煎饼,自吃自。"

"今天的话可哪儿说哪儿了,别传出去。"

冯大林最后说:"我看你们都是背后骂皇上,刚才在老冯家屋里咋没一个敢叽叽呢? 下回人家再让你们去找人,你们还得借两条腿跑。"

第二天早晨上工,社员们又谈论起昨晚冯书记家的事。林亮觉得听得没劲,就到知青堆里待着去了,可这儿也在议论那点儿事。从他们谈话当中才知道,冯书记原是公社的文教助理,因和一个话务员搞男女关系下来了。但他很有一套处事的本事,回到家不长时间又当上了大队长,不久又任了大队书记。这叫从厕所挪到屋,越挪他的臭胆子越大。反正他到哪儿,他就不让哪儿的女人干净。有了知青下乡,城里的女性水灵秀气,他的馋劲又管不住,到底把四队的一个女知青忙活上了,并且怀了孕。他把那个女知青打发回了沈阳,给拿些钱。这几天他正烦得要死要活,加上儿媳妇一个劲地折腾。因沈阳的女知青来了信,要他再寄钱点儿钱去,不然的话她就把孩子抱回来到公社告发他。来信让通信员拆开看了,弄得这事全大队都知道,但都睁一只眼闭一只眼装不知道,在后面瞎哄哄一气。等他老婆浪张知道后与他大吵大闹一阵子,看在多年的夫妻份上,总算饶了他,还给他张罗钱寄给女知青。但有一个条件,你搞也得让我搞,不把这事摆平了不干。冯书记答应了她,说你搞尽量背着我点儿,谁我不管,别让我看见闹心就行。说到这儿,冯书记来到了队部。

社员们都让两位组长领出院干活去了。齐队长不在,冯书记和刘队长来到沤肥坑边上,冯书记接过刘队长手里的铁锹,象征性地撮一锹土扔进沤肥的坑里,问道："齐队长干什么去了？"

"到地里看看苗出得咋样。"刘队长说。

"新来的那个有身份的老林头的改造汇报交给你几份啦？"

"每月一份，都交到我手里了，随后我都送到公社人保组王组长那儿去了。"

"写得怎样？认识得深刻不？"

"写得绕绕弯弯嚼嘴磨牙的，我看不明白。"刘队长想了想，又说，"你说那个老林头，瘫痪不能动，往炕上一坐，我看着他，咋有些害怕呢？尤其那两只眼睛。他过去干啥的？"

冯书记吭了一声："干啥的，那老头可不是一般人。人家过去在城里有一家全城最大的买卖，满肚子是学问。他的儿女有好几个在外边干大事的，都比咱们强百套。你看见没，随家下来的那三个儿女都不简单。看我那个儿子比不上人家一个犄角。他叫我这心操的，可惜我白要强一辈子！给娶个媳妇都看不住，真他妈的丢我的脸。"

"谁家都有难唱的曲，你也别太往心去了。"

"是不往心里去的事吗？"冯书记叹一声，又说，"老林家的那个闺女最近咋没看见呢？干革命什么去了？"

"听说有病了，没在家串门去了吧。她向齐队长请的假。"

"你看那姑娘长得俊极了。明天回来，我让她到大队干点儿啥，在生产队干庄稼活太白瞎了。"

"她唱得还好呢。"刘队长说。

"那就让她在我身边天天给我唱歌，你说这不是神仙过的日子吗？"冯书记洋洋得意。

"当然是，当然是。"刘队长急忙迎合着。

冯书记的眼里闪着一种神秘的火花，嘴还哂哂两声。把手中的铁锹交给刘队长，拍了拍手，说："以后你和齐队长得搞好团结，不要动不动地就独出心裁。像上次你和张信吵架的事，其实也不怎么怨张信。我已经告诉你啦，拉练的人不一定在咱小队吃饭。结果怎么样，没来吧，在五队吃的。你说真要准备了没吃，不是浪费吗？一年到头打点儿粮食多不容易啊！将来你在工作上要讲点儿方法，事情头上看得明白些，不要脑袋一热，想干啥就干啥。当了不少年队长了，这点儿记性都没有，我可说你啥好呢。"

刘队长闹个烧鸡大窝脖子，搞得他满脑门子是汗。心想，他与张信吵架的事劲还没过呢，只等着冯书记为他出这恶气，可倒好，他竟说我了一大堆不是。

夏锄之前，齐队长安排大车组长赵庆义，给每家拉三车抹房子土和填猪圈土，每辆马车配两个劳力装车。最漂亮的还是赵老板子的头车,他把响串和三角缨花全给马装饰上,鞭子也换上了崭新的红缨,如簇簇火焰。车赶得神气,把马哄得直颠,越颠马头上的响串越响,五辆车一条线似的奔向东沟子。

林亮的铁锹经过雷漏子开刃,自己用砂纸也蹭得很亮,使起来特别爽快利落,再不发闷发钝了,干起活来让人身上产生一股用不完的劲。

人在劳动中当产生一种和谐的快乐感,会顿然觉得是种身心的幸福。

林亮从认识赵老板子那天起,就感到离不开他啦,干什么活都愿跟着他。林亮和冯大林装他的车,大车组长的车装的土比其他的车装得多跑得快,这是大车组长的带头作用。林亮一点儿没觉得累。一趟一趟地来回跟着装土、卸土,尤其赵老板子一走三响的车的装饰,更让他心情愉快。他陶醉在忘我的劳动之中,越干越起劲。

冯大林带着他那个不打不招的半导体收音机,看样子他用不起电池了,几天就没电,不经消耗。这次是用一个小长木盒子装上三节一号电池,两根煤矿放炮用的彩色炮线,接在盒子里电池的正负极上,另一头插进半导体的电源里。他把半导体和装电池的长木盒子用炮线捆在一起。林亮问他愿听什么节目,他说听不好,瞎听,有动静不让耳朵闲着就行。林亮说杂音那么大,找人修修,不就没杂音听清里边的节目了吗?他说就城里人能修,没有工夫去城里。

"把你那玩意儿放在地上不行吗?车一动掉下来摔碎了呢。"赵老板子用铁锹点点放在车耳板子的半导体。

"地上潮,跑电。摔坏了不让你包,甭操这份闲心。"冯大林不在乎地说。

"你会听个啥?大老粗一个,跟我似的。那里头讲的都是国家大事,听不懂也不闹心,不如坐地不听。不信林亮就听懂了。"赵老板子说,"咱们庄稼人就在庄稼活上下功夫,我们是靠它吃饭的。"

拉了五车后,赵老板子把最后装满的一车土赶到草长得密的沟帮上,让马车停在那儿吃。他说了声:"歇歇。"

说完,他在车底盘的一个箱子里,拿出一个铁制的马挠子,在马身上挠起来。春天正是马褪毛的季节,马身上的毛有自然掉的,有的仍长着,一疙瘩一块,如一身秃疮。他不一会儿工夫把三匹马身上的浮毛全挠掉了,一团团的在地上被风吹得乱飞,有股马粪马尿的腥臊味。马挠子放起来,他又拿出杆锥插起牲口套来。其他四个车老板子也凑到他跟前,神经兮兮地聊起"马经"来。

"我能在十丈开外,不管是啥牲口,在那儿一过,我一眼能看出哪个是骟马、哪个是骒马,哪个是儿马子,你们信不信?"一个车老板子说。

"那算啥能耐?牲口在槽子前吃草,我能看出它的活儿好不好,力量有多大。

看它拉出的粪蛋，就知道它有没有病，有病是啥病，将来能得啥病。"赵老板子一副行家里手的姿态。

一个姓牛的老板子接过话茬，说："你这两下子，不是一天半天啦，谁都知道。"

赵老板子把插好的麻套拴在车上，又套好马。拍拍手上的细麻屑，把身上刚才挠马毛时沾的马毛择择，回到树荫下坐在地上，边抽着烟边说："要提琢磨牲口这一行当，不是吹，我可是老油条了。有一年我去三江口骡马市场给小队买牲口，在那儿遇见杨木林子的陈俊义车把式，他看上了一匹大青骡子，钱要得不高。我寻思这么好的牲口哪能这么便宜，心想这里头一定有诈。你们想想，到那里的人一个个都精灵死啦，能是白给的吗？陈俊义让我帮他看看，我在骡子的周围转了一圈。啊！我心里明白了。青色的骡子毛是后染的，膘是要卖之前临时上的。"

一个老板子问："咋说呢？"

"我看见在骡子的大腿里子，有几撮黑里发白的杂毛，那是没染到。卖主老劲说，牲口一定是好牲口，就是爱咬人，我没本事调教它，要不这两个钱，我能卖吗？谁有本事能调教好，不管干什么活保证错不了，口口不咬空。他说着就伸手去掰那骡子的嘴，让我看几岁口。他的手刚要挨近骡子的嘴巴，那骡子就打喷嚏咧开大嘴，扬蹄晃脑袋不让掰。他又说，看见没？它总拿出想咬人的架势，外人到不了跟前。谁有本事不嫌乎便宜就买去，反正我是不想使唤它了。陈俊义问多少钱，卖主把左手伸进陈俊义的袖筒里，两只手在一起比画起价来。卖主要一千五，陈俊义给个一千二，两个人摸妥啦。这时我看见那卖主袖筒往外掉辣椒面子，我更明白了，要不骡子不让他掰看岁口，那意思是我都不让看，你们谁能看得了？其实他是不愿叫外人看，这骡子准是个过口的牲口，使唤不几天保证是趴圈吃肉的货！"

一个老板子问："你咋不拦住陈俊义不让他买呢？"

"拦住？你还想不想好啦！当时我就看出前后转悠几个人，是他一伙的，老劲起哄。我要一下子说明白了，过后一定把你堵在大车店里不得割掉你的舌头，或是半路上揍你一顿，还兴许把我身上的钱下了。当时有一个我认识的马牙子，老向我瞪眼睛，意思是不让我多嘴。其实都是一伙的做圈套骗人的。出了骡马市场，住进大车店时，我说，陈俊义，你再好好看看你刚才买的青骡子。他说咬人不能看，我说你真是个雏儿，我给你看。我掰开嘴一看，早就是过了口的老骡子啦。他立时就傻了！两腿发软坐在地上。我说等明年春天脱毛时你再看，等好草好料地喂不上你再看。你叫人家骗得苦啊！说完他出去要找那个卖主。我说你去也是白去，不信的话你去看看。他不信，真的去了，回来说那卖骡子的人早他妈的没影了。他坐在地上大哭，抹着眼泪蒿子，说回去咋向小队交差啊！吓得我那回都没敢买牲口,空手回来的。"

"后来呢?"林亮感到很有意思,问道。

"后来到了家,那骡子正像我说的那样露了馅,不长时间真就趴了圈吃了骡子肉。前年秋往城里粮库送公粮时,我遇见了陈俊义,他哭叽叽地说,为骡子的事,小队扣他半年的工分,车不让他赶了。仗着他成分好没批他斗他,现在只当个跟车掌包的。"

赵老板子说完,面前的车把式们都用敬佩的目光看着他,他显得更加神气了,腰板挺得溜直,眼睛盯着前方。这时,一群麻雀落在河泡子边上,赵老板子放下烟袋,说:"我再给你们露两手,你们看看,我单抽头两个家雀。"

说完,他操起身边大长杆的红缨鞭子,伏下身体,溜到那群在水边啄水的麻雀近处。到了近前,他"嗷"的一声,麻雀呼的一声飞起,他扬鞭下去,第一只落地,下去的鞭子往回一带,第二只也掉下来。他把鞭子抱在怀里,在地上捡起两只直扑愣的麻雀。在场的人鼓掌叫好。回来坐在树荫下,他得意扬扬地把麻雀揣在兜里。说:"到家在灶膛里烧了,给我小孙子吃。"

"赵老板子任何一手活都叫绝!"几个车把式一起奉承道。

后来赵老板子曾对林亮说:"我不是在人多面前耍耍能耐。你知道吗,我那帮手下的车蛮子,都是走南闯北的,是一个比一个难调理的玩意儿,嘴欠,十个不服八个不忿的东西,你硬我比你更硬,你横我比你还横。有时不给他们露一手绝活,他们怎能服你!你寻思我这个大车组长好当啊?要不外行的人都说我们整天和牲畜打交道,个个沾生性不好斗呢!"

十二

二姐回来了,一下车就让等车的和在屯头闲聊的人看得不错眼珠。她那不同凡响的风度简直和走之前判若两人,四方大飞肩镶两道杠的蓝色水兵服,刚没膝盖的蓝裙子,漆黑发亮打着发蜡的五号头。两条白皙的长腿,套着黄色的高桩袜子,脚蹬象鼻带的半高跟棕色皮鞋。肩背"翠鸟"牌的六弦琴,在阳光下闪着古铜色的光泽,右肩挎着黑皮革的圆包。挺着高高的胸脯,走起路来神气得不得了。看的人轻轻地喊:"妈呀!哪儿来的洋人?"

"谁家的大小姐?天仙似的!"

进院时,妈妈也认不出来啦,把手放在上额仔细瞧着。

"这是谁呀!"林亮一边带惊奇,一边来到院子上前接过她肩上的六弦琴和皮革包。她大大方方地笑道:"亮弟,想二姐没?"

"你说呢?"林亮说,"怎这么快就回来啦? 我想你还能多住些日子。哎,二姐,你没把《鲁迅全集》带回来?"

"十多本太沉,我来时寄出去了,过几天会到的。"二姐说。

妈妈哎哟一声:"原来是我老闺女呀!"

妈妈上前拉着二姐的手进了屋,坐在炕沿上,妈妈摸二姐的脸看瘦没,又问身上的穿着是谁给买的。

"是大姐夫去上海给我买的。"二姐十分自豪。

妈妈指着吉他,说:"这也是你大姐给你买的? 这得多少钱呀,看你去这一趟,差不多把你大姐的家查抄了一回。"妈妈笑着说。

"妈妈你说话咋这么难听? 都是她主动给我买的,我也没向人家要。"二姐生气地说。

爸爸说:"秀儿,坐在我跟前让爸爸好好看看。"

二姐打开包,从里面拿出酒和各种糕点,还有两件的确良衬衣,两双塑料底、礼服呢面的鞋,说:"爸爸妈妈,这是大姐大姐夫给你们的。"

她拿出一条烟递给林亮。还问起四哥走后来信没,又问爸爸最近的身体情况。最后她说:"大姐给我大哥二哥三哥去信约好,今年过年他们都一起回来看望你们二老。"

妈妈听完这句话,勾起许多回忆,慨叹了一声,说:"我和你爸生了你们这一大帮儿女,不知花费多少心血。那时咱家刚见点儿好,你爸爸整天在外忙活生意。我在家给你们缝缝补补,那时虽宽裕些,但还忘不了谨慎认真地过日子,累得我一天下来强打起精神。等到了晚上,看见你们满炕一溜小脑瓜,又打心眼往外欢喜起来。后来一个个都像小鸟似的一展翅飞了好几个。"妈妈说到这儿,泪不由得落下来。

二姐说:"你身边不还有我们仨吗? 你伤的哪份心啊。"

"儿女是父母的心头肉,有一个不在身边就总惦念不下。你大哥工作的大学黄了,现在在干校劳动不知咋样? 一个书呆子怎能干得动庄稼活? 你二哥在研究所,研究什么军事尖端,几年也不回一趟家,也不来几封信,工作的地方里外都有站岗放哨的。你三哥是制造核武器的,工作的地方围得更风烟不透,家人去看看都不准许。说年底回来过年,也是难说的事。头几年一来信就说今年一定回来看我和你爸,说了多次一趟也没回来。我也知道孩子大了,一工作上就身不由己啦。"

屋内一片沉默。林亮掏出手绢给妈妈拭去眼角的泪水。妈妈又说:"幸亏没因为你爸爸的问题,把你二哥三哥的工作拿掉下放到农村去,要不然我更操心啦。

你们还没成家,不知做父母的心啊! 古人有句话说得好:妈想儿女线长,儿女想父母阵长。"

"这是什么意思,妈妈?"林亮问。

"就是说,当父母的想儿女像线似的揪不折扯不断,儿女想父母是一阵一阵的。"妈妈揉揉眼睛又说,"四八年你老舅在县公安大队当兵打胡子,扛着机枪一口气跑二十多里地,硬累得吐血死啦! 死时才二十二岁。尸体装在棺材里从城里往家拉时,你姥姥坐在车上,拍着棺材盖哭得那个伤心! 拍的满手是刺,一路也没停,到了家把眼泪都哭干了。埋完你老舅,你姥姥守在坟堆前说什么也不走,大伙劝也劝不动。泪哭干了也哭,后来哼哼呀呀的,像唱歌似的。趴在坟上叽咕道:'老儿呀,妈陪着你! 你冷妈给你带来了换洗衣服,你孤单妈和你唠嗑。'我和你老姨强把你姥姥搀走,不到一个月她就双眼看不见了。"妈妈哽咽着。

屋里的气氛很沉。

不一会儿,爸爸说:"秀儿,走之前不是说在你大姐家住到铲完地回来吗?"

二姐说:"是啊,可我大姐夫没当上工厂的革委会主任,整天和大姐吵架,我还怎么住啊?"

"怎么没当上?"爸爸问。

二姐说:"'三结合'时,大姐夫对立派的头头,硬说大姐夫这派里的人窝藏枪支没交到军管会,军管会就把那个人的家抄了一遍,果然翻出一支五四式手枪,厂革委会主任让那派的头头当上了。为这事把大姐夫气得要死。后来露出底细,枪是对立派派人藏的,就是故意栽赃夺这个官位。大姐夫说:等搞第二次文化大革命先武装起来,非把那个头头崩了不可。大姐夫晚上回来不是猛喝酒就是骂我大姐和打孩子。看他们一家乱糟糟的我闹心死啦。"

妈妈接过来说:"你大姐夫这人就好争名夺利,前几年破死命地造反,领一帮人放枪放炮地武斗,命大活过来算不错了,还争个官当有什么用? 你大姐多亏是个柔顺的性子,搁别人早和他过不一块儿了!"

林亮把二姐唤到她的小屋,指着桌上小聪明给她来的那封信。二姐撕开信封,抽出里边满是刚健字体的信纸,仔细地看着。她看完一句话也不说,把信交到林亮的手里,无力地躺在炕上。林亮很快地看了一遍,叠好装进信封里,问道:"二姐,你同意他这种做法吗?"

二姐坐起,双手在忧郁的脸上擦了擦,低下头说:"我脑袋一片空白,什么也不知道。"

林亮说:"信中的意思是,他让你改姓换名把户口迁移到他姑姑家,这事都由他当医院院长的父亲办理,说明他父亲拿着手术刀在社会上能迎刃而解一切事情,神通广大！他再打通关节,把你弄到部队去当个女兵,然后在那儿结婚成家。"林亮看门半敞着,忙回手拉严。

"你可拿好主意,作为弟弟的我,只能帮助你参考。"

"我一时说不明白,亮弟你说呢?"

"爸和妈知道一定会不同意的！爸爸的传统观念和刚烈的性格,这事对他来说简直是奇耻大辱,是夺女之恨。你是妈妈的心头肉,更容不得你改姓换名的,白瞎自己一片心血,长大倒成了他家的女儿。虽然你的血缘还在这个家里,一旦你接受这个所谓的万全之策,在外人的眼里,你可是个名也不存实也真亡了。说实话,我也不支持。"

二姐把五号头挠得很乱,嘶喊道:"你不要再说啦,我心里很乱!"

二姐趴在炕上大哭起来。林亮的手颤抖着,拿出一支烟点燃。妈妈急忙过来问:"这是咋啦,又哭又喊的?"

二姐哭着坐起,不回头地跑出门外,林亮对妈妈说:"没什么事,二姐只是看见小聪明来的信,有些不高兴。妈你回屋休息去吧。"

"小聪明来信哭啥呀,每次他来信,她高兴得都不知道咋好啦。这回到底为什么?"妈妈怀疑地问道。

"没什么,你去吧。我去看看二姐。"林亮说完,把小聪明来的信揣进兜里,出门走了。林亮在街口找到了二姐,她蹲在一个墙角正在抽泣。林亮看自己的姐姐伤心的样子,心里也十分难过。正处青春美好时期的她,竟遭到一次次事业的毁灭、爱情的打击,的确让人同情。他轻轻地说:"二姐,刚才我把事情分析得有些过分,使你一时承受不了,请你原谅。但这也是无法回避的现实,你要想……想开些,否则你会……"

"我什么都不会。你考虑那么多的其他,怎么就不为我的切身利益、我的前途想想?"二姐哭着说。

"二姐你是个聪明人,怎糊涂起来了? 想一想,这个时候,我们这一代人怎有真正意义的切身利益和个人前途呢?"林亮猛吸一口烟,又说:"二姐,我关心你甚至超过我自己,把你的事预料得都尽量圆满。我总想,我们到了这个陌生的地方,只能时时做好自己保护自己的准备,尽力阻挡住外界对我们的干扰。万一我们这个家失去了重心,会一下子乱得无法收拾,因我们都崇奉道德理性,容纳不了污垢丑陋。"林亮又点上支烟,说:"二姐,你不知我一次次去冯书记家,我的心情是啥样子。四哥是全领略了,所以说什么也不去,后来出民工,宁可挨累也不愿意待这儿了。第一次去冯书记家,我承受他们的讥讽挖苦嘲笑,接纳人家的蔑视。出了门抓把雪吃,使自己的头脑冷静下来,还打自己的脸看麻木没有。第二次去冯书记、刘队长、齐队长家，又看着他们假惺惺的笑，而耐心地当成热情。而我当时心冷得直发抖，还忘不了装模作样向他们说客套话，说道歉话。真的，我一生中头一次在这样清醒的情况下，硬忍着心在伤自己的自尊。你说人没了自尊就等于没了人格，但有什么办法？这事能让你去？还是让妈妈去？"林亮放下二姐被吹撩起盖在她头上的水兵服飞肩，又给她理理乱了的头发，说："走，回去吧。"

二姐缓缓站起，平静地看看林亮，说："你说我该怎么办？"

"沉下心冷静下来，走自己的道！"

"我和他就……"

"他在信中说，军区歌舞团准备调他去，说明他在部队很难转业到地方。你不同意他给你曲线调动的方式，只能望洋兴叹。他能抛弃职业军人的美差，回来和一个已在农村的姑娘结婚吗？还是结了婚，他仍回部队，你在这儿过两地生活？"林亮又说："我看这都不可能，你也别傻等了。"

二姐捂着脸，一副痛苦状。

"事情我给你料到这儿，你自己琢磨琢磨。我不能再往下说什么啦。"

往回走时，林亮把手搭在二姐的肩上，说道："把泪擦干，千万别让爸妈看见。也别说小聪明来信的事。"他又说："我问一句好像是弟弟不该问的话。"

"什么话？何必半吞半咽的。"二姐擦了把泪说。

"那次你们去大连，你和他……有没有过性关系？"

二姐笑了声说："这事你放心，我绝对不会把身子早早许给他的。只不过和他接接吻，其他什么都没有。"

二姐进了她的小屋。林亮想找一个地方平静一下心情，他来到屋后的一棵树下。他的脑子里不由得又浮出小聪明以前的一些事情。

小聪明有着一颗考古的脑袋。一次他在一本杂志上看到，一九三一年在泉头和昌图站之间的白垩纪地层中，发现十多个海龟化石，蛋壳完整，现在陈列在旅大市自然博物馆中。又有一九六四年于金家镇招苏太河沿岸冲出一具猛犸象髋骨（现存辽宁博物馆），重约十九公斤。

小聪明像发现新大陆似的，刚放暑假，一个人骑着自行车去了发现这两样东西的地方，拍回不少照片，还带回一书包白垩纪地层标本。同学们问他这几天晚上都住在哪儿了，他说："住在农民看庄稼的窝棚里。"

"吃的是啥？"

"吃我带去的一书包饼干，渴了喝凉水。"

"窝棚里不冷吗？"

"我和那看庄稼的农民盖一个破大衣，一点儿不冷。我还用饼干换他的烧玉米吃。他弄来瓶酒，就着破锅盐水煮毛豆，我俩一替一口地对吹起来。你猜他说了句什么？这叫嘴对嘴长流水！没把我逗死。"

大伙听了，乐得前仰后合。他曾发誓，将来高考时一定报考名牌大学的古生物考古专业。他说："什么是人生最幸福的事？只有把希望和感情融入自然之中，又感到自己的渺小，自然同时又赋予你产生伟大的冲动，反馈给你对它无限的爱慕。夜里我坐在窝棚前，上边一轮明月、辽阔的星空，下边原野里飘来阵阵快要成熟的谷物的香味。我简直要陶醉死了！我背诵法国诗人古斯塔的一首诗：我名分微贱/散发一缕幽香/甘为绿草的侍女/让大自然欢畅。

……

几天来，二姐一直闷闷不乐，在小屋里拨弄新买来的吉他。林亮想和她谈些什么，让她从困境中解脱出来，但她什么也不说，只向林亮点点头。一曲《红梅赞》让她弹得低沉无力，她是想通过这首激昂的曲子，让自己的心情舒展一下，振奋起来精神。可败坏的情绪怎能把曲中健康的东西表达准确呢？林亮接过吉他，弹了一遍《红梅赞》，二姐这才变得兴奋些，和林亮不知不觉聊到半夜。

一天中午，大队通信员通知二姐到大队卫生所报到，说让她和赤脚医生一起在全大队搞巡回防疫，二姐高高兴兴去了。走后林亮思考很久，想到有很重要的事情需要她应该注意，但她已经走远了，就看她怎么来把握吧。

这时，在人们的视线之外，不知不觉回旋着一股股逆流。八棵老榆树下敲"钟"的锤子连丢了两把。张信接到敲"钟"这个差事，就非常认真地对待着。他在树下蹲了两个晚上，观察到底是谁偷了锤子。他终于捉住了偷锤子的人，一看竟是刘队长十四岁的儿子。张信掐住他的下颏，逼着他说是谁让他干的，他结结巴巴地说，是他爹。张信要回了锤子，说，你要再偷锤子，我就用这锤子把你的脑袋开瓢！张信把事情向齐队长讲了一遍，齐队长说，要不让这个事情再发生，你就天天来回带着，事是死的人是活的。这事后来就不了了之了。

雷漏子在北沟子的一个沟坳开了块荒地，偷偷地栽上了百八十棵烟，趁人不注意的时候去侍弄，天黑时才敢回家，回来前他割一捆草扛在肩上，遇见人便说，我给猪割草去了。

赵老板子赶车回家时，在地头捡了只被老鹞鹰吃剩下的半只鸡，回到家用开水褪巴褪巴，用土豆炖上，晚上乐滋滋地抿两盅，认为这是没费本没费劲的纯利益。第二天，郑万年老婆找到那鸡的毛，说这鸡是她家的，她举着鸡毛满街走着骂：是哪个烂屁眼子的，吃了我的鸡？

十三

铲地前，齐队长宣布放假一天，让社员们到供销社买锄板子、锄杠、锄钩回来统统安好，后天好开始铲地。他说，把锄板都蹭得亮亮的，别到时候什么都不应当，剩草落空，不然的话我可要放下脸不客气了。下午人们像事先约好似的，都自发来到八棵老榆树下，在碾砣和几块石头上叮叮当当地安锄头。有的没有买新的，把去年的旧锄头卸下重安，在锄板子和锄钩公母相接处垫上小方铁片，抹上点儿大酱，这样是为了煞出锈来咬得牢靠不脱卯。树下除叮叮当当的震耳声外，还有吱吱嘎嘎声，使牙根发麻、发痒，十分难受的是一片用砖头蹭锄板子的声音。上午在村子里绕了半天、挑着嗡子的剃头匠，也来到树下凑热闹，他一个劲喊着："剃头啦，两角钱一位！"

剃头匠放下挑子，打开了铁炉，生上火烧开水，扎上白色围裙。他把剃头刀在锃光发亮的鐾刀布子上来回鐾着，拉开架子揽生意。姜宝库拿着那像个螃蟹爪子似的嗡头，把铁棍插进中间，往外一挑，发出嗡嗡的声音，这声音怵人得很，好像人心有个小缝里都能钻进去。他也学着剃头匠喊了两声。剃头匠说："你铆劲喊吧，多喊来几位，你那个脑袋我白剃。"

这么一张罗，眼见着生意红火。他把研肥皂的瓷缸研出满满的泡沫。不一会儿工夫，人群里多了几个和尚和毛刷子般头的男人。

有一个挑着竹箩筐、卖糠鸡崽的关里人，也到这儿趁热闹做生意。卷起的裤脚，露出又细又黑的麻秆腿，身上覆盖着一层挑担时忽扇起来的尘土。他放下挑，用搭在脖子上的蓝毛巾擦擦脸上和脖子上的汗水，亮开嘶哑的嗓子："糠鸡崽啦，贱了，两角五一只……"

喊完，他从一个小口袋里抓出一把小米，顺着筐的孔隙撒进竹箩筐里。当他打开箩筐的盖，一层黄绒球般的小鸡崽，叽叽喳喳欢快地叫着。他摘下随身带着的铝水壶，仰脖喝了口，又给筐里一个小碟倒些让小鸡崽喝。

呱嗒板子领着一帮妇女围拢过来，用手抚摸着筐里的小鸡崽，喜喷喷地："老客，贱点儿不行吗？我们多买。"

"慢着，慢着，小小的玩意儿娇贵！不经你搓弄。"老客急切地说。他用手拨开扎堆的小鸡，散开让大家挑。"够贱的了，俺们打几千里外挑到这儿，您看俺费的这个劲，咋忍心少给钱？"说完，用蓝毛巾又擦擦汗水。

姜宝库媳妇问："不少给，赊账行不行？"

"不中，俺以前赊了你们东北人不少，秋后来要账，不是搬家了，就是家里锁门故意躲俺,厚着脸皮不给。还有的说俺的鸡有病不禁活,全死了。这次不赊了,不赊了!"

呱嗒板子说:"你别拿一个当百个,那可不是我们,往年我们赊的都一分不少地给了,我们这儿的人厚道,从不赖账。"

老客做出不敢得罪的态度:"对对的,你们这地方人好! 对对的,你们这地方人好!"

"说句捞干的话,赊不赊吧?"一个妇女问。

"赊是不中,可以再贱二分,两角三吧,你们买多少都中。"

几个妇女交头接耳地合计一会儿,拿定主意后,你二十他三十地抓起箩筐里的小鸡崽。老客有些把不过码,一个劲地说:"慢着,慢着,俺给你一个一个数。"

雷漏子在一边观看着,把烟袋往腰里一别,说:"一看你们就是外行,我帮你们挑。"

他抓起一只鸡崽,攥住两腿大头朝下往起拎,见鸡崽头向上背背着,便说:"这是公鸡,不能要。"

又拎起一只,见鸡崽的头垂下不朝上背,说,这是母鸡。妇女们惊讶地喊:"还是老雷大叔有招法呀,能灵吗?"

雷漏子眨着眼睛神秘地说:"你们就按我的办法挑吧,保证没错。将来鸡长大了,一个公鸡不带有的。你们挑完,我也挑二十只。"

妇女们都照雷漏子的办法,把两个箩筐里的小鸡挑走一多半。卖鸡崽的老客为难地直咂咂嘴:"这叫俺咋整法,剩下一群公鸡蛋卖谁去?"他把两箩筐的鸡崽匀乎匀乎,挑起来时,回头狠狠地瞪了雷漏子一眼,摸摸装着刚卖鸡崽钱的钱袋,慢慢地出了屯子。

"杠子房"老板郑万年在人堆一边,仍叠着他的纸飞机,抛着接着。

赵会计老婆也悄悄地来了,眼巴巴地望着人群里的人,寻找那个铰酱人,其实铰酱的季节早过了。她手里拿着卖铜铃铛的五元钱,她舍不得花它,心说这是我扔不了的证据。和赵会计结婚从来没有过真正的男女温存,与铰酱人算是有了默契的甜柔。

饲养员卢希尧气冲冲地来了,他走到正在剃头的剃头匠跟前,一把揪住剃头匠的衣领,喝道:"这回你哪儿跑? 把大马勺给我拿回来!"

两个面孔一对,卢希尧愣了! 见不是那个剃头匠,松开手丧气地走了。他这一突然的动作,剃头匠的剃头刀差点儿把剃头人的耳朵削下来,在那人的耳根留下一道直滴鲜血的口子。剃头匠竖眉愣眼地望着卢希尧的后影,说:"哪儿跟哪儿呀! 这人是魔怔咋的?"

在场的一圈人也惊得神经直跳。旁边的齐队长嘿嘿地笑。一次卢希尧喝了点儿酒说梦话，说出了大马勺丢的原因。值夜班的齐队长听到后，叫醒他斥问是否有此事，他把事情的前后讲了一遍。齐队长扣他五天工来抵大马勺，又狠训他一顿，为什么随便让人在队部住，这不是你的家。因此卢希尧总感到憋屈不过，下决心非找到那个剃头匠讨回公道不可。

那边，另一伙妇女在一棵树下纳布鞋底带嚼舌根。郑万年老婆把纳鞋底的线麻绳，嗖嗖地用劲拽了两下，探头对着面前两个三十多岁的妇女："你们说冯书记的儿媳妇，为啥半夜说跑就跑？"

当中的一个说："小两口夜里的事，咱怎知道。"

郑万年老婆挤着眼睛，半吞半咽地："我不稀罕学，太磕碜了！"

另一个妇女说："有啥磕碜的，我们都是过来的人，谁不明白男女那点儿事。"

郑万年老婆用纳鞋底的锥子在头发缝里抿了抿，哏哏地笑着说："种地时，我和冯良媳妇刨坑种苞米时一副架，她点籽。我问她为啥跑？她说冯良没别的能耐，天一黑就搂我上炕，我是恶心得受不了，躲他。"

一圈的妇女看和那边的男人离得很远，放开喉咙，用手捂上嘴，哈哈大笑起来。她把头扎进你的怀里，你把手搭在另一个人的肩上。有的锥子刺到自己的手里，哎哟一声，用嘴吮冒出的血。有的脑袋撞在对方的下颌上，妈呀、妈呀地叫痛！哎哟完仍没忘了笑……

知青韩文德在展示他的演讲才华，他走到丁凤贵的面前，把双手摊得老高，学着列宁演讲时的姿态，大声说："你分裂了党，腐化了党，还要我弗拉基米尔·伊里奇·列宁相信你布哈林这个人吗？"

丁凤贵眨眨眼睛，吓得往后退了两步，没头没脑，这是咋回事？韩文德自觉发挥得不错，一下子跳到碾砣上，面对着树下正在自由活动的人们："你是一个非常伟大的人。不要让怜悯的眼泪蒙住你的眼睛，使你看不清是非。现在是多么尖锐的阶级斗争！"

他清清嗓子，觉得还不够劲，把双手的拇指，象征性地做出插进马甲的姿势，又道："革命爆发的时候，情形并不像一个人死了的时候那样，只要把尸体抬出去就完了事。旧社会灭亡的时候，它的死尸是不能装进棺材、埋入坟墓的，它在我们中间腐烂发臭，并且毒害着我们，工人阶级只有一条路，就是胜利，死亡是不属于工人阶级的！"

看样子韩文德非常喜欢列宁题材的电影。树下的知青们连声为他喝彩叫好，其他社员也跟着。韩文德显得更加得意，下了碾砣，在人群中招手致意，巡视一周。伸出右手和齐队长握了握，严肃地说："您好，伟大的农民阶级朋友！"

……

在离树下人群一段距离的地方,女知青单玉波支着画夹子在画素描。眼睛在人群中停一会儿,又在画夹上左右歪头观察。手不停地挥着碳素笔,勾勒着大树的轮廓、树枝上蹲着的小鸟、半折的枝丫,又用较为细腻的笔法,临摹出树下人们各种行为姿态,身边是一张张素描稿。她把嘴揪成个花朵状打起口哨,显出浪漫悠然和热爱生活的神情。嘴里打的是皮耶的《口哨与小狗》,曲调节奏强,又很欢快,让人觉出人与狗的耍逗顽皮和诙谐。曲结尾时,她汪汪地学两声狗叫。林亮在一旁边听边用心记下来,蹲下翻看单玉波摊在地上的素描稿。

"你也喜欢美术吗?"单玉波没停笔,问。

"谈不到喜欢,但很感兴趣。"林亮说。

"听说你的长笛吹得好,有时间登门拜访你去。我也爱好音乐。"

"以前我在校文艺宣传队待过几天。要说好,你可过奖了。爱好而已,一般化吧。"

"还听说你一家人个个都才华横溢,你的姐姐林毓秀,口琴六弦琴,还有唱的,样样超群。"

"不像你说的那样,她也是闲着没事玩玩。"

"怎没看她今天来这儿?"

"她上大队和赤脚医生给各小队的孩子打防疫针去了。她也是一个性情孤僻的人,不爱和多数人在一起。"

"这种人往往都有超常的一面,这说明我们城市人没一个是孬包。"

单玉波仍不停地在图画纸上描着,细节刻画处理得很生动传神。林亮说:"能给我画一张吗?"

"可以,你要啥姿态?要什么背景?"

"我站在老榆树下,以它为背景。姿态嘛,看你的处理。"

不一会儿,五张素描稿摆在林亮面前。

……

这时人们的目光一下子集中到一个地方,从村口向这儿来了一个走三步跪下磕一个头的和尚。他斜背着简单的行囊,身着灰色僧服,脚穿黑色挤脸的布制僧鞋,膝盖缠着布条。每当他跪下,先把双手掌心朝上摊在地上,这才把头磕在双手中间的空地上。他是个行脚僧,还是个云游四方化缘的和尚呢?他坐在树下闭目打坐,人们呼啦围上。他摘下行囊,打开拿出钵盂,冷静地看看周围,开口道:"贫僧是去五台山寻觅佛祖,路过此地,能否讨钵水喝,施舍些粗饭吃?"

人们你一句我一句地问他从哪儿来。他思忖一会儿,最后勉强地说出,他原是在北边的一座寺庙修炼，庙宇被红卫兵砸毁，但他仍不愿还俗，因此只好去五台山找落脚的地方。围着的人用探寻秘密的眼神看着他。齐队长让身边的儿子回家取点儿吃的和水给这位和尚，他接过静静地吃着喝着。他的周身和刚长出黑茬茬的头发上和嘴唇上，都挂一层旅途的尘埃。吃完，他双手合十，向大伙拜谢，说道："阿弥陀佛，谢谢各位施主！"

说完，转身又上了大道，三步一个头地走向南方。人们的目光一直把他送走很远，没一人言语，是被他的信仰和虔诚打动了。林亮跟着他走了很长一段，仿佛这又给他许多可思索的。思索到漫漫的人生旅途，多需要一种坚韧卓绝的跋涉！信仰应这样，理想更应这样。只要求索的这盏灯不熄灭，一切都不会成为暗夜。林亮望着离他远去的和尚，陷入深深的思索中。回头发现郑万年也跟在他的后边，手里仍捏着纸飞机，脸上阴沉沉的。林亮和他说一句话，他像没听见一样，声也不吭，也望着那个"走"得没影的和尚，望了会儿，他悄然独去了。林亮怎么也揣摩不透这个怪人，当他旧的神秘被人识破后，新的神秘又滋生出来，给人一种不断地猜而再猜的永恒之谜。

老榆树下的人们散去了。林亮一个人坐在碾砣上，一根接一根吸着烟。夕阳已落进天边，像燃烧的液体——通红的钢水，慢慢地向四下倾淌。一阵风吹来，树上落下片片枯干发白的榆树钱。林亮张手接住几片，他在沉思中感觉到，春天走了，夏天又来了！

林亮一进屋，便发现放在桌子上厚厚一大摞子的《鲁迅全集》。爸爸说，这是大队通信员送来的，他是上公社办公事替你到邮局取来的，不然你得特意跑一趟。林亮从心里感激他，一般情况下，通讯员只把邮单交你手里，就算完成了任务。林亮吃完饭，在临北窗户下边搭一个简易的小木床，搬来铺盖，在床头点上煤油灯，打开《鲁迅全集》，翻到《野草》部分，用心地看起来……

为我自己，为友为仇，人与兽，爱者与不爱者，我希望这野草的朽腐，火速到来。要不然，我先就未曾生存，这实在比死亡与朽腐更其不幸。

去罢，野草、连着我的题辞。

……

倘使我还得偷生在不明不暗的这"虚妄"中，我就还要寻求那渐去的悲凉漂渺的青春，但不妨在我的身外。因为身外的青春倘一消灭，我身中的迟暮也即凋零了。

然而现在没有星和月光，没有僵坠的蝴蝶以至笑的渺茫，爱的翔舞。然而青年们很平安。

……

　　林亮看到这儿,躺不住了。坐起来披上外衣,想到外边透透气。路过二姐小屋门前,想叫她一起出去。里边也亮着灯,她好像在写信或是也在看书。又一想,还是自己独自思考些东西吧。他在院子里悄悄地徘徊着。脑际里反复出现鲁迅"火速到来,要不然,我先就不曾生存,这实在比死亡与朽腐更其不幸"的句子。

　　一代文学巨匠和敏锐的思想家,还在担心一代青春的热情被无情"虚妄"的暗夜吞噬。因为他深知这是野草力量中的核能,是推动社会向前发展和历史前进的潜意识活力,她要是"迟暮凋零",众所企盼的希望会夭亡在摇篮里。

　　林亮被鲁迅力透纸背的思想和艺术力量,震慑得周身直冒凉气。细细往下咀嚼,又给人一种希望的温馨。鲁迅的最终目的,就是不铲除旧的,新的永远不会到来!

　　林亮觉得心里往上泛出一丝丝冷意,想到得设法调整一下。他回屋拿出长笛要吹奏一曲,以理顺凌乱的思绪,别让恶劣的心境败坏自己的想象。他吹奏起舒曼的《梦幻曲》。这把长笛这些年来给了他多少的欢愉,每当他烦恼或郁闷时都用它来排遣。它一响起,似阵阵春风把忧伤的心灵抚慰。丝丝梦游般的音符舔着淡淡的夜色,吻着空气。

　　二姐披衣从屋里出来,走到林亮的身旁,把手搭在他的肩上,说:"是不是你又闷了? 一个人在吹长笛。"

　　"不,我睡不着。"

　　"吹完,站着还想什么?"

　　"我也不知道在想什么。"

　　"我猜到了。"

　　"你猜到什么啦?"

　　"一定是想胡玲玲。"

　　"你可别逗弟弟啦。我看你故意让我心烦。"

　　"来时在车上我不对你说了吗? 你怎么老犯傻呢? 她这个人跟你一样,不擅于表达,内向得厉害。她对谁越好越至爱,在心里藏得就越深。她和你们仨谈得还能有和我谈得多吗,尤其是女孩子心事?"

　　"最近她没有给你来信吗?"林亮问。

　　"来了一封,信里没少打听你的情况。还说,过一段时间她和徐丙利来这儿看看我。你按来信的地址给她去一封,在信中表白你的意思,爱情的事,往往都是男孩子先要求。你千万别错过机会了。"

　　"我们多长时间没有相聚了,我也真想他们。"

　　"他们来了,我们在一起好好玩玩。你见了她的面更深一步地谈谈,确定一下关系得了。"二姐又说，"刚才你吹的是不是舒曼的《梦幻曲》？舒曼还给海涅的诗谱过不少曲呢。"

"是。"

"我去拿来吉他，咱俩合奏一曲。"

林亮忙拉住二姐说："天不早了，别打扰爸爸妈妈和表舅一家人睡觉，改天吧。"林亮又问二姐："你这几天在大队搞防疫，忙得什么样？"

"还行吧，挨个小队转，穿着白大褂挺有意思的，一点儿都不累。"

"在哪儿吃饭？个个小队的锅灶都脏得让人受不了，你吃得下去吗？"

"在各个小队的青年点吃，那个赤脚医生是沈阳知青，和他们都熟。饭和菜做得都很干净。"

"吃的都是什么？"

"玉米面大饼子、高粱米饭，菜是土豆加白菜，和农民一样。我看他们比咱们还遭罪，住的地方不是小队草栏子就是仓库改成的，还有的是马圈间壁的。三间土房，东屋住男生，西屋住女生，棚有时还漏雨。有的不要脸的男生还到女生那屋骚扰，偷女生的钱，有时偷女生的短裤和乳罩。幸亏咱们俩没下到青年点，要不跟他们一样。"

"你说得很对，好歹咱在父母跟前，有人惦念照顾咱。"

"这也叫因祸得福吧？"

"是有这种道理。"林亮问："冯书记对你怎么样？"

"我们四处搞防疫，见他的时候很少。他一看见我总是皮笑肉不笑的，还没怎么样。"

"你在他面前要多加小心，他可是对女人感兴趣的人。"

"放心吧，我早有防备。"二姐说，"听说过几天大队派人去天津买扩音器，要成立广播站。"

林亮问："你要去吗？"

"我要争取争取，能去就去。"

"到了大队，你就和冯书记常见面了，以后的事情……听说你这次到大队搞防疫，有的知青向冯书记提出，出身好的知青为什么不用？为啥用父母有问题的子女？这是阶级混淆的表现！他要在你身上打主意，咱可斗不过人家呀。"

"我要看不好，马上回来。"二姐叹息了一声，"我确实不愿回来，铲累死人的地。"

林亮问道："你给小聪明去信了吗？"

二姐摇摇头说："没有呢。"

"你先放一段时间,好好考虑考虑。"

二姐眼圈开始红,低下头说:"说真的,我的心里一时真放不下他。我爱他爱得太深啦!无论他的什么……"

二姐趴在林亮的肩上,蹭去流出的泪。

"他的聪明,他关心人的优点,甚至有时冷落人的瑕疵,都吸引着我。怎能叫我把他忘得干干净净呢!"

"忘掉是不容易的。你的情感要不转移,将来会更加痛苦的。想开些吧,你要有决心真的等下去,兴许能感动他,他看出你一片痴心,也许会转业到地方和你在一起,那不更好吗?我看到也替你高兴。"

二姐抽泣出声来:"亮弟,我感到活得有些累,活得费劲!"

"那就请你做好一切准备吧,这样的路还长着呢,现实生活中的人谁能轻松下来?有个唯一解慰自我的好方法,就是有时回头望望走过的那段生活,或许能产生重新开始走向将来的勇气。"

林亮挽起二姐的胳膊,说:"不早了,回去睡吧。看你自己还有那样漂亮的小屋,不比那些草栏子仓库马圈改成的青年点强百倍?所以你应该知足。"

二姐进了自己的小屋,林亮转身要回大屋。她说:"亮弟,你再陪我坐一会儿。我一半会儿睡不下。"

十四

夏锄的头一天,林亮扛着锄头刚走到村头,就遇见了齐队长。

齐队长若有所思地说:"有件事和你商量商量,看能行不?"

林亮说:"你说说看,什么事?"

齐队长说:"往年铲地时,都是每个社员轮班给铲地的人们挑水喝。我打算今年不轮着挑了,派一个专人挑。照铲地的劳力少挣三分,一天也就挑两三挑水,你干不干?"

林亮想:少挣三分就少挣三分,有的年头竟是有分无值,今年秋后说不上啥个样,怎么说也比铲地轻巧些。他对齐队长说道:"我同意,您老爱怎么安排就怎么安排。"

齐队长向林亮交代道:"头午一挑水,下午热,有两挑水就够了。地离家近的话,你就回屯子的大井挑,地离家远,你去离地近的别的屯子挑。这活儿好干,你也不傻,一琢磨就会了。你可千万别挑沟子里的水,河水埋汰乌突,社员们喝了闹肚子,可就操蛋了。那样我就立马撤了你,还扣你的分。"

"这我明白,怎能干那损人利己的事呢?"说完,林亮回家取水桶去了。

齐队长在后边喊道:"唉,别忘了带上几个茶缸或饭勺子,社员多,好有个喝水的家什。"

没铲地之前,齐队长在地头给全体社员开个小会,又用他那土理论的运筹学,连分析带讲解道:"铲地的活儿,今个就要开始了,用上边的话说这叫田间管理。也就是说,春天地种好了,后期也得把苗修理莳弄应当。也是这个理,大家毛愣三光地糊弄过去,再好的苗不是砍掉就是落草,也是个老鞑子唱戏——白搭工。还是那句话,大家把心眼子放正,像给自己家干活一样。我少操些心其实是小事,地铲好了,还不是大家的事吗?轮到我姓齐的一个人头上,能摊多少呢!你们对我齐队长有看法,有怨气就单独冲我来,可别拿地撒气,地和小苗那是我们的命根子!我定了一个惩罚的制度,大家看中不中,从今个开始,谁要砍掉一棵苗就扣五分,落一棵草扣一分,大家没意见,我就这样执行啦。"

周围没人言语。齐队长继续说:"今年铲地由组长张信领着干,我告诉他啦,从今后铲地要坚持这一条,在提高速度的前提下,不能忘了提高质量。哪怕慢点儿也得保证质量。我们庄稼人不是有句老话吗,不怕慢就怕站。就是少歇会儿,紧出抽烟的工夫,会攒出许多的活儿。慢点儿就是为了要质量。你们说说,没有质量光有数量,那不是虚架子吗?纸扎的虚架子,能经得起火烧吗?"

他又说:"今年刘队长负责犁杖趟地那头的质量检查。反正是一句话,谁要拿我的话当耳旁风,歪着心眼子糊弄,别说我不客气!我不管你是谁,你还是横的、硬的、倔的!今年可不像往年。有件事通知大伙一声,晌午不回家吃饭,叫家人送到地里吃。过一会儿,我回屯子挨家告诉一声。我说完了,张信你领着铲吧。"

张信在抹斜处搭上一条垄。因前几天下了场雨,地特别的荒。地表面上长了密密麻麻的草,把玉米苗挤在里边,不细看,甚至分不清哪是苗哪是草。张信晃着两膊铲了会儿,放下锄头,脱下上衣把它缠在腰上,两个袖子往肚子间一系,他在两个手掌心吐了口唾沫,拿起锄头,摇着膀子干起来。系在腰上的衣服,风一吹像条裙子摆动。大伙都用惊异的目光,看往年不下地的赵会计,今年也来铲地。有多少人羡慕会计这个角儿,既轻巧又文明还不少挣分,有时还能贪污些,花起钱来比别人都宽绰。今年与往年是不同了,齐队长动真格地开始打破规矩啦。可别再行唬了,叫他扣去几分犯不上。

齐队长走到张信跟前说:"这段地荒,到里头能差些。你要稳住架可别毛起来,大伙都看着你呢!"

张信哼了声:"这我懂,干多少年这活儿啦,这点儿事我还不明白?我也不是几岁的孩子。"

因夜里下了露水,铲一会儿,锄板上就沾了一层湿土,锄板成了木头似的不下地。社员个个摘下拴在裤腰带上用铁片制成的刮土的小铲子,在锄板刮几下,方能再使。

张信这个组长的角色,相当于过去给地主扛活拿大工钱的打头的。他每天比其他社员多挣三分,但这三分操心费是不好挣的。他得比别人干得多,干得好,干得快,不具备这些能力,你就没法领导其他社员,说的也不响。还有必须懂农活的技巧性,理解生产队长的意图,得与队长的计划指示协调一致。否则,当组长的就一个劲地闷头瞎干,也会把一摊好事弄糟。农业活是最实在讲理的活儿,到了忙季一般情况下都在一块地干,不像是闲季,这一伙在大坑那儿沤肥,那一伙去沟子割柳条编土篮子,谁干好干歹干多少,不十分明显。还有一点,多数人在一块儿干,有种谁也不愿被落下、争强好胜的心理,因为它有种竞争性在挖掘人们的潜能。所以,一个组长没有统筹地里活的全局和镇住每个社员的实干能力与威慑力,那么谁也不会服你。好的组长是不让队长操多大心的,队长把队里的大宗活向他把实质性的东西一交代,就可以遛边闲着去了,得罪人是你的事,我请现成的好。这是不愿操心不要什么政绩的队长把戏。齐队长可不是这种队长,他要和组长配合默契,为了全队几百张吃饭的嘴,治理好这个生产队,要认认真真一丝不苟地干一场。

张信铲过一段,收住锄头,横着垄斜穿过来,对齐队长说:"今儿个我来检查,豁出来,我也要得罪得罪人。"

"我检查一遍了,大伙铲得还挺好。"齐队长说。

"不行,我亲自再来一遍。谁要糊弄我也不干,头一天就糊弄,就是糊弄我,就是瞧不起我这个组长。"

张信用锄板背挨个垄拨拉,看砍没砍掉苗,落没落草。张信检查了半天,真在一个社员的一条垄上查出落了几棵草。张信提着草尖,根还在地上长着,他和那个正在铲地的社员说道:"看看,一棵草扣一分。我可要执行队长的命令啦!"

那个社员抻着长脸说:"这段地太荒了,剩草也是备不住的。"

张信眼睛一瞪,吼道:"不服啊,你去查查我铲的那条垄,要是剩一棵草,让齐队长扣我十分,是你的十倍。"

张信又去继续查,接连查出好几条垄落草,他掏出一个小本子一一记下,等回去画在队部墙上的记工簿上。被罚的几个社员唉声叹气地抱怨:"妈的,完了,今儿个算白干一头午啦!哪有这么细的,吃饭还落几个饭粒呢。"

齐队长心里想,张信查得比我还认真。我是眼睛花了吧,怎么没看出来呢?我也得想个有效率的绝招。打心眼佩服张信对他的忠诚。他向铲地的社员喊道:

"大伙听着,都把铲下的草和砍掉的多余的苗,用锄头拨拉到垄沟里。不要留在垄台上,这样要一下雨,会坐活回去。"

社员们听了后,议论齐队长真是精明的庄稼把式。一、怕苗在垄台再坐活过去,这是个好办法。二、谁也不敢落草,落了这就是秃头顶上的虱子明摆着。看谁还敢犟嘴!别人的垄上除了苗其他什么也没有,你不这样坐地就是罪过。最省心的是,检查好检查,着眼一瞄就一清二楚。

地头那段荒地过去了,里边的草也渐渐少了,人们才感到喘上一口气。一轻松,精神头也上来了,一些人的嘴就有点儿闲不住。手下的活儿干着,不耽误事。又你北山套只虎,他南山抓个狼地神侃起来。赵老板子在趟地那边,没人和呱嗒板子谈二人转,心痒痒得难受,她就和雷漏子聊上了:"老雷大姐夫,你忘没忘前些年大旱,在老榆树下搭野台子唱戏求雨的事?"

雷漏子说:"那是多少年前的事啦,记得。你当时才多大?八成你正穿活裆裤,拉青屎呢。"

"说说就下道,你越老越没正经的呢。你也是人,你没有穿活裆裤拉青屎的时候?"

"可不是咋的,一唱就半个月,请来的都是各地的名角。"雷漏子忙把话转到呱嗒板子要谈的正题。

"大姐夫,闲着没事,你嗨嗨两口呗?就当解解闷。"

雷漏子唉了一声:"我可没有赵老板子那份闲心,一顿饭才吃个半饱。啥年月啦,别老逗引我唱。我是有那种意思,可就意思不出来。嗓子早让粗高粱米籽拉哑了。你闷得慌,自己去嗨嗨几声。"

呱嗒板子被雷漏子呛个大脸白,自己还磨不开脸唱,但又想起和赵老板子唱的《楼台会》,把她撩得现在的心还在发痒。自己哼哼两句《打狗劝夫》,感到没劲,又住了口。

"不深不浅,将没锄板。"姜宝库自言自语道,"唉,你们说,要是有人发明一种药,往地里一撒,光长苗不长草,来个草死苗活地该多好,咱们还能费这么大的劲……我看到了那时,也就真是共产主义了。"

把半导体挂在大脖子上的冯大林接过来说:"我看共产主义一定是吃饭不用筷子,饭菜自动往嘴里跑,一伸胳膊衣裳自己爬到身上,坐在炕头上能看戏看电影。"他胳膊一摆动,悬在脖子上的半导体就秤砣似的直悠荡。

知青高占奎说:"共产主义不像你们说的那样,要是那样,人得成为只能吃和拉的猪一样的蠢物。它的特色是:各尽所能,按需分配。要达到共产主义,还需要相当长的历史阶段。"

女知青夏丽娟也搬出她的理论："到那时就没了阶级和阶级斗争。实现共产主义的先决条件是：只有解放全人类，才能解放无产阶级自己。"她今天来时仍背着那个粪箕子，把捡来的粪倒在每棵玉米苗根下，空粪箕子正放在地头。

张信也闲不住地发表了自己的见解："我以为到了共产主义，首先人和人得对劲，都像雷锋似的。要各揣心腹事，明一套暗一套，那是个屁共产主义嘛！"

雷漏子由于听大伙的说说笑笑，手一时擎不准锄头，砍掉两棵玉米苗。他抬头看看齐队长没在跟前，忙把两棵玉米苗团巴团巴揣在兜里，弯腰又装镇静地铲地。嘴边说："现在咋不提大批判、大字报、大鸣大放了呢？"

张信接过说："黄瓜茄子，一茬接一茬，下茬不知又是啥？什么事要翻来覆去没个头，就没味道啦。你们看着吧，说不上哪天，又冒出个新名词，折腾一大阵子。"

"你这么说，还真有点儿道理。"雷漏子挺佩服张信的说法。

张信又道："上边的四大没了，我还有四大呢。"他把锄头挂在下颏，想了想，又说："气象台、地震办、广播喇叭、配马站。"

姜宝库问："你说了半天，这是四大啥呀？"

"叫四大不准！"张信答道。

雷漏子笑着说："你编的这一套，真是那么回事。听收音机里报有中雨下小雨，报有小雨还不下啦。说了半天有几级几级地震，后来也没震上。广播喇叭里说的全是瞎白话，到老百姓这儿，一件事也兑不了现。配马站配马，十回有八回不准，照样回回管你要钱。"

到了中午吃饭时间，家家闲着的老年人和小孩把饭菜送到地里。虽没到暑伏天，但初夏的阳光也很热。社员们脱下衣服，个个胳膊上、肩膀上都晒出一层细盐末，衣服上也渗出白花花的盐渍。他们坐在地头的树荫下，打开装饭菜的饭盒和对扣着的小陶瓷盆吃起来。雷漏子吃的是高粱米饭，菜是土豆拌大酱加香菜葱叶，感到咽得不痛快，四处看看，咂咂两下嘴，说："这要抠着咸鸭蛋，喝两盅，该多美，又解馋，又解乏，神仙一样。"

知青里有的吃得很高级。单玉波和高占奎吃的是饼干面包，菜是牛肉鱼肉罐头。韩文德和夏丽娟吃的和其他社员一样，玉米面大饼子和菠菜汤。玉米面大饼子没用苏打发酵，死硬，咬一口没有蜂窝空隙。他们心想，这还比刚过完年苦春头子那阵子强。大饼子蘸咸盐花，没菜在地里掠把苣荬菜，回到青年点，向邻居要点儿大酱就着吃，不也过来了吗？

冯大林和冯良看见单玉波、高占奎吃的各种罐头，馋得直流涎水，趁二人不注意，时而夹上一口，填进嘴里细嚼慢咽。冯大林边吃边听他那个半导体，手老拨弄调台的旋钮。里面传出播了很长时间的"九大"闭幕的消息:举国上下豪情满怀庆"九大",广大军民红心永向红太阳。

或者是:自"九大"开幕到闭幕以来的特大喜讯,像浩荡的春风吹遍伟大的社会主义祖国的锦绣河山,像震天动地的春雷响彻五湖四海。山在欢呼海在笑,红旗如海歌如潮。从首都到边疆,从山区到草原。全国各地一片欢腾,七亿人沉浸在无比兴奋、无比欢乐、无比幸福之中。

不一会儿又传出一句:我们既没有内债又没有外债,我们的社会主义市场繁荣、物价稳定、保证供给。

……

郑万年在树荫下吃完,正悠闲自得地抽着烟。他向林亮摆下手,让把水挑子挑到他跟前。林亮过去,郑万年咕咕嘟嘟喝了两茶缸水。他的老婆是个大肚子女人,把郑万年剩下的饭菜全包了,腮帮子塞个饱满,斜了她男人一眼:"白活这么大岁数,还跟孩子似的没出息,整天价叠纸飞机,你可叫我说啥好呢。"

"你少管我的闲事。觉得和我过委屈,你麻溜找好的去,我还不留你。我的脾气我爹都没给我改过来,你能改过来了?"

几个知青早看出他是个出奇的人,都过来围着他。问他这问他那的,他眼皮也不撩。后来他说:"我给你们讲个闷吧,都动动脑子,看你们这些有文化的人到底灵不灵?"

单玉波问:"郑大爷,什么是闷?"

"闷就是谜语。"一个叫吴文的女知青说,"大爷,你快讲吧,我们等得受不了了。"

郑万年诙谐地说:"破不了,我可罚你们学小狗叫!"

吴文着急地说:"行、行。快点儿吧!"

"比大猫还小,比小猫还大,是什么玩意儿? 打一个动物。"

知青们一个个你看看我,我瞅瞅他。想了半天,晃晃脑袋,问:"猜不着。大爷你说究竟是什么?"

郑万年神气地说:"你们这些大城市里的小青年,白喝一肚子墨水了。这个小问题都答不上来?"

郑万年把知青们煞了一顿气,才说:"是半大子猫呗!"

知青们玩味了一会儿,都"啊"的一声,个个笑得要跳起来。林亮在一边也笑得喘不过气来。大伙笑了一会儿,知青刘强抹掉眼角的泪,问郑万年徽、钦二帝路过这里,是否有这事。郑万年的眼睛瞪得溜圆,气哼哼地说:"这点儿残文野史,你也想明白明白? 你们把书念混了吧!"他用烟袋点点刘强,又说:"中国的正史都是一代代往下推的糊涂史！现实中的事，更是稀里糊涂！"

他又感慨着："可惜呀，真可惜！世上还有比我想不糊涂还要想真聪明的人！"

郑万年一通歪的正的，连骂带贬的，把一群知青弄得直翻白眼珠子，都不明白他的话是什么意思，三三两两地散了。

十五

冯书记老婆浪张，去远处丘陵的坡下解手回来，路过陈国臣的面前，陈国臣看见浪张晃着溜圆的肥臀，撩得他心直颤巍，就指着浪张那地方，对另一个社员说："唉，你看，她那疙瘩要锯下来，一定是个好大的菜板子。有一点不好，就是空心子！"

陈国臣的话，让没走多远的浪张听到了，转过身朝着他："你说老娘啥来着？拿我开心呀！"

"我没说啥呀，我说我自己呢。"陈国臣辩护道。

"你别和我打马虎眼，欺负你姑奶奶软乎咋的？"

浪张此时就等着男人刺激她，好闹一番开开心。几天来儿媳妇的事，加上冯书记和沈阳女知青来信的事，搞得她心闷得慌，正想找人泄气，打发打发难挨的日子。机会来了，她一扬手，向坐在一堆的妇女们喊道："都给我过来，今天给姓陈的这小子看看茄子！"

妇女们也真听召唤，齐刷刷地过来，要和陈国臣动手。一个妇女说："不那样，铲地的人忒多，让他吃点儿奶就行。"

陈国臣一看不好，起身便跑。浪张一把攥住他的衣服袖子，用另一只手又揪住他的衣大襟。陈国臣机智得很，知道衣服没系扣，一掉身，把两只胳膊往后一背，身子往前一蹿，衣服落在浪张的手里。陈国臣挣脱出去，光着上身向远处跑。浪张抱着衣服，哈哈大笑着。后来的妇女也不示弱，展开一个扇子面形包抄向陈国臣。他明白妇女们跑得慢追不上他，就得意地玩玩鬼花活。先是小跑，等着妇女们要接近他，手刚能够着他的身子，他来个突然加速。等下一回再要到他跟前，又来一个兔子躲避强敌，一百八十度急转弯，跑到另一个方向。追他的那个妇女跑张了脚，跌倒地上，捂着肚子大笑。又一个妇女上来，个个都被他用这种方式给甩掉了。妇女们都累得浑身汗水直流，呼哧呼哧张嘴紧喘。陈国臣脱下两只鞋，往外磕打跑时带进的土。浪张笑着对远处的陈国臣说："过来，我给你衣服。"

陈国臣也笑着说："我不去，你是想借机会抓住我。"

浪张失望地说："你倒不傻，不白长那么大的个子，真是尖妈养活的——你不要衣服拉倒,回家老娘做包脚布子。"

"做包脚布子可不行,回家给冯书记穿吧,就说你养汉挣来的。"

浪张感到受了污辱,捡起土块向陈国臣扔来。张信喊道:"都别闹啦,起来铲地吧。"

雷漏子缓缓地站起,嘴里说:"慢鸟先飞常在后,得赶快找着我的垄。"他铲了几锄停下,打了声呵欠。用手在前额又搭个凉篷,向着日头,道:"还行吧!"

下午的阳光火辣辣的,似乎有意把它的热情洒向这里的人们,消融人们的精力。

突然吹过一阵风,人们顿觉惬意无比。姜宝库喊:"凉风从沟来,又过瘾,又开怀!"

林亮已经挑两挑水,第二挑也让社员们喝剩下半桶。他把晒得有些热乎乎的水倒在小苗根底,也让发渴的苗滋润滋润。他挨棵把水倒尽,去了一个附近的村子又挑了一挑,想让社员们多喝些井巴凉水,他从心里很同情脸朝黑土背朝天、炎炎烈日下的人们。回来他跟在铲地的人们后边,谁来喝,麻利地把茶缸递上去。心想挑水的活是比铲地轻巧多了,虽少挣几分也合算,知足者常乐嘛。他掏出一支"红玫瑰"牌香烟吸着。来到这儿后,他烟吸得更勤了。二姐曾劝他不要吸了,说他的牙和手指熏得那么黑,长了会得肺病的,但他怎么也戒不了。因为吸烟能帮助他思考,端起书本或稍动脑筋想什么,猛然产生吸烟的欲望,就得一手端书一手捏烟,仿佛思索出的东西是从面前缭绕的烟雾中而来。

这时,刘队长从趟地的犁杖那儿向这儿走来,到齐队长面前,俩人谈了一会儿,刘队长转身又回到犁杖那头。

林亮在想,他和刘队长的生存距离,是狼和羊的关系的距离,总以为刘队长时时地要扑向自己。有时感到他可怕,又不可怕。虽也给他送了礼,那是解他一时的饥饿,等肚子瘪了,会张开满是獠牙的血口,回过头来,撕咬着自己,解馋解饿!林亮想到这儿,浑身一阵寒悸!

那天在队部大院,刘队长虽被张信压迫住了,但也不会改变他软的欺硬的怕的本性。那天他那在院子里被人冷落的可怜相,如一只在面前横着一根草棍、不敢上前的草狼,这是暂时蹲伏在一边的委屈,等他看准谁是软弱的对象,会更加凶狠残暴地冲上去,把以前失败的痛苦发泄出来。那个女"右派"不是被他用硬心肠软牙齿,活活咬死的吗?!

齐队长在铲地的人们后边来回不停地走着。看看这条垄,又看看那条垄,他的脸在发涨,眼珠子在发红。

吃完午饭,人们铲着铲着就把齐队长上午宣布的惩罚令淡忘了。没把铲掉的草和砍下的多余的苗拨拉到垄沟里，有的甚至在垄台上落了不少的草和砍掉许多苗，齐队长一检查，露了馅。他喊张信停下，先别铲了，让每个社员回头看看自己的垄，一个个蔫巴巴地顺着自己的垄边走边看。

齐队长气急败坏地说："我的嘴皮子算白磨薄啦，干干就下道，铲得还不如头午了。你们好好看看自己铲的地，这是铲的哪国的地？这到底是糊弄谁呢？我不给你们点儿颜色瞧瞧，就不往心里去。其实我也不愿老说你们，个个都是四五尺高，男的女的，还都有张脸。这脸可是摆在大面上的，不是装在裤裆里的！"

那会儿和陈国臣闹笑话的娘子军们，个个都累乏了。起来干活觉得没劲，铲起地就懈怠下来，明白自己一定没铲好，就借故说要去方便方便。齐队长指着她们："都咋那么多事？等我说完再去。懒驴上套，不是屎就是尿！"

娘子军们吓得都灰溜溜地回来了。齐队长叫张信和他一起，逐条垄仔细地检查。共有十八个男女社员铲得不合格，还有不少知青的也不合格。落草的落草，砍掉苗的砍掉苗，齐队长告诉张信一一记下，知青们新来乍到，不懂农活，少扣点儿分。其他社员该扣多少就扣多少，一点儿不留情面。张信说："我铲的那条垄也落了草，砍掉三棵苗，也照样扣分。我没说的，你向大伙宣布一下。这样我们说别人好说得响，打铁得自身硬。"

齐队长向大伙讲了一遍张信的意思，当场那些被罚的人没一个吱声。齐队长向张信翘起大拇指，又开始训他手下的兵："你们说说，我是过去的大地主雇你来给我铲地扛活的吗？"他停了会儿又说："那么你们为啥像糊弄洋鬼子似的呢？为什么主人翁不当，当没脸没皮的奴隶呢？大伙又累又热这我明白，谁让我们托生成庄稼人呢？指地打粮指地打粮，地和庄稼就是我们的命根子！没它们谁也活不成，连城里把机器的工人、坐椅子的干部也是一样。就是说我们糊弄过一时，它要害我们一年呀！"人们听得哑言无声。

"我也知道各家各户的粮不多了，都一个粒一个粒地数着吃。有时还得掺些菜能凑合个饱，这样才将对付到老秋。我曾想到头伏打下麦子，多给大伙分点儿补补身子。庄稼活是累人的活儿，我也是从庄稼地里长大的。我们应该明白现在总归比瓜菜代一天三两粮，还是苞米棒子碾成粉，连好高粱米糠都吃不着的那个年头强。我爹和我大哥就是那时活活饿死的，死之前哭着要口干饭都没吃到嘴，哏喽一声咽了气。"

齐队长激动的泪水在眼眶里直打转。

"我们都是人，到什么时候都得讲讲人格。不能像牲畜似的，抽儿鞭子就走走，鞭子一停就不走啦。那样就没人味儿了！我比喻不恰当，可不是骂大伙，但当中的理你们要懂得。大伙怀里都有本良心账，把闲扯闲闹的劲头用在活计上。好干旯干都是一样干,为啥不往好里干呢?别稀里糊涂地,干好了秋后多分毛八七的,口粮多分点儿,省得像往年只分三百五十斤皮粮,怎么掂对也缺半年吃的,饿得孩子哭老婆叫的。我不多说了,大伙把我刚才说的话好好寻思寻思。"

齐队长一片良言细语说得大家直咽口水:是那么回事!这时冯良不知趣地来了一句:"广播里不说了吗,宁要无产阶级的草,不要资产阶级的苗吗?"

"放他妈的狗臭屁!"

冯良这一句话,一下子把齐队长勾得火起。他走到冯良面前,双手掐着腰说:"要草不要苗,都累得王八二症的上这儿学乖来啦?秋后喝西北风活着呀!"冯良让齐队长一阵猛喝,杀猪不吹蔫煺了,那边的浪张觉得脸有些挂不住劲,扭着肥大的屁股过来,拨拉冯良一把,说:"铲你的地得了,不说话能把你当哑巴卖啦。"她向齐队长撇了下嘴:"齐队长你怎大岁数,怎跟孩子一般见识的。我在这儿,打狗还得看看主人吧,他爹好歹还是一个大队书记,你这点儿面子都不给?"

齐队长向浪张摆摆手:"我没工夫和你谈这事。你要有理回家叫你老头把我这个队长撤了。要我干我就这么干!"他向愣着的人们说:"别都看热闹了,赶紧铲地。"

傍晚的霞光把天际点缀得浓浓淡淡,浓的似火,淡的如撒金宣纸的白底。八棵老榆树旁的处处水洼,闪着光亮。晚归的牛车,肩着锄头稀稀溜溜回家的人们,树后掩映着的幢幢房舍,真是一幅康斯太布尔的《干草车》。

冯大林凑到林亮的跟前,小声地说:"吃完晚饭,我领你去前屯看黄皮子迷人去不去?"

林亮说:"今天太累了,回到家还想好好睡一觉,哪有闲工夫去?你回来对我学学就行了。"

到了家,林亮的二姐正在洗防疫时穿的白大褂。爸爸坐在炕上,正抚摸林亮种地时捡的那个玛瑙扳指儿,专注得像个考古专家。

林亮吃完饭,躺在木床上拿起《鲁迅全集》,刚要看,二姐说:"亮弟,你拿上长笛,我带着吉他,出去玩玩。"

林亮推辞不去,说累得肩疼。妈妈说:"你二姐发闷,你俩就到外边散散心。"

二姐把长笛从黑皮革的盒子里拿出来交到他的手里,她也挎上吉他,出了屋。两人坐在大门口的石台上,二姐拧一下琴轴,拨弄拨弄琴弦,调好音,来一个琶音和弦。林亮用长笛吹了一段吉诺的小夜曲,二姐的吉他叮叮咚咚随着。曲终,二姐说:"亮弟,现在我总觉得感情还在城里,还在学校我们五个人时的情景里。你有这种感觉吗?"

林亮不由得笑了:"我也有同感,因为我们对那里太熟悉了,这是一个正常人的感情。"

"人的自身矛盾太复杂了,好像永远是对立的。"二姐无奈地叹息了一声。

林亮忙解释道:"矛盾当然是复杂的,对立却是暂时的。只是一种感觉上的差异,时间一长慢慢就归为正常了。"

"即使是这样,那我们的青春也泯灭了,个性也消失了。"二姐又拨弄起吉他,一曲西班牙叶佩斯的《爱的罗曼史》,在她指下缓缓流出,随后轻轻唱起:

你是我池塘边一只丑小鸭,

你是我月光下一片竹篱笆。

你是我小时候童年和梦想,

你是我的吉他。

林亮心里明白,二姐又想起小聪明了,自然也引起他的遗憾和辛酸。感情这东西永远是难以制服的魔鬼,缠绞投入者的神经。她唱得越来越激动,后来变得很低沉。眼里盈满泪水,嗓音嘶哑。反复唱着后边那句:

你是我的吉他,

你是我的吉他!

二姐叮咚一声把吉他扔在地上,双手托住脸啜泣起来。林亮看在眼里,心里也替她难过,就用手摇摇她,说:"我们走走,你别再太伤心。"

"上哪儿去走,再走也难逃苦楚。"二姐站起身来。

林亮用手拭着二姐滚烫的两颊。爱怎么使人这样的艰难困惑呢?也许我没尝到,不知这其中的奥秘,到了面前,也会有这样的遭遇。林亮心里不停地想着这种问题。

夜色里有两个人向这儿走来,二姐慌忙躲在林亮的身后,那两个人走到林亮的跟前,一看是知青单玉波和吴文。

"在青年点就听到你们的吉他和长笛声了。怎么这会儿不吹了?"单玉波问道。吴文把二姐拉到身边,拿起吉他弹起来。单玉波让林亮吹段长笛给她听。吹完,单玉波问林亮:"刚才林毓秀好像在哭,为什么?"

林亮说:"你们都是女孩子,一到这年龄就好哭,这好像是你们的习性。我也说不太清。"

"那你们男孩子就坚强,不好哭了?女孩子就软弱?哭是我们青春发泄的表现。其实我们这代人都有难言之隐。"

"你把问题说得太严重了,这代人怎么啦?"

"你比谁都清楚,你那么聪慧,还吹一手好长笛。"

"不见得,我们都一样。"

"我们这一代人，是不能以活出自己真正的青春意义而活着的，是在无法独立人格的缺陷状态里生存的。其实这是在违背良知的伪道德中，凑合着活命。"她又说："我说得对吗？"

林亮冷笑道："认识很高，很独到。"林亮又问："那天，你在老榆树下临摹的那些画，我看你非常热爱生活。怎么今天……"

"林毓秀为什么弹吉他？你为什么吹长笛？都是闲着无聊挨时光呗。我不相信来到农村是我们必然的命运！"

林亮说："又是一个在与工农相结合的道路上的叛逆者。你我能扭转这命运吗？"

"所以看看前后，那些同道者，就不以为自己可怜了。自古以来，中国人就用这种自我安慰法走过来的。"

"你们青年点的夏丽娟，你看她接受再教育的精神头，还有干得多忘我，多有劲。"

"每个人都有自己的活法，她现在的活法，会被眼前的现实认为百分之百的正确，到了另一个历史阶段，兴许说成是过时的小丑。六六年的蒯大富、聂元梓红得发紫，闹得那么凶，现在也不怎么提他们了吧。历史是捉弄人的。过一段时间，他们还会成为历史审判台上的替罪羊！"

林亮哈哈大笑起来，忙说："打住，此谈话到此为止。你要爱听长笛，我再给你吹一段。你喜欢听什么？"

单玉波也笑着说："吹一个《草原上升起不落的太阳》。我就喜欢听它，一听就感到置身在辽阔的大草原上，什么都忘了。光剩我自己，其他啥也不存在。"

十六

林亮在井台上摇着辘轳打水时，本队一个叫刘来福的人也来挑水。

大热天，他上身穿着单衣服，下边却套着厚棉裤，林亮看他简直要笑。其实他患着严重的风湿性关节炎，他是全队有名的小五保，是个像郑万年所说没"整个日子"——没媳妇也就没有家的人，病得连班也上不了，吃喝全靠小队救济。林亮和他搭话，而他像个话筒似的，问一句答一句，脸总是一种表情。林亮看他摇辘轳把非常吃力，上去帮他摇了两桶水。他木然地点点头，歪歪斜斜地挑起水桶走了。

这时，林亮发现有个女人远远地望着他，林亮要正面认真辨认她时，她却转身不见了。这人林亮好像熟悉又不熟悉，还像在哪见过，反正很遥远。林亮越想越累脑袋，咬咬牙不想了。

冯大林在后边追上林亮，抢着扁担要替林亮挑水，说："我看你这个城里人和我们庄稼人挺和气，不像那些沈阳知青瞧不起我们，说我们是土老包。"

林亮说："他们虽这样说，心里却没有恶意。"

"但我不愿看他们瞅我们时的眼神。"

"找冯良媳妇那天晚上，你抓的那只翠鸟还养活着吗?"林亮问。

"早就放飞了。"

"为啥?"

"这鸟在笼子里什么也不吃。箭杆虫、小米子摆在它跟前，动也不动，只喝点儿水，和我绝食起来了！我一想，它也是一条小命，怪可怜的，干点儿积德事就放了。——可惜它长得绿莹莹的，那么好看。"

冯大林说完，用手抹抹嘴角的唾沫星。到了地里，林亮为感谢冯大林帮他挑水，掏出支烟给他，冯大林一口接一口地吸着。这时冯良来到水桶前，要和一个社员打赌。那个社员说，你要一口气能喝下五茶缸水，我替你铲一段地。冯良真不在乎，拿起茶缸没费劲地喝进五缸水。这小子不光是饭桶，还是个水桶。喝得一弯身子，嗓子眼往外淌水。那个社员看着他愣了半天，怕他胀破肚皮。冯良到底受不了胀痛，一抠嗓子眼，满肚子的水全倾倒出来。那个社员终于认输，操起锄头，给冯良铲了半垄地。

齐队长过来说："真他妈的山场大了，啥牲畜都有。还有打这个赌的，喝死了谁偿命？明个再整这种事，别说我罚你俩的分！"齐队长说完，拿起茶缸舀一下水，慢慢地喝。他问林亮："挑水的活儿，不算累吧？就是多跑几步道。"

"开始觉得累，后来就不累了。这多亏你的照顾。"林亮说。

"我这个人总想，做事别做绝了，得给人家留点儿出路。"

"那天因铲地的事，你咋发那么大的脾气？"

齐队长出了口长气，说："想要当好这个小队长，大大小小的事都得顾全到了。首先一些大事，要抓得准、抓得狠，认真彻底地处理它。用一句文词叫作坚持原则。不这样，他们会不拿你当回事，还兴许把你当球踢。只要你把该抓住理的事抓住一两件，趁机制服他，别的都会老老实实！这叫小事糊涂，大事不糊涂。不信你今天挨个垄查查，保证比前几天铲得好。"他又说："刘队长就找不好这个劲头。有时干起工作来，我还得哄着他似的，把事一样样地摆开，让他怎么配合我去干。我是怕外人看见正副队长不和气，人们心里自然松散。"齐队长咳了一声说："说实在话，当这个小队长真不容易，到秋后能比别的社员多得多少呢？"

"那是当然。"林亮说。

"还有一点，不为自己，还得为张着嘴等食的，八棵老树几百口子人吧！人心都是肉长的，真要马马虎虎，良心也过不去。"

林亮带着深深地敬意说："太感谢您有这份责任心！现在像您这样想，又这样做的官真不多。"

"小伙子你还真理解咱爷们的心意。倒是有句话说得好：有饭送给饥人，有话讲给知人。"他又说，"你们来这儿也算是遭贬来的吧，我可不小瞧你们，尤其你父亲那人，那天我一看那老头，不是一般的老头。看他的神情得比我们庄稼人高出好几等。到我们庄稼地来也行，农村的大地像办事情坐席时大得没边的饭桌，多个人多双筷，没个吃败。都是中国人嘛，乐呵呵地在一起多有意思！"

齐队长把土地比喻成大家在一块乐天知命的大会餐啦。林亮又想起来这儿的路上赵老板子说的话：城里人往庄稼地下，那庄稼人往地底下下！土地是人们出生伊始时的襁褓，它又是人们无法躲避并最终依赖的归宿。那就放开襟怀，皆大欢喜吧！

林亮回村又挑来一担新凉水，到地里时，正赶上歇气。人们围上来，你抢茶缸，他抢勺子，喝得起劲。个个喝完抹抹嘴巴和胡茬上的水珠，如品尝到百年老酒，咽到肚里，嘴还巴咂巴咂两声。

郑万年喝完水，坐在水桶边，摘下搭在脖子上的毛巾，擦擦刀条脸上的热汗。擦完，他掀起满是盐渍的布褂子，用毛巾再揩胸前和后脊梁沟往下流的汗滴。他的肋骨像垄沟垄台，身子一伸一屈，中间那根椎骨，像杀猪开膛抽出的长长喉管。热得他那脸上未泯的童趣早没了，也忘了叠他的纸飞机。他看见雷漏子敞着前胸在一边喝水，就叫知青韩文德过来，俩人耳语了半会儿。韩文德走到雷漏子面前说："雷大爷，天是不是要下雨啦？"

雷漏子抬头用怀疑的目光看看韩文德，眨了下眼睛，说："我也不是天气预报，我怎知道。"

"有人说，你这一出汗，就一定能下雨。"

雷漏子转着脑袋，向四外瞅瞅，看郑万年低头暗暗地笑。他点点韩文德，说："你他妈的这个浑小子，准是郑大蔫巴让你说的。"

韩文德问："说你能预报下雨还不好吗？这样你不成了先知先觉的神仙了吗？"韩文德指指他背上的汗珠说。

雷漏子像受到极大的侮辱，气恼地说："你让人当枪使了！什么也不明白。说人要知道啥时下雨，那是王八！"雷漏子指着还在笑的郑万年，骂道："老有少心，还不死的，支使别人拐弯抹角骂我。我是打了一辈子雁，最后还是让雁叨瞎眼啦！"

韩文德眼睛发直，呆呆地站着。周围的社员都哈哈大笑，有的笑得把喝到嘴里的水喷到另一个人身上。赵会计拍着雷漏子的肩膀头，诙谐地说："雷爷们，熬了大半辈子都熬得横草不过,怎么今个白毛狐狸没斗过偷着倒洞的豆鼠子呢!"

雷漏子一听更来了气,脱下只鞋,掷向郑万年,郑万年一缩脖,鞋从头顶飞过,忙起身跑向一边躲着。雷漏子狠狠地咒郑万年:"等会儿你迈不过两条垄,准保崴断你的踝子骨。没曾想让你借别人的嘴,把我糟践个苦!"

歇气起来时,社员们都拿起锄头,挎着自己的垄铲地去了,雷漏子仍耗在水桶旁不爱动。一缸接一缸,慢条斯理地喝着水,脸上还留有不高兴的表情。他六十岁左右,背一点儿不驼,身体显得非常硬朗。据说他原来在城里赶过拉客的四轮马车,还唱过几天二人转,对农活也很精通,扶犁点种,扬场泼簸箕,拿起来放得下,啥事着眼就会,更会见风使舵。他黄白的脸,有层老而不衰的光泽。两鬓的头发白了不少,但头顶和脑后的头发仍很黑。不大不小的眼睛很有神,在凝神看什么时显得很亮。他看了林亮一会儿,说:"你算找个好差事,一天轻巧地两三挑水挑完,到一个避风的地方眯一觉。"

有的人占便宜占惯了,一时要占不着,心就受不了。林亮知道他在嫉妒自己,就学着他,在前额搭个凉篷,望望天,说:"还行吧!"

"你这小子够鬼的,来这儿几天,就和齐队长整得挺明白啊。"他扑一声,连痰带烟吐在地上。

"我比你们铲地的少挣好几分。挑水的活儿也不轻,一挑水从屯子挑到地里,能有二三里地。你看我的肩膀都压肿了!说实在的,这活儿我真有点儿干够了,也想和社员一起铲地锻炼锻炼,将来要在农村干一辈子,庄稼活一点儿不会怎行?"

"你是在说风凉话,跟我扯闲。你便宜就便宜去吧,我一点儿不眼热,谁过年不吃顿饺子呢。"

林亮听他最后一句话,语气有些缓和,也平心静气地说:"您老这么大的岁数,一定儿孙满堂吧?"

"是的。"

"那您老怎不在家好好享享清福?这一天连晒带累,真够您老受的。"

"享清福!哪有那美事呀。还有俩儿子没老婆呢。"

"老婆的事,让他们自己去张罗呗。您这么大年纪啦,怎顾得那么多。"

"年青人呀,你啥也不明白。这年头谁能一个人挣来一个老婆的钱?得好几个人为一个人才能挣来!谁要你生下他们了?没说的,当爹的就得管到底。要有一个打光棍,祖宗的坟堆,得让人家指平。"他猛地吸了口烟,吐出浓浓的烟雾,又说:"庄稼人就是推碾子拉磨的命,一辈接一辈子地推拉。一辈子愿吃累的,就多推几石高粱谷子,能推坏几根碾杆,拉薄几扇磨盘。可还没走出那丈八的碾圈和磨道!"他的语气越来越加重:"不愿吃累,日子就过不起来。外人用下眼看你,有个大事小情,借贷来往,谁家也不勒你。到那时要挨憋,可真难受!"

林亮静静地听着他讲,细细咀嚼,觉得有很深的道理。他又说道:"细想想,人就那么回事吧,有啥大意思!"

说完,他绾起裤管,在腿上挠着,上面露出暴突的静脉。这里四五十岁的男人,几乎都有静脉曲张的病,是五七年修大队的水库累加着凉得的。个个腿上的静脉,都像钻进土里缓慢蠕动的蚯蚓,条条显青褐色。雷漏子把喝水的缸往水桶一扔,撞得水桶当啷一声,同时溅出朵朵水珠。他用舌头舔舔嘴边的余水,说了句:"发昏当不了死,铲地去!"

说着他用锄头撑起身体,走找他那条垄。

正铲地的姜宝库,突然敲着锄头大笑起来,笑得周围的人直惊讶。原来他的垄触到一个长满蒿草的坟堆,到前边不见了。这是因去年秋天,拖拉机翻地起垄时,绕过坟堆没把这条垄衔接上,所以它自然消亡了。不管是铲地时还是秋天割地时,谁摊上这等事,都是一种万幸。不用到别处拿垄了,命好,算自然放假。

姜宝库像经过鏖战终于抢占了对方的山头似的,乐得他站在坟堆上,双手握在锄杠中间,如手擎金箍棒的孙悟空,把锄头耍得滴溜圆,还带着呼呼的风声。他喊道:"便宜了,少铲大半条垄!"

社员们听他一喊,抬头望望自己的垄,离地头还远着呢。社员马兴国喊道:"你有王八命,别得了便宜卖了乖,来气我。"

"你踩醒死鬼,夜里溜达出来,抓你一起去见阎王爷。"丁凤贵说。

姜宝库不服气:"他要出来,我倒看看鬼究竟是啥模样。是女鬼和她亲嘴,是男鬼就和他真的斗斗。"

这时,郑万年老婆,一副母夜叉似的气势,端着锄头横着垄,气冲冲过来,用锄头捅捅坐在坟堆上抽烟的姜宝库,大声地说:"滚下去,这是我三叔的坟,不兴你乱坐的。"她又说:"本来我们周家香火不旺,你他妈的还来糟蹋我们家。"

郑万年老婆看姜宝库还不下来,就用锄杠打了他一下,打得姜宝库一挺肚,立刻酸脸猴子似的:"下去就下去呗,骂什么人呀,还打我一下。"他跳下坟堆,用手指着郑万年老婆吵道:"你嘴是屎盆子咋的?别那么臊!"

"踩我家的坟还有理了?骂你啦,打你啦,有法儿你想去。"

"你再打我一下,再骂我一句,我就把你手剁下来,嘴缝上!"

郑万年老婆把手和嘴凑上姜宝库:"都给你,怕你没那个兔子胆。"

大伙看他俩越凑越近,男社员上来拉姜宝库,女社员过来拉郑万年老婆。

"都少说两句,罢了罢了,各铲各自地去。"

不拉好些,一拉俩人倒越来劲。都从拉架人手中挣脱出来,重新凑到一堆,样子像不打出个头脑不罢休。姜宝库劲头更大,扬起锄头够着郑万年老婆当头要劈。郑万年老婆也不服软,也操起锄头,用锄板尖要刀姜宝库的大腿。正在这俩人打得不可开交的时候,齐队长过来二话没说,上来给了姜宝库一个嘴巴,啪的一个脆响声,打得姜宝库直眉愣眼。随后齐队长骂道:"挺大的一个老爷们,跟娘们家斗啥呀,白长五尺高的个子!"

别说这出奇制胜的一招真灵,大家都老老实实放下锄头,后退到一边。姜宝库向齐队长翻弄几下白眼,捂着被打得发红的脸,嘴张了两下,没唔唔出个动静。

"要打到地头打去,别在这把轧坏苗,还耽误大伙铲地!"齐队长往远处推了姜宝库一下,又对郑万年老婆说:"弟妹,你也消消气。他踩你家的坟是不对,过去就算了。以后别再提这事了,痛快铲地去。"

"我和他没个完。今天我让他欺负住,明天他敢骑我脖梗拉屎。"郑万年老婆蓦地回头,像找着什么。骂道:"该死的老头子呢?嫁给你这个损玩意儿,到关键时候装蔫缩回去了。"她点着在那边铲地的郑万年:"卖呆挺好呵,让他把我打死,你再娶个小嫩老婆!"

郑万年眼皮不撩,慢慢地扔着锄头铲地,说:"哪有这么严重,人都死啦,坟堆踩就踩几下呗。现在大城市时兴火化,人变成灰,也不得受着吗?"

"放你妈的屁,你还胳膊肘往外拐。"

"妇人之见,心胸狭窄,什么也想不开。"说完,郑万年哼哼叽叽地背诵一首打油诗:

千里捎书为一墙,

让他三尺又何妨。

万里长城今犹在,

不见当年秦始皇。

背诵完,他过去抻着老婆的衣袖往回拉,说道:"快来铲地吧,不铲没人给分,这是眼前最实在的。——今天你当回老爷们,让他当老娘们,别和他一般见识。"

郑万年老婆朝郑万年的脸上吐了口唾沫,骂道:"跟你一辈子算倒老血霉了,像刷茬的太监,没点儿男子汉阳性!"

十七

郑万年当过几天国民党的兵,辽沈战役时,被解放军俘虏又当上共产党的兵。解放战争结束,朝鲜战争打响,又渡过鸭绿江参加了打美国鬼子的战斗,负过伤,立过二等功。至今他的左腿上还有让炮弹皮抠出的疤痕。

后来他转业回到家乡，组织上考虑他在部队立过功负过伤，就分配他到社办工厂当了一名工人。由于他脑袋好使，不久又干上了会计兼现金员。"四清"的头一年，工作队查他的账，发现他有贪污的行为。因为会计账面和现金存额不符，差一百五十元钱对不上。其实他一分也没揣进自己的腰包，但他一时说不清这是怎么回事。工作队对他吹胡子瞪眼，让他交出贪污的钱，不交还要批判审查他。后来他想起钱是厂长打欠条借去了，欠条让他不经意弄丢了，就去找厂长当面对质此事。厂长知道欠条没了，来个两眼一闭，死不承认有这么回事，还说有人对革命干部栽赃诬陷。他感到自己满身是嘴就是讲不清楚，就留给家里一封遗书，跳了街中大井。人们发现得及时，把他救了上来，所以他大难不死。工作队看出问题不像出在他的身上，就追问那个厂长，厂长实逼无奈，承认了借款的事，这才证明他清白无辜。工作队认为这是工作上的马虎，又恢复了他的会计和现金员职务。那个厂长给定个变相贪污，有损共产党员人格，党内处分，厂长降为副厂长。受了这次打击的郑万年，说什么也不干这等差事，宁可回家种地。公社领导和工作队来他家左劝右劝，他抵不住，因为他是共产党员，不服从组织分配高低不行，就又回到社办工厂上了任。但他说什么也不兼现金员，光当会计。他说："钱这玩意儿是老虎，整不好它咬人！"

公社领导和工作队，就把广播站的女广播员派来当现金员。这回是账和钱两样清，谁差谁负责。当过广播员的女现金，不但有好看的脸蛋，还有一个说话动听的好嗓子，就是一接触面前的算盘和十个阿拉伯数字就头晕。降职的副厂长，殷勤地手把手教她，她就只好用女人那撩人的媚笑，向副厂长补偿自己的低能。

没过四个月，郑万年从公社回来。那是一年的秋天，他一句话不说，只把镰刀磨得十分锋利，第二天就下地割起了庄稼。有人问他回来的原因，他只说道："政治是人玩人的游戏，政治是绞杀机！"

慢慢地，从公社传来，他交代工作时，账面一分钱不差。回来前，他把磨麻花边的套袖、钉书器、曲别针、钢笔、圆珠笔、墨水，样样不少地交了公，只拿回他半个月的工资。

后来，慢慢从公社传来此事的底细：降职的二把手和新上任的现金员，不久就媾和到一块。过了三个月，二把手发现女现金员的肚子，渐渐大了起来。觉得大事不好，这要让公社知道了，非把他一撸到底，弄不好的话，这个伶牙俐齿的小娘子，兴许反咬一口，说强奸她，就得蹲上三年笆篱子。二把手脑筋一转，良策有了。就对郑万年和女现金员说："明天县社办企业局来咱这查账，刚来的通知。你俩今晚趁黑把账整清楚了，别明天人家来查，咱这儿再有不知道的漏洞。"

二把手明白，女现金员今晚一趟黑准会呕吐，郑会计会上前问寒问暖。二把手早已用钱买通了两个人，趁机冲进屋，来个抓贼抓赃，捉奸捉双，给郑万年来个哑巴吃黄连有口难分辩。还报了借款事之仇，又泄泄从一把后降到二把手的晦气。让这两个人做证，自己抖个净身，局外人一定说，会计和女现金员面对面、桌对桌难免干出那等事，猫见腥味没有不馋的。老咋了？人老心不老，哪儿有面前正开的一朵花不想摘的人呢！用造出去的舆论氛围压迫他，这叫武大郎吞毒，死也得死，不死也得死！再在领导面前无奈地说，其实我早就发现了这个问题，总寻思这是个人私生活，无法深管和向上边汇报。再者，我与郑会计上回的那个经济问题，怕外人议论我是在没缝下蛆报复他。我是他们的领导，工作做得不够，也有责任。事后，上边定会把他俩打发回家，或法办起来。我一人在这儿仍做官，清静无为悠悠万事。多么好的一个万全之策，天衣无缝的伟大计划！

二把手按照自己的计划顺利地实施了。

两个人被抓到公社大院，分别关押在两个屋。审查女现金员时，她只是一个劲地哭，什么也说不出来，咋说肚子里的东西也是招人厌恶的大忌，想说他是二把手的，害怕得罪人家，自己咋也好不了，兴许回家撸锄杆去；说是老会计的，还太冤枉他。审查郑万年时，他一口咬定自己是清白的，又呼天喊地地起誓发愿。

俗话说，兔子逼急眼还咬人脚后跟！郑万年想起了一个背水一战的绝活。

一天晚上，他趁看守他的人睡着了，摸进公社食堂，操起一把菜刀，来到关押女现金员的房子，正好看守她的通讯员，让女打字员喊走谈恋爱去了。郑万年叩下门，装作二把手的口音，让女现金员开开门。她一听是二把手来了，正想问他，这是不是他设的圈套害自己和郑会计？自己肚子里的东西将来咋办？开了门，闪进一个看不清的影子，回手马上关上门。没等她问是谁，嘴立刻被影子堵住，把她拉到屋角，一把菜刀横在她娇嫩的脖子上。对方说："我没别的意思，只要你把咱俩之间的清白，还有你肚子里的东西究竟是谁的，一字不少写在纸上，签上字，按个手印，然后咱俩一起到公社领导和'四清'工作队那里去，澄清一下事情的真相。就这点儿事，非常简单，痛快写！"他又说："你要不按我说的办，这一刀子下去，你可正青春当年，一朵花没开，我可是快到半百的人，死了也没啥可惜的！"郑万年把菜刀在她脖子上鏨了两下："是死是活就在这一念之间，别磨蹭，没闲工夫啦！"

女现金员哆里哆嗦地："我年轻，我活！"

她拿起郑万年交给她的纸和笔。

经过几天的调查核实，郑万年啥事没有。二把手被扭送到县公安局，女现金员打完胎也回了家。

郑万年回到小队，队长分配他干啥他就干啥，活干得还细致认真，从不分辨活轻活重，也不计较分多分少。是非之事，他更不沾边。纯成为人家指哪儿他打哪儿的机械动物，就是有时抬抬杠，逗得大家哭笑不得，自己却绷着脸，丝毫笑容没有。也不像刚转业到家时那样，总忘不了向人们炫耀，他在战场上如何如何勇敢，如何如何立功受伤，盛气凌人地摆摆老兵的资格，没完没了地说他咋为共产党打天下，亮亮他争光争荣的大架子。就有一点，叠纸飞机的活儿，成了他离不开的游戏。

夏丽娟仍旧上班把捡满的一粪箕子粪背到地里，给每棵小苗挨个点上，下班时又把捡满的粪，倒进小队沤肥的大坑里。和她同青年点的知青说，她像勤劳的农民一样，早晨蒙蒙亮就起来，在屯前屯后和屯外的大道上捡粪，然后再回青年点吃早饭。公社广播不断播送她的消息，据说县里对她也十分重视，把她当成接受再教育的知青典型，对她的事迹大加宣传，现在她已被提升为青年点点长。有的说上边正在考虑她的入党问题，准备选她为本小队的妇女队长。

自从夏锄以来，她的腿上长出许多大水泡，上边抹着一片一片的紫药水。这是一种病，叶绿素过敏症。她嫌裤脚摩擦得发痒，向上缩一截。铲地的社员看了，感到稀奇，所以有人议论说："城里人都是些娇贵的菊花秧子，咱们在草地上打滚也不过敏。癞蛤蟆爬到身上，也不带长癞疮的。"

"人家是啥人？走在大街上，两边高楼大厦风烟不透。净吃细粮软食，拉屎坐着拉。像咱们呢，高粱米饭苞米面大饼子，三日不吃饭，扶着水缸也能站三天。"

齐队长早就发现夏丽娟大腿过敏的事，让她在队部院里干些零活。可她说："接受贫下中农再教育，就是为了打消城乡三大差别，当好一个朴朴实实的农民，这点儿小病算什么？要像战场上的战士那样，轻伤不下火线，重伤挺着干！"

有过快板书底子的、名叫周风的社员，看见夏丽娟腿上的水泡，马上从嘴里溜达出一段：

女知青，

真不赖，

干起活来就是踹。

别人脚上生脚气，

她的腿上起水癞，

起水癞来，

就抹紫药水。

唉，你说怪不怪！

唉，你说怪不怪。

大伙笑着对夏丽娟指指点点，从此人们就紫药水这紫药水那的，忘了她真实姓名。呱嗒板子更会形容，什么紫药水，我看纯粹是庄稼人让蚊子咬了起包挠破了，上的鬼子紫！

林亮的二姐到任何时候也忘不了把生活设计成一种高雅的情调。她用爸爸喝完的酱紫色的五加皮空酒瓶做插花，她折了几枝表舅家后园子的刺梅，嘴里哼着曲子插上一瓶，摆在她小屋桌子上。又折了几枝芍药插一瓶，放在林亮床前的窗台上。每个瓶子里都灌进清凉的水，两个屋子里都有了温馨芬芳之气。对屋的小表弟也学二姐的样，弄来一个空玻璃瓶子，用水涮干净，也插上了一瓶，摆他那屋。而他是二合一插的，一个瓶子里有刺梅也有芍药。逗得二姐直乐，说这叫不伦不类。

"'花开堪折直须折，莫待无花空折枝。'你们此时的年纪，就像这怒放的花一样，正处在青春热望时期，可要好好发挥和对待，不要虚度这如花的光阴。"爸爸在劝告着林亮和二姐。是呀，属于人生的花季能有多少呢？从此，二姐的小屋里叮叮咚咚的六弦琴声更悠扬了。林亮躺在床上看书，人陶醉在沁人肺腑的花香之中。

林亮每天下班后，看到妈妈侍候完瘫痪在炕上的爸爸，又忙活里里外外的活计，觉得心里不落忍，就抱起墙角箱子上的一堆衣服，摁进洗衣盆里。原先这个活都是二姐干的，这段时间因和小聪明的事，她什么也干不下去。林亮也学表舅妈的样子，撮一筐头柴火灰，放在缸磙子上，打来井水倒上，把滤下的发黄的水浇在洗衣盆里，在院子里昏黄的光照下洗起来，试试这古老的传统方法，能否洗干净衣服。林亮边洗边抬眼望望天边的余晖、树梢的翠影、迷蒙的烟雾，他时时忘不了感受大自然的美。

二姐站在一边说："八成这是十八世纪的土办法，能洗干净衣服吗？家里不是还有洗衣粉吗？"

林亮说："我看表舅妈用它洗得挺好，所以我也试试。"

二姐五号头梳得柔顺发亮，脸上抹的"面友"雪花膏，散发出阵阵香气。手里擎着一枝细粉莲花，不时放在鼻子下嗅嗅。她下边穿着蓝色水兵裙，白色尼龙短袜，脚跶着绿色塑料拖鞋。上穿水红色的确良衬衫，双手交叉在胸前，把衬衫压迫出一道凹陷，上边的双乳本来很丰满，这样更显高耸迷人，隔着的确良衬衫能看出乳罩轮廓。衬衣上边的第一个扣没系，露出三角状白皙的前胸。她一会儿望望黄昏下的晚霞，一会儿低头看看自己的脚尖，似乎在思考着什么。时而来一阵风，撩起她下边的水兵裙，现出丰满、稍有些褶皱的双膝。

林亮问："二姐，你有没有要洗的衣服？有的话，拿来我一起都洗了。"

"昨天我都洗完了。"二姐说。

她像是站累了，从屋里拿来一个小板凳，坐在林亮的身旁，把头亲昵在歪在林亮的肩上。她刚想要说什么，这时表舅妈从屋里出来，看到说："瞅这小姐弟俩亲兴劲。别人不知道，还以为是一对呢！"

二姐瞪了表舅妈一眼："胡说八道！真难听。"二姐拍拍林亮的肩说："农村的晚霞落日也很美啊。"

"那当然。任何时候，大自然是不偏爱城市或农村的。世界上的事没有绝对的公允，只有大自然才是。"

"亮弟，你的话不知怎么的，总给我一种启示。人的境界就是有区别，这一点我是不会赶上你的。"

"最近你给小聪明去信没有？"

"大前天寄去的。"

"怎写的？"

"信你的话，和他了却啦。"

"这样做后，你心里是否坦然？"

"我也考虑了很长时间，只能这样。既坦然，也是一种解脱。"

"那就好。"林亮说，"我可替你考虑到一个人，你俩能差不多。"

"谁？"

"现在不告诉你。忘了那年，你可把他捉弄个够呛。"

"我知道了。那时我心中一点儿没有他，我不能勉强和一个不想爱的人在一起！"

"那就先别提这事了，以后看看再说。"

林亮点燃床头的小煤油灯。一只蜜蜂从敞开的窗户飞进来，在屋内盘旋了几圈，最后落在窗台插在瓶里的芍药花上。他细心地看着它在花蕊里嬉戏着，细细的触须在摆动，把蕊丝挑得直落红色的花粉。过了一会儿，它又越窗飞走。林亮把煤油灯捻得很亮，拿起《鲁迅全集》打开：

泪揩了，血消了；

屠伯们逍遥复逍遥，

用钢刀的，用软刀的。

然而我只有"杂感"而已。

连"杂感"也被放进了应该去的地方时，

我于是只有"而已"而已！

……

刽子手们优哉游哉，硬刀、软刀碰撞得火星飞迸。作者也有难言的、彷徨的矛盾心理,面对血腥的现实只能无奈地"而已""而已"地感慨! 树影在窗户上摇曳,缕缕清淡的月光透进屋内,在床上、地上闪闪烁烁。

我在他面前,不过是一棵卑琐烦恼的小草而已。林亮想。

十八

挨着八棵老树的一个叫太平大队的青年点,发生了一件使人震惊的事情,本队青年点的单玉波和吴文也卷了进去。事情是这样的:她俩去那个青年点看同学,此青年点的点长和一些知青回家了,只剩下两个男知青和五个女知青,他们由于很苦闷,看另一个青年点来了俩人,他们认为是一个战壕里的战友,就热情招待起来。没曾想两个男知青起了坏主意,在女知青的饭里下了大剂量的安眠药,七个女知青吃了下了药的饭,个个睡死了过去。两个男知青把七个女知青挨个奸淫了。药劲一过,女知青们醒过来,便明白这是怎么一回事了。此时,两个男知青过于疲乏,正在沉沉大睡。单玉波和吴文联合其他五个女知青,操起菜刀把两个男知青砍成一死一伤。此事立刻震动了全县,县军管会和公社人保组来人调查案件。七个女知青全被带到县看守所拘留了起来。从县到公社各级组织,开始注重和抓紧对知青的工作,掀起一个整顿知青思想、改造他们生活环境和伙食质量的运动。为了稳定知青们的情绪,坚定他们扎根农村的决心,把一些干劲高、表现好的知青,提拔到领导岗位上。

一天下地之前,齐队长把社员召集到老榆树下,冯书记站在碾砣上,向全体社员宣布:"经公社和大队领导班子研究决定,任命沈阳知青夏丽娟,为八棵老树大队第二生产队妇女队长。"

冯书记下了碾砣,夏丽娟登上来个就职演说:"社员同志们,由于上级组织对我的信任,让我干这份工作,确实使我感到责任重大,也感到受之有愧,但我一定努力干好,不辜负组织和大家对我的期望。我要以一个小学生的姿态,向工人阶级的同盟军——农民阶级虚心学习。与大家打成一片,带领全队的姐妹们,为改变农村的落后面貌,做出我应有的贡献。我要以身作则,在三大革命的实践中献青春、洒热血,为实现共产主义伟大目标而奋斗!"

夏丽娟晃晃脑袋,挺挺瘦小的身体,又说:"我是一个新来乍到的城里学生,和其他知青一样,在课堂的黑板上才看见插秧种庄稼,吃到嘴里的小米饭,不知道是谷子的瓢。因缺乏实践劳动,我们都是四体不勤、五谷不分的书生。所以我们响应毛主席的号召,'知识青年到农村去,那里是广阔的天地,是大有作为的'。我一定把毛主席教导记心怀,一心交给党安排。决心在广阔天地炼红心,扎根农村六十年。直到把农村改造建设得比城市还要美好,我才回城。"

夏丽娟说着说着,流下了激动的泪水,她慷慨激昂道:"我一定把革命的粪箕子一直背到革命成功的那一天!"她一边讲,一边把她背了许多粪的粪箕子举起让大家看。

夏丽娟下了碾砣。冯书记和齐队长以及刘队长带头大声鼓掌,树下的人们也随着鼓掌。

"你是我们的邢燕子!"高占奎喊道。

韩文德趁人多情绪火爆,也跳上碾砣,展示他的演讲水平:"在毛泽东时代,祖国的人民多么幸福,祖国的江山多么的壮丽。但是在黑暗的旧中国,天是黑沉沉的天,地是黑沉沉的地。灾难深重的人民啊,头上压着三座大山,过着水深火热的生活。"

冯书记指着韩文德说:"你反动,这是影射攻击新社会。"

韩文德嘿嘿乐道:"谁反动? 谁影射攻击新社会? 这是《东方红》电影里的。你才反动呢,毛主席打下的江山不壮丽吗? 毛泽东时代的人民不幸福吗?"

韩文德给冯书记来个一口吞个豆包——把嘴堵个溜严。冯书记想了半天,要回击韩文德几句,可一个恰当的词没想出来,看看对方,说:"你等着,早晚有一天——"

夏丽娟又背起粪箕子,带头领着她的妇女队下地去了。她身后的妇女们悄悄议论着:"一个大姑娘家的不嫌寒碜,捡的哪门子粪子呢。一身臭烘烘的味,将来都没男人敢要。"

"不一定,有剩男没有剩女。瘸瞎淌鼻涕的也有人要,更不少聘彩礼。人家还有文化。"

"你瞅瞅她长的一身癞吧,和哪个男人结婚,不得过一身?"

"那怕啥? 不耽误养活孩子就行呗。"

韩文德到水桶边来喝水,林亮问他:"你很有朗诵才能啊。在沈阳读书时一定下过功夫吧?"

韩文德放下喝水的茶缸,站起学着演讲的姿态,说:"没什么功夫,不过是爱好这一行。我想高中毕业,报考广播学院播音专业。现在完了,下了农村,白理想一回。有时丢不下,时常来两段过过瘾。"

林亮说:"爱上这一行,就不能放弃。将来有一天会用上的。"

"用个屁! 听说大队要成立广播站,我找冯书记说我去。他妈的眼珠子一翻,说我不合格,广播员得让女人干。啥叫得女人干? 我看明白了。男人不能给他解闷,没意思,女人能陪他睡觉,合格的是在这儿!"

林亮听了,浑身一抖,再往下想,但不敢了。

几天来,铲地的人群里又多了两个议论的话题,一个是太平大队的事,另一个是前屯那个女子被黄皮子迷住,后来吊死的事。

刚到晚上,冯大林拎个大鸟笼子来到林亮家。手里还拿着两个纸兜,一个兜里装的是小米,另一个装的是线麻子。他乐滋滋地把鸟笼挂在外边的洗衣绳上,把坐在屋里的林亮召唤出来,指着笼子里的鸟,挨个点出鸟的名:"这个叫春暖,那个叫腊嘴,这个叫三道眉。唉,正叫着那个叫金钟!"

他用手托起两个装粮的小纸兜,又说:"线麻子喂腊嘴,小米喂那其他三个鸟儿都行。我看你挺喜欢鸟儿的,吃完饭没事我给你送来了。"说完,他用手揪起嘴唇对着鸟儿打起口哨,笼子里的鸟儿也跟着他叫起来。

林亮说:"我留下一个金钟就行了,那三个你带回去吧。"

"都是给你的,你客气啥呀。"

"这样吧,我不愿要哪个,就把哪个放生吧。"

"行,听你的,你爱咋办就咋办。反正这是我一点儿小小的心意。"

说着,冯大林打开鸟笼门,伸手一只只抓出,松在空中。冯大林待了会儿就走了。林亮围着鸟笼学冯大林打着口哨,逗笼里的金钟叽叽喳喳鸣啭。屋内的爸爸要林亮把鸟笼子拿到他面前,想看看这鸟儿。林亮提笼到屋,交到爸爸的手里。

这几天,林亮一想到太平大队的事,就觉得心口堵得慌,精神产生一种茫然感。

深一想,这事似乎与自己的命运相关联。他想回屋拿来长笛到旷野中吹奏,但提不起兴致,就一个人来到表舅家的房后。他看了看房前房后的院落,来到这儿已好几个月了,觉得这怎么也不是自己的归宿。一种寄人篱下的凄凉,代替了那会儿的茫然。是一种在空中要着陆还无法着陆的苦楚的感觉。人生就应该这样吗?从来不能幸福吗?他推开用秫秸秆夹的栏子门,悄悄地在夜色中,走向茫茫的大地。

他来到屯外通向南北的大道上,点燃一支烟坐在路边一棵树下,不由得思索起来。首先他想到当年的徽、钦二帝——假设真有路过这里的情景。又想到那天那个三步一跪一磕头,去五台山寻找佛祖的行脚僧,一定还没到目的地吧。此时他一定正在路上!漫漫长路,你没有倦怠吗?想到这儿,给林亮一种无形的激励。

他后悔没把长笛带来。周围的夜色多静,月光多皎洁,吹奏一曲定是透彻肺腑的抒情开怀。他就用心灵和想象吹奏起德彪西的《月光》。优美如歌的旋律在夜空弥散。甜柔的音色把从云缝中泻下的缕缕月光揉碎,涂上色彩撒向无垠的大地。这是纷纷扬扬情感的花瓣,与万类亲吻的物语。岑寂的生命在颤颤的震动中苏醒,闪着灵光的萤火虫在月色下欢舞。夜似乎在发出微笑,迎接黎明的到来,向世界道一声:"爱你该多美!"

夜晚的大道上来来往往着人和车。有的赶马车的老板子,嘴里叼着个"火炭",哼哼叽叽悠着小曲,摇动鞭杆在哄骤马赶路。边走边按着车铃的骑自行车的,稀稀零零单人行的,俩人一伙徒步的,都匆匆地各奔向自己的家园。

有的发现了路边坐着的林亮,以为这是拦路抢劫的,在远处观看不敢往前走了;有的早早就加快速度,在林亮面前飞掠而过,过去很远,驻足回头张望或听声,似在看后边的人谁会遭劫。

林亮不想让过路的人把他当成盗者,站起身往家走去。一进屋,妈妈就把他拉到一边,说:"你二姐不知是怎么啦。回到家,倒在她那小屋的炕上,叫吃饭也不吃。问她是生病了,还是咋了,也一声不吭。你去问问,究竟是怎么回事?"

林亮走进小屋,看见桌子上刺梅凋谢了,五加皮酒瓶周围散落一圈蔫黄的花瓣。林亮把桌子上的煤油灯捻亮些,小屋一片通明。他抻抻趴在炕上的二姐的腿,问:"二姐,你到底是怎么了?"

二姐翻身坐在炕沿上,长长叹了口气,用手往后撩撩搭在脸上的长发,说:"走,到房后我跟你说去。"

说完,她把炕上的白大褂团在手里,先走出小屋。到了房后,二姐把头一下扎进林亮的怀里,呜呜地哭出声来。

"发生什么事啦? 你是说呀!"林亮急切地问。

"就像你预料的。"

林亮惊讶地"啊"了一声,使劲地摇着她的肩膀,喊道:"冯书记把你……把你……"

"还不至于到那种地步,可也好悬。"

"你说说,究竟是怎么回事?"

二姐止住哭声说:"今天中午,我躺在诊所的炕上睡午觉。他趁没人,突然跳上炕,趴在我身上,使劲地揉搓……我。我身上正盖着白大褂,他没敢扒我的衣服,只是用那种……那种动作。我强把他推开,一看他裸着下身,弄得白大褂上一大堆他那脏物。他下去跑到外边,说些十分难听的话。"

"说什么啦?"

"他说要满足他,广播员的差事让我干。还说面前一朵花,就瞪着眼睛摘不了,馋死我了! 馋死我了!"

林亮听完,火冲上头顶,声嘶力竭地喊道:"我拿菜刀非剁了他,真他妈的欺负我家头上来了!"

林亮说着,转身跑向屋,二姐一把拉住他。林亮疯了似的:"你别拦我,反正我正觉得没什么意思呢,一命顶一命够本。他是共产党的大队书记,就该随便污辱人?我才不信这等事呢!"

二姐抱住林亮哭着说:"你不要这样,也没成为事实。犯不上和他拼命,咱的命比他的命值钱多了。"

二姐松开林亮,定定地看着弟弟的眼睛,月光下他的双眸,正喷发出无法扼制的憎恶。林亮哇地哭出声来:"二姐,谁要玷污你,比谁往我心上捅一刀都疼,都受不了!总觉得你的安然比我的什么都重要。"滴滴泪水流进二姐光泽柔软的秀发里。

二姐哽咽着说:"好弟弟,别……别说了,我懂了你的心情!但盲目的冲动也不是办法。"

"我是个男子汉,是有着阳刚血性的男儿!什么盲目的冲动!他要真的对你……我一定杀了他,没别的选择。他欺负别人行,要对你,我绝饶不了他!"

"好了,好了。消消气吧,看你恼怒的。"

二姐手伸进林亮的兜里,摸出烟和火柴,抽出一支放在林亮嘴边,嚓的一声划燃,给林亮点上。他使劲长时间地吸一口,差不多吸下小半截。二姐拾起地上那件白大褂,从火柴盒里又捏出一根火柴,在林亮正燃的烟头上嚓的一声对着,她把红火苗丢进团成褶皱的白大褂里,又轻轻放在地上,说:"防疫员不干了,广播员我不想当了。让一切都结束吧。"

顷刻间,白大褂变成乌色的灰片,被夜风掀得纷纷扬扬,飘向茫茫的夜色中。

"明天,我就拿着锄头下地铲地去,把锄头给我修理得好使些!"

林亮弹弹烟灰,平静下来说:"他为什么开始没敢对你粗暴?怎那么犹豫不决?"

二姐笑了笑,说:"其实我对他早有防备,我兜里常揣着二哥、三哥和小聪明的照片。他有几次对我嬉皮笑脸,还准备动手动脚的,我把三张照片亮开让他看。我指着二哥的照片说,这是我二哥,在国防科工委工作,是研究导弹材料的;我又指着三哥的照片说,这是我三哥,在核工业部研究核武器的;我最后指指小聪明的照片,说这是我的对象,在省军区歌舞团工作。他一看三张照片都是穿着四个兜的军官,傻了眼。我十分严厉地对他讲,你要动我一下,我告诉他们,上边下令,不把你枪毙,也送你到监狱关十几年。我还说,我二哥、三哥常受到毛主席、周总理亲自接见。你想想他们谁能饶了你?打那儿他不敢对我想入非非了。这次他是喝了酒,借着酒劲才对我……"

林亮钦佩地说:"二姐,你真行。否则……"

"否则我就是他口中食,手中的兔子了。"她又说,"站累了吧? 我们在地上坐一会儿。"

林亮说:"这一切别对爸和妈讲。他们要知道会上火的,反正都过去了。"

"我明白。"

十九

齐队长用疑惑的眼神瞄着妇女队,瞄完,三步并成两步在铲地的妇女群里穿过一趟。站住,摆手让夏丽娟过来,"紫药水"一溜小跑到了齐队长面前。

齐队长问道:"你们妇女队,咋少仨女社员? 和你请假了吗?"

"紫药水"转着身,用眼睛点点她的人马,说:"是呀,怎少三个? 没和我请假呀。"

"紫药水"心想,是不是她们不信任我这个新上任的妇女队长,偷着向妇女队副队长请假了? 她回头去问副队长刘淑芬,刘淑芬也说没向她请假。齐队长对两位妇女队长讲:"我告诉你们,现在正是夏锄大忙季节,没正当的事,谁请假也不给!"齐队长气得一跺脚,喊道:"真没人了! 说不来就不来,要不来就总在家当奶奶养着,我不会指着你们的!"

齐队长急匆匆地走向男人那边。到了姜宝库跟前,问:"你媳妇呢? 在家干啥没来?"

姜宝库低头不语。齐队长又问周风:"你老婆得病了咋的?"

周风吭哧半天也没吭出个什么。

齐队长气急败坏地点点陈国臣:"你那口子回娘家躲灾去了? 为什么也没来?"

陈国臣憋了一会儿,笑了。

齐队长更火得难受,骂道:"一个个孙子似的,傻笑哪国的? 都痛快地说明白话呀!"

陈国臣最后道出了真情,说他老婆早晨起来,摘下晾在外边洗衣绳的短裤,回屋穿上,那地方刺挠得受不了,越挠越钻心似的痛得慌。后来又是嚎又是叫。脱下短裤仔细一看,兜裆那地方有黄色的洋辣子毛。周风和姜宝库过来对齐队长说,他俩的媳妇也得这种病。一向不苟言笑的齐队长,也心痒憋不住大笑起来,泪水横在下眼睑。心想,咋这样的巧,三个人这事都凑到一堆了? 就叫正在铲地的妇女队的副队长刘淑芬到这三个妇女家看看,不行的话叫来赤脚医生,用什么办法挨个治治。副队长扛着锄头回了家。齐队长让"紫药水"带着妇女队铲地。周围的男社员听到后,都不住地笑。女社员堆里,媳妇们也笑。姑娘们咬着嘴唇,心里在笑。这时,有一个人背过身蹲下,在偷偷地笑。冯大林拉了下雷漏子,指指在一边偷笑的人说:"这事,准是那小子干的!"

"你说是冯良?"雷漏子点点头。

"一定是,保证跑不了他!"

下午上班时,刘淑芬对齐队长说,赤脚医生给三个女社员抹药水处置好了,过两天能上班。齐队长没言语,到队伍后边查垄去了。

林亮每当回村挑水时,都不由得站在远处望望——入夏以来长得越发枝繁叶茂的八棵老榆树。整个树冠如原子弹爆炸升腾起来的蘑菇云,长时间看上去,给人一种说不出来的慌怵、余悸。林亮站在被树叶遮得一点儿看不见天色的浓荫下,树下的地总是湿漉漉的。没风的天气,在它下边顿觉有嗖嗖的冷风搓着人的皮肤,让人不觉间就生鸡皮疙瘩。嫩绿的苔藓已爬上八棵粗大的树干,有两丈来高。两棵据说被南方蛮子砍出的斧凿口中,也生出纤细的小蘑菇和狗尿苔,一群蚂蚁和细小不知名的虫儿,正在爬进爬出。

林亮在大井上摇着辘轳打水时,又发现前几天有时偷偷看他的女人。她到底是谁呢? 神秘兮兮,似隐似现,今天得搞明白。否则心里不踏实,不舒服的。林亮下了井台,快步向望着他的那女人追去。她转身也在走,但步子不太急,要等不等的。林亮赶到她的前边,回身和她打个照面。看了会儿,她羞涩地低下头。

"你是谁? 为什么老偷看我?"

她不说话,仍低着头。林亮又问了一遍。她双手在胸前绞在一起,掩饰着发怵的心理。半天才说:"你是不是林亮? 不认识我了?"

她缓缓地抬起头,小心地看着林亮。她的脸有些潮红。又说道:"你是城里人,还能认识我吗?"

林亮问:"你怎么认识我? 还知道我的名字?"

她长得很精巧,苗条匀称的中等身材,椭圆形的脸庞,鼻翼两旁,长着浅浅的星星般的斑点。眼睛生得不大不小,有些淡淡的忧郁,时而放出明亮的光泽。脑后束着一把抓的马尾巴辫。

她又说:"你真的不认识我啦?"

"真的,我一时想不起来了。"

她又低下头小声地说:"有一年,你表舅妈和我妈领着我,到城里去你家串门。你领着我逛百货商店,我走丢了,你急得直哭,回家把你妈和我妈唤来到处找我,后来在城中心的烈士纪念塔那儿找到了我。"

林亮激动得"啊"了一声:"你是彩彩! 这是多少年前的事啦? 那年我十一岁,

你九岁。我怎一下子能想起呢!"林亮不知所措地搓两下双手,话语带有口吃:"在纪念塔下,你见了我,一下子把我搂住。你哭了,我也哭了。"

林亮兴奋得眼里盈满泪花,情不自禁地张开双臂要拥抱彩彩。但刚要接近她的身体时,彩彩却微眯着双眼,两手护住前胸,头在耸起的肩胛中抖颤。她的整个身体像个瑟缩的小松鼠。林亮收回双臂,定了会儿神。一下想起,此时和她再不是两小无猜的童年时了。对方已是十七八岁的少女了,唐突不得,猛地觉得面前是一块拥抱不了的火炭。林亮木然站了一会儿,看着这个和自己差不多高的彩彩,问道:"前几天的一个晚上,你在我家门口是不是转悠过? 我喊了一声:是谁? 你立刻转过身走了?"

她松弛一下紧张的情绪,放下耸着的肩胛,睁开眼睛说:"是我。"

"我来这么长时间了,干吗不和我直接见面?"

"怕你不理我,寻思你早把我忘了。你是城里有文化的人啊!"

"那怎么可能呢? 你先提提不就行了吗? 把我看得太不近人情啦。"

"亮哥,你快把水挑到地里吧,铲地的人等着喝呢,别光和我唠嗑。"

林亮笑了笑说:"不着急,晚一会儿可以。你继续讲下去。"

彩彩面带容光地说:"我们这好吗? 住得习惯不?"

"好,一切都习惯了。"林亮急忙答道。

她又说:"你搬家来这儿的那天,我和妈妈站在马车旁。发现你一眼也不看我,然后我的心可凉来着。"

林亮忙解释:"当时忙活得什么都不顾了,请你不要介意。"

她又说:"我看你长高了,还那样的帅,我心里真高兴。又想到,你们一家子都是城里人,一定犯了什么错误才下来的。多不容易呀,能适应农村这土土活活的日子吗? 真想上前和你说说话,还怕引起你不安。"

彩彩这番话,说得林亮心里一阵酸痛,眼睛潮湿。周身仿佛又被一股细雨滋润。到这儿这么长的时间,没一个外人对他说过这样充满同情的话。唤起他在心底藏埋了很久、曾尽力想忘记的一种苦楚。她还说:"我几次想去你家,看看大爷大娘和你,还有秀姐。要对你说,不要心烦,在哪儿不是一辈子呢。我们这些坐地生在农村的人,不也活得挺好吗? 可是我生来胆小怕见人,就是不敢去。"

林亮狠狠地憋回要溢出来的泪水,用发颤的声音说:"什么都别说了,你是我的好妹妹! 我来了后,没主动去看你,请你原谅!"

"亮哥,你别难受。我能当你好妹妹吗? 以后,你见了我别发烦就行。"

"不烦,不烦。天天见你也不烦!"

"亮哥,你吹的那个亮晶晶的银管子是什么玩意儿?"

"叫长笛,是一种西方乐器。"

"你一吹,为什么那么好听? 声音像风吹树梢,又像是蜜蜂在花朵上飞。"

"你的乐感太好了! 你在哪儿听见我吹它了?"

"我远远地看你坐在你家门口的青石板上吹的。有时我在家屋檐下和园子里也能听到。"

林亮扑哧一声笑了:"感情你是偷听了,怎不到我跟前来听?"

彩彩有些生气,嗔怪地说:"谁偷听了? 那声音是飘到我耳朵里的。"

林亮哈哈笑出声来,说:"你愿听,明天,我专给一个人吹,让你听个够。"

"那多麻烦你,你爱什么时候吹就什么时候吹,我远远地随便听听就可以了。"

"怎么都行。"林亮问她,"现在你做什么呢?"

"在公社中学读三年级,暑假就毕业了。"

林亮问:"毕业后打算干什么?"

"还能干什么,现在也不许考高中考大学。还不像你一样,回家修理地球呗。"

"在学校学的都是什么课程?"

"没有正经课程,整天不是读报,就是学最高指示,再不就去帮哪个生产队种地铲地。我总想好好地学些知识,可全让学政治形势和劳动占用了。没劳动时,老师也想教教课,男同学就一个劲地闹,所以什么也学不到。"

"听你这么说,你非常爱学习喽?"

"当然了。人要没知识,脑袋空空的,像我爸我妈连钱和布票都认不好,这样活一辈子,有什么趣呀。"她又说,"尤其像我这么小,现在不掌握点儿文化,将来社会发达了,要是个睁眼瞎,到那时连饭都难吃到嘴。"

"说得好,认识得正确。"

彩彩瞥了林亮一眼,说:"亮哥,你在笑话我吧? 我说话就爱直来直去,不像你文化高,有水平,说起话来文绉绉的。"

"你又介意了,我怎会笑话你呢?"

"亮哥,听说你家秀姐,搞完防疫,还要到大队广播站当广播员? 她平常说话唱歌就好听,在广播里保证好听。这两天咋没看见她呢? 在家病了?"

林亮心一沉,想了会儿说:"她不干了,没得病。"

"多好的工作呀,为啥不干了? 我想干,还没有秀姐的才能。"

林亮无法回答她提出的问题,默想半天没言语。她继续说:"亮哥,你为什么跟冯大林学打口哨呀? 听说,男孩子打口哨是不正经,是流氓才打那玩意儿。"

彩彩说完,觉得刚才的话有些过头,不由得吃吃地笑起来,调解一下俩人之间暂时的不和谐。当她笑的时候,下意识地用纤细的右手捂下张开的嘴巴,动作非常优雅乖巧。两腮凹下两个浅浅的酒坑,微微兜齿的下嘴唇抖了抖,透出少女娇羞的美。敞开领,白皙的肩窝里有颗小黑痣。林亮忘了表不在手腕上,习惯地伸腕看了看,慌忙地说:"噢,噢,我得下地送水去了。彩彩,今天就这样吧,改日到我家去玩,别客气,爱听长笛,我就给你吹。"

说完,林亮拿起放在井台上的扁担,挑起两个水桶走了。走出很远,回头发现彩彩还在原地定定地望着自己。

下午歇第二气时,这边铲地的正好和另一个队铲地的遇上,都在一个荒道隔上歇气。两个队的知青到一块商量下便开始摔跤,就在地头一片草地上拉开了架势。

这边第一个上场的是高占奎,他脱下衣服,满身格格棱棱的腱子肉,看样他有功夫,练过。

这边有个男知青说:"光膀子不行,我这件借你跟他好好摔摔。"说着,他脱下蓝色劳动布上衣,递给高占奎。对方上来一个大高个,穿着一件厚亚麻布的摔跤服。俩人在草地上公鸡啄架似的,跳跳步,来回兜着圈。最后俩人相互一人一把地搭上了架子。那边的大高个,身壮力量大,但有劲不会使,很笨拙,把高占奎一抻一个趔趄,可他一个弹跳又一个弹跳,起死回生似的一次次地重新站稳。在对方紧用动作的慌乱中,高占奎抓准时机,找一个空隙,一个大背挎把对方扔在一边。大高个看输了一跤,稳不住神了,越战越火,连番逼向高占奎,高占奎不慌不急,猴子似的灵巧敏捷。看准机会,一个抬腿,对方又一边趴着去了。大高个有些红眼,又上来揪住高占奎,仗着他力大就抢。高占奎越发变得脚下有根,抓住对方身体一晃的时候,来一个右泼脚。对方倒下,但不松开抓住高占奎衣服的手,两个人一块倒下,高占奎压在大个的身上。围观的两队社员齐声喝彩!齐队长也跟着大伙鼓掌,说:"小个摔大个一溜跟斗,这叫四两拨千斤的功夫!"

大高个服了高占奎,下去不摔了。对方又上来一个和高占奎个子一般高的男知青。

林亮刚挑到地里的两桶凉水,不一会儿工夫,被两方看摔跤的人喝个精光。后来的看桶见了底,都骂骂咧咧地又去看摔跤去了。

对方上来的是个胖子,他摔跤服不穿,光着上身,一跳动,身上的肉直颤。他刚要和高占奎摔,刘强上来,把高占奎拨到一边,说:"你歇歇去,我和他来。"

高占奎脱下劳动布上衣,给刘强穿上。不一会儿刘强被胖子摔倒三跤。刘强掸掸滚了一身的草屑和土,坐在地上笨牛似的粗喘,指指高占奎,说:"你上去再灭了他,为咱这伙争争气。我是摔不过他。"

高占奎重新披挂上阵,穿上那件劳动布衣服。和这胖子一搭把,什么也抓不着,溜光! 倒抓了一手汗。不怪刘强摔不倒他,对方光着膀子是不好摔。但一交手,高占奎心里有了底,对方的实力不如自己。抓不住上边,就研究他下边的腿。当他用腿伸出要绊高占奎时,高占奎腾出右手一把操起。对方也很机智,支地的那条腿跳跃着,迅速地把被高占奎操起的右腿一下子插进高占奎的裆里,脚尖勾住屁股沟,俩人链在一起,谁也倒不下也摔不了。胖子嘿嘿地笑着,心里说,你摔呀,别看给你一条腿。对方得意得不得了。高占奎镇静一会儿,整不趴下你,也和你来一个同归于尽! 高占奎用裆夹住他的腿,伸出一只脚,踩在他支地那条腿的脚背上,身子住那边一纵,对方身子摇摇,失去重心倒地。高占奎一个膝盖轧在他的肚子上,对方吭的一声。高占奎就势滚倒在一旁,仰在那里。突然他把翘起的双腿,往回一收,来个鲤鱼打挺,啪的一声站立在地上,动作敏捷,潇洒利落。周围是一片喝彩声:"好啊! 厉害! 真是武术加跤,越练越高!"

齐队长今天也显得特高兴,舀一茶缸林亮新挑来的井巴凉水,递给高占奎,说:"真行,真为咱队争气! 喝缸水凉快凉快。"

胖子是个打胜不打败的酸君子,见第一跤没赢,气得脸发青,嘴唇抖。在和高占奎摔第二跤时,使了坏劲。他抓住高占奎抠在他后脖颈的手,放在胸前。用另一只手挡高占奎胳膊肘上的关节,这叫不道德的反关节动作,也叫损招。高占奎力量也不弱,武术和摔跤的功夫也到家,不吃他这套。正当对方要用劲还没用劲时,高占奎抖开他把着自己的双手,一只胳膊绕在对方的脑后,搂住脑袋,迅速转身,贴上去面朝前,臀部撅着他的小腹,一弯身,胖子在高占奎身上旋转个半拉弧度,"扑通"一声摔在他的面前,像个重重的布口袋。胖子在地上赖了一会儿,哼哼几声,咬咬牙,来一个鹞子翻身也站在地上,握着双拳奔向高占奎。高占奎以拳击的跳跳步迎着他,边闪着身子,躲着对方出击的左右直拳,边骂道:"你他妈的,要动真格咋的? 咱们不是玩玩跤吗? 你急眼了? 我也啥都会,咋打我都奉陪!"

对方一声不吱。拳头左右开弓打向高占奎,就是不停地攻击! 高占奎看对方定是不依不饶,瞄准他的空档,两拳下去,都打在他的脸上,腿也没闲着,动作特别利落滑腾,富有审美格调。对方又倒在地,嘴和鼻子都流出了血。他用拳头抹抹,又吐了口嘴里带血的唾沫。高占奎上前一把把他从地上拎起,点着他的鼻子骂道:"小崽子,玩玩就起高调! 没能耐就别上场!"

那方的知青们看这架势都过来,个个操着锄头,拉开要战斗的阵容。高占奎向这边的知青一挥手,也都端着锄头过来。高占奎指着那方,喊声:"妈的,要打呀! 都是沈阳姓'青'的,没事在一起练练,是你们先不仗义。要打咱就找个宽绰的地方,好好打打。你们说是一掐一,还是摆阵交锋混着打?"

高占奎向对方又一挥手,说:"走,找地方去。别在这打,溅老百姓身上血!"

对方也不软，出来一个剃着光头、五大三粗的知青说："你说上哪儿？越叫号越不服这个劲。老子在铁西区打个遍，还没碰到过你这样的茬呢。我服的那个人，还没出生呢。走，走，别唠废嗑！"

两方谁也不惧谁，高占奎说："动家什不算艺，都把锄头放下，咱们赤手空拳打，行不行？"

秃头知青说："行，随你的便。"

高占奎又说："你四两棉花纺纺（访访），俺是黄姑区三十一中武术队的，还练过摔跤。外号高傻子！"

秃头知青说："你也回沈阳打听打听，俺是铁西区顶顶有名黑虎帮的帮头，绰号是虎和尚。"

说完，他敞开衣服，露出胸前刺的一个虎头图案。正在这两个人争执得不可开交，都准备走向"沙场"之时，齐队长从社员堆里站出来，走进对方中间，向他们的队长说："哎，张队长，你怎么还看热闹呢？你我快过去劝劝得咧，要打个血唰唰糊拉的，再出了人命，你我可都有责任啊！可别像头些天太平大队发生的那桩事。我们不蹲笆篱子，也得挨上边抠。这不是犯不上的事吗！"

两个队长撵上走向大道的两伙知青。你劝你方，他说他方。过了一会儿，都回来铲地了。丁凤贵说："劝那玩意儿干啥，叫他们打呗。打出血打死人，好看看热闹。"

齐队长骂了他一句："滚你妈的蛋，你啥热闹都愿看呢？差劲的东西！"

回来铲地的高占奎向大伙讲着刚才的"战绩"："要打，他们不一定打过咱。看他们跤摔得太笨，幼儿园的水平，功夫差多了。你们看清没？我把那个胖子扔得多利索。"高占奎带着得胜的滋味又说："使用反关节损招都没把我摔倒，让我破了，你说他们还有什么能耐！不服输，没脸还玩激的了。看见没？两拳一拳没落空，他就趴下了。可他打我那些拳，连边都没沾着我。"

知青们和一些男社员啧啧地赞叹着。

打二姐下地铲地以来，林亮就利用挑水的空闲时间帮她铲地，尽量让她跟上其他社员。齐队长还特别关照，让林亮在家带把小扒锄，这样方便，一不耽误挑水，二还帮了姐姐不被落在后边。他也看出林亮二姐的矫情姿态，头上蒙着个红纱巾，一身不沾一个水点的衣服裤子。有时发现二姐落了草，砍掉棵苗。他只说，下回注意些，慢慢干顺手习惯就好了，对你这样的人，就不能像对社员们那样刻薄了，但长了可不行。苗呀，那是老天照应下才长出来的。害它可是有罪的！林亮看二姐渴了，把满满的一茶缸水端到她面前；看她正铲地时没时间擦一脸的汗，林亮就掏出手绢给她拭掉。歇气时，她不愿到大堆社员之中坐着，林亮就陪她在一边休息。还用一条浸上凉水的毛巾，搭在二姐的头上，为她消热纳凉。齐队长时常过来说："这真是亲姐弟俩，打心眼佩服。没见过像你们姐弟俩相处照顾得这么周到的人。可以呀！明个，我叫我那一个儿子一个闺女见见你们，跟着学学。"

林亮看着惆怅不悦的二姐，心里翻涌着一种说不出来的烦乱，不由得想起她小时的一段往事：

一年夏天，林亮和二姐去离城八里地的农村的姨姥姥家。半路上有条缓缓流淌的小河，河上只有一根树干横着的小桥。小林亮有个一看见河水就眼晕的毛病，他在树干上走试试，身子晃得站不住脚，马上下来。

二姐就往地上一蹲，说："亮弟，趴在我背上，姐姐背你过去。"

小时候的二姐比林亮胖，个子也比林亮高出一块，力气自然也大。姐姐背着弟弟在桥上走了一半，圆圆的树干一滚，小姐弟俩都掉进河里，惊恐万状地挣扎着。扑腾半天，俩人站起，才知道河水刚没膝盖。神魂将定，俩人嘿嘿地笑了，在河里互相撩着水玩闹起来。玩够上了岸，俩人脱下衣裤拧拧晾在河边的柳树上。

林亮摸出棵烟，一口接一口吸着。二姐说："你少吸些烟不行吗？熏坏你的肺子咋办？"

林亮很听二姐的话，把半截烟蒂按进土里淹死。他又想起小时候的一件事情：

那是挨饿的第二年。妈妈让四哥、二姐和他到郊外的一片榆树林子撸树叶，回来好掺些糠和少量的玉米面做窝头吃。撸了一会儿，二姐说什么也不撸了，把书包里的榆树叶倒进林亮的书包里，说，我们班主任讲，撸树叶会耽误树发育成长。说完，哭着转身回了家。那次妈妈真的火了，这是林亮第一次看见妈妈和二姐生那么大的气。把她的书包狠狠地往炕上一摔，喊道："你不撸我们吃啥呀！树长不长与我们有什么关系？你怎么这样不懂事？人都要饿死了，还顾树的什么命不命？你叫我……"二姐趴在炕上大哭起来，妈妈随后也抽泣着。二姐从中午到晚上一直没吃饭，林亮把在附近拖拉机修配厂捡废铁换来的五角钱揣进兜里，拉着二姐上了街。在夜市的摊床上买了两个酥饼，递给二姐吃。她说，咱俩一人一个。林亮说，我在家吃饱了，你饿半天了，都吃了吧。二姐边吃泪水边簌簌地落在酥饼上，又咽进肚里。她慢慢地高兴起来，就拿着半个酥饼非让林亮咬一口，左手窝成个勺状，怕酥饼渣掉了，在下边接着。你咬一口，不咬我也不吃了。林亮轻轻地咬了一小口，忙推回二姐的手，我尝尝就行了，你全吃了。

这时从天而降一股龙卷风，把田野上的禾苗卷得哗哗响，把有的社员的草帽刮飞，旋到天空，又飘飘摇摇到远处。二姐忙用红纱巾裹住头，背过身弓下腰。过一会儿风止了，她这才转过来，撩开红纱巾，抬眼望望天空。

冯大林对远去的龙卷风舞动锄头,高喊:

旋风旋风你是鬼,

三把镰刀砍你腿。

二十

岁月在八棵老树下流淌时,有多少事情在人们不经意时悄悄发生。有的稍显露出来,没被人感觉到就沉入进虚空;有的刚刚萌动,就瞬间变成了销声匿迹的灰尘;又有少数不被人注意的,凭着一丝生命力,又不知不觉地浮上来,撼动人们的心弦。

此时,发生了这样几件事。

第一件:

郑万年老婆叫郑万年向齐队长请假一天,赶集卖些鸡蛋,用卖鸡蛋的钱买二十斤咸盐,回来好抹抹下雨直漏的房子。郑万年挎着装鸡蛋的筐,说不准在想着什么,不慎被路上的土块绊了一跤,一筐鸡蛋全碎了,还弄了他一身黄白汤汤。他爬起,狠劲跺了一脚,心里骂着倒霉死了。走到一个小河边,脱下衣服洗净,把装鸡蛋的筐也涮涮。衣服干了上了集,在集上向一个熟人借了十元钱,买了二十斤咸盐,还给老婆和闺女二琴一人买一双袜子。对借钱人说,秋后结算,我把钱还你,给你点儿利息也行。可是你去我家——或是在别处碰见我老婆,千万别说我打烂鸡蛋向你借钱的事,就像坐地没发生。那人答应替他保密。

第二件:

夏丽娟在青年点小油灯下,写着一篇篇插队日记:

一九六九年×月×日

自插队以来,深知农民狭隘的小农意识需要认真彻底地改造。究其原因,这种意识是来自旧社会三座大山的压迫,来自几千年的贫困和文化上的落后无知。我作为一个从城里下来的知识青年很有必要承担起这改造他们的历史重任。尤其妇女队长工作,更是改造农民历史使命的前沿阵地。虽然比其他人苦些累些,但一想到这项崇高的革命工作,就不苦不累了。为了祖国繁荣昌盛和人民的幸福,我要几十年如一日地干下去。革命者"战斗正未有穷期",誓把全球变成红彤彤的全球,把世界上的资产阶级消灭干净为止。

我自己给自己立一条规则,三年内不回家探亲!

她写完日记,又写了一篇预备党员思想汇报:

亲爱的党组织,请相信我作为一个预备党员,以强烈的思想意识和一颗火热滚烫的红心向您时时靠拢。我要做一名坚强的共产主义战士,狠批"私"字一闪念,与身边发生的歪风邪气和小资产阶级不良现象,做坚决的斗争,绝不手软。

要认真地学习马列主义毛泽东思想,要学到本质,学到实处,用它来武装自己的头脑。"树欲静而风不止",农村仍然有阶级斗争新动向,一些被打倒的或没被打倒的阶级敌人,还在蠢蠢欲动,时时要夺回他们失去的天堂。所以要以革命的两手对付反革命的两手,坚持无产阶级专政下的继续革命,把无产阶级文化大革命进行到底,不获全胜决不收兵。亲爱的党组织,请接受和考验一个忠诚的共产主义战士的志愿吧!

我一定把革命的粪箕子背到共产主义实现的那一天!

一九六九年×月×日

第三件:

冯良自从往三个妇女的短裤上抹洋辣子毛之后,听说把她们折磨得不得了,便暗暗地得意。可他是个狗肚子装不了二两生酥油的玩意儿,对他人讲了。受害的三个妇女听了后,便想偷偷地报复他一下。

一天,冯良又到三个妇女当中的一个妇女家的窗下听声。这个妇女从后门出去,把那两个妇女找来,用面袋把冯良的头蒙住,拽到庄稼地里按倒骑上,使一块玻璃碴在他的太阳穴上划个"臊"字。三个妇女做得非常周密,行动时不言不语,干完就分散到夜色里,故意让冯良也吃个哑巴亏。冯良回家时,把长头发揿下盖住太阳穴。浪张发现后,问儿子是谁干的,冯良说,夜黑天没看清是谁,她们蒙住我的头。浪张心里马上明白是谁干的,气得骂冯良:"该,你这个不争气的东西,谁让你先惹人家啦。"但浪张还是满街骂一遍,在下地铲地时,把所有的妇女挨排咒个痛快。可不敢点名指出那三个妇女骂。她也知道,儿子干这档子事是缺德阴损。

林亮每天一吃完晚饭,就到屋檐下打口哨逗逗冯大林给他的金钟。逗得鸟儿啾啾溜溜叫,情绪特别愉悦。然后来到大门口,坐在门旁的青石板上,望着宁静下来的村庄。天上月光如水,心里恬淡如禅。缕缕乐思涌上胸间,把长笛放在唇边,悄悄吹奏起日本廉太郎的《荒城之月变奏曲》,乐音在夜空中袅袅飘散。清冷的城之废墟,月光照在上边,昔日那楼榭林立的街市和沸沸的喧哗声,已湮没无闻。音符在搜寻被岁月逼迫而走的繁华光阴,引出记忆的亢奋、哀愁、感叹。随后,激情而亮色的主题,起伏不定地变化着,是对未来强烈的憧憬与深情的怀想。

一个人站在林亮身旁,可他一点儿不知道。吹完,回头才发现,吓了他一跳。那人叫了一声:

"亮哥。"

林亮站起身,仔细一看,是彩彩!

"你什么时候来的?"他问。

她说:"在家隔着后窗户,就听见你吹长笛,所以我寻着声音来了。我没打扰你吧?"

"你听出什么来了?"

"没听出什么,反正我一听就入神。里面好像有人失去了啥东西,在低低地哭诉。以后我就说不好了。"她笑了,又忙用右手捂住微微露出两排洁白牙齿的嘴巴。她笑完,双手合十在胸前,如僧侣在默诵经文。还不时用两手的食指尖,触动眼睛下秀巧玲珑的鼻子。她就是不笑时,轻轻地一张嘴说话,就给满脸带出笑意,眼睛还立时晶亮起来。

林亮借着月光照在她身上的亮色,发现她很像英国杰出画家托马斯·劳伦思的作品《小娉盖》中的那个少女。她虽没红巾裹头、羽衣蹁跹、风吹飘带的姿韵,但她飞扬的神采、唇角欲笑便流露出无邪的天真,和满蓄情感的双眸,足够让人神思飘然了。她发现林亮不错眼珠地看着她,急忙转身把后背给了林亮。林亮觉得有些过意不去,说话声有点儿抖,有些局促:"来,彩彩……坐在这儿。"林亮指指身边的青石板。

"不坐。——亮哥,咱俩到街里走走,好吗?"她说。

林亮顺从地随她去了。他想和她并肩走,可她故意和他拉开一段距离,溜着街边的墙根走。头一会儿抬起望望天,一会儿低下看看地,迈着小而碎的脚步。林亮把长笛夹在腋下,双手插进裤兜里走在道中央。

"亮哥,你为什么两手总伸进裤兜走道呢? 站在那儿也是,挑水有时也是,扁担横在肩上,平衡找得那么好。"她又说,"你是不是一般人瞧不起? 自己还很孤独?"

林亮心里一阵怯悸! 感到被一个意想不到的人,一下窥视到自己还没觉察到的某种隐秘! 浑身顿感很不舒服。忙道:"不像你说的那样,我是一个非常平常的人。"

两个人不知不觉来到老榆树下,惊动了上边夜宿的鸟儿,乱喳喳地叫。

"亮哥,我看你家窗前挂个鸟笼,那是什么鸟儿?"

"是金钟,冯大林送给我的。"

"刚才树上叫的,就有金钟。"

"小满都过了,它怎么没走?"

"它可能喜欢上这里的风光了吧,所以就没走。"

彩彩走近些林亮,望望稠密的树冠,说:"不一定,八成是她的同伴不愿带上她,自己飞还很孤单害怕,才留在这儿的。"

林亮说:"听你这一解释,倒很有诗意了。"

"当然了。关于她,还有一个挺美的传说呢。"

"你能讲给我听听吗?"林亮问。

彩彩轻声静气地说:"那是很久很久以前的事情。有个三口之家,一位闹眼病的母亲领着两个儿子过日子。一家人的生活全靠儿子上山砍柴度日,小儿子还小。大儿子上山把砍回来的柴到市上卖了钱,再买米糊口,又买药给母亲治眼病。一次,大儿子进山砍柴迷了路,天色已晚,四周野狼嚎叫,阴森可怕!正当他苦于无路回家的时候,这时来了只叫声像金钟的响声一样好听的鸟儿,在他前方鸣叫给他带路,使他平平安安地回了家。以后,他进山一迷了路,这只鸟儿就出来给他带路。所以他打的柴一天比一天多,挣了不少的钱。母亲的眼病治好了,弟弟也读上了书,后来还盖了一所新房子。"

林亮静静地看着彩彩,过了一会儿说:"金钟的名字就这样来的吗?"

"是的。"彩彩说完,仰头望着月亮,月辉漫在她的脸上。

"这个故事太优美神奇了。"林亮说,"你是听谁讲的?"

"是听我姨讲的。"彩彩点点头。

"还有没有这样动人的故事了?再给我讲讲。"林亮问。

她淡淡地说:"姨姨给我讲了许多,但只记住这一个。"

林亮又问:"你的姨住在哪儿?能不能让她亲自给我讲讲?"

彩彩有些忧伤:"她已经不在……早病故了。"

林亮走到彩彩面前,她把仰起的头放下平视着林亮。双手合十,嘴含住两个拇指,每只眼睛都转着一颗泪。稍一合眼睑,泪无声地落下,停在尖尖的下颏上。

林亮似乎领会到什么,说:"这个故事里,一定有与你和你姨的情感有关的东西,譬如你对她的怀念!"她不言语。

林亮又说:"她生前肯定非常喜欢你,像母亲般地疼爱过你!"

彩彩哽咽了。

"亮哥,你别说了!"她急忙转过身。

林亮说:"请你原谅,我无意中勾起了你的伤痛。"

"不要这么说。"她沉思了一会儿说,"妈妈刚生下来我,就得场大病,因无人照看我,爸爸把我送到姨姨家。她待我比对她亲生的孩子还要好。我爱吃什么她给我做什么,还给我做好看的衣服穿。一年春天表哥捉了只金钟,我整天围着笼子听它叫,那叫声把我迷住了。晚上姨姨搂着我睡觉时,就给我讲刚才那个故事,让我久久忘不了。等妈妈病好了,我长到八岁才回家。所以我一想起姨姨,就想起这个故事。"

"后来呢?"林亮没听够,让她继续讲。

"在我回到家的第三年,姨姨她在地里正干着活,突然倒下,就永远没站起来。"彩彩轻轻地抽泣起来。林亮掏出手绢,想近前给她拭拭泪水,并安慰安慰她,但又不好意思地退了回来。她说道:"亮哥,你家来这儿总也不走了吗?"

"可能吧。"林亮叹了口气。

"那你是不是在这成家住一辈子?"

林亮笑了笑说:"谢谢你为我打算得那么远。这个问题,我还没来得及考虑呢。"

"笑话我了吧,我问得不对吗?"

"对,对。我不怪你。"

这时,有人突然大叫了一声,从队部那边传来。吓得彩彩浑身一抖,什么也不顾地从侧面抱住林亮的肩头,嘴唇上下哆嗦着说:"亮……亮哥!这是什么动静呀?吓死人啦!"

听了一会儿,这是一首生硬怪气的歌:

俺生在黄河边的小村庄,

到关东几十年来好孤鳏。

爹呀爹,娘啊娘,

不知你们现在在不在。

你想儿来想断肠,

俺想你们声声长。

儿在天边无法尽孝心,

只能哭你们哭得泪断珠似的噼啪响。

这首带有民谣味道的歌,是饲养员卢希尧唱的。他祖籍在河南省桃花峪。因有一年黄河花园口决口发大水,他逃难到这儿的。到这儿不久,老伴就死了,也没孩子,只剩他一个人在这儿生活。小队照顾他年岁大,也看他抛家舍业不容易,加上他本分厚道,干活还十分勤快,就让他当了喂牲口的饲养员。他有种很浓的思乡病,一喝点儿酒,就开始唱这首——不知是同乡大伙同唱的,还是他自编自唱的歌。自从那个剃头匠偷了小队的大马勺,齐队长扣了他五天的工分,他总也想不开。此人是个心不宽的人,事过去很长时间,始终觉得心里憋屈。酒就愈发喝得勤,醉了必唱这首歌。开始是站在小队当院唱,有时激情一上来,便登梯子到房上唱。今天他还是站在房上唱的,否则不能传得这么远。

他唱的方式很简单,全是凭着感情自然抒发,可着嗓门往外喷泻,没有情绪的修饰、气氛的渲染,和婉转的艺术表达。有时以低一声高一声的基调,来调整一下表现形式。剩下的只是一味根据他心灵的直觉,尽情地粗犷豪放地表达他的郁闷和思乡思亲之情。在最后那句"只能哭你们哭得泪断珠似噼啪响",唱得低沉忧伤,带些艺术感染力。他把这句反复唱两遍,力图唱出他在远方尽不了孝敬之心的深深愧悔与哀痛。据本村人说,他的爹娘在关里还活着,都已经八十多岁了。

伤感的情愫是艺术的灵魂,她最容易撩动人们心里那块痛楚之地。有人说,她是人一生下来,造物主就赋予的。

村里的人,常常被他的歌声惊醒,披衣开门出外去听。心软的人听了,还掉下几颗怜悯的泪。

所以,他的歌声一在村的上空和漫野上回响,就像八棵老树周围的大地,坦荡而苍凉。

这歌声结束好一会儿,彩彩才缓缓地放开抱着林亮肩头的双手,重新拉开了距离。她用手抹抹额头的汗珠,林亮把手绢交到她的手里,她看了看接过,擦擦手里的汗。

"以前你没听过他唱吗?怎把你吓得这个样!"林亮问她。

"听过,那是在家门口,没害怕过——你听听他那歌不歌、哭不哭的调,惨死个人!"

林亮转个话题说:"明天你上不上学?"

"不上,学校放了十天农忙假,还有五天开学。"

"天不早了,我送你回家吧?"

"行,走吧。"

"你凉不?披上我的衣服。"

"谢谢,我不凉。"

彩彩像忽然想起了什么,说:"亮哥,你有没有《钢铁是怎样炼成的》这本书?"

"有,你要看吗?"

"前些天,老师给全班同学讲过它,说里面有一段很鼓舞人的名言。是什么,我一时记不清了。"

"是的,明天我拿给你好好看看吧,你一定能喜欢的——你都看过什么书?"

"没看过什么书,除了语文课本上的。学校也没有图书室,我爸爸妈妈也不是读书的人,家里就有一本《农家历》,爸爸没事就在灯下翻,还叨叨咕咕的,什么清明忙种麦,谷雨种大田,立夏到小满,种啥也不晚。"

林亮不由得笑了起来:"这不是农村二十四节气中的吗?在农村生活离不开它来安排农事。"

彩彩又说:"还有,早上浮云走,晌午晒死狗。处暑不出头,割下喂老牛。"她忽然一下子意识到什么:"我又说这些土里土气的话了,亮哥你爱听吗?"

"这都是农民用多年积累的经验总结出来的民俗俚语,是非常难得的。说吧,我爱听。"

"亮哥,你真好,一点儿不嫌弃我烦烦叨叨的。"她说,"亮哥,小时候那次去你家,我们在一起玩的那个能装电池的轮船,还有没有了?"

林亮笑了,说:"这你还记得? 可能没了。一次我大哥的孩子来,我给了他。"

她的脸上蒙上层愁怨色:"你太不珍惜童年了,我寻思你还保留着它呢。多想再像那次好好玩玩呀,我恨不得再丢一回,让你还找我,吓得你慌里慌张的,俩人抱头痛哭。"

两个人在铺着月光的街道上走。彩彩故意把脚步放得很慢,似乎在留恋这夜晚,留恋刚刚找回来的童年。不一会儿,走到一幢草房前,彩彩站住,回身对林亮说:"这就是我的家。亮哥,到屋坐一会儿啊?"

林亮推辞说:"不了,今儿个太晚了,回去休息明天还得上工呢。"

林亮隔着用柳条编的大门,往里望望非常宽敞平坦、比表舅家还大的院子。周围套着土打的墙,墙上用高粱茬子垛的墙头。三间草房的窗下排列着狗窝、鸡架、鸭架、鹅架。窗户台还吊着谷草编的、供鸡下蛋的鸡轱辘。园子里已栽下各种秧稞,在月光下让风吹得微微摇动。屋里的油灯正亮着,一个女人的身影映在窗户纸上,像在缝补着什么。彩彩推开大门进去,回身又关上,对林亮:"亮哥,你回去吧。"

她家屋檐下的狗听见推门的动静,旺旺两声,紧随着鸭和鹅也跟着叫。林亮深情地望着彩彩,说:"明天见。"

"亮哥,天黑,你可要走好!"

林亮走出一段,回头看看那大门,发现彩彩还站在那儿望着自己,月光下她的身影娴静玲珑,像大门旁长着的那棵挺直的白杨树。

"彩彩,这么晚你干什么去了?"随着开门声,一个中年女人问。

"没干什么,到林亮家待了会儿。"

"天长夜短的,人家不睡觉? 你在那待着,人家烦不烦?"

林亮进了屋,想脱下衣服睡觉。二姐过来问:"你去哪儿了? 我在房后找你找了半天,也没见着你。"

林亮说:"我和彩彩在街上转了转。"

"彩彩,哪个彩彩? 是男的还是女的?"

"是个女孩子。"林亮把彩彩小时候去城里的事讲了一遍。

"啊，我想起来了。那她现在也有十七八岁啦，一定出落成大姑娘了吧？她小时候就长得很乖。"二姐说，"明天，你把她找咱家来，我也看看她。"

二十一

林亮拿起爸爸给他抄完的《古文观止》。用毛笔写的小楷字规规整整，字里行间和两边的空间，有他用蝇头小楷写的眉批、评论和对一些典故的解释。整本书是抄在用完的会计账册上的，可看出爸爸用心良苦。

他翻到杜牧的《阿房宫赋》——六王毕，四海一。蜀山兀，阿房出……

林亮把这篇古文反复读了三遍，渐渐地咀嚼到其中的精髓。这是爸爸常常告诫他读书的最重要方法，达到这等地步，思想境界方能升华上去。千万别当什么读书破万卷，仍不知所以言的浮浪取宠的噬书虫。

林亮扭头看爸爸还没睡，正坐在炕上欣赏窗外的月光，他翻身下地走到爸爸的面前，把刚才读《阿房宫赋》的感想对他讲了一遍。

爸爸说："亮儿，不愧是我的儿子！——治学就应该有这种钻进去再出来的精神。真是青出于蓝而胜于蓝！"

第二天上午，林亮挑着水刚走上村外的大桥上，发现沟底下的水坑里有个庞大的东西在蠕动。林亮放下水桶，持着扁担下了桥，来到水坑边。水坑是用砖砌的，四周用水泥抹得溜光，既陡又深。是前些年修桥涮沙石用的，桥修完，坑就弃下无用了。林亮看坑里蠕动的是条黄牛，嘴巴刚露出水面，鼻孔朝上，微弱地喘着气。肚子胀得老大，两边往上翘起，脊梁中间凹下一道沟。正气息奄奄，在拼最后的气力，轻轻地上下浮动。林亮使扁担捅捅它，它像终于寻到一线救命的希望，向岸上的人，瞪着乞求的眼睛，似乎在表达一种求生的意念。林亮想，自己要把它弄上来，简直和移山差不多。他急忙跑上桥，挑上水桶往地里跑，水桶里的水被颠得水珠直僻啪乱跳到桶外。到了地里，他喊声齐队长后，扑哧扑哧喘着粗气，三句并成两句，把沟下的事情讲了一遍。

"是不是咱队的牛？"齐队长问。

"没看清，整个牛身子泡在水里。再说我也不太熟悉咱队的牛。"林亮尽力让气匀下来。齐队长回头招呼几个壮劳力，一路小跑来到水坑前。这时牛已经口吐白沫，四肢朝上翻了。几个人伸手想够，水面离坑边太远够不着。

"一定死了，晚了。"一个社员说。

齐队长拿过林亮的扁担，捅捅牛裂开露出两排牙齿的嘴巴，说："是完了！——这牛一定是渴急眼了，够水喝滑进去的，八成挺长时间了。"他又说："不像咱队的牛——唉,不管谁的牛,整上来再说。"

"多管闲事,不是咱的牛,整它干什么?赖咱们推下去淹死的糟了,到哪儿打官司也打不明白。"周风说着话,拍拍手转身要回去。

"你站住!让你说的,天下怎净那些混蛋的事叫咱摊上?凭着人的良心也不能让它在这儿泡臭了不管,谁爱嗅那臭味?"齐队长又说:"你去趟地的犁杖那儿,拿来两根撇绳,回来好把牛拉上来。"

周风不一会儿拿来了绳子,齐队长接过系个套,撒网似的扔向牛脑袋,往上提提,试试牢不牢。便唤身边的人,使劲往边上拽。拽了半天,强把牛头拽到坑沿。

周风说:"光拽牛脑袋不行,得把四个牛腿也拴上,一齐往上抻,这样人的力量能均衡地用上,叫牛身子一点点地蹭着往上上。"

齐队长说:"唉,像这样的点子,你多出出。别总说让人泄气的话。男子汉的心眼,怎像虮子屁股眼似的呢!"齐队长一看,往牛腿上拴绳子,下到水里方能做得,就说:"周风,今天你就好好发扬发扬风格,下去干这个活。"

"齐队长,我算服你!把人怨损一顿,还让人乐呵呵为你使唤。你把人卖吃了,都不知道去哪儿取钱去!"周风脱掉衣服,穿条裤衩跳进水里。

齐队长不由得笑了,说:"你这可冤枉我了,我还真没有巧使人的心思。这话是你说的。"

六个人使出吃奶的劲,终于把牛从坑里弄出来,累得一个个满脑袋是汗。齐队长解下系在牛头牛腿上的苘麻绳子,叫林亮送到趟地的犁杖那儿,别耽误那里的活计。说:"你是一个比较轻闲的人,这活儿只有你来干了。"

林亮觉得齐队长分配什么活时,是有他那一套运筹理论,说:"行,我干!"

齐队长自言道:"这牛不是咱队的,就放在这儿,是谁的谁来找得了。走,都回去铲地去!"

下午下班,铲地的人们走在桥上时,看见水坑边上的死牛,还在那儿没人来认,大伙都议论起来。说这头牛能有六七百斤,扒了皮剥去骨头,去了下水,也能有四百多斤净肉,全队每口子能分一斤多。那张牛皮还能卖一百多元钱。这要呛一顿牛肉馅的高粱米面的饺子该多香。赵老板子说,那两个牛犄角能做两个好鱼刀子鞘。姜宝库说,那牛心要掏出来——他用手指比画出一个大碗口状——能有这么大个,来个炒心嘴,爆心尖,烫上一壶老白干,不美死了吗?呱嗒板子说,牛皮上的毛要剪下来纺成线,能织一件好毛衣。陈国臣老婆说,你老外去吧。哪儿有用牛毛织毛衣的?羊身上的毛才能织毛衣织围巾呢。雷漏子说,这牛不赶快处理了,明天不得招绿豆蝇?人们边走边回头回脑望着那"牛"。

"林亮!林亮!你出来一下。"

躺在床上的林亮听屋外喊他的是冯大林,心想,是不是冯良媳妇又跑了,来找他还是像春天那回事?这回高低是不去了,不管给记多少分。他放下手中的《古文观止》,翻身下床,出了屋。

"走,割牛肉去!"冯大林在林亮面前摆弄着他拿在手中的杀猪刀,明晃晃的。

"割什么牛肉?"林亮问冯大林。

"就是白天淹死在西沟子桥底下的那头牛。"

"那能行吗?人家要找上来,不是件麻烦事吗?"

"你把心放在肚子里吧!都干你怕啥的,法不责众。"

"都干?怎么个都干?"

"你不知道啊?刚才有不少人在大井边的空场上合计一通才干的,都已经去了。咱哥俩不错,所以我来找你。快拿把刀走吧,等会儿去晚了,割不着好肉了!"

看冯大林说话的劲头和急切的架势,恨不得一下子吃着那牛的肉。下牙咬着上嘴唇,杀猪刀在手上直掂量。

"走呀!没刀有斧子也行,剁个牛大腿更实惠!"

"我不去,你自己去吧。我困得厉害,得赶快睡觉去。"林亮开门回了屋。

冯大林用刀点点林亮的背影,咒道:"胆小不得江山坐!怕什么呀,有了事,不光是咱一个,挨压都挨压!挨枪子都挨枪子!!"说完,冯大林把刀在裤子上鐾了鐾。

林亮回了屋,心里不平静地又想了一遍刚才的事情,妈妈问冯大林来干什么,林亮粗略地说说。他重新躺在床上,拿起书刚要看,屋外又有一个人在叫:"亮哥在家没?"

声音非常轻柔。说话的人身体倚在门和窗户之间的墙垛上,头朝外。她又喊了声,屋里的林亮坐起,往床上猛地一摔刚拿起要看的书,不是好声气地说:"又是谁呀?!"

在外屋拾掇碗筷的表舅妈出去,到了窗外的影子前,借着月光,探头眨着眼睛细致地辨认,她触电似的吼了一声:"哎呀!这不是杨万义的大闺女吗?站在这儿干啥?快到屋里啊!"

对方说:"不了,我是找你对屋的亮哥有点儿事。"

"他在家。有事进来和他说。"表舅妈给她拉开门。林亮妈妈寻着声音迎上来,问表舅妈这是谁。

"她是老杨家的……你是不是叫杨凤彩?"

彩彩紧紧地抱着胸前的一本书,低下头说:"是。"

"你看看,稍不留神都长成水灵灵大姑娘了——你妈妈怎不来串门呢?"表舅妈快嘴快舌地叨叨。

"家里的活儿太多,没时间出来。"彩彩抬头不住地看着林亮妈妈。

表舅妈又说:"庄稼院的女人就是这样,见天见脚打屁股蛋地忙,是呀,哪有闲工夫串门子。"

彩彩进了屋。妈妈捏出放在间壁墙灯窝里的灯,凑到彩彩的面前,看了一会儿。嘴里啧啧地夸赞着她,又忙把彩彩拉到炕边。彩彩把身子将搭在炕沿边,向林亮的爸爸和妈妈寒暄了几句,说完将抱在胸前的那本《钢铁是怎样炼成的》交到林亮的手里。

"看完了吗?"林亮问。

"马马虎虎看一遍,有的地方理解,有的地方不理解。我把里边感兴趣的段落和语句抄在日记本上了。"

林亮说:"你要喜欢这本书,就送给你吧。"

"那我就不客气了。"彩彩笑着说。

"你愿看书,我再借你两本。"林亮到他的书箱里翻出两本书,拿到彩彩面前,"这和前一本一样,都是苏联作家写的。"

"什么书?"彩彩问。

"一本是《卓娅和舒拉的故事》,另一本是《古丽雅的道路》,都是写女性故事的,正适合你看。"

"那太好了! 这下我可有书读了。这两本送给我可不要了,显得我太贪了。"彩彩诙谐地说。

林亮笑着说:"你慢慢看吧,不用着急。"

彩彩问:"秀姐在家吗?"

妈妈说:"早就在她的小屋睡下了——你要见见她呀? 我去叫起她。"

"不了,改天再说吧。"彩彩说完,离开炕边出了屋。林亮把彩彩送到街上,月光下两个人的脸庞很亮。夜里空气清新,万籁俱寂。林亮说:"读完这本书感受如何?"

彩彩说:"要说感受,我还表达不太好,但对我启发挺大。"

彩彩紧紧地抱了抱胸前的三本书,她前额和太阳穴溜下几根散乱的头发,被月辉照得像晃动的银针。她抬头望望林亮又望望月亮,说:"保尔是一个有着多么顽强毅力的人呀! 经历过那么多的艰辛和困苦,对理想仍坚信不已。后来在身体瘫痪、双目失明的情况下,又以坚忍的精神写了一本这么好的书,他的一生太壮丽了! 真值得我好好学习。"

"你所感受到的这些,恰恰是作者在书中所要给予读者的。回去你再反复细读,会有更大的收获。"

她站住,看着林亮说:"说真话,亮哥,其实我还没读够它。我是借给你送书的机会,找你出来和你要好好谈谈我对这本书的感想。"

"几天来,你一定饭吃不好觉睡不实,边读边想看完这本书的吧?"

彩彩咯咯地笑着说:"你真会猜。我读着读着,不由自主地叫着你的名字,说道,亮哥这里写得多好,还用手向旁边拨拉一下,就像你……你真的在……在身边呢!"

"你把那段抄写在日记本上了吗?"

"就是保尔在牺牲的战友墓前,在他心里翻腾的那段。那段话激动得我一夜没睡!"

"能背诵下来吗?"

"能。"彩彩一边走一边用手往上撩撩耷在腮上的刘海。

"人最宝贵的东西是生命。生命属于我们只有一次。一个人的生命是应当这样度过:当他回首往事的时候,不因虚度年华而悔恨,也不因碌碌无为而羞耻——这样,在临死的时候,他就能说:'我整个生命和全部的精力,都已献给世界上最壮丽的事业——为人类的解放而斗争。'"

林亮驻足听着。彩彩背诵的时候,没了以往柔和的语气和俊逸的眼神,此时她变得异常专注。她仿佛看到了前方有一个壮丽的人生和美好的理想,等着她去争取。看来她真的全身心地拥抱这段名言了。

她的痴情在冲破鸿蒙,终于在自我悟道的小宇宙里自由自在地神游。这里有她的人生,有她神奇的理想。她走到林亮跟前,突然问:"亮哥,冬妮娅为什么先爱保尔,后来不爱了,又爱上那个比她大很多的工程师了呢?"

"那是因为冬妮娅开始爱保尔爱的是他的正直和勇敢,后来爱工程师爱的是他的地位和富有。"

"她为什么这样变化着?"

"是一种虚荣心在她身上作怪。"

"什么叫虚荣心?"

"喜欢表面光彩,单纯地追求不劳而获的享乐。"

"亮哥,和你在一起能学到我从来不明白的道理和知识。"

"是吗?"

"亮哥,你长得多像书中插图里的保尔。突出的前额,尖下颏,有点儿凹陷的眼睛,还有一头乌黑的卷发。就是很难看见你有笑的时候——你是不是个心事重的男人?"

"看你说的,我哪有保尔的精神和胸怀呀!我脸上不笑,心里能笑就行呗。——你怕我吗?"

"怕倒不怕,就是有时有点儿怵你。"

彩彩想了想又说:"亮哥,我提一个问题,先说好,你可别笑话我呀。"

"什么问题? 你提吧。"

"像保尔似的,你爱没爱上一个人?"

"目前还没有。"

"将来,你是不是得爱上一个有文化、长得又漂亮又聪明的女孩子?"

"我还没考虑这个事情呢。"

"要是你有了爱,我管那个人是不是先叫姐姐,结婚后我就管她叫嫂嫂啊?"

林亮不解地看看彩彩,说道:"你怎么问上这种问题啦?"

彩彩低下头,说:"我怕到那时候,你不能喜欢我了。"

林亮向前凑一步,把双手放在彩彩的肩上,小心地观察着她的表情。彩彩攥住林亮搭在她肩上的手往上拉,途中又停住,抬起头说:"小时候你多坏,把我哄到城里花园湖边玩小汽船,趁我不注意,偷偷亲我的额头。忘没?"

林亮憋不住地捂住嘴,哈哈笑起来。仰头望望夜空。说:"那时我们都是孩子,两小无猜……至今还很恨我吧?"

"没有那种意思。那次我回到家,我可爱想你了。总让妈妈带我进城看你,她就说没时间。我又常到张婶家门口往里望,看你来没来串门。"

"我这不来了吗? 还总也不走了。"

彩彩有些哽咽:"可是你来晚了,这时来没那时来有意思了。"彩彩用指尖拭拭眼角的泪,又说道:"亮哥,我能当好你的妹妹吗?!"

林亮心里一阵抽搐,有一种说不出来的酸楚,忙说:"能,你就是我的妹妹!"

"不嫌我无知又土气?"

"不,一点儿不。"

林亮和彩彩走着,忽然觉得天上的月亮和星星没了。抬头才知道他们来到老榆树下,稠密的树冠遮住了天外的一切。下边给人一种阴森的感觉,打这儿过的风凉凉的。树上的知了和其他虫子听到人走路的声响,便鸣叫起来。上边的风吹得树梢直摇,如巨人的手向苍穹示意着什么信息,悬着的那个"钟"也发出嗡嗡的声响。

林亮问彩彩:"害怕不?"

"别问我好不好。"

林亮戏谑地说:"把你一个人扔在这儿,我……"

说到这，彩彩一下子扑进林亮的怀里，双手紧紧地勾住林亮的腰，惊骇地说："我怕！"

林亮轻轻地抚摸着彩彩的头发，抓起一撮放在唇边吻着。一股发的香气和正在盛开的青春的自然气息溜进他的鼻孔。这花不娇不艳，完全凭着质朴而悄悄开放着。有什么能比这更美、更圣洁的呢？你要这样开了不落、香了不消、红了不褪该多好！

"亮哥，你想什么呢？我咋没听见你心在跳？！"

林亮轻轻推开胸前的彩彩，放下他正在吻的那撮头发。看看她，面带微笑地说："没想什么。我的心可能太重，所以很难听见它在跳。"

彩彩又把耳朵重新贴在林亮的胸前听，说："人的心不都一样吗？怎有轻有重呢？"她听了一会儿，似乎真没听见跳。

"好妹妹，回家吧。"林亮说。

"听你的。"

彩彩正了正身子，理理乱乱的头发，把手伸向林亮，让他拉着走。

"亮哥，我懂得什么叫幸福了。"

"你说说什么叫幸福？"

彩彩用力拉了下林亮的手，说："和你在一起！"

林亮松开她的手，把双臂交叉在胸前，说："不全面，幸福不单单是友谊。"

"我就感觉到这了，别的我就说不好了。"彩彩的口气有些怨悔。

到了彩彩家大门口，林亮说："快回屋吧，别让你妈妈等得着急。"

她站立不动，望着林亮，示意让林亮近前些，闭上眼睛，用手指指自己的前额。林亮明白了她的意思，在那儿轻轻地吻了下。彩彩拉起林亮的手拿到嘴边，也轻轻地吻了吻。转身推开大门进去，站在门里，回头向林亮摆摆手："明天见。"

彩彩在大门里，一直望着林亮转过街角，才"嘭"的关上房门。

林亮一路上，想着刚才在彩彩前额的一吻。这一吻，不是十年前那美妙难忘的初吻的继续吗？这一吻，既没有了童年的懵懂，而是衔接上了两个青年的青春之梦。

二十二

林亮在这边做着柏拉图似的精神自助餐，在村外西大桥下的水泥坑旁，正有一群如狼似虎的人们，在残酷地肢解一头牛。一个个瞪着充血的眼睛——握着锉钝的刀、尖利的刀、带齿的锯、锋利的斧子，狠命地削下一块块滴血的肉……

宰杀之前,先来的一个影子说:"这牛好像醒过来了,没死!活割了不犯罪吗?"

又一个影子说:"可不是咋的,还喘气呢。咱要割了,牛主人找上来,说咱们故意杀耕牛,告到上边事就大了!"

另一个影子说:"干吧,黑灯瞎火的,割完不就死了吗?天知地知,你知我知,谁也不往外嘞嘞,还谁能知道?"

又来一个影子说:"多长时间没见荤腥了?都要把人馋死了!大热的天,累死累活的,不吃点儿好的补补身子,小命过几天得交代。"

影子们正在犹豫不决的空档,又一个影子不声不响地来到牛前,手持利刃三下五除二,剁下一条牛腿走了,坑沿淌下一摊血。在沟坡,在桥延伸出的大道上滴出一条血线。

影子们见一个动了手,蚊子见血般蜂拥向可怜的牛。

……

在床上躺着看书的林亮,激灵地产生一丝遥感,脑海里冒出一句话:"人到兽时,比兽还残忍!"

他忽地从床上起来,出去看看夜色和月光,问自己:"我怎么无意中想起这句诗呢?这不是泰戈尔在他的《飞鸟集》中说的吗?"

第二天,天不太热,但特别费水。林亮刚挑到地里的满满两桶水,不一会儿工夫就被大伙喝得亮了底。一个个嘴边还留有没让水涮掉的油花,看上去精气神十足。他们边铲地边左头右脑地叨叨着什么,神秘得不得了。

"你怎么吃的?"

"包的秋面饺子。"

"你呢?"

"炖的烧肉块。"

"咳,还有你?"

"煮的。搁点儿碱,算嚼动了。"

"可不是咋的,忒塞牙。老牛不像小牛犊耐烂糊。"

"你那肝和心,真就炒着吃了?"

"嗯,搭了不少的油,半年的豆油都用上了。别说,还挺香挺嫩。"

"唉,听说吃肝对眼睛有好处。吃心长心眼,人变得尖得很。"

在水桶边喝水的齐队长显得十分不高兴,一张大黑脸直抽搐。把喝水的茶缸咚的一下扔进桶里,指着叨叨咕咕铲地的人们说:"你们这帮惹事的根苗,等着吧,有你们好瞧的!"

下班时,大伙路过西大桥,都不由得张望张望桥下的水泥坑边,一大摊血上落满了绿苍蝇。有的惊呀地喊:"那头牛怎不见了?!让狼吃了?可够不少条狼吃的。"

其他人个个都挤眉弄眼,装得一本正经,打着诨:"可不是咋地,好好的一头牛怎没了呢?!"

"狼吃就狼吃了吧,谁吃不是吃呢,省得烂得恶臭。"

"是呀,烂完了也是白瞎了。"

齐队长早就明白这是怎么一回事,喊道:"别得了便宜卖着乖,装哪国的蒜?"

下午,公社人保组王组长和一个队长模样的人,来到桥下水泥坑边,转圈察看着。过了一会儿,他们走上沟坡,直奔正在铲地的人们。王组长远远地喊:"齐队长你来一下。"

"找我什么事?"

那个队长模样的人劈头就是一句:"你他妈的别跟我装了!"

齐队长心里想,谁敢和我一见面就不利索。还他妈的,我还想和你他妈的呢。

"唉,你说话客气点儿,这是和谁呀。"

对方口气更严厉:"就不客气,就和你。"

齐队长走到他跟前,做出要动手的架势。对方忙道:"别,别,你不认识我了?"

齐队长睁睁发花的眼睛,细瞧瞧,想了想,明白了,这不是我老婆的两姨妹夫吗,也是我的表一担挑。怪不得这样硬气,两个人哈哈大笑起来。齐队长问道:"多长时间没见你了,来这儿啥事?"

对方说:"啥事?我们队的牛丢了,来这找牛。"

齐队长说:"这哪儿有你的牛,上这儿找啥呀。"

"找啥?那牛就在你们这儿。桥下的水泥坑边的血就是牛血。八成都进了你们社员的肚里了吧?"

齐队长严肃地说:"谁管你的牛进谁的肚子,我也不是你花钱雇看牛的。"齐队长说完装得特别镇静,故意打岔问道:"你还当队长呢?和我似的。"

"是,还当这个操心费力不得好的玩意儿。不干吧,人家硬让我干,没招,凑合往前对付吧。——你不也在干吗?"

"可不是,和你一样,咱俩没白连襟。其实我也真干够了。"

"你俩别在那儿扯闲篇,都过来。"人保组长在一边喊。

俩人急忙过去,又说:"齐队长,这牛的事你知道不知道?"

齐队长想了一会儿说:"是这样的,昨天中午发现那牛掉进水坑,我就找来几个人把它拉上来。一看不是我们的牛,它还死了,就放在坑边,以后我啥都不知道了。情况就这样。"

"就这样了?!"王组长瞪着眼睛,张开大嘴,又道,"还啥都不知道了,不那么简单吧?"

说完,王组长围着铲地的人们转,转了一会儿来到齐队长面前,说:"这事你看应该咋办吧? 是你让他们站出来承认,还是我查查呢? 要是查出来,事就不那么好办了。"

齐队长说:"我是一队之长是不假,当然管着这帮人。唉,我们可是好心好意把牛拉上来的,但保证是淹死在水坑里了。还是那句话,以后的事我什么也不知道!"齐队长语气坚定沉着。

"那可不一定。你说牛是淹死的,谁能打保票? 谁看见了会出来做证? 你光站在这儿说不行,得有第三者证实才好使。那水泥坑边还有刀斧砍下的肉渣和骨头屑呢,能瞒过我这双眼睛吗? 寻思我是白吃这碗饭的?"王组长摸出一根烟,大口大口吸着,又说:"要抓住谁干的这个事,定一个杀耕牛破坏抓革命促生产的罪名,不过分吧? 理由充足不? 整理一份材料送到城里看守所去,说判就判。现在可是正搞一打三反运动!"

齐队长一看问题严重,只好说:"你就挨个查吧,我是不管了。"

王组长叼着烟,斜着眼,说:"好,那我就查查。"他把双手背到身后,在人群里穿来穿去。齐队长喊了声:"停下,别铲了。"

社员们一个个站在原地立着棍,王组长不愧是人保组长,眼睛贼,头脑灵敏。见谁的裤脚和鞋上有血渍就拎小鸡似的从人群中一个接一个甩出来。他是越甩眼睛越贼,头脑越灵敏。不一会儿工夫甩出十五个,清一色男社员。冯良看事不好,抬脚要跑,王组长点着他,大声喊:"小兔崽子,别看你是冯书记的儿子,你敢跑?"王组长摸摸腰上的小手枪:"一枪把你的腿打断了!"

吓得冯良跑了半截又回来了。王组长神气十足地说:"齐队长你说该咋办吧? 我一寻思就跑不了你队的人,哪有别的队的人大老远到这儿割牛肉来的?"

齐队长无奈地说:"你爱怎么罚就怎么罚呗,我是没招。谁让他们上街打警察,没事找事?"

"怎么罚? 都给我回家搬行李卷去,再自己给自己糊个高帽,做个牌子,统统先在公社游一圈! 表现不好的,送城里看守所蹲几天,尝尝苞米面窝头和白菜汤啥滋味。"

他说完,就要把人带走。齐队长稳不住神了,看被甩出的人群里,有组长张信,有白了头发的雷漏子,其他十几个也都是本队的壮劳力,要真的走了,就拆去铲地的少半拉台。他慌得直跺脚搓手,急忙把那个队长连襟拉到一边嘀咕一阵儿。这时被甩出去的人的老婆孩子，从人群里跑出来，围着王组长跪下，哭天抹泪地哀求道："组长大人，您开开恩，行行好，我们一家还指着他挣分糊口呢。"

"您把他押起来，我们这些妇道人家拉孩带崽的可怎么过？"

一片哭叫声。

王组长把叼在嘴上的烟掐死，往地上猛地一掷："少来这套，这是犯法，公事公办！"

那边的雷漏子感到老脸热得寸不住劲了，用烟袋锅打自己的脑袋，骂道："你这个老没出息的，丢人现眼的东西！"

张信也对自己的脸蛋，左右抽着嘴巴，连连咒着："叫你馋，叫你馋！这回好，这回让你光屁股拉磨，转着圈丢人！"

齐队长和那个队长嘀咕完，走到王组长面前，用手拨拉拨拉围着的妇女，嚷嚷道："靠后，哭有什么用，还能把牛哭回来呀。要知如此，当初就别干损人利己的事。"

那个队长笑嘻嘻的，把王组长拉到一旁，说："咱们商量点儿事。"

王组长也正不愿和这些妇女纠缠，借机撤出来。妇女们也松开他的裤脚衣襟。冯良的妈浪张也跟过去，她老是面带笑容地和王组长飞眼吊膀。王组长问："啥事，啥事？"

那个队长咽了下口水说："我说个主意，你参考参考，看行不行？"

王组长又放到嘴边一支烟，那个队长忙拿出火柴点燃。

"怎么个主意？"王组长问。

那个队长晃晃脑袋看看周围，说："牛是他们割吃了，已是秃头上的虱子明摆着的了。事也过去了，牛也活不了啦。要把他们整进城内大狱里，就为了几斤牛肉，有些犯不上，法不责众嘛。"

王组长一立眼睛，吼道："用词恰当点儿，什么叫'整'进大狱，谁'整'谁？犯了法就不应该法办吗？我问你，你队的牛被他们割吃了，倒为他们争理，你的集体观念哪里去了？"

那个队长连连道："是这么回事，我的意思是，牛死不能活了。让他们蹲大狱遭着罪，还耽误生产。刚才齐队长和我合计了一通，牛确实是淹死的，他们给拉上来的，算先做了点儿好事，后来的事听起来也真可气。"

"别啰唆，快说出你那个主意。"王组长等不及，嚷道。

"齐队长说，他愿照牛应值的价钱，如数赔，钱立马就给，重新买条牛回去干活，也不算耽误生产，就是耽误也没耽误多少。就这么个主意，你看咋样？"

王组长想了一会儿，说："说得倒轻巧，这事可有个性质问题，你懂不懂？是单单赔条牛钱的事吗？"

一边的浪张见机插上一句："组长大人，法在你嘴边上，事由你一个人来定砣。好歹不说，你和我老头子在公社一块共过事。"

浪张握着王组长的胳膊，摇动两下，又说："就这么着吧，那里还有我的儿子，真要游全公社，冯书记就丢了大磕碜了。"

那个队长见王组长脸上有些悦色，见火候到了，便向齐队长招手："你别像刚打完花的兔子，在那儿杵着了。过来，和王组长再商量商量。"齐队长过了去，说："王组长，您宰相肚子能撑船，这个事您还是抬抬贵手。您以后需要什么，秋后没别的，黄豆、小豆、黄米，你就来吧。"

王组长沉思了一会儿，用缓和的语气说："事倒是这回事，但把性质变了，原则丢了。"他看了看那个队长，问道："你认可这样处理吗？"

"我是没问题，就听你最后一句话！"那个队长非常慷慨地说。

王组长问齐队长："钱啥时候能拿出来？可别耽误人家买牛啊。"

齐队长一看这事有了门，忙说："我马上叫会计张罗。秋后结算时再在割牛肉的人账上扣，眼时他们手里都没钱。这边的事我就说了算。"齐队长此时说话底气上来了。

王组长说："这事就这么办了。"说完，他走到被他甩出来的人面前，训斥道："告诉你们，下回再有这事，我可一点儿不客气。多亏有齐队长，为你们挡了大事。没他我就真让你们戴高帽游全公社，尝尝白菜汤苞米面窝头是啥滋味！"

齐队长对王组长说："您中午就在这吃吧，我马上派人回小队做饭去。"

齐队长回头对浪张说："你随王组长一起回小队，到谁家借二斤白酒，菜一会儿我有安排。"齐队长向被"甩"出来的人宣布了刚和王组长合计的事情，他们一个个从嗓子眼挤出几声："行，同意。"

"我没意见。"

还有一个说："咋的都行！"

齐队长走进他们中间，问："谁还有没吃完的牛大腿肉？舍出几斤，好给王组长和那个李队长做下酒菜。"

齐队长说完半天，割牛肉的人没一个搭茬。齐队长又说了一遍，还是如先前一样。齐队长感到很伤心，为你们消了这么大的灾，让你们出这么大点儿力也舍不得。齐队长急了，给张信一拳头，说："我就黑上你了，这牛肉高低你拿！"

张信眨眨小眼睛，迟疑一会儿说："让我拿，我就拿呗。"

齐队长长叹了声："我为你们……为你们真是多余，没曾想你们这样看不开事，心眼小到这份上了，抠也不挑挑什么时候！"

人们看见浪张和王组长并排走到一起，王组长正在浪张扭着的肥臀上使劲地拧了一把，浪张还有些不好意思地回头看看后边的人们，象征性地推了王组长一下。

　　那会儿跪在王组长脚下又哭又喊的妇女们，此时又还阳过来。有的说："你看人家的屁股长得多有用处，到了关键的时候，啥事都顶！"

　　"屁股大是好，咱也跟着借光。"

　　"那玩意儿是天生的，还是后长的？我怎么长不了那么大呢。"

　　"说明你没那份福气。"

　　这些天来，冯良特别发蔫，头发留着也不剪，长长地盖住太阳穴那个"臊"字。他的媳妇最近又要跑，说又寻思过味来了，实在没法和他过。

　　王组长吃午饭时，向那个李队长借了赔牛的五百元钱中的三百元，说明过年时还。那个队长心想，入你这个老虎口，猴年还吧。王组长晚上没走，浪张陪他睡了一夜。

　　紫药水夏丽娟，把社员割牛肉的事视为一件不同寻常的政治事件，她要抓一抓，显示显示她的权力威严。她和齐队长商量，要晚上在队部召开大会，让社员群众帮助割牛肉的人提高思想认识。

　　齐队长说："这事你找刘队长，抓革命方面的事归他管，你们愿咋整就咋整。"

　　天黑下来，夏丽娟自己到老榆树下去敲"钟"。人们拖着疲惫的身子，稀稀零零挨到队部。她亲自点名，没来的每人扣五分。落满尘灰、油污污的围灯，不死不活地亮着。有的社员进屋一沾炕便睡着了，不一会儿呼噜声四起。坐在地上、凳子上、炕上、磨盘上、豆腐榨上的人也东倒西歪，打着瞌睡。夏丽娟吼一嗓子，人们被扎一针似的立刻精神起来，嘴淌出涎水。夏丽娟让割牛肉的人自己谈谈思想认识。刘队长手往后一背，精神头来了。点着张信的名，让他先来。张信把头往炕里一扭，来个哑巴见他娘——没话。刘队长瞪着三角眼说："你身为一组之长，怎么带头干损公肥私的事呢？以后谁还能听你指挥？你别寻思这事就算完了，这可是政治上的大事，不及时纠正，任意泛滥起来，还得了！"

　　张信的小尾巴，这下可落在刘队长手里了。刘队长也正想趁这个机会，把春天种地时张信卷他面子的事赚回来。他始终感到这口气难咽，一想还憋得不好受。张信想，我就给你来个徐庶进曹营一言不发，看你能怎样？反正事已经解决完了，罚也认了，王组长和李队长也走了，街也不再游，大狱也进不去。你们他妈的折腾也是瞎折腾，大不了撤了我这个没品的芝麻官组长。我正好干够了！

　　刘队长看张信石人一样没动静，就上炕把他拽下来，让他站在地上接受大伙对他的批判。张信一立眼睛，顺手拿起墙角的草筛子，一下子扣在刘队长脑袋上，还使劲踹了刘队长一脚,转身大步向外走去。刘队长被扣得傻在那儿不动了,筛子一滑掉在地上。夏丽娟急了,让两个社员出去把张信抓回来。张信没跑,操起门后一把铁锹高高举起,喝道:"你们过来,过来把你们的脑袋开开!"

来的人后退两步回屋了。张信放下铁锹又走了。会还得继续开。张信这第一壶没烧开,其他那些人就更难开了。看总这样僵持下去,也不是个曲子,夏丽娟就发动知青们发言,你一句,他一句的。刘队长在围灯底下摘头发里的草棍。

"这是小资产阶级思想在作怪,要进行彻底的批判。"

"这是堕落,一定要挖出思想根源,严厉批判其反动本质。"

"在新的社会主义革命时期,封建的小农意识,难免旧病复发。所以我们千万不能掉以轻心,要肃清流毒,正本清源。"

夏丽娟站在地中间,拿着精装的毛主席语录本,把两条辫子晃得猪尾巴似的一阵狂喊:"主要一点是:这里有着无产阶级和资产阶级两条道路的殊死斗争,我们不高度认识到这一点,毛主席他老人家亲手开创的社会主义道路,会葬送掉,会被他们这样的蛀虫蛀空、蛀垮!"

大伙又继续发言。最后刘队长问齐队长,要不要把张信组长的这个差事拿下,齐队长说:"不太好吧,处在大忙季节,正需要这样能干的组长领头。一时半会儿还找不出合适的人来当,生产可不能耽误。"

刘队长看齐队长这根不动,他的梢也白摇。可夏丽娟死活要坚持,说什么也不让张信干了。齐队长说:"你们得问问大伙,因张信这个组长当时是大伙举手选的;也得问问冯书记。"

总也不参加小队会议的冯书记,今天也来了,说:"干不干,不是几个人说了算的事,让大家举手表决一下。"刘队长和夏丽娟看事到这种程度,只能照冯书记说的办。可是,会场上没有几个人举手表决不让张信继续当组长的,举手的也是少数的知青。关键的时候,民主也是有效的。气得刘队长和夏丽娟心刺挠得不得了。

坐在炕里的郑万年寸不住地说:"牛已经变粪了,还揪住它不放干啥?他们的脸也丢了,吃了牛肉理所当然赔了钱,平安就是福得了!"

大伙又哄哄一阵子,一个人说:"老郑头说得对,啥他妈的阶级不阶级的。咱农民才是一个真正的阶级呢!咱再来个窝里斗,就更没个活头了。"

刘队长和夏丽娟,一声替一声地压服会场,人们没听他们的,仍是一个劲地嚷嚷,怎么也拢不住大伙的精神头,便不了了之散了会。

二十三

会开一半，林亮借上厕所的机会，偷偷溜回了家。一进屋看见彩彩在二姐的小屋坐着。二姐给她梳头，教她怎么往脸上抹"面友"，彩彩喜得咧嘴直乐。二姐给她梳好的头发上，系一条鲜艳的红绫子，二姐摘下墙上的镜子，给她前后左右地照。她抹上"面友"的脸，显得更加娇艳可人。她看林亮进了小屋，忙捂嘴弯腰嘿嘿笑了。二姐把镜子挂在墙上，拿起炕上的吉他弹奏起《在那遥远的地方》，她让林亮随着唱，林亮清清嗓子，唱了两句，感到嗓子发干，停下来。说："二姐，怎没开会去？"

"我看彩彩来了，所以没去。"二姐说。

"点名时你没在，可扣你五个工分。"

二姐哼了一声："爱怎么扣，就怎么扣，我才不在乎那个呢。"

"这样长了可不行，以后再开会，你得一定去。"

二姐烦得啪啦一声，把吉他扔进炕里，恼怒地说："这是我的自由，谁也管不着！"

"你是应该有自由，但你已经走上社会，也得服从一个群体的约束，到这里来不像在城里学校那样。二姐，你怎么这样不明事理呢！这样长了，怎能……"

二姐趴在炕上啜泣着。林亮说："你要嫌我说得多余，以后我再也不说了，行不行？"

彩彩看林亮姐弟俩这般情形，一声不响地出了屋，林亮也随了去。

到了大门口，彩彩说："你家秀姐好犟啊，你做弟弟的得谅解她呀。我看她这样都觉得害怕。"

"这里的事你不懂，我是为她着想。你怕什么？"

彩彩说："亮哥，有个事你能不能……"

"什么事？你就说吧。"

"后天，我们学校全体同学去城里看电影，我给你带了张票，你能不能也去看看？这些天，我发现你挺闷挺烦的，就当散散心好吗？"

林亮问："什么电影？"

"是舞剧《红色娘子军》。"

林亮想了一会儿说："彩彩，谢谢你的好意，你自己去吧。进城看电影，队长一定不会给我假的。"

"也是的，刚才因秀姐没去开会，你都急了，你当然不能搁下生产队的活儿不干去看电影。亮哥,那我就心知了。"

林亮叹息了一声:"其实我多么愿看电影啊!我小时因没钱看电影看戏剧,跳过电影院的墙,钻过剧院的厕所,还让二哥当小孩抱着混进去过。"

彩彩听了后,咯咯地笑起来:"你可真能逗!"

林亮自己也不由得笑了。

"你看完回来,对我讲讲剧情,就当看了。"

"我怕看不太明白,回来讲不好。"彩彩说,"行,你可别嫌乎我拙嘴笨腮呀。"

"那两本书看得如何?"

"《卓娅和舒拉的故事》才看到一半,《古丽雅的道路》还一页没看呢。"彩彩沉思了一会儿又说,"亮哥,你说将来我做点儿什么好呢?"

彩彩的双手在胸前绞着,月光下的眼睛不住转动。

"这看你对什么感兴趣。"

"现在我还不知什么好什么不好,拿不定一个主意。"

她若有所思地又说:"你能给我指出一个方向吗?省得我走错路。你经历多,见识广,会帮我选择一条正确的路的。"

林亮不由得笑了一下。他明白此时的现实,但他还是硬着头皮说:"比如,你今年暑假毕业,回乡像你的父辈或和其他社员一样下地劳动,这就是一项很好的工作嘛。"

林亮只能这样回答与安慰她,也没别的办法替她选择什么理想。

彩彩说:"亮哥,其实我真不愿意像爸爸妈妈那样,整天在家里和地里磨磨丢丢一辈子。我这辈子要像他们那样有啥意思呀?"

林亮吃吃地笑着,笑她幼稚,笑她单纯,笑她不甘落后而又想方设法地逃离。

"这样想就不对了,我现在不也如此吗?来这么长时间了,也觉得挺好的。"

彩彩脸一沉,说:"这不是你的心里话,我早看出你身在这儿,魂还在城里呢!"

林亮一听,马上一怔!感到自己的潜意识,又一次被一个不起眼的小姑娘看穿了!彩彩也知道她说到了林亮某种痛处。林亮便转过身,面对着她,想把双手放她的肩上,而她张开手,分开了林亮的双臂。林亮感到局促不安,忙说:"以后你多读点儿书,书能让你懂得更多的知识,或许能找到属于你的理想。"

这时,彩彩向前边的街角拐弯处看去,似乎发现了什么,急忙说:"亮哥,你在这别动,等我。"

说完,她走进街边一家大门旁的厕所。这时,从那拐弯处走来两个人,到跟前借月光一看,一个是呱嗒板子的儿子朱健祥,另一个是郑万年的三女儿郑利琴。他们俩最近暗暗地搞上了恋爱,时常相约出来四处遛弯。听说郑万年老婆说什么也不同意这门亲事,在家曾教训她闺女利琴,不让她和呱嗒板子的儿子来往,在地里郑万年老婆还指桑骂槐地点过呱嗒板子,让她死了这份心,我的闺女垫大坑也不嫁她儿子。原因是,去年秋天郑万年家的猪跑进呱嗒板子家的白菜地里,把白菜啃了半片地。呱嗒板子拎起铁锹,把郑万年的猪后胯砍个大口子,由于去秋天气很热,不久猪伤口感染医治不及时,便死了。郑万年老婆调查出这事是呱嗒板子干的,她堵着呱嗒板子家门大骂一个晚上,非让呱嗒板子赔钱不可。呱嗒板子本来就是个遇事不让份的主,说你的猪啃了我的白菜砍死活该,让我赔,没门儿!我还没找你赔猪啃的白菜呢!郑万年老婆说,猪啃你的白菜是不对的,可你不能把猪给砍死喽。俩人分不出个里表,就上大队找治保主任评了阵子理。治保主任断的结果是:一个是猪啃了白菜不对,另一个把猪砍死也不对。都受了利益上的伤害,各负其责,谁也不赔谁。郑万年老婆非要对方少赔她些猪钱,说她吃亏太大。治保主任一听也有道理,就让呱嗒板子拿出钱给郑万年老婆。可呱嗒板子死活不拿,也说她三四分地的白菜被啃的不剩啥,吃亏也不小。治保主任奈何不了呱嗒板子,她本来猴厉害,还有她的男人是公社水利助理。治保主任最后撒手不管了。这两家就这样结下冤仇,自然两个孩子的事也遇到风波。

呱嗒板子还真的看上了郑万年家的利琴了,因她长得漂亮。她说儿子,你能和她搞就搞,我不反对,结婚我保证给你张罗钱。郑万年老婆说,就是说出天花来也不同意,动不动就看着利琴不让她晚上出去,怕朱健祥勾搭利琴,但两人还想方设法出来幽会。郑万年总有那稳坐泰山的劲,任凭自己的闺女愿跟谁搞就跟谁搞。

可谁能挡住他们的初恋呢?听,两人在边走边唱着:

铁树千年要开花,

妹和哥哥是一家。

铁石铁锤砸不断,

哥和妹的情疙瘩!

这是一首当地流传很广、感人至深的恋歌。据说,在伪满洲国时代,离这儿很远的村子里,有一个非常有钱的财主,他的儿子爱上了邻村一个穷人家的女儿,两个人是在一次庙会上一见钟情的,都是十八九岁情窦初开的年龄。俩人常常在野外约见,分手时还依依不舍。后来,财主知道自己的儿子看上了一个穷人家的女人,威逼儿子断了这个关系,对儿子还非打即骂,关在屋子里不让他随便出去。又找到姑娘家,说她再和他儿子来往,就到官府告他们,说她看上他家钱财,要图谋不轨。姑娘家人看人家有财有势,胳膊扭不过大腿,忙给闺女找个人家硬嫁了出去。姑娘在临出嫁的头一天,托人秘密捎给财主的儿子一封信,信里写的就是那首歌词。财主的儿子看完，一股火起，离家出走，上山起个局子，拉出一绺子土匪，给自己起了个"双膘子"绰号，当上了胡子头。

这首歌词后来被人谱上曲调，当地一些男女青年，一旦爱情婚姻遭到家庭的阻拦，就唱它表示对爱情的忠贞，或抒发他们不幸的悲伤情感。

利琴看林亮站在街中，吓得急忙藏在朱健祥的身后，还要拉朱健祥赶快走开。朱健祥膀不动身不摇，扭扭身子说："怕什么，咱是正大光明的。"

林亮上前主动与他们搭话："你们也是出来散步吗？"

朱健祥有些不安地说："嗯。你怎么一个人在这儿待着，有啥意思呀？"

林亮说："天热屋里闷，所以一个人出来凉快凉快。"

过一会儿，利琴才从朱健祥身后走出来，满面羞意地看看林亮，说："林亮，你为什么不搞一个对象，也两个在一起，多有趣啊。"

林亮心里一笑，说："我没时间处理这个事情。"

利琴说："这种事，没时间也能挤出时间来。谈上恋爱，平常人都能变成神仙。"

林亮问："你们谈得很好吧？相处多长时间了？"

朱健祥说："没多长时间。反正她稀罕我，我也稀罕她。就是她妈总别着，这事将来是成葫芦或瘪葫芦还难说呢。"

利琴瞪了朱健祥一眼，说："捂住，你咋净说丧气话呢？我这一辈子可就依着你这一个人了！"

林亮不解地问："捂住？捂住是什么意思？"

利琴说："他的小名叫捂住，就是娇贵的意思，来到世上别跑了。"

林亮又问："你俩什么时候产生的感情？"

朱健祥说："在学校一个班念书时，我和她一张桌，一块上学，一块放学，一来二去就有了感情。"

利琴推了把朱健祥，嗔怪道："谁和你有了感情？"转头对林亮说："一到放学时，走在回家的庄稼地的毛道上，他爱拉着我的手，我甩了几次，可甩也甩不掉。"

朱健祥说："你别老怨我，你要不愿意，我怎么拉你的手？你也早就挣开跑得远远的。你忘了在下课时，帮我抄作业，还给我写条子，让我上下学和你一起走，说你一个人走毛道害怕？"

利琴在朱健祥的背上捶了两下，晃着脑袋说："死捂住子，真不可靠，不管对谁净瞎说实话！"

朱健祥边躲她的拳头边说："怕哪国的？人家林大哥是城里人，有文化，啥样的恋爱没见过，能在乎咱们农村爱不爱的这套？人家谈得更近乎，电影里你没见过吗？走在大街上，不管多少人在身边过，还手拉手呢。在公园树下不背人就亲嘴。你可倒好，我一要那样，你就捂上嘴不让。"

利琴又在他的背上捶了两下，嘟囔道："说着说着又下道了，不怕林大哥笑话。"

林亮吃吃地笑着："你俩有感情基础，好好处下去，以后一定会幸福美满的。"

朱健祥说："要说感情基础，我还理解不太明白。反正我和她像园子里豆角秧爬架，蔓和蔓缠得又紧又牢，谁也离不开谁。"

林亮道："那你们保证错不了，但还得想法把利琴母亲的工作做好，否则将来会出麻烦。"

朱健祥横叨叨地说："她妈还要别着我们不放。我和她也想好了，我们就远离家乡，到别处结婚过日子。在哪儿不是一辈子呢？省得在她家跟前受窝囊气——唉，林大哥，你说这样行不行？"

林亮摇摇头说："这样不好，这可是私奔啊！"

朱健祥说："也没别的办法，只能这样。"

他问利琴："你看这样行不？"

利琴坚定地说："怕啥的，我认定我活着是你朱家的人，死了是你朱家的鬼。"

朱健祥又说："那就上黑龙江我姑姑家去，在那儿过，等我们有了孩子抱回来，看你妈还说啥！"

利琴用双手捂住脸扭过身，使劲跺跺脚，喊道："你又来虎劲了，别说难听的好不好？"

俩人说完，又手拉着手往村外走去，等没了影，彩彩才从厕所里出来，到林亮身边。林亮问彩彩："你怎去了这么长时间，是怕他们？"

"怕倒是不怕，咱俩也不像他俩，明天在屯子里一窝蜂似的传开，你我满身是嘴说也不清了。"

"你的心眼很多呀，避点儿嫌也好。"

林亮又问："你不知道他俩的事？"

"知道，他俩是我上班的同学，去年毕业的。每次在放学的路上，我便远远躲着他们。"

"你羡慕他们的相处吗？"

"不，我从来没往那方面想过。同班的男同学也给我写过信，还传过条子，我看也不看，全烧了。这么小，早早就谈上了，显得多没出息。"

"你这样做很对，年轻时应该早早干些事情。"

"你才算是个男子汉呢，这么大了还不谈。亮哥，我向你学习。"

"你有时候晚上来找我,你爸爸妈妈没说你别的吗?"

"没有,我没瞒着他们,说出去就为了找你。"

"他们怎么认为?"

"说你是个正经人,决干不出其他事。我也说,你把我当自己的亲妹妹一样,一点儿不像本村社员们干活时,爱说难听的脏话。我说你叫我读书,给我讲道理。他们还说你总像闷屈,心事重重的,让我给你解解心疙瘩,叫你活得高兴些,年轻人不要总想不开。还说,让你有时间到我家串门。我妈可喜欢你了,还没忘那年她领我去你家的事,说你小时候长得虎头虎脑的,又懂事。"

林亮笑着说:"是吗,你妈妈还记得呢?"

林亮把彩彩送回家。他也回家躺在床上,捻亮灯想看看书,但什么也看不下去。蓦然想起刚才彩彩提出要寻找理想的事情,马上想到自己有什么理想呢。不能总这样看闷书,吹长笛,碌碌无为地混日子吧?虽然这个现实不给人什么理想,但也得有事可做。人不能一味地往牛角尖里钻,那样的话会越来越没出路的。连一个农村的小姑娘,在迷途的生活中,还恳切地让别人指出方向。我难道不如她吗?读那么多的书,又掌握那么多的知识,怎不让它变成精神寄托,化为物质力量!可以写些文字在报刊上发表,也不是实现理想的行为吗?眼前广阔的农村生活,是取之不尽的文学素材。他们有朴实的心灵、直爽的性格、坦白的胸襟、任劳任怨的劳作脾性。当中有美也有丑,有积极向上的一面,也有消极混浊的一面。都可以化丑为美,化消极为积极,让它形成文字,成为跃然在纸上的形象。

林亮翻身坐起,找出纸和笔,一股冲动强迫着自己做点儿什么。不能说是责任感、使命意识,而是要把身边五彩斑斓的生活,描绘成一幅充满活力的图景。他把煤油灯挪到床头捻得很亮。把稿纸铺在枕头上,纸底下再垫上一本书,让《鲁迅全集》做他写作起步的力量。笔在纸上飞驰,他把彩彩讲的那个金钟鸟的传说,整理成一篇优美动人、带有童话色彩的散文。又写了几首对大自然赞美抒情的诗歌。最后他以八棵老榆树的沧桑巨变做了一篇小说的开头,今天写不完,明天继续写。写在这树下繁衍生息的人们,写这里的先人们,从故里而来,在这刀耕火种,依水而居地与大自然搏斗的精神。

林亮的笔触一搭头,就文思泉涌,灵感通畅。语言发挥得很好,表达也挺准确。因为他读书多,平常对生活观察得细致,所以写起来特别顺手。他下班回来再不去夜下欣赏月光,或在大街上散步放浪精神了,趴在床上一篇接一篇地写,写完斟酌一番,觉得不满意或欠缺的地方,便再三修改,认为满意了,用正楷字工工整整抄写在稿纸上。给自己起个笔名"亮戈","亮"取他名的最后一个字,"戈"代表他坚韧不拔又锋锐的性格,把它署在最后一页稿纸的末端。信封上写上投稿地址。他分别装入三个信封,地址是三家报纸的副刊,此时全国的文学刊物,全部停办不发行了。第二天早上,他托彩彩在上学时,到公社邮局把信投进邮筒里。回来后,他的心情有种说不出来的爽,像完成一件人生当中非常重要的事情,挑水下地也觉得灵利轻悠,感到自己的脸上有种灼人的光彩,心也特别敞亮。抬头看天好像比以前蓝了许多,云也更洁白,太阳更分外灿烂。一切都开始变得光鲜。只要谁说一声:渴!他马上挑到喊的人跟前,舀上满满的一茶缸水,递到那人手里。由于夏季越来越深入,阳光更炎热炙人,一挑水将喝到一半,剩下的半桶水已被晒得热嘟嘟了。他就把水倒在小苗根下,给它也喝点儿,不能渴着,让它也迎着阳光活泼起来。然后他挑着水桶到邻近村子的大井打水,尽力让铲地的社员多喝些凉水,在主观能动之下,尽点应尽的责任。路虽远些,但能领略到其他村庄的风光。扁担把肩头磨得有些发肿,用手摸摸,觉得很痛,挑过几担就不痛了。人一旦精神上产生憧憬的力量,肉体上的疼痛会自然消失的,疲乏也能全然皆无。

园子边生长的向日葵,像是对他笑脸致意,街旁悠闲寻食的鸡鸭鹅,咯咯嘎嘎叫着,似乎也在欢迎他这个异乡的客人。生活是美好的,万物皆因我而化为有情物。幸福是心灵的欢歌,是想象之梦的舞姿。

他在挑水回来的路上想到,作品在报纸副刊上一发表,全大队的人和沈阳知青看见,他们一定羡慕和赞赏:"没承想,咱大队还出个才子!"

那时该是多么兴奋的心情,二姐定会为我高兴,爸爸妈妈会说,林家不愧为书香门第。此时林亮忽然无意识地念叨出一句:"玲玲你现在理解我的感觉吗? 彩彩你懂得我的欢乐吗?"

林亮陶醉在阵阵的喜悦之中,仿佛要生翅欲飞。

冯大林蹲在水桶旁慢慢地喝着水,一脸不愉快的样子。喝完水,撸下手腕上的表,交到林亮的手里,说:"还给你吧,好好看看坏没坏?"

林亮接过表,不解地问:"对象相妥了? 什么时候结婚? 到那天通知我一声,我好去吃你的喜糖。"林亮把那块"星那斯"牌的表放在耳根处听听。

"结个屁婚,秋天的豆叶,黄了!"

冯大林扑通一声,坐在地上。林亮心里一激灵,抬头瞅瞅他说:"听你说没什么问题了,彩礼给女方过了一半,年底就能结婚,不是吗?"

冯大林叹了声:"好事难成,半道上出岔了呗。"

林亮急忙问:"到底因为什么?"

冯大林把草帽一下垫在屁股底下,两只手的手指交错在一起,说:"一是嫌我家的房不好,东倒西歪的。二是听说这次割牛肉的事有我,说我这人不地道,不干好事。就因这两件事黄的。"林亮掏出支烟递给他,看他满脸愁云的可怜相。冯大林一口接一口猛吸着。

"你怎么打算?"林亮问。

"那还打算啥,死了哭不活,到哪河脱哪鞋。大不了打一辈子光棍呗。"

"达不到这种地步,你的年龄小,日子还长着呢,以后兴许找一个比她更好的呢。"

冯大林把烟蒂摔在垄沟里,用脚尖抿进土里。转了半天的眼泪,簌簌地落在地上,哽咽地说:"那天晚上,我不如听你的话,不去割牛肉了。归终把媳妇割跑了。"

林亮劝解道:"找几个和女方要好的人,再解释解释,兴许会言归于好。"

冯大林抹了一把泪水,边骂边说:"奶奶孙子!是有人看上我媳妇了!赶上我正倒霉,借这些事给搅黄了,他好托媒再娶。说嫌我家的房子不好,纯他妈的没缝下蛆。肯定是这回事!"林亮看出冯大林这是为自己的难堪狡辩嘲。此时的他也不挎着那个"春雷"牌的半导体收音机了,也不一边拍一边说"花三十八元钱买个匣子,净他妈……净他妈杂音"了。

几天来,割牛肉的人,个个都蔫巴巴的。有的割牛肉时那身衣服换了,没换的仍沾着发干的血渍。尤其张信的农田鞋上还带着割牛下水时,划破苦胆滴上的胆汁。还有雷漏子右边的裤脚,翘着一块血嘎巴。今天他把帽檐压得低低的,只看着地,好像地上有他要找的宝贝。那天,王组长见人身上沾血就将那人"甩"出人群,到他跟前时,王组长说:"挺大个岁数,嘴可怪馋的,为了吃脸都不要了。"

被"甩"的人中,数他嘴不老实,和王组长你一句我一句地对付着。王组长说:"我不抻你,自动站出来,别把你抻散架了,管我要棺材本,再打人命官司。"

雷漏子不让份地说:"这你就对了。你要把我抻巴死了,赔棺材本不算,你还得花钱发送我。打灵幡不用你,我有儿子。"

王组长抱着手,点点头说:"真行啊,不怪说姜是老的辣,到任何时候嘴是不倒槽。等你蹲几天小号,蹲得浑身浮肿小脸煞白,看你还老不老实。"

雷漏子说:"在家正愁没干的吃呢,到那里有窝头吃,还不花饭钱。吃饭睡觉还有人拿枪站岗放哨。"他又说:"白脸多好,显得年轻,省着吃长生不老药了。"

气得王组长想了半天也不能把雷漏子怎么着,不如趁早罢兵。

丁凤贵这时骂上了:"操他妈的,就咱倒霉,那天我要换了衣服上班不就没事了?尖的换了衣服净身一个,啥事没有!"

丁凤贵说,最便宜的是赵老板子,那天晚上他也去割了牛肉,第二天白天他看见王组长和那个队长去找铲地的人群时,知道大事不好,便向其他犁杖的老板子说:"我的犁杖套断了,提前歇气喂牲口,我利用这工夫插插套。"

说完，他拎着绳子钻进地头的沟子里。

林亮自迷上文学创作后，白天在地里观察生活和构思，晚上仍不停地趴在床上，在闪闪跳动的煤油灯下写，写完还让彩彩捎到公社邮局邮走。不知不觉写了几十篇（首）诗歌、小说、散文。他开始是耐心地等待回音，后来是等得心急火燎。见了大队通信员来队部或到铲地的人群里送报送信，他立刻跑过去，打听有没有他的信件。一看没有，心情像一下子落进黑洞洞的枯井。终于有一天，他投稿的报纸副刊来了两封信，他用手哆哆嗦嗦地撕开。一看不是发表通知，也不是汇款单，是退稿信。印刷体退稿信上写着：

林亮同志：

您的稿子我们编辑部的同志看了，因为人手不够，版面有限。经研究没能采用，请原谅。谢谢您对本报的支持。望你不懈努力，定会写出好的稿子。

此致

向你致以革命的敬礼

×月×日

另一封在印刷体下边多赘了几笔，内容和上一封相似得很：

文学艺术要坚持革命的现实主义和革命的浪漫主义相结合的创作原则。您稿件中的主题立意和思想感情，就是缺乏这种原则性的东西。您的描述手法和语言表达能力很强，文笔也很美。可你单纯在传统生活、地域特色和当地传说上下功夫了，没有看到当前轰轰烈烈的革命大潮中，正在创造着美好生活的人们的精神面貌，和人们的理想与深刻的心理变化，没创作出"高大全"式的完美的工农兵形象。望你在这方面加强努力。谢谢，请为本报多赐稿件。

林亮有些茫然。他写作时，这方面也意识到了。他的性格是无法改变的，想让他十分认真地写那些一切革命化、什么都是政治因素的东西，他是写不出来的。他的热情遇到冰一样，渐渐地冷了下来。思考了两天，重振精神，不服输的脾气又上来了。把刚写完的稿子照来信说的，往那边靠靠，抄写一遍又给几家报纸寄了去。给先前投过的又寄了几份，他想，得有种精卫填海的精神，他们看我这种不屈不挠的劲，也许会打动他们。不信世界上就有铁石心肠的人！既然走上这条路，就不回头地坚持下去，管它用不用，听天由命去吧。说不定哪个头脑发热的编辑看上某篇稿子，就给发表了。

二十四

林亮感到头又昏又沉,想到小屋找二姐出去谈谈,清理一下乱了套的思路。完了,这几天是写不下去了,可能是前几天写得多累的。隔着玻璃,看见二姐小屋的灯早熄了,她一定睡得很香,自从下地以来,她几乎天天睡得这样早。又想到彩彩这几天怎没来,她可能怕打扰我写稿子。这个非常有心的小姑娘,多么令人怜爱啊。想着想着,林亮坐不住了。披衣下地,走向户外的夜色中,他不知不觉来到彩彩家。透过柳条编的大门,他看见彩彩正挑水浇园子里刚栽下不久的各种秧稞。有些天没落雨了,大地的庄稼还不算旱,可农家园子的瓜果小菜什么的,抗不住一点儿的干燥。黄瓜秧、茄子秧、辣椒秧、柿子秧、早豆角秧、土豆秧,水分一跟不上,强烈的阳光一照,都耷拉叶子。昨天也是这时候,他和二姐挑水,把园子里的各种秧稞都浇了一遍,那都是表舅妈帮着栽的。头一年下到农村,这些活全不会干。表舅妈真是个好女人,不像表舅一分财一分亲情,你要没光让他借,他就冷落你,用脚踹你。喝上你的酒,求他什么都答应;酒一醒,眼睛一瞪什么都不承认了。

彩彩在挑水浇自家的园子,她把挑的两大桶水轻轻地放在园子边。真难为她那单薄的身体,能挑动那么大的一桶水。她拿着一个用半个葫芦做成的瓢,从水桶里舀出满满一瓢水,给每个秧稞均匀地浇上,水一到秧稞根底,便发出唰唰的声音,这声音真美,是滋润生命的声音,是甜进人心田里的声音!林亮不愿打破她这劳动的静谧,不声不响地看着。院子里的狗发现了林亮,跑向大门,向他狂吠起来。彩彩把手中的瓢放进桶里,朝大门张望,问了声:"谁呀?"慢慢向这儿走来。

林亮躲在大门旁的杨树后,防备狗跳门过来咬了他,听见彩彩的问话,他只好答一声:"是我,林亮。"

彩彩把狗哄回院里,打开大门,说:"是亮哥呀。来,到屋坐坐。"

林亮说:"不了,我没事出来转转。你快忙干活吧。"

彩彩说:"活儿马上就完了,进来等一会儿,到屋我陪你坐着。"

林亮进了院,看彩彩一直把最后一瓢水浇没。她把水桶倒放在窗下一棵伸出两根枝丫的树杈上,扁担挂在房沿木梁头的钉子上,又在窗台上的一个泥盆里洗洗手,在空中甩甩手中的水滴,忙说:"走,一起进屋吧。"

林亮坐在炕沿上,四处观察着屋里的情景,只有间壁墙灯那地方很亮,别处都是暗暗的,看了半天,也没看清是什么。彩彩用毛巾擦干手,向坐在灯下缝鞋帮的妇女说:"妈,这就是我总说的亮哥。今天是头一次来咱家串门,你先别做活了,和亮哥说说话。"

那位中年妇女，摘下戴在鼻梁上的花镜，凑近林亮跟前，眯缝着眼睛，仔细察看。感到还看不清，就端出灯窝里的灯，用手拢住四射的光线，让集中的光照在林亮的脸上。她啊了一声："是他，和小时候的模样没怎么变。"

林亮掏出兜里的烟，递给彩彩母亲一支，又划燃火柴想给点上。

"我不抽，它没劲。你自己抽吧。我就爱抽自己家地长的烟，这烟有劲，赶口。"

林亮问："你家杨大叔呢?"

"他躺下了，你要看看他呀?"

说完，她忙捅起躺在炕头的一个中年男人，喊道："彩彩他爹，林亮想看看你，快坐起来。"

中年男人缓缓地起来，倚在间壁墙上。林亮忙递上一支烟，他接过，拿起放在炕沿底下用艾蒿编成的、仍在燃的火绳点着烟。这时林亮才明白，刚才进屋嗅到的弥漫着的艾蒿味，是这火绳散发出来的。它一可以熏蚊子，二可点烟燃柴，省着用火柴。这是农家过日子既节俭又实用的古老的传统方式。彩彩的妈妈说："彩彩，快用煳米给你亮哥泡碗水。"

这时彩彩的母亲把煤油灯拿来，挂在林亮跟前悬在幔杆子上的灯钩上。这是把整个屋子的一点儿光明给了客人，可以说，这是很高的礼仪。

彩彩在那边说："妈，人家亮哥在家净喝茶水，能喝炒煳的高粱米泡的水吗?"

"咱家也没有茶叶啊，其实那玩意儿一泡和茶叶水一个色，苦味甜味都有，一样催血解觉。"彩彩妈妈说。

彩彩的爹说："要不我去别人家借点儿茶去，用煳米泡水待客是太不讲究。"说着他就要下地。

林亮忙起身拦住，说："煳米水就煳米水，今天我就尝尝它什么味道。大叔你要去借，我就不坐回去了。"

彩彩的妈妈说："还是城里的孩子，就是明白事，体谅人，还有礼貌。一进屋先给我一支烟，后又给她爹一支。"

彩彩把泡好的煳米水端上来，一人一碗放在炕沿上。林亮细细地呷着，苦丝丝的，类似咖啡味，色调像茶叶水，也许能提神。

彩彩的母亲说："我家彩彩一上你那儿回来，一个劲叨咕你这么好那么好。说你吹什么笛，又说你最近写上文章了。"

林亮答着："嗯，是的。"

彩彩的父亲说："她在你那借了几本书，到家起早趁黑地看。多看点儿书是好事,人要是个睁眼瞎,一辈子肯定没个出息。"

林亮和彩彩的父母唠了一会儿,起身要走。二位老人送林亮出大门,彩彩恋恋不舍地和林亮来到街中大井旁,俩人坐在给马喂水的石槽上。林亮扫了一下朦胧的夜色,使劲吸一口夜间的空气。彩彩问道:"亮哥,投出去的稿件,有回信没?"

林亮把那两封退稿信讲了一遍。

"亮哥,什么事都得慢慢来,要耐心点儿,不要太着急。"

林亮听了彩彩的话,像股热流,立刻使焦躁的心绪轻松下来,问她:"前几天,你看的那个电影,能讲出大致的情景吗?"

"我只能讲个大概,里面的什么舞蹈我是不明白。但这电影真好,是彩色的,以前看的都是黑白片。"彩彩想了一会儿说:"开始是一个被地主关押的叫吴清华的女奴隶从牢里跑出来,到了红区参加了娘子军,后来她又入了党,党代表洪常青在一次战斗中牺牲了,她接替了洪常青的职务。情节就这样。最后洪常青牺牲在榕树下的壮烈场面,许多同学看了都哭了。"

林亮问:"你哭没?"

彩彩不好意思低下头,说:"你说呢?"

彩彩从石槽上站起,一个人走上前去,用手抹了下眼角。她又说:"人为什么到了关键时刻,毫不在乎去献身!他们为什么不怕死呢?"

彩彩对生死有了初步的概念,说明她对人生产生了探索意识。

"亮哥,你借我的《卓娅和舒拉的故事》和《古丽雅的道路》两本书,我都看了一遍。"

"感受如何?"

"他们都和我们差不多年轻,最后都死在战场,是什么促使他们有这种献身精神呢?"

"是为了神圣祖国的完整,是为了一个伟大民族的独立而不遭受欺辱。"林亮吸着烟说,"你看卓娅和舒拉开始时有着那么好的学习环境和美好的生活,当他们的祖国受到侵略者的蹂躏,卓娅毅然报名参军上了前线,她牺牲后,弟弟舒拉擦干泪水开着坦克去打击敌人,他最后也死在战场上。还有古丽雅,她是名大学生,还曾是演过电影的演员,一位优秀的体育运动员。法西斯要霸占她们的家园,她便放弃使人羡慕的职业和个人理想,带着满腔的愤恨走向血与火的战场,本来她是一名救护队员,抢救过一百多名伤病员,机枪手米嘉死了,她端起机枪扫射德寇,排长牺牲了,她代替排长指挥打击疯狂扑上来的敌人。阵地保住了,她也英勇牺牲了。"

彩彩凝神看着林亮,她似乎用眼睛在问林亮什么。林亮说:"是一腔爱国热情和大无畏的英雄主义精神支配着他们。这种精神是勇往直前的。"

"假如我们的祖国和民族，像苏联那样被敌人侵略，我们也应像卓娅姐弟俩和古丽雅一样上前线保卫她吗?"

林亮庄重地说:"当然，应该是义不容辞地去，这是作为一个祖国儿女的神圣责任。否则我们的祖国和民族会被敌人夺去，人民会沦为亡国奴。就像你看的《红色娘子军》电影中，吴清华那样，遭受南霸天残酷的毒打。"

"亮哥，你懂得真多，让我这个榆木脑袋开了不少窍，以后我称你为老师吧。"她又说,"刘胡兰、董存瑞、杨靖宇是不是也像卓娅、舒拉、古丽雅一样的英雄呢?"

"对!"

林亮和彩彩出了屯子，来到村外的大道上，风吹道旁的杨树，哗哗作响。树枝间好像有什么在蹿跳。林亮忽想起，他始终忘不了，刚来这儿时，半路上那只白膀根白肚皮、黑脑门黑尾巴的喜鹊。在也像这道旁的杨树梢上，歪头望着他们搬家的马车，车过去了，它飞起又落在前边的树上，等着车来到它跟前。那是一只希望的喜鹊呀! 每当林亮心绪紊乱时，一抬头便看到它，这似抽象而又能飞翔的活力。

彩彩说:"亮哥，我给你唱支歌，你爱听吗?"

"什么歌?"林亮问。

"是那天我看过的电影中的插曲。"

"是娘子军连歌吧?"

"你没猜对。"

"你唱，我一听就知道了。"

彩彩轻轻唱起:

万泉河水清又清，

我编斗笠送红军。

军爱民来民拥军，

军民团结打敌人。

……

林亮一天天焦急地等待寄出的稿件有登报发表的消息。这是年轻人特有的急躁病，恨不得今天邮走，明天就变成铅字才好呢，尤其初学写作的人。他先前的乐天精神荡然无存，看什么都是毫无新鲜的劲头，一切在他面前变得灰暗。肩上的一担水也不像以前那样轻盈，而变得很重，心情也觉得铅样沉重。

每当他担着水桶，走进这个屯子或那个村子，总感到冷清得受不了。由于大忙的夏锄季节，各家各户的成年人下了地，大些的孩子们也上了学，剩下的都是年老的和弱小的，全待在屋子里，所以整个屯子有种失去生机的空寂感。鸡不鸣，狗也不叫。林亮被这种寂寥冲击得难以忍受，像从繁华的人间突然来到宇宙中某个无生物的星球。他从肺腑里冒出一丝叹息:人怎这么的孤单!

旱了不少天，终于落场透雨。大地上的禾苗油绿，闪着亮光，人们的心也顿然清爽起来。在春天要种地时，突然落场春雨，爸爸隔窗望着丝丝雨帘，说这雨一点儿也没糟蹋，全浸润进地里，这是丰收的预兆。他讲起一个不知是哪个朝代的故事:一天，皇帝和他的文武群臣在一起欢宴。皇帝比较用心地问下边人，世上什么最肥? 什么最瘦? 一个大臣说，猪肉最肥，豺狼的肉最瘦。皇帝摇摇头，示意不对。又一个大臣说，胸隆臀大丰腴的女人最肥，鸡爪子最瘦。皇帝又摇摇头。这时一个年迈的老臣说，社稷是靠天生存的稼穑之大国，依老臣所见，肥如春雨，瘦似秋霜。皇帝龙颜大悦，说，还是我的老爱卿，深知朕心。他指指先前那两个答话的大臣说，可惜你们白吃朕的俸禄，到头来只是个酒囊饭袋，回乡赋闲养老去吧。又赏赐那位老臣绸缎百匹，黄金千两。

肥如春雨，瘦似秋霜。林亮问爸爸这是什么意思，老人家解释道，一年伊始要下一场及时的春雨，农民的收成就有望，方能吃饱穿暖，国家才会有丰富的收入。秋天要过早地下场秋霜，会把即将成熟的庄稼打得收不家来，农民挨饿，社会动乱，饿殍遍野。

林亮对爸爸讲，可以看出这位皇帝是位亲民爱民的贤君，而那老臣是个体察下情、忧国忧民的忠臣。爸爸道，是呀，要是一个国家有这样一位贤主明君，将是人民的福星，国家兴旺富强之本。

爸爸永远是林亮心目中的偶像，爸爸的身上有他一生学不完的东西。爸爸从入狱那天起，林亮自感在社会上生活得矮小卑微，但他一想起爸爸，就会增添很多力量。想到爸爸那超人的智慧、敏感的内省力、洞明一切的灼灼的眼睛，就感到前程光亮起来。当时的小林亮常常用小手指掐算着日子，爸爸何时能回来。一次，大哥从大学放暑假回家，妈妈让大哥买些吃的穿的去探监。小林亮要和大哥一起去，妈妈说，那里你看了不好，说什么不让他去。有心劲的小林亮，早早到汽车站等着。当大哥正要上车时，小林亮拽了下大哥的衣襟。大哥看他眼里含着渴望的泪花，说，你一路上什么也不能要，更不要闹啊。小林亮懂事地说，让我去就行，我什么都不要，饭我都不吃，看看爸爸就行。我太想……太想……那泪花终于落下来，他用小袖头抹了抹。下了汽车，他和大哥顺着一条火车轨道往前走，这轨道是通向山里的采石场的，那里有许多犯人在打石头，再用火车把打完的石头拉出来。爸爸在那里能干这个活吗? 他双腿不好使，走的时候是拄着双拐去的。那双早年握刻刀的手，累得冻得已伸不开，能攥住锤子吗? 下了火车道，又顺着一条溪流走着。河滩和水里布满了圆溜溜的石头，小林亮拾起石头在河面打水漂玩，光着脚到石头缝里捉小鱼,这段路使他很开心。最后到了一堵上边拉满电网的高墙下,这是什么地方啊,墙咋这么高呀? 走进两扇巨大的黑铁门,在一间放着两条长椅子的房子里等着,过一会儿,爸爸被一个持着枪的人押来。他艰难地躬身坐在长条椅子上,大哥忙上前去搀扶爸爸。还是走时拄着的双拐,大哥把它轻轻接过放在一边,大哥的泪水在眼圈游动。小林亮这才意识到,眼前的人是爸爸! 他一下扑进爸爸的怀里,正想大哭一通,爸爸用那双粗糙的手,抚摸他的头说,孩子,快精神起来。看看旁边持枪的人,又说,这里不许哭。问道,你学习好吗? 小林亮点点头。学习好爸爸就放心了,将来像你大哥、二哥、三哥那样,都成为有学问的人。小林亮抬起头,憋回了泪水。他发现爸爸那双眼睛,仍像在家时那样深邃明亮,虎虎生威,只是脸比以前消瘦、苍白。爸爸向大哥打听家里的一切事,大哥一一回答他,爸爸放心地长出一口气。最后大哥掏出他儿子百日的照片,递在爸爸的手里。老人家喜啧啧地说道,我有孙子啦! 这是我的孙子吗? ……他叫……他叫什么名字? 叫林国威,大哥说。爸爸急切地说,不,不,这名字太俗,应该叫……应该叫林飞镝,就是林中的响箭。既响亮又锐利,还有寓意。我也没最后定,爸爸那就听你的。大哥说。

林亮回忆完这难忘的一幕,感到屋里很闷,想出去走走,但刚下完雨,外边很泥泞。但林亮想出外透气的心情很急,便穿上靴子一个人来到屋后,这时园子里的杏花、桃花、樱桃花早已落了,都结出青涩的嫩果实。林亮踩着墙边一丛丛青草,扬头望着雨后明亮的夜空,星斗闪烁,银河横贯高空。月亮似挂在一片巨大的蓝绒毯上,仿佛能看见上边的山脉和陨石坑,他太喜欢夜晚的景色了,好像夜晚能给他无限的诗情,给他的心灵和精神蒙上一层谁也不晓的魅力。他觉得夜是培养他个性和独立能力的场所,和谁在夜里谈话都能谈得倾心畅然,就是和自己谈也会敞亮透彻。这时,后边忽然传来一阵吟哦声——

漫道长宵似年,

侬视一年,

比更犹少。

过三更已是三年,

更有何人不老。

林亮一回头,见是二姐,穿着她那双红色女靴向林亮走来。她说:"亮弟,你没把我当成飘然而来的狐仙和鬼魂吧?"

林亮道:"你背诵这几句词,可真有点儿像。"

"你知道这词是什么书里的吗?"二姐问。

"是爸爸总给我们讲的《聊斋志异·宦娘》里的,叫《惜余春词》。"

"你还行,没忘。"二姐又说,"你此时是不是有'过三更已是三年,更有何人不老'的心情?"

"你问这个是什么意思?"

"我是说,你等待寄出去的作品能否发表,或是有个回音。"

林亮苦笑了声说:"你也不能用这种情词来形容。"

"我这是形容你的心情。"

二姐把手中的一件外衣披在林亮的身上,说:"雨过后,天很凉,别感冒。"

林亮戏谑二姐说:"你和小聪明情书频飞时,一定用上《惜余春词》中的'芳衾妒梦,玉漏惊魂,要睡何能睡好'了吧?"

说到这儿,二姐的脸立刻似月亮躲在阴云的后边,闭上双眼低下头,手一下子抓住林亮的臂膀,攥得林亮发痛。二姐说:"真惹我心烦!你要让姐姐觉得没趣,活够了,就这样刺痛我吧,软刀子杀人不见血,比我自杀还难受!"

二姐把低下的前额一下顶在林亮的肩头。林亮明白了,他刺痛了二姐那根最敏感脆弱的神经,急忙向她道歉:"原谅我吧,二姐。刚才那句话我是脱口而出的,不是故意刺激你的。"

林亮说完,拿起二姐的右手,示意让她打他的脸。二姐用劲挣脱自己的手,无力地垂在胸前。林亮看二姐这种神态,感到木然不解。是对我吗?他刚要张嘴进行再解释,二姐已看出他的意思,说:"不用了,这阵痛过去了。"林亮这才放下心。她又说:"以前的都干干净净地去了,现在又开始一个崭新的我。"

"这样就好了,我以为……"林亮说了半截话,突然撂下,觉得再说也是多余,说了兴许再引起她的反感。

"二姐,我们往远走走吧?"

"能往哪儿走,地湿路泞,在这待会儿吧。"

"是的,我怎忘了刚下过雨。"林亮不知所措。这时二姐说:"问你一个事情,你常和彩彩晚上出去散步,是不是对她有感情,爱上她了?"

林亮不由得笑了,忙说:"不是那回事,我和她是单纯的朋友关系。根本没有爱,但我像对待亲妹妹一样喜欢她。"林亮又说:"她小时候进城到咱家串门那次你还记得吗?"

"怎么不记得,那时她像棵干枯的小草,但小脸长得十分俊俏又逗人。现在出落得似朴素的兰花。"

"形容得好。到这儿见她以来,我还没找出像你形容她这样准确的措辞。"

"你还记得她那次去咱家的情景吗?"

"记得非常清楚,印象深得很。"

"讲讲我听听,也许很有意思。"

林亮点燃一支烟,吸着。

"我们俩出去玩,她走丢了,你也记得吧?"

"记得。"

"我把她找回来后,我和她坐在咱家的门槛上,妈妈给我俩发饼干吃。你没在家上学去了。"

"是的。"

"那饼干有小人形的、汽车形的、坦克形的、轮船形的。我和她吃一块,妈妈发一块。妈妈还说,农村还有长得这么俊的小姑娘,真不多见。现在想起来那情景,多像米勒的油画《喂食》。吃完饼干,我拿着大姐给咱俩买的装电池的电动军舰,和她到公园去玩,按下启动电钮,军舰在湖边飞驰起来。彩彩在岸上拍着手,边笑边追逐着,我乐得也跟着她跑,跑到她的前边,伸开双手拦住她,在她前额吻了一下。她用劲瞪了我一眼,我知道她生气了,我指着自己的前额,意思让她也吻一下,一报还一报得了。她不动,气得坐在岸边。我抱回军舰,放进她的怀里,说,行了吧! 她说什么也不要。只说,亮哥,你不好! 她站起身,一个人往咱家走,说找她妈妈去。我跟在她后边不敢近前,怕她再走丢,我给她指着走前方的哪条街哪条胡同到咱家。我看她进了咱的家,就转身走了,在爷爷家住了一夜。怕妈妈知道这事打我。"

"你也真够坏的了,那么小就做那事。现在你才对我说,你是不想让这事做个永恒的秘密?"

"够不上永恒的秘密,那时我们是两小无猜的时候。"林亮说,"第二天早上,我回到家,发现家里一切正常,看妈妈的脸色像先前一样。明白了彩彩没对她妈和咱妈说。她妈领着她和表舅妈走了,我和妈妈一起把她们送到车站。临上车时,她来到我面前,轻声地说,亮哥,你啥时候上我家玩呀。我家那儿地里有蝈蝈,树上有鸟儿,沟子里有青蛙、有蚂蚱。我说,有一天我会去的。汽车走了,她隔着窗户不住地望着我,好像眼泪汪汪的,我也掉下几颗。"林亮说到这儿,把吸剩下的烟蒂,轻轻扔在脚下。

二姐看着林亮说:"又引起你想起很多吧? 但这是美好的。"

"是呀,'啥时候上我家来玩呀? 我会去的!'这回不真的来了吗? 命运就是这样的鬼使神差,巧妙地安排你,捉弄你。"

命运,你面罩着天使的面纱,挥动的却是摧毁一切的撒旦的手。

二十五

林亮枕着空水桶在地头一棵树下睡着了，社员们下班回家他一点儿也不知道。不知过了多长时间他才醒来，打个呵欠，挑着水桶晕晕糊糊地回了家。进门发现徐丙利和胡玲玲坐在他的床上，正和二姐谈着什么。徐丙利见林亮进来，上前一下搂住林亮，一句话说不出来，只是用拳头使劲捶着林亮的背。林亮也抱着徐丙利的脖子，摇着头蹭，他觉得心闷气塞，松开徐丙利，径直奔到二姐的小屋，趴在二姐的行李上，用枕巾堵住嘴哽咽。徐丙利在一旁揪着嘴，往回憋着感情。胡玲玲把手绢伸进眼镜片的后边，在擦涌出的泪水。二姐把头歪在一边，身子上下颤抖。林亮坐起，拉住徐丙利的手，说："你们怎才来?"

"是呀，我们来晚了。"徐丙利带着一种深情的忏悔说。

"林亮，你和秀姐都好吧?"胡玲玲正正眼镜说。

"好，一切都好。"林亮把枕巾重新铺在炕里的枕头上。

徐丙利说："我和胡玲玲来，就想和你们轻松轻松。走，咱们到外边找个地方，带上你的长笛。"

"去外边干什么，在家不可以吗?"林亮问。

"在家咱们又吹又唱的，打扰大伯大娘和左右邻居。"徐丙利说，"你这儿没有比较好的风景吗? 比如说树林子、沟壑什么的。咱们四个在草地上铺上塑料布，盘腿一坐，谈呀吃呀喝呀，来个痛快。"徐丙利回头向胡玲玲和二姐说："你俩说行不行?"

胡玲玲点点头。林亮问："在那儿我们吃什么?"

徐丙利说："放心吧，我都带来了。共两份，咱带去一份，留给大伯大娘一份。"二姐把胡玲玲拉到屋外，小声说："玲玲，我这几天来事了，还特多。腰酸痛得厉害，还一阵阵晕眩。你和丙利婉转地解释一下，喝不了酒也吃不下什么，我就不去了，等你们回来，晚上咱再好好聊聊。"

说完，胡玲玲进了小屋对他俩讲："二姐不能去了，咱去吧。"

"什么事不能去了? 多好的机会。"徐丙利问。

"这是我们女人的事，绝对保密。"

"二姐不去就不去吧，我们去。"林亮马上明白了二姐的事情。四个人到了大屋。徐丙利把一提兜东西放在林亮的爸爸妈妈面前，说："这是我和胡玲玲孝敬二位老人的，我们到外边野餐去，晚上我们回来住。"

妈妈说："你们一到一块，就没边没沿呀，让我们这些老的可咋好。"

爸爸说："去吧，去吧，随他们便吧。我们老的怎能和年轻的比？我是拿不动腿了，不然的话，我也和他们在一起感染感染，返老还童一回。"

徐丙利夹起装小号的盒子，胡玲玲拎着小提琴，林亮也摘下挂在墙上的长笛，一起出了门。林亮问："丙利，怎么没带你的英国管？怎拿来的是小号？"

丙利说："我是用它吹当年我们'主沉浮'造反兵团团歌的，好吹得嘹亮有劲，让我们这次团聚的气氛热烈些。"

徐丙利的脸上还是以前活泼的神情，但肤色显得黝黑，一举一动也都带着一种亢奋的激情。性格外向的人，就是以独立而存在的。

走到村西头的八棵老榆树下，徐丙利和胡玲玲站住，惊奇地仰头看这耸入云霄的老树。

"这树咋这么高呀！"徐丙利瞪圆眼睛说。

"我脖颈仰得好痛。"胡玲玲揉着脖梗不住地说。他俩问林亮树高的原因，林亮简要地说了一遍。

胡玲玲说："我和丙利坐车离这儿很远的时候，就看见它的像乌云似的树冠。我对丙利说，那一定是林亮下乡的地方，因你在信中提到这地名叫八棵老树，是因为真有八棵老榆树而得名的。丙利硬说那黑乎乎的树冠是冒出大地的一座山头。我俩在车上还打赌了呢，说谁输谁就回城时在原刘彭烧鸡店请吃烧鸡。"胡玲玲抓住徐丙利的袖子说："承不承认你真的输了？回城里请不请客？"

徐丙利用手蹭蹭瞪酸的眼睛说："大丈夫一言九鼎，事实胜于雄辩，请就请。林亮，明天咱一起进城，解馋吃烧鸡去。你这一阵子一定熬苦得够呛吧？"

林亮挤出一丝苦笑，道："我已学会与苦斗其乐无穷了，这里的农民和我不都一样吗，甚至比我更苦。你们那里的农民也不能比我这儿好到哪儿去。"

林亮说到这时，猛然想起一件事。忙说："你俩在这儿暂等片刻，我去一会儿就回来。"说完一溜小跑返进村里，进了齐队长的家，向正在吃饭的齐队长说他来了俩同学，要请一下午的假。齐队长寻思了一会儿，说："行，去吧。"齐队长放下筷子又说："下午的水，我得替你挑，不能派其他人挑。一是怕耽误活计，二是你明天上班还得继续挑。当初我说得好，这个活你要干得干到底，要给我做脸。不然的话，别人说你这个人没长性是个干啥啥不行的城里二流子。你没看见咱队的人都是没缝下蛆的损种，他们不讲你的客观条件。"

林亮听了后，满口答应齐队长说的事情，出了屋回到老榆树下，仨人一块去了西沟子。徐丙利看着正散发槐花香的槐树，忙说："咱就在槐树下野餐，这儿平坦，开三重奏音乐会。"

林亮打开从家里带来的塑料布，铺在树下的草地上。胡玲玲拿出提兜里的牛肉和火腿罐头、五香花生米、面包，还有高粱酒、葡萄酒。林亮把临出门时妈妈塞进他兜里的五个咸鸡蛋放在塑料布上。徐丙利用牙咬开酒瓶盖，紧紧鼻子嗅着从瓶嘴里喷出的醇香味，说道："林亮，你父亲的眼睛有种煞气，我不敢长时间看，你以前说过，我真没想到那样吓人。他刚出狱，我才见面，这次真领略到了。所以我不敢在你家吃饭，想来这儿的。"

林亮不由得笑了，说："我没骗你吧？我在他身边这些年了，我什么都不怕，小时甚至有时打我都没怕过。他要稍稍一动怒，就怕他那双眼睛，仿佛那是两把利剑，能穿透一切。"

胡玲玲也说："可不是，一看你父亲那眼睛，我从心往外打怵。"

林亮道："在这儿看不着，也怕不了。咱平静地好好吃一场，谈一场。"

徐丙利说："你们这儿的公社革委会主任常到我家，找我那个县革委会副主任兼武装部长的父亲大人谈工作，我向他提了你和你父亲的事，回去尽量地照顾照顾。别像对待其他阶级敌人似的，要手下留点儿情。"

林亮问："他说什么？"

"他满口答应，一定帮忙。"

"一社之长，这点儿事，小菜一碟。"胡玲玲说。

林亮发现没有筷子，就到柳树丛中折根柳条，再折成一段段的，撸去绿皮，发给他俩，便当了筷子。徐丙利看喝酒没有酒杯，他脑袋反应得更快。把咸鸡蛋在地上磕碎大的一端，用"筷子"抠出蛋青蛋黄，放在花生米上，把空蛋壳发给每人，幽默地说："这叫鸡蛋壳喝酒，放不下！"

仨人哈哈大笑，就都盘腿坐在草地上。胡玲玲怕人看见她白净的双腿，往下抻抻带褶的红色裙裾盖住。那腿颀长，略显瘦削。

"咱们先来没色的，这东西有劲。为咱的聚会壮壮威。"徐丙利给每个蛋壳斟满，个个都小心地擎着，"来，都干了！"

"我可不能喝那么多，我稍喝点儿表示一下就行了。"胡玲玲说。

徐丙利摇着头说："不行，今天是非常情况，得拿出当年我们'主沉浮'兵团的八面威风！"

林亮看徐丙利又亮出不可一世的犟劲，忙说："丙利啊，你饶她这位女性吧。让胡玲玲喝杯葡萄酒。"说完，林亮接过胡玲玲手中装白酒的蛋壳，一口喝进去。打开地上的葡萄酒瓶，给胡玲玲倒上。仨人擎起的蛋壳与蛋壳相撞一下，扬脖喝下去，个个都被酒刺激得咝咝呵呵。胡玲玲揉揉眼角流出的泪。徐丙利咽下嚼得正香的牛肉罐头，操起小号要吹，还说："你俩唱我们的'主沉浮'团歌，我伴奏。"

林亮下意识地用手打着拍子，唱道：

风雷在前方隆隆的召唤，

鲜红的旗帜引导我们。

荡涤旧世界的尘埃。

闪电劈开千年阴霾，

地平线上涌出一群

勇往直前的一代。

无产者的使命是造反，

资产阶级在我们脚下纷纷溃败。

帝修反的末日就要到来。

革命者的理想是：

开创一个红彤彤的新世界。

"真痛快，多长时间没有这样的气氛了。"徐丙利抿抿嘴角的唾沫。这首歌词当初是林亮和小聪明写的，徐丙利谱的曲。体现了造反派的豪迈气概，但怎么唱也唱不出那时的情绪和情感。

"可惜的是，此时缺少小聪明陈代，说明我们这次聚会不完美。"林亮说。

"咱几个谁有他会享福？ 在部队当着潇洒自在的文艺兵，咱们都在广阔天地炼红心。"胡玲玲说，"丙利我看你真傻，有个当武装部长的父亲，楞不去当兵，在地方遭这份罪！"

"我才不后悔这事呢。古人说：'好人不当兵，好铁不捻钉。'"

胡玲玲说："你总这样固执，什么时候是个头？"

徐丙利喝了口白酒，手一用劲，蛋壳在手中嘎嘎直响，酒顺着小肘淌进袖管里，红涨着脸说："因为这样，我才讲交情义气，心是赤热火红的。我还讲当初用食指血写在教室墙上的那句话：'热血知己，冷眼世人！'"

一阵可怕的沉寂，胡玲玲用发红的眼睛看着徐丙利，她以往白净的脸庞，此时显得格外鲜润，格外诱人。徐丙利把捏碎的蛋壳狠狠地摔在草地上，指着林亮道："白和你们姐们铁一回。你家下到这儿怎不告诉我和胡玲玲送送你们？ 你呀，你……"

林亮沉思一会儿，无言可答。胡玲玲说："咱们快有半年没见面了吧？"

林亮点点头。他们怎么理解林亮当时的心情？ 一九六八年秋季，是一场学生大下乡插队的场面刺激他不想这样做的。在他家后边全城最大的广场上，集结着全县所有中学准备下乡的学生。欢送会一开完，学生们拎着行李、脸盆和牙具，登上停在广场旁的敞篷汽车。登车前他们有说有笑，相互打着招呼。等汽车一发动，和车下的亲人朋友告别时，车上车下的人，骤然哭声震天。人的情感神经被这突变的命运揪断了，尽力释放着悲痛。车上的人攥着车下人的手不放，下边的人被车半拖着。有的抓住车厢板不松开，哭叫着车上儿子女儿的名字。林亮一想起这一幕，即刻觉得空气冷结如冰，天阴云重重憋死个人。丙利、玲玲我怎能让你们来送呢。他压压涌上来的愤懑，端起"酒杯"，手哆嗦着说道："别说旁的了。为我们不易的相会，愿我们以后事事比较顺畅，干一杯！"

徐丙利的"酒杯"捏碎了，端起整瓶酒和林亮、胡玲玲的鸡蛋壳碰得当当响，扬脖下去能有少半瓶。胡玲玲也干下去有半"杯"酒，看样她今天发挥了最大量。阵阵的槐花香气，钻进仨人的鼻孔里，似乎解了不少酒劲。徐丙利的脸和脖子涨得通红，胡玲玲不停地抚弄前胸，压下去的衣襟，更显出突兀的双乳。她嗓子眼发辣似的咳嗽几声。徐丙利摸出一盒"蓝翎"牌香烟，交给林亮一支，也给了胡玲玲一支。她摆着手说："你别让我开这个头了。"

徐丙利吸着烟，又谈起他的英雄史，当年他怎么领导着"主沉浮"造反兵团，在全城浩浩荡荡横扫一切害人虫那全无敌的气势，和"大旗挥舞冲天笑"兵团辩论时那巧舌如簧的雄辩才能。颓势时又成立了"独立思考"战斗队，写出分析透视形势的大字报、小字报。他慨叹着当时的辉煌。林亮深沉地说道："丙利呀，你别好汉只想当年勇了，它已经是过去好几年的事了。全国有多少个像你组织的那样大的造反兵团，不都纷纷解散，成员们又都下了乡？"胡玲玲长长地出了口气："我看我们谁也不行，小聪明才是识时务的俊杰，他不是小聪明，是大智大慧。休闲自在的兵一当，哪像咱在农村受这份洋罪。"

林亮向胡玲玲点点头，认为见解高明。

"他就是小聪明，是一个地道的投机分子，半截子革命者，鼠目寸光的伪君子！"

林亮看徐丙利越讲越气愤，马上转个话题问他："你和你父亲的关系还紧张吗？"

胡玲玲会意地看了林亮一眼，徐丙利用双手撸一下在发烧的脸，使劲吸了口烟说："老人家不像以前那样和我摆老八路的架子了，但还爱讲他以为成熟的理论：你们这些青年人，脑袋就是好发热，干什么事欠考虑，不思谋长远。国家的大事，你们怎晓得？就凭我风风雨雨多年的经验，现在的事我搭眼一瞅，便知道个八九成。他瞪我一眼又说，到了社会上千万要稳当点儿。"徐丙利叹了口气说："可也是，我辜负了他老人家的一片苦心。下乡前，他在县机械厂给我安排一份挺好的工作——厂政工组干事。我愣不去，非要长志气下乡干出个模样。"

"这就是你的不是了。你这样做，让老人家忒伤心了。"林亮指着徐丙利说。徐丙利沉默了一会儿，猛地喝了一口酒，操起象牙色去了皮的柳条筷子，急促地夹几口咸鸡蛋和花生米，说："你们说我犟，说我固执，难道我真这样？人啊！可真难做！"他看着林亮："像你一有工夫就读书，还能边生活边练事，最后又能抽身超脱出来。刚才到你家，一看你床上床下堆的都是书，我就明白你最近生活得怎样，你才是难得糊涂呢！此时我觉得我是个什么也不是的东西，不怪那时我父亲没脸没鼻子地撸我。你们都高明。小聪明更高明，我说他是投机分子，是伪君子，是违心说的。其实我打心眼里佩服他。"他怒吼着："林亮你和小聪明都是聪明透顶的人，我是个糊涂蛋。我这辈子就当个和自己过不去、不伤害他人的混君子。"他说完，把手中的空酒瓶子掷到不远的河泡子里，拿起另一半瓶高粱酒，对准嘴要扬脖。林亮上前抢下，酒灌进他脖梗子里。

"这下可好好消消你身上的毒。"林亮打趣地说。

"我全身都是毒，是个毒人，你干净，一尘不染。"他指指胡玲玲，"你玉骨冰肌，和林黛玉一样，是个水晶人。"

胡玲玲递给他一支烟，划燃火柴点上，说："别胡说八道了，什么水晶人不水晶人的？快吸支烟压压情绪。"

林亮掏出手绢，帮徐丙利擦脖梗里的酒。胡玲玲对林亮说："前几天陈代给我来一封信，谈了很多有关当前形势的问题。他的见解有时和你一致。"

"所以我们不能陶醉过去那吞毒前狂躁的快感里，否则我们会死无葬身之地！"

胡玲玲听了林亮说的话，眼里燃烧一种热情。林亮问徐丙利和胡玲玲青年点生活的情况。胡玲玲说她的青年点是原先没人住的房子，听说吊死过人，晚上睡觉总做噩梦。有个女生一清早醒来，发现睡在当院，淋了一身露水。吓得全点的人都回了家。她在家住了好多天，也一半会儿不想回去了。林亮问那女生是不是患了夜游症，不会是吊死的人的鬼魂作祟吧。稍平静了的徐丙利说，他的青年点是马圈改成的，总有股马粪味，住在里面难挨死了，让人有种慢性自杀的感觉。林亮讲了此处单玉波的事，他俩都憋住一口气听完的。徐丙利又讲了桩发生在他邻近一个青年点的事情。要过端午节时，这个青年点的青年要把自己养肥的猪杀了过节，可点长是个原则性非常强的人，说什么也不让杀。一个男知青把点长一下子推进准备煺猪烧开的锅里，要不是众人七手八脚把他拽上来，点长很快就会变成一具骨头架！林亮心里说道：人这都是怎么了?！胡玲玲又说，林亮你当初没有随我们一起下到青年点，是没有经历过，知道你父亲刚出狱会被撵下乡，好歹一家人在一块能过个团圆日子。青年点的生活苦得很，每个知青一年才发四斤豆油，想吃肉更谈不到。林亮说，都别谈这些懊丧的事，我们设法潇洒愉快起来，胡玲玲你用小提琴拉舞剧《红色娘子军》中快乐的女战士那段音乐，我用长笛给你伴奏。

欢快跳荡的乐曲响起。胡玲玲拉完，想了一会儿，又操弓拉起萨拉萨蒂的《流浪者之歌》。林亮把长笛放在唇边，徐丙利的小号用低音随着，烘托着一个深沉而热烈的主题。胡玲玲用小提琴操纵着音符也渐入佳境。

在一会儿急促、一会儿舒缓的乐音中，吉卜赛人的大篷车队穿镇越村，过着以卖艺为生的生活。他们有闯荡的快乐，也有流浪的艰辛和悲哀。因为这是他们的生活，是他们无奈的命运向充满险恶而陌生的世界的冲撞。泪咽进肚里，苦痛踩在脚下。只有冲，方能到达天边的曙色；只有不停下你的步伐，才会赢来和你相握的理想之手。

音乐激荡着周围沟壑中的树木和无垠的田野。

胡玲玲完全进入了她营造的超现实的空间里。她的灵魂在那里神游，思想的羽翼在那里翱翔；捕捉着鸟飞过时留下的弧光，搜集着活泼而乱跳的风声；描绘着隐进宇宙深处，凡人看不见的星光。她把这一切都幻化出无数个精灵，把她们从五个音色的隧道放逐出来，纷纷扬扬地来到面前这个现实世界。

她有力而洒脱地运弓，周身随着音符抖动。深沉的意蕴激励她不住地摆动着头。披散的长发，旗帜般飘舞。隔着漩涡似的眼镜片，能看见她陶醉在独往独来的音响世界里的灵魂。

她拉完，放下琴和琴弓，和她秀颀的身段垂成一条直线。轻风吹拂着她红色的裙裾，缠住了她拎着的琴弓。她有些疲惫，神情恍惚，但那秀美的书卷气、高雅的风韵，仍漫延辐射于周围。林亮上前接过胡玲玲手中的提琴，把手摊向塑料布，示意她坐下休息。她坐下，两腿撇在一边，又往露出的腿上抿了抿裙裾，两膝夹住裙角。这是一个纯净女人的平常动作，在掩饰自己的羞怯感。她把长发往脑后撩撩，又正了正近视镜。这时她才会心地笑了，感到在这微笑中找到了自我。

二十六

"秀姐要来多好，亮亮她的歌喉。再加上一把六弦琴，就更漂亮了。"胡玲玲说。

徐丙利随后问："林亮，秀姐和小聪明的事发展到什么程度啦？"

林亮思索了一会儿，把他俩破裂的事仔细地对他们讲了一遍。徐丙利惊讶极了："真的吗？小聪明太不够意思了，怎么拿一个人的姓氏名誉和她的虚荣心做交易！这叫什么爱情？纯粹是人格和灵魂的拍卖。"

胡玲玲说："好事难成。既然这样，离开就离开吧，要不也太委屈秀姐了，她的性格和你一样，都是宁折不弯的。秀姐长得那么标致，又聪慧伶俐，不愁找不到像小聪明那样的男子汉。"她又说:"现实真冷酷无情,现在我对一切仿佛也看透了。"

徐丙利问:"请讲讲,你对爱情有什么新的认识?"

"谈不到新的认识,但我感觉爱情应像纪伯伦的一首诗中写的那样,她往往是在内心体味时最美。"

徐丙利又追问:"我是没尝着爱情是啥滋味,可能我缺乏这种神经。唉,玲玲你念念这首诗。"

胡玲玲喝了口红葡萄酒,站起,在草地上边走边吟道:

融化你自己,

像溪流般对清夜吟唱着歌曲。

要知道过度温存的痛苦;

让你对于爱的了解毁伤了你自己,

而且甘愿喜乐的流血。

清晨醒起,

以喜扬的心来致谢这爱的又一日,

日中静息,

默念爱的浓欢,

晚潮退时,

感谢地回家,

然后在睡时祈祷,

因为没有被爱者在你心中,

有赞美之歌在你的唇上。

徐丙利听后,情不自禁啪啪地鼓起掌来,笑着说:"诗是好诗,但这里面好像在安慰那些想爱而爱不着的人。"他又戏谑地说:"你是不是要爱谁,有点儿不敢开口,背这诗给自己宽心丸吃?"

胡玲玲羞涩地拿起琴弓打了徐丙利一下,又拿起花生米上的鸡蛋黄一下塞进他的嘴里。噎得徐丙利哏喽两声,自己抓起酒瓶猛喝了一口,这才顺下去。此时林亮心里蓦地意识到了什么,以前那些幻想立刻化作旋舞的形象,在眼前渐渐清晰,似乎扬手就能捉住。没等再多想,他马上说道:"都调动一下灵感,每人写首诗。为了我们的重逢,留个纪念。"

徐丙利说:"最好作古体诗。现代的自由诗我不会作也不喜欢。学学古人以诗唱和!"

胡玲玲说:"由着你。林亮,题材上限不限制?"

"不限制,随便写,有感而发。可要有真情实感,尽量少些矫情。要对仗工整,韵脚准确。"

　　三个人掏出纸和笔垫在膝盖上写起来。过一会儿，胡玲玲写完，说："我朗诵你俩听听。"

　　　顾平思梦恋旧游，
　　　既入尘世奋不休。
　　　命虽维艰磨道力，
　　　春归燕回依翠楼。

　　林亮写完后，随即朗诵道：

　　　雁叹声声辞朔方，
　　　生来喜温不耐凉。
　　　伟丈哲人具屈伸，
　　　岂畏路迢多叠嶂。

　　徐丙利还低头耐心地揣摩修改他的诗。过一会儿，他点点头觉得很满意，站起念道：

　　　万人仰望玉一盘，
　　　孤仙舒袖舞翩翩。
　　　不奈广寒寥寞地，
　　　素辉琼液洒凡间。

　　又一首是：

　　　抚觞披辉赏良辰，
　　　醉酣狂歌似李仙。
　　　别叹异客分袂绪，
　　　他乡也能乐福天。

　　"这诗真不错，有意境，有情有景，还潇洒飘逸。"林亮赞叹道，"可是你这诗好像在夜间赏月时写的，怎不写今儿个白天的情景？"

　　徐丙利说："这是我在青年点时产生的灵感，现在又构思的。你不说要有真情实感吗？我此时的心境就是这样。你俩的诗，也没表白今天朋友聚会的情景。"

　　"对，对。我俩的诗是言志抒怀的，里面透出人生的哲理。你的诗自然流畅不做作，尤其第二首最后一句'他乡也能乐福天'，很有人情味，有种大丈夫志在四方不留恋故土的气概，挺棒！古意古气的。"林亮对徐丙利的诗进行一番恳切的评价。

　　徐丙利又说："胡玲玲的'命虽维艰磨道力'，和你的后两句立意相似，思想深刻。可我怎么写不出来呢？看来我的境界与你们不同，有差距。还得向你们学习。"

胡玲玲最后说："我看立意新、最精彩的是林亮的诗。后两句有些勉强拗口，诗情不畅，较涩。但前两句有反理性、反观念、反传统的高妙之处，有着严谨的形式逻辑和语言逻辑，但还不失盎然的诗意。我看这两句达到炉火纯青的程度了。"

"咱们可要实事求是，不要相互吹捧。"林亮摆手道。

"胡玲玲评得很有道理，也使我开了诗窍。你的诗有一种反常规的意识，又有拟人化的技巧。人要是总爱在温暖的地方待着，一旦到风雪中是经不起打击的。"

胡玲玲接过徐丙利的话："他的诗高明就在这儿，艺术就是用曲折的意识教化人的，直说就不是诗了，成了清淡无味的大白话了。"

林亮说："我们今天作的诗，风格各异，写出了我们真实的内心世界。相互抄写下来，保留在身边作为纪念。将来回忆起一定非常有意思。"

三个人传抄着，胡玲玲说："我们真像《红楼梦》贾府里以诗唱和的'菊花诗会'和'白海棠诗会'的才男慧女。多浪漫啊！这使我一下想起咱们当年在学校时的情景。"

"我们那时不也是有名的'才郎俊女五剑客'吗？可惜此时少了两人！唉，你们说，我咋怎么也忘不了那时的风光呢？"徐丙利说完，出了口长气。

这时，夏丽娟背着粪箕子，从沟坡下到沟底来捡粪。徐丙利和胡玲玲用惊讶的目光看着，问林亮，你这儿的妇女咋还捡粪呢？她是谁？林亮让他俩猜她是不是当地人，两人都认为是当地的妇女。林亮说她是沈阳知青，俩人又惊得受不了。她图的是啥呀？争当劳模也没这种干法。徐丙利说她晒得不像个女性了，纯是个男子汉，一定是个沽名钓誉的小爬虫。胡玲玲说，什么人有什么个活法，你看着不好，可她自我感觉很不错。要都像你当一个快乐的牛虻，这个社会就不丰富多彩了。林亮给他俩讲几天前夏丽娟到县里参加知识青年代表大会的一件事：她接到通知，只穿着劳动布工装和"解放"牌胶鞋，背着粪箕子徒步走到城里。进了城，在街道上该捡粪还捡粪，捡满就倒进城关生产队沤肥的坑里。到了开会的县影剧院，她把粪箕子放在水泥台阶上，要走进会场。大会的服务人员见她土土活活还背个粪箕子，说什么不让她进。这时县革委会主任下吉普车来开会，问这是怎么回事，她说明来意。革委会主任让她挎上粪箕子进了会场，又叫她把粪箕子放在舞台边上，拉着她的手让她坐在主席台的座位上。台上台下等着开会的人，个个直愣愣地看她，怎么把一个臭拣粪的摆到主席台上，臭气熏天的粪箕子还放在舞台边？一定有啥新节目！

主持大会的人宣布开会。

革委会主任致开幕词。革委会主任讲完话，走到舞台边，举起粪箕子，大声说："在座的各位同志和知青战友，我向你们介绍一个在广阔天地无私无畏，一心一意，真诚地改造农村落后面貌的人。"

　　说到这儿，革委会主任让夏丽娟站起，向会场的人们自我介绍一下名字和插队的地址。这时，从革委会主任举起的粪箕子的缝中掉下几撮粪渣，落在猩红的地毯上。夏丽娟介绍完，全场掌声雷动。革委会主任放下粪箕子，讲道："衡量一个革命者的基本问题，就是看他的表现和实际行动是否一致，看他是不是和劳动人民真正融合，看他把自己怎样投入三大革命的实践中去。夏丽娟同志是全县知青中典范的典范，是大家认真学习的榜样。从她身上我们不难看到，我们的社会主义祖国是大有希望的。我作为一个人民的公仆，应该学习她朴实的工作作风。作为一个普通劳动者，我还是她的学生。她的身上和精神中闪耀着共产主义光辉！"

　　革委会主任把夏丽娟列入大会主席团，又叫大会秘书长安排她在大会上发言。革委会主任让把那个粪箕子一直放到大会结束，让它和夏丽娟作为活典型教育大家。下午，夏丽娟以"我扎根农村生活的点滴体会"为题，在大会上做了发言。

　　大会结束，革委会主任坐着吉普车，和夏丽娟一起到她下乡的公社和大队，层层宣传她的事迹。主任告诉各级领导：她是块金子，可要让她发光啊！公社领导立刻提拔她为公社妇联主任。但她说什么也不干，要坚持战斗在第一线，要把无产阶级的粪箕子背到实现共产主义的那一天。她的这个誓言，使县革委会主任倍加喜欢。夏丽娟马上红得发紫，消息传到小队和知青点，立刻轰动一时。

　　听说那个革委会主任，在主席台举完粪箕子回到座位上，心一个劲地翻腾。借上厕所的机会，在便池里呕了半天，都没去县招待所食堂就餐。

　　俩人听了林亮的讲述，笑得直扑腾。

　　天色接近黄昏，沟子里放牛、放马、放猪、放鹅的，开始陆续回了家，吆喝声四起。从远处吹来清凉的风，漫天飘浮着团团朵朵的柳絮和杨树花。徐丙利不知什么时候，侧倒在草地上，呼呼地睡着了。胡玲玲说："林亮，咱俩往那边走走。"

　　林亮站起，和她并肩走向沟子的深处。两人趟着地上的草，发出刷刷的响声。胡玲玲有些局促，一会儿看看天，一会儿看看地，有时看看林亮，手不停地理着被风吹乱的长发。她说："我要走了。"

　　"去哪里？"

　　"今年三月二日黑龙江的珍宝岛事件，说明我们和苏联可能要有战争。现在正大力提倡去南方建设三线，我爸爸所在的沈阳兵工厂要迁到那儿，所以我们全家也要随着去。"

"这是好事,去了准能给你安排工作。"

林亮弯腰拾起一个土块,扔向河里,土块在水面飞蹿,击出一个个连环似的波纹。

"我走了,那你呢?"

"我还是我。"

胡玲玲站住,怒视林亮,吼道:"你气我!"

说完,胡玲玲拥住林亮,头顶着林亮的下颌,脸偎在他的胸上,大滴大滴的泪珠落下。她哽咽地说:"我爱你爱得好苦啊!"

这突如其来的事情搞得林亮不知所措,虽然他对爱情渴慕已久。他五个手指伸进胡玲玲的头发里,像在森林里搜寻着什么。他忙扶住她抽搐的身体,撩起自己的衣襟拭去她流出的泪水,终于说:"好吧,就让我们爱的足音从此响起!"

胡玲玲拥得更紧了,她说:"你为什么不理解我的心、我的感觉?在学校时,我下了几次决心,想对你说出我的心里话,可你总在我面前摆出气质不凡的傲态。一切为什么来得这么迟!"

"咱的事能成为现实吗?你去了南方,我在这儿。不也得落个小聪明和二姐那样天各一方的结局?"

"这你不用担心,让我父亲把你的户口和我家一块迁去。说你是我订了婚的未婚夫。"她说,"我一个人在那儿,没有你,我会活不下去的。"

"你爱我什么呢?"

"我爱你那种受宠不惊、遭辱不卑的性格。心里总有个准确的审美尺度,什么事只用心去观察,从不轻易流于言表。总显示出一种大丈夫的本色。有力度又有韧性才是好钢!我不喜欢丙利那种性格的人,他太爱外露。"

"我们要生活在一起,会幸福吗?"

"我坚信会的。"

两个人紧紧拥抱在一块。多年的相思和内心的渴望,在两唇间汩汩地尽情地流淌着。

这时,在柳树丛中传来鹌鹑吱吱的叫声。沟坡上杨树与榆树之间,有几只喜鹊翩翩飞过,还落在草地上嘎嘎鸣叫。两个田鼠,在洞里洞外自由自在地钻进钻出。

"我好累。你呢?"

"我还没感觉到。"

"你把我抱起,我有些走不动了。"

"怕你把我压垮了。"

"就用你的魂魄和心力把我拖起!"她躺在林亮的怀里,仰脸望着天空,轻声说,"我给你背首诗,解解乏。"

"是谁的诗?"

"是罗马尼亚杨·阿列柯山德鲁的。"

爱,就是——人世间最纯洁的和解。

关心它的人,请后退一步,

给神圣的玫瑰让出一条路。

爱,就是——百合花盛开的芳香。

别让香魂消沉进泥土,

请把它带到你要去的地方。

"这诗太美了,好像专给我们写的。"

林亮和胡玲玲回到槐树下,看见徐丙利还在草地上酣睡。灰鸽子和鹌鹑不怕人似的,在吃塑料布上的面包屑和花生米。一群群蚂蚁爬满了鸡蛋壳,有的把鸡蛋渣往洞穴里搬。林亮上前捅醒了徐丙利。

妈妈和二姐早把晚饭做好,等着外出的仨人回来吃。饭后,二姐和徐丙利钻进她的小屋,俩人谈得兴致勃勃。

林亮拉着胡玲玲夹着长笛出去了,他说:"我领你观赏观赏八棵老树的夜色。"

"八棵老树的夜,还能与别处不同吗?"胡玲玲说。

林亮坐在大井的石台上,给胡玲玲吹奏了一曲。她默默地听着。听完,她问:"以前我怎么没听你吹这首曲子?"

林亮说:"这是我最近写的,叫《天使的回忆》。请别客气地评论一下。"

"你真是一个天才,诗写得那么好,曲子也作得这么棒。"她说,"这音乐和它的名字一样,里面充满诗化的空灵和飘摇的幻想。"

"你真是我的知音!"林亮吻了胡玲玲。

"亮哥,亮哥。"后面传来喊声。林亮回头,看是彩彩。林亮把彩彩介绍给胡玲玲。胡玲玲过去像对小妹妹似的把彩彩揽在怀里,问她这又打听她那的,还摘下头上的红发卡插进她的头发里,给她抻平衣服上的褶皱,又捧起彩彩的脸蛋左右看,说:"真像个无瑕的天使。"胡玲玲问林亮:"你刚才吹的那首曲子,是根据彩彩写的?"

林亮说:"没有固定的原型。其实你俩都是天使。"

彩彩握着胡玲玲的双手说:"像你们有文化的人多好,在一起有说有笑,和和气气。长得都那么文质彬彬。"

胡玲玲和彩彩手拉着手和林亮并排走在村道上,静美的夜色下,月亮泻下银白光辉。胡玲玲对林亮说："今晚的夜色，比以往都美？"

"是的。"林亮笑了笑。

她问彩彩："你说呢？"

彩彩说："那是因玲玲姐来了。我和亮哥常这样走着，真没有今天这样的感觉。"

"看彩彩是个多乖的女孩子，真会顺着人说话。"

胡玲玲咯咯地笑起来。

林亮仍给地里送水。闲时脑袋里还想构思些东西，培养好灵感，晚上好动笔写。但怎么也收拢不了凌乱的思绪，想胡玲玲的时间越来越多。尤其走前她对他说的话，让他耐心等待她的消息，说服好她父母，来信叫他立刻进城，好做决定。真是一心不可二用，情感这东西太扰人。他坐在水桶旁，不停地吸"握手"牌香烟，没事直揪自己的头发，还把薅在手里的一小撮头发放在眼前仔细琢磨，看有没有白的。再不就一个劲地喝桶里的凉水。

"昨天来的俩人都走了？"

正在闹心的林亮抬头一瞧，是齐队长！忙说："走了。"

"是你相好的同学吧？"齐队长问。

"嗯。"

"有点儿事跟你商量商量。"他说。

"啥事，请说吧。"

"今儿个是假阴天，不热，有这一挑水就够大伙喝了。水桶交给我看着，你和郑万年到队部，把马圈里的粪起出来，再用牛车拉到沤肥坑就手扔到水里，做粪引子。叫郑万年套牛赶车，你装车。活儿不累，马粪都是马吃草拉出来的，轻得很，撮一锹稀飘。下班时，我把水桶送到你家。"最后他很客气地说："年轻人受些累啦。"

林亮回家取了铁锹，心里想，齐队长在农活运筹学上，是有他的独特方式。只派郑万年特意来拉粪，说明地里只少一个劳力干活。而我是把分内的活干完了，是利用多余的时间干另一宗活。他这等做法出发点是为了集体，换小心眼的说法，这叫巧使唤人。但他最后一句谦逊话，还让你心服口服。使你回想起当初给你找的这个挑水的恩德，你什么也说不出来。这里还有昨天给你半天办闲事假的面子。在刚开始铲地时，他曾说过，任何人没有要紧的事，一律不给假，不经他允许，谁要无故旷一个工，不讲情面地扣十天的工分。这土法令是严厉的，就像他看谁落一棵草砍掉一棵苗惩罚当事者一样。此时对你这样，算格外开恩啦。

小队院里，郑万年正从拴马桩上解下一条牛在套车。郑万年这两天正患感冒,齐队长才派他来的。否则这粪得让饲养员老卢头起,反正白天牲口都下了地,闲着也是闲着,关里人老卢头是个老实人,叫干就干不讲价钱。此时用这俩人还交了人情,维护了团结友爱。林亮想到这儿,心里说:"齐队长真是个高人!任何一个生活层面,都有超出一定水平线的大师。"

林亮用眼睛一个劲地玩味那个用石头凿成的拴马桩。桩子是一个有房檩子一般粗长的青石条凿的,四外显六棱形。顶端趴着一个小狮子,身上和头上的毛发卷着,毛丝的纹路雕琢得细腻逼真。一对小眼睛闪着憨态可掬的稚气。不像过去一些高贵人家门前蹲着的大狮子,血盆大口,睁着快要瞪出的眼睛,象征着身后豪门的威严和霸气。它前边挂地的两条小腿与肚子之间特地留出些空隙,是拴牲口时穿进缰绳系扣用的。

"这玩意儿有多少年啦?"林亮问郑万年。

"一百多年。"

"原先一定是大户人家的吧?"

"是过去的大地主于三猴子的。"

"你见过这个人吗?"

"见过,那时我还不大。"他说,"现在冯书记住的三间洋灰轧顶海青色砖房就是他家的。东西厢房,四周青砖大院套,好不阔气。一个墙角一个炮台,养着几十个枪手,为的是防胡子抢他。这个拴马桩就埋在大门口。那时有钱的人非常讲究出门办事骑马,不像现在当官的上哪儿都讲究坐车。他家一来像样的人,走马的缰绳就往这桩上一拴。"

"于三猴子呢?"

"就更不用说了,也养着一匹一人来高的菊花青,肥得滚圆的大马。响串、嚼子、蹬都是黄铜做的,逞光发亮,一看直刺眼睛。鞍鞯是发红的牛皮铺着缎面。蹬着上马石骑上马,一扬手中的马鞭,跑出多远,都能听见铃铃的响串声。要一回来,下了马,把缰绳子交给从院里迎出来的使唤人,他提着马鞭放下掖在裤腰带上的绸缎袍的长襟,正正别在腰上的盒子炮,精神头十足地穿门进了正屋。那个威风抖擞的劲,谁见不敬慕,不惧他三分?那个使唤人,就牵着大菊花青到屯外给马溜汗去。别看这个使唤人,外人也不敢小瞧,主多大,奴多大!"

"他是这儿最有钱有势的人吗?"

"当然,他一跺脚,整个八棵老树得颤三颤。"郑万年若有所思地说,"到后来能怎了?还不是活活给斗死了?家里的人也都四散得不知去哪儿背风了!"

他用鼻子哼了两声,以一种慨叹人生的语气说:"人就那么回事吧,三寸气在千般用,一旦无常万事休。"

郑万年牵着牛往车辕里塞,喊道:"捎！捎！"

牛懒洋洋、一挪一蹭地退进车辕子里。鞍子放在牛背上,搭悠落在鞍轴里,扣上肚带。郑万年把套完的车赶到马圈的窗下。俩人手持五齿铁叉走进马圈,霎时一股腥臊味直扑进鼻孔,刺得鼻子发痒,似乎从嗓子眼里往外冒青烟,好一会儿才喘上气。过一阵子便适应了,感觉不出太大的腥臊。林亮和郑万年把一叉叉的粪顺着窗户扔到牛车上。林亮觉得,农具这东西,是有它各自的操作道理。用锹撮马粪就变成木头一样撮不进去,而铁叉子就是干这种活的玩意儿。不怪刚才老卢头把叉子递到他手里时说,年轻人什么也不懂,用锹撮马粪累死你也不出活。果然是,把叉子插进软软的马粪,一挑一大团,眨眼工夫就装满了一车。郑万年坐在前耳板子上赶着车,林亮用双腿叉在后边的两个耳板子上,叉子插进粪里用手拄着,身上的重量压在叉把上,在车子晃荡中找着平衡。到大坑边,又一叉一叉地扔进水里,粪在水上一漫散,很清的水立时乌黑起来。随粪车追随而来的大个绿豆蝇,围着他俩脑前脑后地转,发出嗡嗡声。烦得林亮左右老扑打。郑万年不在乎那些,愿落哪儿就落哪儿,不耽误他一叉一叉往水里抛着粪。他真的感冒了,大热的天直打喷嚏。干得很顺手,不一会儿工夫拉了三车,再有一车就完活了。

"不忙,歇一会儿,抽袋烟再干。"

郑万年坐在院里一个木头滚子上说。林亮也寻个地方坐下。

"林亮,你也是从城里下来的小青年,今儿个怎么不去公社听夏丽娟做报告呢?"

"我和沈阳知青不同,父亲有问题,随家下来的,没资格去听。"

"其实听不听有他妈的啥用处? 全是瞎白话。一个女青年捡几粪箕子粪,就被县长瞧上重用了。这年头什么花花事都出。真是棺材底下露个鸡子,有哭有笑！"

"现在就提倡这个,一出现不一样的事,便是新鲜事物。"

"我越来越闷不透现在的形势了,不管是啥事,你尽管往犄角尖里钻,往歪了整,就有人吹捧。"

"大势所趋,中央的头头有他们的主意。"

"不那么简单,一定是朝中出了奸臣。历史上这档事没少出。"郑万年说,"你年轻轻的,总看书听广播,还不明白?"

"郑大爷,还是勤拜佛多磕头,莫谈国事为好。"

"你真够鬼的了,也懂得祸从口出。"

饲养员卢希尧睡醒了,打着呵欠从队部里出来。剃过的光头,已长出一寸左右的头发茬。腰上围着蓝布围裙,扎着黑套袖,一副地道的饲养员模样。走进草栏子端起筛子筛着草,筛完倒进一个大方箱里,撒上泡好的豆饼渣和碾碎的玉米茬,浇上水,用料叉子使劲地搅动。这是他准备一会儿下班,给回来的牲口喂的草料。他时不时地用张开的五指,挠发痒的脑袋,哗哗的头发屑白雪似的落满两肩。眍进去的眼角煜着团眼屎。他来到郑万年跟前要了一袋烟,说:"你的烟够劲,挺辣。"

郑万年很仗义地把满满一烟口袋的烟塞到他手里,道:"好抽你都拿去。"

"你这人真行,我就不客气了。"他笑嘻嘻地装进兜。但郑万年心里很恼怒他,暗暗骂道:爱抽,自己地头地脑种点儿,别老抽人家的剩烟。

卢希尧说:"你说说现在这人,真是人心隔肚皮,咋能一下看得透呢?"

"怎么回事?又谁惹着你了?"

"就是上些日子,那个剃头匠骗我的事。我好心好意地,看天黑了,我留他在这儿住,供他两顿饭。夜里,我把被和枕头给他盖着枕着,我盖的是麻袋,枕的是砖头。"他咳嗽一声,扑叽一下把一口浓痰喷在脚下,接着说:"倒换出一副狼下水——他早上蒙蒙亮起来,把大马勺活活偷走了。你说这人良心哪儿去了!我算把世事看明白了,现在交狗也不交人。和狗处好了,扔给它点儿吃的,和你围前围后地摇着尾巴。哑巴物还能谢谢恩哟!——以后千万别交人!"

他这些话不知在多少人面前讲了多少遍,仿佛才悟到这些人生道理。郑万年听时,眼皮也不撩一下。卢希尧把刚才的话又重复了一遍。郑万年瞪他一眼,说:"你找个讲理的地方,告他一状。要回大马勺,再治他个罪,出出你这口憋了巴屈的恶气,省得憋出病来没钱。要不嘴唇磨出茧子,吃啥都不香。"

林亮心里乐道:这是"杠子房老板"没事闲的,拿他寻开心。

卢希尧又激动起来:"讲理的地方我找不着。你见他要再来,替我要回大马勺。我要见着他非割下他一个耳朵炒了吃,解我心头的恨劲!"

"你割个屁,人家早跑到爪洼国去了!"

"你说他跑到什么国去了?"他不解地问。

"卢大哥别问了,领你去还远,告诉你还找不着。你就认了吧,甭没完没了挂在心上。"

太阳落下了。哗哗,趟地的犁杖回来了,停落一院子。卢希尧忙去给马槽子添满草料。

几天后的一个晚上,满村道上来回窜着人,呼呼啦啦到街中大井旁的广场上看电影。夹小板凳的,扛马杌子的,拿着玉米皮或蒲棒草编织成的垫子的,都集中在银幕下,焦急地等着电影开演。一阵阵呼儿唤女,喊爹叫娘响成一片。放映员用绳使劲拉放在陈国臣家墙圪儿下的发电机。一声大一声小的发电机,使放映机上的灯由红色变成耀眼的白色,镜头的光射向那有些污迹的白色银幕,像白亮亮的天,突然飘来几朵乌云。放映员校正一下射在银幕上的影框。

先演的是纪录片,党和国家领导人接见阿尔巴尼亚和越南的党政要人,毛主席走在最前边。《祖国新面貌》是讲大庆石油工人以学习毛主席的《实践论》为动力,又创石油新高产。大寨农民在百年不遇的干旱下,再夺取丰收年。正片开演,银幕上出现醒目的大字:难忘的一九一八。镜头上出现了在莫斯科大歌剧院的舞台上,莫斯科芭蕾舞团正为水兵上演柴可夫斯基的《天鹅湖》。银幕下的人们,这才从嘈杂声中静下来,被难以看到女人裸露的大腿吸引得浑身发麻,心在忽悠着。人群中一名妇女骂道:这叫啥玩意儿? 把人都看坏了! 哪有好好的一个女人光穿条兜裆布在人面前耍拉的? 难道女的就是叫男的变着法儿糟践玩的? 明儿个还不得有男女在一块叠罗汉的电影? 这世道难好下去了! 有的看得觉得心烦,稀稀拉拉回了家。

这时,郑万年老婆一只手拽着闺女利琴,从场外走进人群,借银幕散下的光,瞪着双鼠眼左右不住地瞅,像找什么人,嘴里嘟嘟囔囔。她走到正在看电影的呱嗒板子面前,用手点点呱嗒板子,唾沫乱溅,吼道:"有空你好好管教管教你那个损小子,别老勾搭我家琴!"她喘着粗气又说:"簸箕大的雨点也淋不到你老朱家房顶上!"

"你和谁这样说话呢? 不怕风大闪了舌头。"呱嗒板子说,"孩子的事我管不住,他们这是自由恋爱。"

郑万年老婆一拍大腿,敞开破锣似的嗓子:"你心眼不正,是让两个孩子在夜里胡混,混得离不开,图喜省钱。"

呱嗒板子嘿嘿一笑,不言语。

"告诉你,你老朱家金砖铺地,元宝砌锅台,我闺女也不嫁给你儿子。就死了这份心吧!"

看电影的人一听这儿好不热闹,电影不看都围过来。放映员也歪着头往这儿看,胶片烧个大窟窿也不知道。呱嗒板子也不是省油的灯,人一多便把她激出火来,不来几口,感到脸热掉价,她朝着郑万年老婆喊:"你郑家的人当县长科长,满身都是长,我儿子也不稀罕!"

她一脚蹬上井台,跷脚向人群扬头寻着什么。

"我那龙生凤养的小虎犊子呢? 哪儿去了! 是王八犊子惹你啦,还是你惹王八犊子啦? 她妈来不行,她爹来咱有回炉的锅!"

这等骂人法如游迷宫。不管脑筋快或心眼慢的,都得周转一会儿,才能绕到亮处。人们为呱嗒板子高妙的骂人技巧击掌喝彩。这一喝彩,气得郑万年老婆怀中的小兔要蹦出来。她急得嘴直嚼白沫子,挖空心思地也琢磨出几句拐弯绕角的骂人话,蹿到呱嗒板子鼻子底下:"你那个龙王爷的手串,王八籽儿!张果老倒骑翻蹄的小毛驴!他要还勾搭我家琴,我就割下他的肉撅煎了,给我老头子下酒喝,让你朱家断子绝孙!"

最后一句可把呱嗒板子气炸肺了。因为她和在公社当水利助理的男人结婚好几年也没生下孩子,儿子朱健祥是从别处抱养来的,是她含在嘴里都怕化了的独苗,一到她家就起了个娇名:捂住!

呱嗒板子跳下井台,张开两臂,老鹞鹰扑小鸡般奔向郑万年老婆。对方也不含糊,硬迎上去,两人没命地揪打在一起。利琴拽着她妈的胳膊往开拉,又哭又喊。

周围的人有的叫着号:"打!打!老娘们干架伤不了人命,比看电影好多了!"

雷漏子踹了喊的人一脚,骂道:"你是卖呆不怕纸草活多。你损不损!"

朱健祥不知从哪儿过来,站在正厮打的两个女人中间,用劲掰开他妈薅住利琴母亲头发的手。利琴上来抱住她妈的腰,不让再扑上去。各自抚摸脸上和胸前的伤,双方的手上都嵌着对方的头发。

"打啥呀,打啥呀?没事吃饱撑的!"冯书记上来喊两声,俩女人不往一块斗了,也不相互喊了。他上了井台,豹蹶子似的眼睛在人群里直眨巴,喊道:"在场的男知青都到我这边,有事要商量。"

男知青们齐刷刷地来到井台周围。

"干什么?"高占奎问。

"跟我抢人去!"冯书记背手腆着肚说。

二十七

"齐队长在哪儿呢?过来下。"冯书记揉揉发肿的眼眶。

齐队长从远处走过来,问:"啥事?"

冯书记指着男知青们,说:"给他们每人记一天工分,让他们帮我一回忙。"

"抢谁呀?"知青刘强问。

原来,冯良媳妇趁家里的人来看电影,便收拾自己的东西和穿戴,携着包在星夜下回了娘家。刚一出村就碰上来看电影的堂小姑子,看她衣着整齐,怀里好像抱着什么东西,知道事有点儿不对。跑到电影场,找到冯书记和浪张说了情况,两口子顺着大道追去。但冯良媳妇奔家心切,胆也肥起来,抄近走的是庄稼地里毛毛道,早到了家。等冯书记和浪张撵到她家,她正对家人讲回来的过程,这回说出龙叫也不和冯良过了。冯书记先是苦苦相劝让她回家，冯良媳妇不买账，说你用八抬大轿抬我也不回去，明天我把你们过的彩礼一点儿不少给你退回去，两来无事。反正我和冯良结婚没登记。冯书记火蹿到脑门，就耍起了威风，操起一把铁锹，砸碎了窗上的玻璃，和屋里的坛坛罐罐。冯良媳妇的父母虽然是老实巴交的庄稼人，没有反抗的能力，可他的儿子不是蔫人，看妹子的老公公把自己的家砸得乱七八糟，怒气胆边生，上去把冯书记暴打了一顿，又几脚把他踹出门外，还给浪张两个嘴巴。冯书记揣着一肚子窝囊气回来了，没到家，就直奔演电影的地方。他抓住知青好胜爱打架的心理，便让他们成了他随叫随到看家护院的家丁了。而知青们不管那一套，正闲得没事干，过把打架的瘾，既开心又挣工分。打呗，有你冯书记撑腰，我们怕啥？出人命反正你兜着。

高占奎说："回点里，取些家伙来。"

不一会儿回来了。知青们菜刀、枪刺子、匕首、火药枪都逐一随身带上。

"这样也好，他那边也兴许有所准备，咱别吃亏。"冯书记给知青们打着气。冯书记领着人走后，浪张在这边向看电影的人造开了舆论。扭着她那性感的臀部，撇开了大嘴叉："大家都听听这事，这不坑我们老冯家吗？花两个媳妇的钱娶她一个，还不好好和我儿子过，你说我们倒多大的霉吧？"她说："都讲家丑不能外扬，我也不瞒大伙了。我们冯良和她结婚到现在，夜里睡觉没沾过她的边。她穿好几层裤子，系两条裤腰带，自她嫁过来，就没安好下水。这不纯心让我冯家绝后吗？"下边的人叽叽呱呱一阵儿，都渐渐地散了。真是一波未平，一波又起。放映员看电影演不成，落下银幕，熄了发电机，收拾起电线，寻个地方睡觉去了。

那边冯书记领着队伍到了冯良媳妇住的朝阳堡，向一所闪着光亮的房子窜去。煤油灯灵火似的跳，灯下围一圈抽烟的、喝水的，在谈论着刚才打跑冯书记和浪张的事情。冯书记向身后一摆手，示意后边的人在这儿先等等。他说："我去和他们谈谈，给人啥事没有，不给就上。"

冯书记走向那屋，在窗下喊了一声："有头有脸的出来，咱有话唠，一句话，给不给人？"

屋里急忙跑出一帮人——他家也怕对方一会儿回来，找来几个人迎挡。个个站在屋檐下，当他们借着月光看见来的这伙人都操着明晃晃的家伙，还是一打架就玩命的沈阳知青时，都慌了神。脚心像让刺扎了一下，爬上屋后的墙跑了。连窗下狗窝里的狗也吓得窜出去，在远处怯生生地吠。

冯书记领着人进了屋找人，但人芽皆无，看见后窗户都敞开着。

冯书记一声令下："给我砸！看人出不出来！"

他抓起柜盖上一个雪花膏瓶，对着墙上的挂钟抛去，钟掉在柜上，又弹落到地上,韩文德上前踢了两脚。高占奎用手中的枪刺子抽打墙上的大镜子,稀里哗啦一地碎玻璃。刘强一菜刀向炕上的箱子劈去,由于用力过猛,刀刃嵌得深,使劲一拔,把整个箱盖带起来,他按在地上用脚踩住,才拔出菜刀。

高占奎越砸越来劲,说道:"再不出来人,妈的把你这小破窝点了!"

刚说到这儿,冯良媳妇打外边跑进屋,扑腾一声跪在冯书记脚下,鸡啄米般地磕头,散发像马尾巴乱甩着。她两眼红肿,脸色憔悴不堪。

"别砸了,我跟你回去行了吧!"

"回去就好。"冯书记挥手示意都停下来。所有的人在砸得乱七八糟的东西中,踢开一条道,随她出了屋。走到院子里,冯良媳妇突然转过身,又跪在冯书记面前哀求道:"你就饶了我吧,答应我和冯良散了吧。当初我不同意,是爹妈替我做的主,彩礼一分不少地给你拿回去,我实在和你儿子过不到一块!"

"不行!"冯书记高喊,"活着是我们冯家的人,死是我们冯家的鬼。给我架走!"

上来两个知青,拎起跪在地上的冯良媳妇。这时她的爹妈躲在墙外边,眼睁睁瞧着自己的女儿在那儿受罪。旁边一群卖呆的人都觉着气不过,骂:"过去抢亲也没这样的。这不是睡觉打嘴巴,哈人玩吗!"

冯良媳妇一边走一边想,这已是摆脱不了的事了,软下来更遭人欺负。提口气,抖抖神,挣开架着她的两个人:"松开,我自己长腿了!"回头瞪了冯书记一眼。双手捋了捋乱发,夜幕下她挺着胸脯,木然地走着,像一群饿狼拥着一只不愿赎罪的小羊。后边传来一声声哭叫声:"我可怜的闺女啊,是爹妈把你送进火坑的呀!"

她像没听见,径直往前走去. 走到一个水库大坝上,她两次要跳进水里,都被人抓住。后一次拽掉她的外衣,露出了背心,她就抱着肩胛护住胀鼓鼓的乳房仍目不斜视地往前走。冯书记把外衣给她披上,她一晃双膀,衣服甩在地上,说:"少跟我假殷勤!死我都不怕,还怕磕碜?你就逼我吧,明个我宁做你冯家的鬼,也不活着做你冯家的人!"

冯书记心里狠狠地骂着自己的儿子:"小损犊子,这儿闹翻天了,你到哪儿躲清静去了?"

其实冯良也不清静,他到邻近一个屯子的香瓜地偷瓜去了,被看瓜的绑在树上正在活受罪。

"偷瓜也得看看时候,熟了吃几个当然行。生瓜球子你摘那么一大堆,你不是祸害人吗?"看瓜的人用柳条抽他一下骂一句。冯良说他爹是八棵老树大队的书记。"你爹是大队书记不假,可管不着我这儿,这不是你住的那个公社和大队。闹了半天你是他的儿子!不说好点儿,说了你就靠着这树明天早上回家。"冯良被困了一夜。

冯书记的人马押着冯良媳妇刚进屯,后边一群人坐着马车又呼又叫追上来了。原来冯良的大舅哥也是管点儿事的一队之长,看冯书记领来的知青把他家砸了个遍,也到本队的青年点连哄带骗加许愿地调来一些人,也个个手持"兵刃"。马车转眼到了这帮人马的眼前,车上的知青虎辣辣地跳下地,两军列开阵势对峙着。双方的"兵刃"相似,火药枪、枪刺子、菜刀,剑拔弩张,空气一点便燃。开始是双方的手电筒对照,先看看对方摆的是什么阵脚,对方都是些什么脸谱,电筒光刺得双方都半睁半合着眼睛。扬起的菜刀闪着寒辉,枪刺子端平,随时要喝点儿血的架势,火药枪拉上大栓,塞上纸炮子,摆出勾火的架子。

一场被小农自私意识驱使的械斗要开始了!

冯书记感到大事不妙,想叫他的人马撤回屯里,怕事闹大就不好收场了,出了人命,他得首当其冲。高占奎说什么也不干,此时已是箭在弦上。他喊了声:"给我干!"

两下嚎叫一声,拼杀起来! 开始是混战,后来渐渐发展成一对一的格局。

……

正当双方鏖战正酣时,对方一个外号叫座山雕的知青激战中一眼看清了刘强,这不是大名鼎鼎的二金刚吗? 在沈阳一个区住时,和他既是跤友又是朋友。想到这儿,他大喝道:"停下,别打了!"

两军立刻像被孙悟空用定身法定住一般,"兵刃"都停在空中,燃烧的空气被冷水泼息了。

"咋的,你要和我单挑呀?"刘强问座山雕。

座山雕过来握住高占奎的手,把枪刺子扔在一旁,俩人抱到一起。"妈的,咱们咋在这儿打起来了!"座山雕拍着刘强的后背说。

"可甭逗了,咱们是叫人家当枪使了!"

双方打扫"战场"。座山雕方一个人的锁子骨被菜刀砍断,又一个人的耳朵被削去一半;刘强方一个人的肚子被枪刺子戳个洞,另一个跌倒,胳膊摔断了。双方庆幸没继续"战斗"下去,否则伤亡更大。双方的枪手说,我们看打乱套了,怕打着自己的人,所以没敢搂火。

刘强说:"伤了这些人怎么办?"

座山雕说:"用我们的马车快拉进城里医院看去。"拉着伤员的车走了。

"咱叫人家要得好苦,白他妈的长一个有文化的脑袋了!"刘强一跺脚,说,"得和怂恿我们的人好好算账!"

"怎么算?"

"这样,你算我方的,我算你方的。"

"高,高!到时就是出了事,更是矛盾重重整不清了,咱们好脱身。你这金刚的脑袋不空啊!"

"咱还得把这件事都推到他们身上,我们受人指使是无辜的,四个伤员的医疗费都让他们拿。你寻思他们把咱们巧使唤就轻松了?这一场子我啥都明白,得学会当法官,不学当刽子手。"

"对,对,他们是主犯,我们是随从。"

冯书记和冯良媳妇的哥哥,一看开战早缩着脖子借两条腿跑了,后怕这是一场不可收拾的血肉横飞的大战。完了,没好了!刘强指着旁边洋灰轧顶的房子说,这是冯书记家。座山雕领俩人在下屋里搜出正听这边动静的冯书记。二话没说,操起一个镐把,照他的脚脖子就是一下子。冯书记嗷的一声,腿断了!

"不差事,就是留给你这点儿烙印。"座山雕带着人马走了。

刘强也带上俩人,随着座山雕到朝阳堡找到冯良媳妇的哥哥,让他伸出一个手指头,举起菜刀要剁。对方满不在乎地说:"不用,我自己来。不就要我身上的一个零件吗?我成全你们哥们的意思……"

他夺下刘强举起的菜刀,把左手的食指垫在炕沿上,嚓的一声下去,食指飞到墙根。他面不改色地说:"拿去,这行了吧!"说完他把断指放进嘴里吮涌出来的血,说:"只要青山在,不愁没柴烧!"

刘强被他这仗义果断的举动惊呆了!从白的确良衬衣上撕下一条,把他的伤指包好,说:"好样的,够朋友!难得的硬汉子!"

这事发生后,又像割牛肉的事一样在村里村外轰动一时。公社下来调查组调查此事的原因,结果是两伙知青打杖,纯属是被地方势力利用所为,伤者的医疗费用全部由事件的唆使人负责。冯书记留党察看,撤掉大队书记一职。冯良媳妇的哥哥行政拘留十五天。冯良媳妇也如愿回了家。浪张整天半疯似的,满街乱窜,嘴里反复叨咕道:"完了,完了!鸡飞蛋碎,人财两空!"

林亮终于盼来了胡玲玲的信:

亲爱的亮:

你一定等得很着急吧。回到家我把我们的事对爸爸妈妈讲了,他们都同意,爸爸已和厂方谈了。厂方说只有见到确定咱俩婚姻的证明,才能同时迁到南方。还要调来你的档案看看,方最后决定。我看有希望。我把我的结婚申请书、照片还有户口本寄给你,你在大队也开张介绍信,到你住的公社把咱们的结婚登记办妥。现在我的事多得很,实在拿不出时间与你一起到公社办登记事宜。要有麻烦,你去找丙利说的那个和他父亲不错的公社革委会主任。不行的话,来信说明,我把丙利找来去处理。丙利前天回的青年点，走前我俩谈了一晚上。他还祝福我俩，到底他还是个憨厚大度的人，没表现出我拒绝他的求爱的不快。他曾说很爱慕秀姐，就是认为秀姐这人特矫情冷傲。不知秀姐究竟是什么心情，让他们慢慢去发展吧，你也劝劝秀姐。

我们的爱情和理想就要实现了！到了南方再安排我们幸福的窝。你知道吗，这儿有一颗热情勃跳的心在等待你。我们的道路兴许严峻，但我坚信幸福肯定多于严峻。

亮，这次去你那儿，看出你比以前更沉郁。人生不要太僵硬实在，掺一点儿缥缈的理想，方更朦胧美丽，走在通向前方的路上，将充满甜美和乐趣。切记，心地上要总盛开着希望的玫瑰，幸福会时时拥吻你的。

手续办妥尽快来城，和你有许多话要说。

此致

你的玲玲
×月×日

林亮看完信激动得不得了。不相信似的又看了一遍，是她那熟悉娟秀的字迹。看见在信首自己的名字上，有个椭圆形的吻痕，他强把心平静下来。曾悄悄企望的美好，就这样来了吗？有点儿突然，把握住它吧，多么来之不易。他把信交给爸爸妈妈看了，又到小屋对二姐讲了。二姐哽咽地转身面对墙角说："你终于如愿了，爱情和事业都有了着落。"

听了这番话，林亮心里十分不是滋味。不是想二姐在嫉妒，是自己人生有了出路，她倒显得可怜孤单，心里顿生怜悯。二姐其实是以一种自己难言的苦楚，以辛酸的方式对弟弟表白祝福的。有正面的亮丽，必然映衬出背面的暗影。林亮拉住二姐的手，让她面对着自己，小声道："丙利这次来，和他谈没谈有关感情的事情？"林亮望着她已是泪水纵横的脸，摸出手绢要为她拭去，她接过手绢自己轻轻地揩着。

"他提起了，我没往下深谈。"她说，"也许我天生就应该被命运捉弄。对他我是有些意思，但还摆脱不开那个人给我的印象，他仍影响着我，不停地在搅动我的心，因为我把所有的爱意给了那人。这是我的怯懦迂腐，还是自己与自己过不去，如你说的？"

"既然你看到了自己的弱点，就得敢面对它，设法从中跳跃出来。不然的话你最后仅存的一点儿希望也会泯灭的。"

二姐瞪大眼睛看看林亮。

"也许这话过于严重了。"林亮说。

"他要对我有热情,我就……"

妈妈把林亮喊到大屋的爸爸面前,二老详细地打听他和胡玲玲的事,林亮一一陈述,妈妈叹息道:"又走了一个,都长膀子飞吧,飞得一个不剩。"

"到那边她父亲真的能给安排工作?"爸爸问。

"要能去的话,工作没问题。"林亮说。

"那就好。大丈夫应志在四方,尺寸故土之地怎可惜恋?我就不信孔仲尼父母在不远游的陈朽旧调。"他对正在哭泣的妈妈说,"亮他妈,儿子的前程有了着落,你为何哭哭啼啼,该为他高兴才对。"

林亮过去安慰妈妈。抬头看看墙上的钟,才下午一点,就挑起水桶来到村口。一会儿,齐队长扛着锄头来了,他向齐队长讲了要到公社办事的理由,要耽误几天。

齐队长痛快回答:"是好事啊,行。能走就走吧,这穷地方有啥待头?这事我要不支持,我该是什么玩意儿?几天都行,尽管去吧。"

林亮感恩地说:"谢谢队长大人,以后我一定……"

齐队长摆摆手道:"不用说了,多大疙瘩事,用不着这个。"

齐队长用他那粗糙的大手,拍拍林亮肩膀,想一想说:"林亮啊,我早就看出你这个小子是心事重的人,不像别的小青年整天嘻嘻哈哈吊儿郎当的,外表溜光水滑,内里一堆稀狗屎。你一定是个有出息的人!人熟为宝嘛,将来有那一天,可别忘了我这个齐大叔,也别忘了回到咱这八棵老树看看。我琢磨着,这儿不能总这么个熊样,啥事总该有个变化吧。"

林亮听到这儿,眼睛盈满了泪水。是呀,不能总这样的!一切为希望的生活而拼搏的人,怎能丧失自信呢?齐队长一番朴素的道理,深深感染了林亮,眼里的泪水无阻挡地一下子涌出来,打湿了衣襟。

"年轻人,激什么动啊。我总以为好流泪的人,就是没能耐的人。再苦再难牙一咬,就会挺到有光的地方。"

林亮给齐队长深深鞠了一个躬。齐队长挑起林亮拿来的水桶,说:"没办法,这回我就先找个人替你挑几天水。"

林亮离开齐队长,快速走向大队部。找到大队会计开了张介绍信,又奔向公社。进了民政组的屋,就问谁是管结婚登记的。和一个男人正在闲聊的女人,没看他一眼,侧脸答道:"我是。"

林亮过去把要办的事情讲了,把玲玲寄来的一切东西和自己的户口本介绍信放在办公桌上。

"登记结婚没女方在场怎么能行?手续齐全也不是那么回事呀!你是有脑

炎,还是智力缺陷?"她把递上去的东西一下子推到林亮面前。

林亮一想也是那么一回事,没办过这种事,是太欠考虑了。也想到玲玲让他这样做也想得太单纯。他忽然想起丙利父亲下属的那个革委会主任,转身走向那个宽敞明亮的主任办公室。此时又想,连丙利父亲的一个条子都没有,这事还是少不了麻烦。轻轻用中指弹弹门,里边传来低沉的声音:"请进。"

林亮放轻脚步走向那低沉的声音发出的地方。写字台前坐着的那人,扬手挠挠有些秃顶的头,用厚重的鼻音问:"哪儿的? 什么事呀?"

林亮谦逊地说明来由,他上下打量一番林亮,低头看林亮交给他的东西,不紧不慢地说:"不太妥,一男一女登完记才叫夫妻双双把家还,你怎么一个人来一个人回去?"说话时,他已操起电话,说:"给我接县武装部徐部长办公室。"过了一会儿,"你是徐部长吗? 我是李春。"

在电话里李春对丙利的父亲说林亮来这儿的事情,他贴在话筒的脸一片笑意:"不违背什么大的原则,既然是你儿子的铁哥们,我帮这点儿小忙也是应该的。虽然女方没来,但什么手续都不少。行,看您这位老部长的面子我也不会不管。好,好,祝老部长健康长寿。"他最后又说:"老部长,我女儿当兵的事……得冬季招兵时才能办。行,行,我是有点儿着急早了。我再不早早地催您了。这样吧,我麻烦您老一回,要是女兵额少不够你们县里的人分,您能向在部队的老首长们特意要一个指标吗? 这样的话就把我成全了。好,我不着急,行,尽量。是呀,好办我就不麻烦您了。好,就这样。"他把讲完的话筒,递给林亮,说:"老部长要和你说几句。"

林亮抓起电话:"我是林亮,您是徐叔啊,多亏您了! 丙利是头几天来这一次,我们谈得挺好。徐叔您这说哪儿去了? 我能替您教育他什么呀。我劝劝他可以,我们是多年的同学,骨肉兄弟一般,他会听进去的,他的犟性劲慢慢会改的。分心更谈不到了,徐叔您太客气了。我进城一定到您家。好,好,欢迎就行。有事一定再找您,不怕给您老添麻烦就行。您也别总替丙利担心,走入社会时间长了,他能明白许多事情的。就这样吧,徐叔,快忙您的工作吧。祝您老心情愉快,身体硬朗。我放下电话了。"

林亮说完,发现公社革委主任早把一杯沏好的茶水放到他的面前,杯子上正上旋着团团热气。林亮心里明白这杯热茶水真正要给的是谁。

"看出你同徐部长家真是不一般的关系,和你这个年轻人唠这么长时间。"说着,李春递给林亮一支烟,打着打火机凑上前来。他看林亮正喝他沏的那杯水,就亲自收拾起写字台上林亮的那堆东西,说:"看样子你挺着急,我领你到民政那儿办你的事去。"他在前边带路。

办完之后，主任大人把林亮一直送到公社大门口，他说："你父亲的事，徐部长的儿子在他家跟我说过。我已经和八棵老树大队的干部讲了，要对你父亲照顾一下。这事你回家告诉你父亲一声，不要再担惊受怕了。"他最后又说："您要到徐部长家，向他多提提我。"他的脸上闪现出一种无利不起早的神色。林亮小声应承着。

林亮想马上回家对爸爸妈妈讲讲刚才的事，让他们把一切都放进肚里，安心地生活着，又想在这儿买点儿什么。边想边进了供销社，里边空荡荡的，没有顾客，只有几个售货员倚在柜台上打着瞌睡。货物是奇缺，但起码的一些生活用品还是有。他先给二姐买了双绿色的尼龙袜子，二姐很喜欢这个颜色；又给她买了块香皂，让她的脸永远光滑洁净。他给爸爸买了几支毛笔，他那用了多年的笔已经秃了。爸爸一生中，总是和诗书笔墨纸砚为伴的，他满脑袋的学识都是和这些结下深缘的。他看见柜台里有头发卡和蛤蜊油，为妈妈买下这两样实用的东西吧。最近发现她老人家里里外外忙家务，头发乱得拿不出时间常梳理，有了头发卡便能卡住不再乱了。她的手总凉一把热一把地洗这洗那的，变得比在城里时粗糙多了，虎口裂了许多的小口，抹上这蛤蜊油，兴许细腻柔软些。他把买的这些东西装进提兜里。想给自己买点儿什么呢？首先要买条香烟，一摸只有三角钱了。看看柜台里能用三角钱买个什么东西，就买三角钱一瓶的墨水吧，回家用笔蘸着它，还继续写文章。

出了供销社，看整个街道像刚才的商店一样空荡荡。农忙时是没人逛商店遛街的。就是闲季节，人们手里没钱怎有购买的欲望呢？谁还上这寥落的、比叫屯子好听的小公社所在地闲转呢？林亮路过公社中学大门口，向里面张望。想到彩彩就在这里读书，信步走进去。他在一排教室的窗下走过，她在哪班呢？正在上课吧？

"亮哥！"从一间教室里出来一个人在林亮后喊道。

林亮回头，脸立时布满喜气，向她走去。

"干什么来了，亮哥？"彩彩不解地问林亮。

"我到公社机关办点儿事。你下课了吗？"

"没有，我看见你才出来的。"

林亮指指操场边的杨树，示意到那儿谈，两个人一起走向杨树丛。

林亮说："彩彩，我要走了。"

"去哪儿？说走就走，这么快？"彩彩急切地问。

林亮把和玲玲的事对彩彩说了。她把手绞在一起，弄得指关节咯咯直响。

"亮哥，不管你到哪里，别忘了把我也带去，总待在你的身边，像古代的丫鬟，给你洗衣服做饭,端茶倒水,不离开你就行!"彩彩不顾一切地扑进林亮的怀里。她哽咽着,胸脯一起一伏。

"行,到了那儿,我一定设法把你也弄去,放心吧。"林亮的心在震颤,多美好的女孩,这般的纯洁,这般的无瑕。"我的好妹妹,亮哥会满足你心愿的。"

"我不上课了,跟你一起回家。"说完,她跑进教室去取书包。

二十八

早晨,林亮坐上通向城里的第一趟班车。一下车,看见玲玲正等在那里。她今天着意打扮了一番,从未涂过什么的脸上施了脂粉。长发拢成马尾形,搭在后背。近视镜后闪着含蓄多情的眸子。雪白的运动鞋,滑爽的凡力丁裤,上身穿很薄的的确良衬衫,隐隐露出背心的弯线。她说:"去我家,还是先在街上转转?"

"先到丙利家看看。"

"行,听你的。来这儿你可是客人了。"

林亮听到这儿,感到很不是滋味。原来我曾是这城里的一员,现在却是以客人的身份来到这里的。他望望左右的街市,感觉有种陌生感。

到了徐丙利的家,丙利的母亲和妹妹正在闲谈着什么。他父亲上午到省里开会去了。林亮把一兜水果放在丙利母亲面前。玲玲过去和丙利的妹妹在一边谈着,这边林亮和丙利的母亲在拉家常。老人家谈的几乎都是丙利和他父亲的事。父亲说丙利是个不服天管的逆子,早晚会捅出娄子,以身试法。丙利说父亲是穿着黄军装,祖宗就放光。你虽然是革命的功臣,我偏不借你这个功臣的光!林亮听到这儿,不由得笑起来,玲玲在那边也遮住脸笑。

林亮说:"丙利对我说,他和爸爸的关系不像以前那样紧张了。"

"不紧张个什么呀,他爸爸不让他下乡,给他在城里安排工作都不干,这一个事就差点儿把他爸爸给气死!你说说,我们只两个儿子,他是老大,他爸爸能不关心他吗?让他当兵不当,给他找工作不干,说起来他也真气死个人。下乡哪有在城里好,你们下去了,苦和累一定体会到了。我也是农民出身,说说这……"老人家长吁短叹,摇着两鬓斑白的头。

"徐婶你也不要生气,注意点儿身体。丙利不能总这样的,现在他可能是年岁小的关系,将来会不让你再操心的。"林亮剥了一个橘子让她吃。

"哪像小的时候,他能说会道,也不讨厌。伏在小屋的桌子上一心学习写作业,我看见心里那个高兴劲。这事你也赶上过,我给你俩做好吃的端上来,吃完,两人手拉着手,像出窝的燕子似的,跑出家门到街里玩。他是我手摸着长大的,现在他咋变成这……"

林亮平心静气地听着,默默地回想老人家讲的他们儿时幸福的情景。

"他上你那儿回来后,有些变了。到家找出你二姐林毓秀的照片挂在他的床头不住地看。谁要和他说话他像没听见似的,回青年点把照片也带了去。"丙利母亲说,"你二姐不和小聪明陈代恋爱了吗?他怎么……"

林亮打断她的话,说:"他俩已经分手了。"

"为什么?"

林亮想了一会儿:"他俩的事,我也不太清楚。"

丙利母亲摆摆手说:"他和谁搞对象,我和他爸都不能太深管。他要愿意,俩人和和气气在一起,能把他的脾气改改,我们没说的。你二姐那人有才有貌,还干净利索。"

林亮和玲玲走出丙利的家。玲玲问:"咱还去哪儿?"

"去你家吧。"

"我爸爸妈妈都去我叔叔家了,弟弟下乡劳动去了。咱俩正好在家好好谈谈,清静。你愿吃什么我给你做。"

"那咱俩到城外的二道河游泳去,这些天我身上很脏。"

"也好,我在街上买些吃的,在那野餐。像上次在八棵老树似的。"野餐时,林亮从兜里拿出他和玲玲的结婚登记证书,也说到了在公社遇到的麻烦事,找到了丙利说的那位公社革委会主任,这才拿到手。

"就看你的了,玲玲,我的命运全寄托你身上了!"林亮由衷地说。

"其实咱俩的命运都在这上边,怎么是你一人的呢?爸爸回来,这些都交给他,他再找厂方,一切办妥后,我立刻通知你来,看给你安排什么工作。"玲玲在林亮的脸上吻了下。

俩人下了河,林亮以蝶泳姿式奋力拼搏,玲玲用蛙泳姿式紧紧跟随。游到对岸躺在沙滩下,林亮说:"总不游,冷不丁子游可真累。"

"我也是,得亏刚才下河时吃些东西。"玲玲喘着气说,"一登记,我可真正属于你了。"

林亮抬起贴在沙滩的头,侧眼看玲玲红色泳装上腾起的双乳,凹沟和泳装之间的缝隙很大,似乎从里吹出清凉的风,他顿觉身上的热流往上涌。玲玲轻轻推开他,平静地看林亮,手在沙滩上随意抓起一个鹅卵石,放在凹沟和泳装之间的缝隙上。

"属于你的是不假,但我现在不给你。"她把叉开的雪白的双腿,下意识地并拢到一块,"到了新婚之夜,我们好在爱河里尽情畅游,现在你就委屈一段时间吧。

亮,好不好!"

林亮向玲玲点点头。

"难为你了,不是事情不到位,也不是我在假惺惺地固守什么,到了那个夜晚,我俩忘我地投入进去,是供我们一生都玩味不尽的幸福,白头到老时,也都充满甜蜜。"

玲玲唉了一声:"你背过去,我换游泳衣了,不许回头偷看。"

"为什么刚才不和我一起到树丛中换?"

"我怕树上有洋辣子刺了我,听说洋辣子刺人,钻心似的刺痒!不得把你疼死!"

"好了吗?"林亮问。

林亮回头看时,玲玲正用手拨弄头发里的余水,她说:"去哪儿?还听你的。"

"我想到学校看看。"

"我一猜你就想去那儿。我们真是知音!"

林亮有些恢复了曾是这里主人的感觉,他挺起胸昂然走在大街上。自下到八棵老树后这是第一次回城,半年多了。

玲玲紧紧地挽着他的胳膊。

校园一片清静,全校师生下去劳动,他俩在里面什么也看不够地转悠,浏览着眼前曾给予过他们无限感触的景物。多么熟悉的氛围啊,这是我们一年级时的教室,那是二年级三年级时的课堂。朗朗的读书声,书桌上崭新的书本课本的纸香气,老师擦黑板弥漫的粉笔末味,下课时和老师交谈探讨上课时不懂的题,弄懂了,轻松的咯咯的欢笑声。开运动会时,操场上新刷的跑道和整齐的起跑线,你追我逐的竞赛场面。多么难忘却又美好的属于昨天的学生时代!

这是林亮和二姐、小聪明、丙利,还有玲玲登过诗歌散文的板报,这是他们曾做过物理和化学实验的实验室。甬路两边的苦丁香还在,教室前边的皂荚树仍长着,操场周围的梧桐还在轻风中摇摆,垂下长长的角条。

林亮和玲玲靠在梧桐树干上,林亮仰头从稀落的枝叶间隙望着恍恍惚惚的天空,仿佛过去了的林林总总的印象全浮在天上……

我幸福的梧桐树,

我思忆不完的校园。

在你的下边,在你的回声中,

凝聚过我们多少青春的逾越,

和求知心切的信念。

落在上边的凤凰哟,

全做心灵的颂赞。

灵魂也从这开始流浪。

"我知道你此时在思索着什么。"

林亮摸出烟一口接一口吸着,眼睛定定地眺望操场那边齐整的校舍。

"你在'发思古之幽情'。"她说,"你怎有这么重的怀旧心理?到了南方,你想家还不得想得发昏?"

"玲玲你太不理解我了,我最想的就是这曾读过书的学校,其他别的我还不……刚才下车时,我怎么没想到去搬家前住过的房子看看呢?我怎么没去瞧瞧住在城里的叔叔和姨姨呢?"林亮把很长的烟蒂扔了,又接着点燃一支。

"玲玲,我始终担忧一个事。我父亲的身份问题,能让我随着军工企业到南方建设三线吗?那可是保密单位。"

"可你是改造好的子女,丙利的父亲几年前说过这话,也可以和我们一样嘛。"

"说是说,可是到关键时刻,就不是那回事了。"

玲玲听后,不往下讲了,转了话题:"难怪你对以前的学习生活深深地怀恋,完全出自你书香门第的家风影响啊。你爸爸只读四年私塾,靠自学成了样样精湛的通才。你大哥是新中国成立后东北大学第一批毕业的高才生,后来成了很有威望的大学教授。二哥三哥也是大学毕业生,现在是国家军事方面的高级研究人才。大姐是省里著名理工学院的副院长。就是你四哥老实厚道在学业上差些。要是没有文化大革命,你和秀姐一定能考上名牌大学。"

林亮听到这儿,猛地吸口烟,不由得哈哈笑起来。

"你这是苦笑,不是发自内心的真笑。"玲玲说。

"笑就是笑,怎有苦笑和真笑?"

旧梦啊,飞驰吧!

心扉啊,披开吧!

把那些悲泪欢歌,

奇妙地涌出来吧。

"你知道这是谁的诗?"

"我忘了,不知道是谁的了。"

"你呀。"

林亮这时心里只默诵雪莱的一首诗:

还顾来程,

我心惊欲碎。

哦,往日之荣光永不再回!

哦,永不再回!

"你忘没忘,在这校园,我们排练小话剧《小萝卜头》的事情?"

"至死不会忘的,你把小萝卜头演得活灵活现。从那时,我就看出你有表演的天才。"

当林亮和玲玲谈得兴致正高时,忽然从操场那边的讲台上传来二胡独奏曲《二泉映月》,曲调幽怨深沉,里面寄托着独奏者一种难名的情感。他俩穿过操场走到台前,一看是原来的数学老师刘迅拉的。他是二十世纪五十年代东北师范大学毕业的,后来被打成右派,摘帽后分配到本校任教。在教学上他兢兢业业,一丝不苟,但学校没人承认他是业务尖子,说他死抠得让人受不了。他常对学生讲,要想培养出像华罗庚那样的大数学家,就得进行严谨抽象的逻辑思维训练,还得灵活变通。运动一来,说他走白专道路,培养的是资产阶级修正主义的苗子,游街批斗,蹲班房。遭够罪后,放出来在学校当个看校的工友。

他闭目凝神地拉着二胡。林亮叫了两声刘老师,他没听见似的,仍是无动于衷地拉。玲玲又问他几句,还是木雕泥塑般不应声。从他深情地运弓,稍稍晃着的头,能看出他正极力让自己从逻辑思维往形象思维方面艰难地转化,这样才能慰藉他难言的痛楚心灵。

"太不近人情了,拿什么架子? 这么和他说话也不理睬。"

林亮忙拉玲玲手一下。走出校园很远,那《二泉映月》还在操场低回着。

"不是他不理睬你,是你不理解他,就像我们有时不理解丙利一样。也许未来,这些会有个比较圆满的解释。"

"你又把不起眼的事,上升到一定高度了。"她说,"我看你将来当一个律师一定合格,能富有联想而又会透彻地分析一般的具体事物。"天黑下来,昏黄的路灯照出过往行人斜长的影子,如身披橙色服饰游动的幽灵。

林亮走到一家工农兵饭店的门口,看见里边没人,白白的桌布,高悬的白炽灯,显得素雅清静。

"进去吃点儿饭。"林亮说。

"转了一下午,该饿了吧。"玲玲说。

林亮和玲玲坐在墙角一个桌子边,玲玲掏出手绢把桌子上的尘土擦去,又递给林亮示意他揩揩手。

"亮,你吃什么?"

"随便来什么都行,天不早了。"

"那就来你爱吃的麻辣豆腐、黄瓜丝加干豆腐掺点儿芥菜末的凉菜。"

"全都是辣的,你要真的好好刺激我一下?"

"这不是你平常最爱吃的吗？我怕违背你的心愿，多有得罪。"

林亮笑着说："人有些时候是反常，有的人顺从他的常规，倒觉得是违逆了。"

"你还知道自己是啥样人，人贵有自知之明。"她说，"但今天还有一种反常，你已经笑两次了。以往很难看见你笑，你要再不笑，你身上笑的神经快死亡了！"

林亮喊来服务员。

"两样菜不够，你说还要吃啥？"

"还由你安排，你不说客随主便吗？今儿个就听你的。"

"那就来一个熘肝尖，再一个炒心嘴。"

"后一个好，吃了它，心灵会更丰富。"林亮幽默地说，"今天是你请客，还是我……"

"你是客人嘛，当然我来请。我做事情，一贯明了彻底。"

玲玲把填好的菜单递给等在一边的服务员。这时厨房的师傅，才捅灶生火。

"喝酒不？"玲玲问。

"来一瓶果酒。白酒也来点儿，行吧？"

返回来的服务员把碟、筷子和酒杯摆在林亮和玲玲的面前。过一会儿，菜一样样上来，满屋散发着香气。林亮打开红色的果酒瓶，满上两个酒杯。

"玲玲，你说今天的酒怎么喝？"

玲玲没喝酒，脸开始红起来，四外看没别人，说："为咱们今天登记但没结婚，算是新生活的开始，来，干一杯！"

"好，好，太浪漫了！"林亮一饮而尽。玲玲试了两试，一杯酒也进了腹内。她从没喝过这样急的酒，呛得咳嗽起来，林亮忙夹给她一口菜，让她压压酒。噎得她吞吞吐吐地说："快帮我捶捶背。"

过了会儿，她揩揩眼角咳嗽出来的泪水。

"我也变了，本来一下不能喝这么多的酒，今个怎竟能喝下去了呢？"然后俩人慢慢呷着酒吃着菜。

饭店的门嘭的一声被人推开了，急匆匆地进来三人，一个车老板子样的人把鞭子立在墙角，眼睛还往窗外瞟着。仨人都摘下帽子挂在墙上的衣服钩上，把头探在桌中心，合计要什么菜。服务员把他们填好的菜单拿到厨房。仨人又探头谈着什么，有些鬼鬼祟祟。酒菜上来，仨人一人一壶白酒，把着喝，都不用杯。夹菜简直是竞争似的，几样盘里的菜，几筷子少了一多半，如几天没吃食的饿狼，咀嚼时发出很大的声音。要的每人两大碗米饭也上来了，摆了一桌子。每人端起一碗，把菜汤泡在饭里，用筷子均匀地搅拌着。一大口一大口地往嘴里送，又让服务员来三壶酒，这回来个边吃边喝，酒到嗓子眼，传出咕噜咕噜的动静。

三个人正吃喝到兴头时,突然从门外撞进一个人,走到那张桌前,一把揪住当中一个,从座位拎起,喝道:"走,到'一打三反'办公室去!"

　　"咋回事,让我到那儿?"被拎起的人说。

　　"你们干些啥不知道? 卖完马料,到这儿喝消停酒来了。给我装什么糊涂!"进来的人指着其他两人,说,"你们也都去,痛快地!"说完,他揪着一个,又推搡着两个,要往屋外走。

　　这边的林亮这才抬头,朝那儿看去,猛地一怔! 那边的仨人,是齐队长、雷漏子和赵老板子。个个已是惊慌失措,磕磕巴巴什么也说不上来。

　　林亮忙放下酒杯走过去,问:"齐队长,你们干什么来了?"

　　一旁的赵老板子看是林亮,像抓到一棵救命的稻草,既惊喜又难为情地说:"来,来……拉化肥来了。"

　　林亮又看看正揪着齐队长的臂缠红袖标的人,啊,这不是留城安排在居委会工作的范喜顺吗? 是同年组三班的学生。林亮抓住他的胳膊,叫他松开齐队长。

　　"老同学,看在我的面子上,你就……"

　　他看看林亮,惊讶地说:"你不是四班的林亮吗? 也在这儿干什么?"

　　"在这吃点儿饭。来,一起喝点儿。"

　　"你和他们是咋个关系?"

　　"他们是我下乡地方的老乡,你就高抬贵手吧,都是些农民,不容易。"范喜顺仍揪着齐队长不放。

　　"不行,他们卖马料喝酒。现在社会上正打击这类事呢。"

　　玲玲过来也劝道:"得了吧,你别这么认真啦。"

　　他看了玲玲一眼:"你们是不是一块儿卖马料到这儿下馆子的?"

　　"不是,我们先来吃半天了。我开始没认出他们,你一嚷嚷,我才看出是他们。"林亮眨眨眼睛,喘了口气。

　　林亮拉开范喜顺揪着齐队长的手,把他推到自己的桌前,按在椅子上坐下。喊来服务员上两个菜,拿来一瓶酒。他看范喜顺消了火,真有种坐稳等着吃的神情,林亮才过到那张桌。

　　"这么晚怎才来拉化肥?"林亮问。

　　"中午接到大队的通知,叫下午必须进城提货,不然明天就过期了。"齐队长说。

　　"你们要没吃好,到我那张桌再吃点儿?"

　　雷漏子向范喜顺挤挤眼睛。林亮摆摆手道:"没事了,放心吧。"又说,"你们都到那边去。"

齐队长说:"不了,我们趁黑还得回去。"说完,仨人拿起鞭子,戴上帽子走向门外。范喜顺回过头,对着齐队长仨人的后背,说:"告诉你们,今天要没有我们这两个老同学在场,非把你仨人送到'一打三反'办公室好好说道说道。明天再给你们每人挂个牌子,在城里游上一圈,看下回还敢不敢再干这事了!"仨人收住腿,静神侧耳听着。

"老同学,今天这事就这样吧,该打该罚尽管冲我来。行不行?"林亮说。范喜顺向站着的仨人挥下手。

"痛快滚吧!"

林亮把齐队长他们送出门外,赵老板子把马槽子放到装满化肥的车上,说:"用你们城市小青年的话说,林亮你真够意思!"

齐队长使劲握住林亮的手。

"今天多亏你,要不就麻烦大了,戴牌子一游街,肯定把丢脸的事丢到家去。"他说,"小爷们,你真行。下到八棵老树这几天,没把你新故乡的人忘了,挺会护短的。咱爷们就处着看吧!"

说完上车走了。他回头,在发暗的路灯下,向林亮招着手。林亮想:齐队长领人咋干这事呢? 看以前他的作为,他不是这种人啊? 真叫人想不明白。

要的菜和酒都上来了,林亮和范喜顺继续喝。他摘下胳膊上的袖标揣进兜里,说:"林亮你是随家下去的吧?"

林亮点点头。

"和胡玲玲对上象了?"

"你看呢?"林亮哼了一声。

"看像,所以问问,怕误会了。"

"你留城分配在哪儿了?"玲玲问。

"分配到居委会了。"

"怎么在'一打三反'办公室干上了?"玲玲又问。

"临时抽调。"

林亮说:"这个工作不错呀! 有权力就能管点儿事,就比平常人强,更比我们这些下乡的人强。"

"有啥不错的,尽去得罪人的角儿。今天要真的把你的老乡整了,过后进城,见我得恨得牙根直,跺着脚骂我。反正是给工资混碗饭吃,让干啥就干啥呗。"他说,"你知道不? 我是咋留城的? 父母身边就我一个宝贝,学校为了凑数硬动员我下去,我拿出造反派精神,把学校和工宣传队闹翻了天,这才留下的。我根正苗红,和我扯别的不好使!"

他猛喝着酒吃着菜。玲玲按住林亮端杯的手,让他少喝些。范喜顺说:"那时候咱们还是对立派啊!你俩是'主沉浮'兵团的核心人物,我是'大旗挥舞冲天笑'跑龙套的小卒。那时候一天闹闹哄哄的是热闹,说干就干,过瘾透了,啥也不寻思。上哪儿去找那种自由!"

林亮吸着烟,静静地听他讲。

"你这小子,最不是个东西。"他涨红着脸指指林亮说,"以后你不出山了,猫起来,暗地里给你们的头徐丙利当军师,出招写大字报,把我们攻击得血淋淋的!"

"还记我的仇呢?"林亮问。

"说说得了,记哪国的仇。组织一解体,全他妈的树倒猢狲散!多数都下了乡,弄到一个生命线上了。"

这时,服务员过来,说:"下班时间到了,可要快点儿吃。"

范喜顺一顿酒杯,立了下眼睛,道:"要下班,也得让我们吃完啊,剩下饭菜,不是浪费吗? 这可是毛主席说的!"

吓得女服务员灰溜溜地回了去。

到了玲玲家,她父母还没回来,只她弟弟在家。看林亮进了屋,他亲昵地一口一个林亮哥叫着。玲玲的弟弟对姐姐的同学总是这样尊敬。林亮扳过他的头,在脸上亲一下。由于酒劲往上翻,身子打了下晃,玲玲的弟弟忙扶住。林亮觉得今天是喝多了,尤其果酒白酒掺着来。忙说:"玲玲给我泡杯浓茶,浓浓的。唉,再加点儿醋。"

喝下第一杯,脑袋渐渐清醒些,他又紧喝了一杯,比先前更清醒,胃里也不翻腾了。玲玲的弟弟拿来糖让他含一块。眼前的一切变得清晰起来,忽然发现自己躺着的是玲玲洁净的行李,散发着女性那种特有的馨香。觉得不好,忙欠起沉重的身子,要到地下的椅子上坐。在家时,他每次进二姐的小屋,都坐在炕沿或倚在桌边站着,从不大乎乎躺在二姐也有这种香味的行李上,感到女性这种味道神圣不可玷污。这是妈妈常对自己讲的做人道德,到哪儿都要明规矩懂礼貌,这是为人的第一要素。玲玲看出林亮的心思,把他按在床上躺下。

"今天你情况特殊,现在咱俩也不是一般关系。"她看弟弟回到外屋,便弯身把滚烫而秀柔的脸贴在林亮的脸颊上。

"你的脸比我的还烫,我们都喝酒了吗?"林亮说。

"我听你的心为谁而跳。"玲玲把耳朵贴在他的胸口。

"你说为谁而跳? 只能为你。到了南方,你父亲能为我安排个什么工作?"

"到了那儿看吧。我们去了遥远的地方,离开这生我们养我们的故土,走后,你想这儿不?"

"想也得去。你说我想这事来得很突然,有些不……"

"不相信拉倒,我骗你,捉弄你!"

林亮站起,坐在窗下桌子前的椅子上,一掬月光从白色窗帏上透进来。林亮伸手把白炽灯拧亮,又把桌上台灯的开关按了下,屋里通明澈亮。他从插着各种书籍的书柜里抽出本书,一看是《简·爱》。这书他曾看过,里边有的语言还是他用笔勾画的,都是精彩的对话。是罗切斯特向简·爱求爱那段,一个是真心急切地爱慕,另一个是巧妙地拒绝,要求女性的尊严和人格的独立。他把书插回书柜,又抽出一本,是勃朗宁夫人的《葡萄牙人的十四行诗》,书角发卷,书页松散,看样读这本书的人不知读了多少遍。在《如果你定要爱我》这首诗每一行的下边都勾画满,有的精彩诗句下,还标了着重点。

为爱情而爱吧,如果你定要爱我,
让你的爱不要为了什么!
不要说:"我爱她美貌出众,
我爱她温柔的语调和笑容;
因为她的癖好和我一样,
它会教日子过得愉快安详!"
亲爱的,由于这一切都可以改变,
为了这一切的爱也会时过情迁。
也不要用你的怜悯擦干她的泪花,
把你的情意恩赐给她;
对你的安慰她可以长记心怀,
也许忘记哭泣,却因此失去你的爱!
为了爱能像永恒的山河,
求你只为爱情而爱我!

林亮把书扣在桌上,心里默诵前一句:为了爱情而爱吧,如果你定要爱我。世界上真的有这等纯粹超然的爱吗?是诗人躺在病榻上故作神圣,苦思冥想让人摆脱物质的缠绕,单纯地去追求理想化的爱吧?不能认为诗人用她空洞的人文思想教化人,承认她是真心让人类永远不要失去自己的精神家园,又是人类在这精神家园里安详的生活,互助互爱,没有诡谲欺诈。平等公理是这里最基本也是最高的行为准则,人一旦用直觉看待面前是万物皆为我用的世界时,这个世界就是冷硬的物质了。那么贪婪、自私、堕落便是感官上一味地刺激享乐,会一股脑地充塞进来。

林亮后悔不该想得这么多,因这样想烦恼会更多。他转身环顾这个屋子,这里他又是多么的熟悉呀！

当时二姐和玲玲是同班同学，二姐常带他来这里，也带他到小聪明家、丙利家。他们四人是同班中最要好的学生。等林亮在他的年组以优异的学习成绩，跳到二姐的班级后，五个人的友谊更亲密无间了。没用老师安排，他们五个就自发成立了学习小组。放学或放假，挨排在每家轮流学习写作业。从小学到初中高中，一直是这样的，他没跳级之前也非常愿和他们掺和在一起。墙上有他们五个人在校园前的合影，有各操自己爱好的乐器的照片，有把五双手合在一起相握的整体照。个个脸上放射出青春的光彩，眼里闪着有些稚嫩的光芒。其中谁要在学校受了欺负，丙利就领头去找那人，把拳头在那人面前晃晃，小聪明把那人的头揪住往后一背，林亮指着他说，要再有下次，一拳下去，让你满地找牙！校里的人给他们送个"才郎俊女五剑客"的绰号。他们不是仗势横行校园，丙利也不靠他当武装部长的老子不可一世。用他的话说，我们不欺负他人，他人也别欺负我们，这样做是为我们这个整体的安全。

玲玲问林亮："在想什么呢？"

林亮说："没想什么。"

玲玲说："前天，我在百货商店给你买了件海魂衫。是新进来的。"

林亮接过来看。

"你把脏衬衣脱了，一会儿给你洗洗。换上这件看合适不？"

林亮脱下，没立刻穿，而在镜前照他那一身用练双杠和游泳锻炼出来的虎头肌和胸肌。他变化着动作，做出健美的姿势。玲玲过来用手巾擦他身上细小的汗珠。

"今天晚上这么闷啊？"林亮说。

"是吗，我怎没觉出来？"

玲玲边擦边抚摸林亮这儿凸那儿凹的健美的肌肉，不知不觉地感到自己的身上有种燥热，手也不住地抖。她搬起林亮的头，像从没见过似的看着，双手抚弄林亮的头发，说："真是一个标准的大卫，一头乌黑自然蓬松的大波浪卷发，这青春勃发的肌肉线条！"

她在林亮的上身和卷发上用抽搐的双唇吻着，她微醉似的闭上双目。林亮要扶她欲倾的身体，而她一下子扑在床上。林亮穿上玲玲给他买的海魂衫，说："过来看，我穿这衣服怎么样？"

林亮看玲玲在床上一会儿卧下，一会儿仰着不理睬他，像正被什么折磨着。忙过去问她怎么了，她掉过头攥住林亮的手，问："亮，你真心爱我吗？"

"此时让我说这话，还真让我有点儿不明白。"

"你让我太激动了,激动得有些受不了。但我不能违背白天在河边说的话,否则,这时我真想给你!"

林亮明白了她的意思,伸手要触动她逐渐胀起的双乳。

"别这样,会让我更受不住的!"

林亮有种欲罢不可的茫然。

情欲压抑的她流出了泪水,嘴紧紧地咬住林亮身上的一块肌肉,林亮把她流出的泪水一滴滴吮去。过了一会儿,玲玲长长地出了一口气,说:"亮,你去和弟弟睡在一个屋,我自己在这儿再静会儿。去吧,祝你做个好梦,明天我们好上街买些东西。麻烦你,请替我把灯都关了。"

屋里一片静谧,那掬月光又射进来。

二十九

吃完早饭,玲玲给林亮梳着蓬松的卷发,梳完,打上凡士林发蜡。

"你今天就回八棵老树吗?"

"坐中午的班车走。"

"再住一天,明天走吧?"

"不行,我得回家安排一些事情。"

"咱的婚事,等到了南方,工作确定了再说吧,行不?"

"行,听你的。"

出了玲玲家,林亮像刚从梦境中清醒过来,眼睛不够用地左右观察着他生活了多年的古老城镇。这次要走那么远,定是很不容易回来一趟,能很好地再看看这小镇吗? 那将是思绪淡漠匆匆而过。他不由得问自己:去八棵老树到现在才几个月,怎觉得走时如儿时,回来则变成一个心事跌宕的老叟了呢! 难道我衰老了?是呀,走的那天在一路颠簸的途中,好像就已经老了。往事成为碎片,可以重新收集形成一条记忆的风景线;灵魂要成了碎片的话,就是一个地道的空心人了。不行,我得赶紧搜寻这故乡里古老的情感,栽植进我的精神家园,成为谁也攻不破、自己又享受不尽的底蕴,方能充实地面对未来!

他和玲玲穿过一条又一条马路。什么辘轳把街,什么四眼井、衙门头,什么西烧锅胡同,又什么北小壕子的商家园。这都是过去留下的地名和字号,记载着这个古老而淳朴小镇的嬗变和沧桑。它虽没有鲁迅笔下江南小镇的泽国秀色:一弯绿水上虹状的拱石小桥,下边摇橹徐缓而过的乌篷船。两边是石砌的堤岸,喧闹的商埠,叫卖的街市。咸亨酒馆里戴着卷檐帽的酒客,嚼着茴香豆呷着酒在谈着诙谐的轶事,茶肆中坐满啜着龙井的茶香,耳品丝竹小调摸着黑白棋子在对弈的老者。

而他面前这个不断在岁月流程中演变、积累成特有的古朴气韵的小镇,在深深地感染、痴迷着他。它不但生了他,养了他,哺育了他,又赋予了他诗的灵性,强化了他生存的韧度。

成为历史的是父亲讲给他的,没成为历史的他自身正经历着。

这是闻名的八景之一"王寺归鸦"吗?它早已毁灭在持续不断的战火中。后来人们清除了这里的瓦砾,盖上一片民房。祠堂是为那个闻名满清末期、能征善战、被慈禧太后称为"僧格林沁在,我大清国在,僧格林沁亡,我大清国亡"的僧格林沁修建的。因他在童年时在本镇的文昌宫读过书,清同治七年皇帝下诏敕建此"僧格林沁王爷祠堂"。据说进寺首先映入眼帘的是高大的照壁,雕砖磨缝,工程精细。门外石狮一对,昂胸侧首。庙门三间,左为站堂马,右为护法神。院内方砖铺地,虬松一株,清荫满院,两株红杏,绽蕊吐香。举目楹联为:"一院虬桦净欲雨,二株红杏报春来。"

正殿三楹,扇雕花棂,精美可观。重檐四柱,斗拱承棱,显贵匾额,名人对联,气象威武,令人起敬。正殿更加雄伟,曲春阴阳合瓦组成,正梁吻兽博风,两山蹲兽、重兽、翘角重檐瓦当,滴水名具图案。殿内正中泥塑忠亲王像,右手持烟壶,左手叉腰,赤面浓眉,威武异常。座下右侧塑三名武将,一持令旗,一持大刀,一执长矛。左侧塑三名文臣,一托烟壶,一捧奏章,一托印盒。一年四季香烟不断,每晚黄昏,乌鸦成群,徘徊于王寺周围茂密林中,颇为壮观,因而堪称一景。

他的骁勇善战也没能挽救大清王朝奄奄一息的命运。复杂而无情的历史才造就出他复杂的人生悲剧,而他的名字却留在这块黑土地的记忆里。在镇中心繁华的十字花街,道南道北相对着有两家绸缎庄。道南的叫"增顺源"的高高的青砖门脸上,镶着花花绿绿的瓷砖,拼成的是八仙过海的图案,上镌有"尊号自运绫罗绸缎,商德为本主客意谐"。道北的叫"合发成"的用水刷石抹成的仰门脸上,筑有狮虎斗宝的塑像。下是水泥起鼓的"京广集货一概发庄,买主卖主精诚仁待",上边的这些瓷砖图案狮虎斗宝的塑兽和镌铸的字,已被前几年从沈阳来这儿的扇革命之风,点造反之火的红卫兵攀梯给砸掉敲乱了,像漂亮的少妇长满一脸的癣疮,只有字影留在上边。

听爸爸说,当年两家字号为了生意上的红火,各施出击败对手的绝招。增顺源叫伙计们站在店门口往进拉买主,进店是点烟沏茶,以七折八折来兜售。合发成不愿像增顺源那样降本出售,嫌利太小。他把店里上好的绸缎料做上成衣,让他的两个姨太太穿上,在店门口头插花扭动屁股边来回走动,边做出花枝招展的各种姿态。这招果然灵,把许多买主都引进了他的店里,生意红火得不得了,利润直线上升。就是不进店买货的人,也围着门口看热闹,显得买卖兴隆。气得增顺源弄来一伙鼓乐班子在门前吹吹打打,以买一奖一的优惠方式招揽顾客。但他怎么也斗不过合发成,使合发成在本镇同行业的生意中站住了脚,始终立于不败之地。

斜对过是此镇的唯一卖金银首饰的泰和金店,它有这么一段让人深思的兴衰故事。一天,店里来了一男一女,女的怀里抱着一个孩子。他们在摆着各种金银首饰的柜前尽情挑选,挑完让店老板把东西算账包好。老板问,这些你都要?对方说,都要。一句话可把老板乐得心都要从胸口跳出来,开张以来,还没见过这样大的买主!就让伙计上来拨弄算盘结账。买主道:"老板,事情是这样,我为了安全起见,所以把钱全放在我住的客栈里,现在我把货拿着去客栈取钱,老婆孩子留在你这儿做抵押。你要相信我,这事便这样办,不相信,我就转身便走。"老板想了会儿,这样办是有些欠妥当,但不这样就会失去一大笔生意,此时店里正不景气。他看旁边那个紧抱着孩子的女人,下决心说:"去吧,信着你了,但得让我的伙计随你去,不然的话……"对方说:"可以。"伙计提着一大包金银首饰,跟着那男人去了。过一个时辰,老板有点儿心慌,自言自语道:半路出了什么差?抱着孩子的女人说:"我把孩子放在你这儿,去催催我的男人快把钱送来,省你急得火魔钻天的。交了钱我们也放了心,因我们还要赶很远的路。"老板急得忘了警惕性,没多想便让女人也走了。又过了一个时辰,老板渐渐地感到事不对劲,心一想,他们的心肝宝贝孩子在我这儿,倒也没什么太担心的。他小心地打开包裹孩子的小被一看,眼睛喝卤水般发直,包里哪是孩子?是个绣花枕头!老板掉头跑向买主说的客栈,到那儿一看,随去的伙计被蒙汗药药翻在客栈的炕上,那一男一女早就无影无踪了!老板眼前发黑,晕倒在伙计的身上。醒来后,他连到衙门里报案的勇气都没了,觉得人前价掉得太苦,抬不起头来。

从此镇上的人们再也看不见那脸膛放光的老板,每天天蒙蒙亮便起身,蹬着凳子用毛巾擦拭店门前那高悬的、用铜和白铁制成的金元宝和银元宝的招幌。因临街的泰和金银首饰店被另一个人盘去了,起了个叫聚金祥的字号。他挟起简单的行囊回了关里老家。

啊,这是以前叫茂盛钱庄的门市,现在改为银行,也曾有个带着传奇色彩的故事。清朝时,此地的一位知府外巡归来,正遇天降大雨,知府让他的随从把轿停在屋檐下,他进了这个钱庄避雨歇脚,老板殷勤地让知府到里屋客厅坐。知府没去,却坐在账桌前边的椅子上,他随便打开桌上的账册不经意地翻看。等雨过天晴,知府乘着轿子回了府衙。

半年后，茂盛钱庄比邻一家当铺失火，把钱庄也拐烧得一干二净。钱庄老板一张状纸告到知府衙门，说他固定资产和连本带利的流通资金损失如何如何多，他想趁机狠狠讹诈一下那家当铺。当对簿公堂时，知府猛摔惊堂木，把茂盛钱庄经营状况和资金流通支出的细节讲得清清楚楚。老板一听傻了眼，我的老底他咋知道得这般详细？知府说半年前在你处避雨，你的账目我全看了，还想蒙混本知府以此欺诈他人？说完，扔在地上一根签，重打四十大板！最后知府很快了断了此案。自此本地流传开一段知府过目成诵、合理公断的佳话。

林亮和玲玲来到菜市场旁边的天主教堂旧址，现已是一所小学。教堂做弥撒时拉响的钟，仍悬在一根柱子上，做了下课报时的"铃"。当年妈妈是个虔诚的天主教徒，时常带小林亮来这里。每当礼拜天，一群群善男信女和修士修女，在这庄严明亮的教堂里做着弥撒，同时尖顶的钟楼里发出的悠长的钟声，回荡在小镇的上空。

那个身着黑袍、手捧《圣经》、胸悬十字架的神甫，在诵读约翰福音十九章三十节："垂下头来，将灵魂交付给上帝！"

妈妈是那样虔诚地跪在地上，涕泪横流地祈祷着。小林亮不时地抬起头，看看从教堂彩色玻璃窗射进的五颜六色的阳光，看看讲经坛后边的圣母玛利亚像，看看身旁墙壁上挂着的耶稣被钉受难的十字架，回过头再看看妈妈胸前的小十字架，问道："这是什么呀？"

妈妈伸手按低他的头不言语。回家的路上，妈妈捧起胸前的十字架说："耶稣是为了救赎人类的苦难和罪罚才被钉在这上面的！"打这，见妈妈一听到教堂那边传来修士修女用餐前拉响的钟声，便用手在胸前画着十字向教堂的方向默祷，他也照样低下头，嘴嘟嘟囔囔一通，阿门！阿门！！合在胸前的小手，有时不老实地挠挠头发，搔搔耳朵。那时妈妈的脸上总洋溢着一种时时被上帝引导抚爱的神采。她由于心魂始终处在虔敬的静修状态与合理的精神调整中，所以显得特别年轻文雅。曲线修长、优美的身段，走起路来，那样翩翩然，又风姿绰约。

受妈妈的影响，那年冬天，小林亮在铺满瑞雪的街上，拾到一个用蓝色方格手绢裹着的三元两角钱，他马上拉着二姐把它交到派出所，民警叔叔很快写了一封表扬信送到林亮的学校。在那个寒假前，林亮评上了五好学生，还光荣地加入了少先队员。铜号乐队那嘹亮的乐音响彻在校园，当老队员给他系上鲜艳的红领巾时，他有种说不出来的荣耀和稚嫩的激情，眼睛里转动着天真的喜泪。像妈妈在教堂被神甫受洗时一样的激动！这和妈妈所信仰的是一样吗？

这不是小时常来玩的朱家铁匠炉吗？有时放了学，把书包往家一搁，和那个现在已经夭折的宋歌来这儿捡马掌钉，捡挂掌师傅削下的马蹄甲，到废品收购站卖了,再拿着钱到新华书店买小人书。什么《平原游击队》《红岩》《水浒》《三国演义》,做完功课看得是那样入神。有时还站在铁匠炉门口,不错眼珠看光着膀子大汗淋漓在拉风箱的师傅,风箱一咕哒,火焰从炉口窜出,把人的脸和身体映得火红。掌钳师傅从喷射的火焰中,夹出一块耀眼的红铁坯垫在铁砧上,他的小锤在上下左右翻动的铁坯上凿着,等他凿出个大致的雏形,随后旁边两个师傅抡起十八磅的大铁锤,跟着掌钳师傅的小铁锤,在那个已有个雏形的红铁块上,均匀而富有明快节奏地不停地砸,火星乱溅刺得人直眨眼。在不断的锤击下,铁块渐渐地煅出师傅需要的形状。他们个个腰上扎着皮围裙,抡锤时头甩下的汗水,滴在通红的铁上,发出吱吱的响声。不一会儿他们把打完的半成品,伸进装满水的四方铁箱子里蘸一下淬淬火,这样就会变得淬砺坚硬,否则打得再好再漂亮也不是成品。

转眼工夫,地上堆满打完蘸了火的镰刀、菜刀、锄板和凿岩石的钎子。此时,林亮蓦然想起总唱的《国际歌》中一句歌词:"快把那炉火烧的通红,趁热打铁才能成功。"他从打铁中终于领悟到深刻的人生道理,在人奋斗的一生中,不但需要泼洒劳苦的汗水,在劳动实践中也得让成长出的智慧反复锤打淬火,这方能有经打击耐磨砺的硬度和弹性。

林亮又想起,以前每年春季刮大风时,镇消防管理处雇的那位臂缠防火袖标的姓康的老人。他手持用黑薄铁皮卷成的一头粗一头细的话筒,与嘴接触的地方,如元宝的弯状,扣在腮帮上正严丝合缝。他越街穿胡同,边走边喊道:"春风大,家家柴草干燥,请注意防火!"他在街上消失了,又在胡同里出现了,胡同里没有他,街上又传来他瓮声瓮气的声音,一劲地喊那几句忠告!家家听他一喊,把院里或门前的干柴火用石头木杆压住,浇上水。有的家是草房,就动员全家人往房上泼冷水。都管住自家的孩子不让出去玩,把火柴藏起来,各家各户的烟囱看不见冒烟,都以一些冷食对付一顿或到街里买点儿现成的吃。

那位老人仍进行着他的工作。他袖头裤脚都用绳扎住,胸前系一个灰布围裙。顶风走时他身子往前倾斜,风灌得他直眼喽,还是不停地喊,声音传得很远。回来顺风时,他身子往后倾斜,似乎被什么推得不得不走,胸前系着的灰布围裙,让风吹得有时裹住他的脸和话筒,不时地用手往下抻抻。黑铁皮话筒被风刮得直离开他的嘴,就把住按牢,还是一个劲地喊。等到顶风时,他就像受伤斜飞的老鹰,旁倾着身体前进。有时来一股强风,把头上耷拉帽檐的蓝色帽子吹掉在地上,他像撵小鸡似的,弓着身体,忽左忽右忽又直线地,在风中追呀抓呀,终于一把扑住,捡起来直直弯酸了的腰,把拿在右手上的蓝色帽子往左臂上抽抽上边的风沙,用劲地戴在头上,又认真地往脑下拉了拉。他就这样整天行进在风里,直到晚上风止尘住,才拍拍身上的衣服,抖抖胸前的灰布围裙回了家。

林亮把沉淀在记忆中的东西,重新搜索玩味了一遍,这才感到真正回了"家"。

"还去哪儿?"玲玲问。

林亮扔了烟蒂,又捻了一脚,说:"去车站。"

半路上,玲玲在水果摊买了一兜水果,递给他一个,他摆手不吃。到了车站,他不进候车室,坐在门前石阶上,眼睛不停地望着周围的人群,有时站起扬头远眺远处的那片城镇,仿佛那里还有他没找回来的东西。

"饿了吧? 要不到饭店吃点儿什么再走。车得等会儿才来。"玲玲问他。

"不饿。"他吐出很长一缕烟雾。

"那吃个水果吧?"玲玲又问。

他接过一个苹果,几口就吃了进去。

"还在想什么?"玲玲说,"转了一上午还没回想够?"

"所以我把该想的都想没了,也就不想了。到了南方不知哪年哪月能回来一次,兴许再叫我想就很难想起来。"

"你是个情种,一个恋旧的情种!"玲玲笑着说。

车来了,林亮上了车,玲玲也跟了上去。

"你也去?"林亮问。

"让我多陪你一会儿,车也不马上走。"玲玲坐在他的旁边。

玲玲把剥去皮的橙子,一瓣瓣送进林亮的嘴里。

"到了家,耐心地听我们的好消息。"玲玲说,"不能少吸些吗? 看你的手指熏的!"

林亮看了看玲玲,在她放在前边座椅背上的手上吻了吻。汽车发动,玲玲把那兜水果放进林亮的怀里,回头看了他一眼,下了车。车缓缓出了车站,林亮从窗玻璃看渐渐小了的玲玲,她在摘下眼镜抹眼角。

三十

到了家,林亮给在外地工作的三个哥哥分别去信说了他要去南方的事,因路途太远,他不能挨个去他们那儿,让都回来也不可能。林亮只去了四哥施工的工地看看他,又去了趟沈阳的大姐家。回来静心地等城里玲玲的信。

几天来,妈妈给林亮拆洗被褥,二姐蹬缝纫机给他缝几件新衣服,准备路上穿。妈妈从柜底拿出一个小红绸包,打开用棉花裹着的一个金戒指和一副金耳环,说:"亮儿,你和玲玲到南方结婚,咱家也没什么像样的东西给她,这是我结婚时,你爸爸送的。你把它送给玲玲吧。"妈妈说话时有些哽咽:"这是咱家唯一值钱的东西了,到那儿结婚需要钱,我去信跟你哥哥姐姐们说,让他们给你凑凑。现在咱们家不像你爸爸以前有生意可做时,钱和物都不缺。"

林亮心一酸,忙说:"妈妈,这事就不用你多操心了。到那儿,我们能张罗到啥程度就啥程度。玲玲说了,她也不愿太铺张,简单点儿更好。妈妈您就……"

妈妈一下打断林亮的话,说:"不让我多操心能行吗?你不是我身上掉下来的肉吗?你和她去那么远,也真让我……可我也放心,你和玲玲也都不算小了,不像我和你爸爸结婚时大家都小,什么都不太明白。你们现在这些年轻人懂生活懂爱情,尤其你读了不少的书。到了那儿要好好工作,得珍惜这个机会。要学你爸爸那样,不管干什么都一心一意专心致志,既干出来,就比别人出色。结婚后,首先学会多疼、多爱护自己的妻子,玲玲瘦弱,还有些娇气,像你二姐似的。家务活你尽量多干些,不要在生活琐事上斤斤计较,要大丈夫点儿。人一辈子,男女凑到一块是非常不容易的事,相互体谅和和气气的,才能圆圆满满地白头到老。"妈妈擦擦流出的泪水。他的泪也一下涌出来。妈妈又说:"想起来,我生你们这些孩子,不都这样一个个飞了?将来你二姐有了对象,也得这样。"

林亮看妈妈飞针走线的动作,忽然想起那句古诗:"慈母手中线,游子身上衣……"林亮心里一阵紧缩,嗓子眼发干,他沙哑地说:"妈妈,到了那儿情况要好的话,我回来把您和爸爸接到那儿去住,让你们过个幸福的晚年。"

妈妈叹息了一声:"我和你爸爸还能活多长时间?只要你们活得不像我们这样坎坎坷坷就好。我们都快入土了,可你们的日子长着呢。当父母的谁不盼儿女们一个比一个争气?有你刚才这番话,我和你爸爸就知足了,养儿一回,就没白屎一把尿一把侍候一场。"

"到了南方,我会总来信问候你们二老的。"林亮深情地说。

"那可不一定,时间一长,八成对父母的想念淡漠了。"妈妈说,"不是有那样的话吗,妈想儿线长,儿想妈阵长。"

"妈妈你怎又提这事了?"林亮不解地问。妈妈还是像没听见似的说:"线长就是像线似的总也扯不断,阵长就是有时想有时不想,慢慢地还兴许不想了。"妈妈把缝衣服的针在头发丝中抿抿,把套在手指上的顶针往指中间推推。林亮看见妈妈的手指头被顶针箍得血聚在那儿,有些肿胀发紫。

"妈妈,这次进城,我去了原先的天主教堂。"

妈妈平静地问:"你到没到咱原先住的房子?"

"没有。"林亮答应道。

"到也没用了,八成早就让哪个当官的占上了。那是你爸爸一生的心血啊,宽宽敞敞的四合院,十几间房子。"

林亮出了屋,想到外边见见阳光,驱驱心里和身上的寒意。他在院子里徘徊了一阵儿,回到屋檐下,扬手摘下挂在檩头上的鸟笼子,打开门,伸进手抓住冯大林送给的金钟,在手中把玩了一会儿,松手放飞了它。去吧,到蓝天里寻你的自由吧。他不由得想起胡玲玲扮小萝卜头打开火柴盒放飞蝴蝶的情景,这回我们一起真的要飞了。

晚上,林亮想找二姐出去散散步,进了她的小屋,看她早蒙上被睡着了。这几天她的心情很不好,林亮总想寻个机会,与她好好谈谈她和丙利的事情,让她开开心,不要因自己的走,给她带来这么大的负担,可她就是故意地回避着他。他又想起彩彩,她也有好些天没见着了,要走了,得送给她点儿什么。他翻箱找到一个红色塑料皮的日记本,便揣上出门奔向她家。刚走进街里,发现浪张跟在她儿子冯良后面,边走边叨叨咕咕的。她换了先前总念叨的词,这回是:车到山前必有路,不叫我有路谁有路!人们听了开始觉得挺新鲜,再听就感到乏味单调。冯良的媳妇走了后,冯良就变得疯疯癫癫的,见了人总是龇牙傻笑,没事四处抓耗子,抓住就摔死,或用砖头石块把耗子脑袋砸扁,放进嘴里大嚼大咽。人们看了差点儿把肠子呕出来。他抓不着活的,见了毒死的耗子也吃,但毒不死他。村子里的人都说,这家人完了,算没整了。大队书记被撤了职,腿还让人给打断了,落个残疾。老婆魔魔怔怔,儿子专吃死耗子。看这霉倒的!真叫作车倒鞍子转,歪的拐的一齐来。也有人背后骂道:该!谁让他一家从上到下不干好事了?不是不报,时辰没到,看到这回没!在一边观看的林亮,对面前的俩人产生一种怜悯,想上前安慰他们点儿什么。人一生是不容易的,谁也难免有这种或那种的遭遇。他们虽曾经伤害过自己和二姐,但人心终归得善良,人要丧失了基本的同情心,人味就荡然无存了。上前刚要说些什么,浪张过来拍着林亮的肩膀嘿嘿地说:"看你这小伙子,长得溜光水滑,多有福气呀,好像是天养活的。"她长叹了一声:"看我们一家!你说说,天老爷是不是不公道?咋什么倒霉的事,都让我们摊上了呢?"林亮想说出刚才想好的很多安慰她的话,不知怎的却说不出来,便说了句自己常鼓励自己的平常话:"不要和自己过不去,想开些。一切会慢慢好起来的。冯婶你得注意……"说完,他觉得自己很虚伪。这叫安慰人家的话吗?人家到这种地步了,怎么是自己跟自己过不去?摊上这等大事,又怎不悲伤错乱呢?否则,便是没血肉的榆木人!

"全屯子的人,就你说句同情我们家的话。剩下那些人,都对我们哼呀哈呀地,再不就一个个撇视辣嘴,离得远远的。"浪张说完,哇哇大哭起来,"你说我们真的能慢慢好起来吗?"

"我看能。"

林亮看出浪张没真正的精神分裂,是极度的伤心导致一时的思维混乱。林亮和她又谈了几句,径直去了彩彩家。

浪张光顾和林亮唠叨了,忘了在一边的儿子,转身在夜幕里四处寻着冯良,喊道:"儿子你跑到哪儿去了,你可把妈的心操碎了!"一边哭一边跑着喊:"我两眼一闭算了,啥苦恼的事都看不见,省得让你把我活折磨死!"

林亮来到彩彩家大门口,想站在这儿把她喊出来,但看见她家灯已熄,可能全睡下了。但他不愿一下离去,就倚在门旁那棵杨树上,掏出烟吸起来,眼睛不住地往院里看。啊,上次来这儿时,她正在园子里浇秧棵,几天后,竟长得绿油油的,在月光下泛着光亮。长得还很高,每个叶子下,都有一片片影子。可也是,今天来,她家的狗怎么没叫? 叫的话,她准猜想是我来了,开了房门,奔向大门,向我笑吟吟地过来。今天是怎么啦?

"是亮哥吧?"

林亮吓得周身一抖! 是幽灵和我说话? 忙回身一看,是彩彩!

"彩彩你从哪儿来? 怎没在家?!"林亮细致地打量着她。

"我从叔叔家来,你在这儿等多久啦?"

"我刚来,不久。你家的狗哪儿去了? 往常大门这儿稍有点儿动静,它就叫,今天咋……"

"前天它就跑了,不知哪儿去了。"她说,"亮哥你要走了,我把你后来借给我的书都还给你,我这就回屋给你取去。"

林亮忙拦住她的去路。

"就留给你看吧。"林亮说,"这个日记本送给你做个纪念。"他把那红色塑料皮的日记本递给她。

彩彩接过,转身不由得抽泣起来。林亮仰起头,把烟雾吐向空中。

"亮哥,你这么一去,是不是总也不能回来了?"彩彩背着身说。

"能回来,这儿还有我许多的亲人朋友,还有你!"林亮觉得心很酸痛。

"那个玲玲姐,能对你好吗? 要不好,你是不是一定得回来? 回来在城里住还是在这八棵老树住?"

林亮听见她说的这些话,感到好笑。她这是往相反的方面企盼,但不是出自一种坏心,怎能对她怪罪呢。

"要回来,一定回八棵老树,哪儿也不去。"林亮笑着说,"和你永远在一块,你看这样好不好?"

彩彩猛地转过身,定定地看着林亮。

"真的吗,亮哥?"彩彩一下扑进林亮的胸前,头在林亮的怀里晃着,"我说不愿让你走,你怎不生我的气呢,还顺着……"

林亮抚摸着彩彩的头,心里升起一股天使般的甜蜜感。一串泪珠落进彩彩的头发里。

"我第一次说去南方,你说让我把你一起带去。这次又不愿让我去,和你总在一块,你到底叫我怎么好。"林亮笑着说。

"我……我就不爱离开你,其实没别……"彩彩扬脸静静地看着林亮。在明亮的月色下,林亮捧起彩彩的头,用手指揩去她脸上的一颗颗泪珠,又理顺了在他怀里弄乱的头发。林亮有许多话想对她说,但觉得语涩,什么也说不出来。

自从在城里回来,林亮几天里,虽处在终于挣扎出困境的兴奋异常的心情中,却又有种舍不得八棵老树的恋意。来这儿虽时间不长,但对这里的很多人都产生了感情。面前的彩彩、齐队长、赵老板、雷漏子、郑万年、冯大林、呱嗒板子……人真是个矛盾的产物,就是有的时候弄不清楚自己。

"天不早了,彩彩你回去休息吧。"林亮说。彩彩推开柳条编的大门,关上,她站在门里边对林亮说:"亮哥,你能不能在走之前,陪我去一趟城里玩玩?光咱俩。"

"完全可以,你选择任何一天都行。"林亮满口应允。

"谢谢亮哥。我想好哪天去,就马上去找你。"

林亮看彩彩进了屋,便一人在夜色里悄悄回了家。

林亮等胡玲玲的消息等得心焦神乱,想不如上班干些活,日子还好挨些。水也不挑了,拿上锄头下地和社员们一起铲地,吃吃头顶烈日脚踩热土的劳苦。如表舅妈说的,人就得学会到享福时能享福,但不要忘本;到遭罪时能遭罪,硬挺着不后退。朴素的话语里,透着深刻的人生哲理。什么道理能比在劳动实践中得出的道理,既实在又永恒呢。这比在书本中那些泛泛脱离实际的大理论可靠又恰如其分。生活、劳动、实践,你是真正的人生老师!

"你还继续挑水吧?"齐队长对扛着锄头的林亮说。

"已经让另一个人挑了,再换我挑兴许闹出意见。反正我要走了,铲几天地锻炼锻炼也好。谢谢齐队长的关心。"林亮笑着说。

齐队长拍拍林亮的肩,说:"行,小伙子有志气,真怪明白事的。看样你对八棵老树有好感,要留给这一些印象。"

林亮发现齐队长和他说话时,眼睛不时地挪开,往另一个地方瞅。即使双方对视时,他的眼神也有种恍惚和犹疑。林亮心里暗自啊的一声,忽然想起前几天,他和雷漏子、赵老板子在城里卖马料下饭馆的事情。他是感到愧心,不敢正视林亮吗？因他是这事件的目睹者,可能是这种原因。他怎干出这种事呢？齐队长一直是林亮心目中的偶像。这事发生以后,齐队长的形象在他心里,像冰山一样逐渐化小了。人可真是一种难以捉摸的动物！雷漏子和赵老板子要干了这事,甚至比这更过分的事,都可以理解。难道是饥饿？是总也吃不着荤腥,熬苦得受不了？看见他们三人在城里饭馆,风卷残云连吃带喝,低着头饕餮的情景,还把盘里剩下的菜汤泡在饭里,吞吃时发出啪叽啪叽的声响。无情的饥饿,身体里严重缺乏营养,是蚕食人的节操和人格的魔鬼。既然是这样,有何理由对他们进行怪罪呢！所以要做一个知情达理的人,第一要懂得饱汉子要知饿汉子饥的道理。

齐队长和林亮说完话,转身走时回头最后看看林亮,那目光中有种难以言传的乞求。林亮心里明白那是一种什么意思,向他笑笑,轻轻点下头。

林亮挨着二姐拿条垄,一是帮她铲铲,省着她总被拉在铲地队伍的后边;二是和她好好谈谈,帮她卸下心里那无形的负担。是呀,不怪二姐几天来心情异常沉重,姐弟俩从小到现在,一直是形影不离。从小学到中学,从家里到外边,一块儿生活,一起学习。夜里,二姐说去屋外方便,也得叫上弟弟陪她去。他像放哨的哨兵,站在夜幕下,护着姐姐。直到背后的她说声回屋,他又走在姐姐后边,如忠实的警卫。林亮这次真的一走,确实让她一人在这儿太孤单,况且她还有那谁也很难接触的怪僻孤傲的性格。父母那么大的岁数,毕竟和她有许多难以沟通的地方。代沟的隔阂便是山与山之间的距离。

冯书记因唆使知青为他家充当打手的事被撤了职,大队长金飞举顶了他的位置。这个新书记,曾几次通知二姐到大队当广播员。二姐吸取了上次的教训,都一一回绝了他。她对林亮说:"现在这些当官的,没有好玩意儿,都是得志便猖狂的狼！怎单单让我又去当广播员,不让那些沈阳女知青干呢？是不是看我家的身份好欺负？这世道让人越来越没有安全感！"

铲地的活儿,林亮没少干过。在校读书时,一到夏季,学校就组织学生到农村支援夏锄,所以他干得很麻利老练。他铲完自己的垄,就帮二姐铲一段,让她跟上,好和她并排谈些什么。等齐队长挨排查铲地质量时,查到他俩的垄,便象征性地用锄头拨拉两下过去了。有时看见落下的草,或砍掉的苗,只抬头瞄瞄俩人的背影,没言语,又去查其他人的垄了。林亮发现后,也就明白齐队长这是对他眼中特殊的人,才有这个特别关照。不然,这个贵手是绝对不随便对其他人抬的！

歇气时,齐队长向大家宣布一件事情,说妇女队长夏丽娟和本队的小五保刘来福要结婚,动员全队每家每户花一元钱,帮刘来福凑合个日子。新上任的青年点点长刘强在知青中号召每人拿五元钱,给一个壕里的战友买过日子家什。地里的人们一下子哄开来,放弃了前几天冯书记家发生的事,又转入新的话题:"小五保刘来福病歪歪的真有命，娶一个大城市有洋味的大姑娘。人可真没处看！”

“你知道啥？这叫王八死，天鼓响，龙命鳖时气。”

“听说紫药水夏丽娟是主动嫁给刘来福的，谁摊这好事，不乐得忘了姓啥？”

人们叽咕叽咕地议论完，齐队长让赵会计到每个社员面前凑钱。他说：“凭良心，谁愿意花就紧一下裤腰带，不愿意花，也不勉强。”赵会计把花钱人的名字，拢成个花名册，都交给齐队长。

夏丽娟嫁给刘来福的原因是，她为了遵循毛主席教导：“没有贫农便没有革命，打击贫农就是打击革命。”小五保刘来福是地地道道的贫农出身，所以她嫁给他，说明真正做到了以革命的行为拯救了贫农，又是消除城乡三大差别的实际行动。她把这个想法写成书面材料交到县里，又有公社大队层层不含糊地批复，说支持她的革命行动，结完婚要她到全县的知青当中讲用。那个县革命委员会主任还准备让她到省里以身说法汇报一通。

三十一

小五保刘来福两间龇牙咧嘴的土房里，今天变得异常热闹。人来人往，屋内屋外贴红挂花。此时这房子比以前顺眼些，头几天队里出工里里外外使泥抹了一遍，耷拉的房檐子，椽子已虫嗑水浸地烂了，有点儿动静一震，哗哗直落尘土和朽木末子。把烂成半截的抽掉，重新穿进新杨木杆子，显得齐整些。歪了的烟囱拆去，用土坯砌直。但房子的框架和内瓤还是朽着。用齐队长的话说，这房子小两口就对付着住吧。要想好和安全，除了推倒重盖。爱把一般事情上升到人的生命基本点的丁凤贵更会形容，别看房子破，在里吃饺子一样香，该揍出人来一样揍出人来。他是个热闹狂，里里外外嚷嚷个不休，逗大家乐得肚肠子直痛。

几个女知青和本队的年轻妇女在挂粉色窗帘，在炕上叠新被褥，说说笑笑忙得不亦乐乎。当中的呱嗒板子说，刘来福可真有福，倒真的成为众人帮的了。她正指挥两个妇女用鸡翎毛蘸豆油往窗户纸上抿。说这样做，纸变得皮实，防备下雨淋湿，被风咕哒坏。

四周的墙和棚顶全用报纸糊了一层，糊时人们小心地把报纸中有领袖像的挑出来，别糊里面或糊个大头朝下。他们虽然在别的事上麻木，这根神经可特别敏感。炕头放着去了旧皮、涂了新漆的炕琴，上摞着刚才几个妇女叠的新被褥。靠房山墙立着一口刘来福祖宗传下来的大板柜，也刨去陈茬漆上一层新鲜的红色，满屋放着光泽，弥漫出一股锌钠水和油漆味。幔杆子上悬着的幔幛子里装了把红高粱，窗户台的各角戳棵葱。

这时,刘来福在一面新镜子前正襟危坐梳洗打扮,熨得很挺刮的蓝布料的衣服,包着他瘦小的身体,下边患风湿性关节炎的小腿直打颤。他的一个远房嫂子给他往胸前别一朵绢制的红花。他满脸喜气洋洋,眼里没了往常呆滞的愁苦。心在想:真是天上掉下来的美事,怎承想有人主动给自己当媳妇,还是大城市的"洋女人"。我刘家还没在我这儿断香火,真是有福不用忙,无福跑断肠。天老爷饿不死瞎家雀!他对着镜子挺挺鸡胸脯,端端下坠的肩膀,用手抹抹脸上激动出来的汗。远房的嫂子让他在脸上搽些雪花膏,他拿起柜盖上的雪花膏瓶,粗糙的手指在里边抠了一大块,在脸上左右上下蹭了一阵。

"耗子,快打死它!"冯大林瞪着眼睛喊了声,马兴国忙上来抢起铁锹连拍带打。耗子机灵得很,一溜烟钻进墙角的窟窿里。

"把耗子洞用砖头堵死,别半夜跑出来乱窜,影响小两口办美事。"马兴国挤眉弄眼地说。冯大林到外边找来块砖头,塞进洞口,用一根木棍,用劲地往里顶。

"硬憋死你这个祸害精。"他说,"老家就是你的坟墓。"

"才憋不死它呢,这头堵住了,它在别处打洞还出来。"姜宝库说,"我看你们比耗子都死心眼。"

刘来福家的房门上,挂着县里早送来的匾额,上写:青年之家。门框贴着对联。上联:广阔天地炼红心。下联:永结伉俪务农家。横批:前程无量。为了夏丽娟和刘来福的婚礼,全队放了半天假,这是公社和大队的指示,说这是可喜可贺的新生事物。

一辆绿色吉普车开进刘来福的院子,人们像看西洋景似的,呼啦一下围上。这举动可真不小,把什么样的大干部都请来了?车上下来的是县革委主任和公社领导,新上任的大队金书记和齐队长、刘队长急忙迎上去,一一握手相互问好。齐队长让围着呆看的人们闪开一条道。刘队长接过一位领导带来的一面镜子,让太阳照得直反光,晃得刘队长老眨眼。镜子上用红铅油写道:

赠接受再教育典范夏丽娟与农民刘来福并贺新婚之喜,向你们致以革命化的战斗敬礼。

县革命委员会全体领导班子

×年×月×日

两级领导转着身看看打扫干干净净的院落。县革委会主任一副官腔道:"挺好的,穷怕什么?越穷越证明我们有真理嘛!"

他和笑像哭、哭又像笑的刘来福握握手,用首长喜欢小战士的姿态,拍拍刘来福的肩膀。回身接过随来的秘书手里的塑料花,似乎深情地交到刘来福手中,说:"希望你在我们革命战友的照顾下,尽快恢复身体健康,好冲上生产第一线。"

刘来福鸡啄料似的点头。

"是,是。"他腿一打颤,好悬没倒下。

革委会主任回头对齐队长和刘队长说:"你们对新生事物要大力支持,这是你们生产队的光荣,要对新结婚的小两口多多关照。这样还会涌现出许多愿意扎根农村干革命的知青。"

齐队长道:"一定按您说的办,请放心。"

"新娘子怎不在呢?"革委会主任问。

"夏丽娟在青年点没来呢,可能就等您呢。"刘队长忙接过话茬。

"没新娘子怎举行婚礼啊?快用我的吉普车接来。"革委会主任叫司机立刻去,刘队长也钻进车,说他带路。

过一会儿,送新娘子披花带彩的吉普车回来了,后边还坐一马车陪新娘子的"娘家人"——一帮男女知青。车一进院,鞭炮齐鸣,震得两间土房的窗户门直发抖,绷得很紧刚抿完豆油的窗户纸也发出嗡嗡的响声。

夏丽娟下了车,刘来福上前拉着她的手,俩人并肩走到屋檐下,因屋太窄人多,结婚仪式只好在外边举行。夏丽娟一经装束也很漂亮,上下崭新的灰色衣服,头发梳得一丝不乱。晒得如刚果女人的脸上搽些白胭粉——看样真的用心洗了,但晒得太久着实很黑,怎么也没洗出她的底色来。挂的那些白胭粉,像冻秋梨敷层霜。翻开的衣领露出的脖颈和胸口却白而细腻。

大队新上任的金书记主持婚礼,让一对新人交换礼品,刘来福给夏丽娟的是一个手绢包着的一把谷子,夏丽娟给刘来福一套崭新的用红绸带系着的《毛泽东选集》。俩人抱着相互赠的礼品,面对面地行个革命的大礼。金书记让二位讲讲革命恋爱的经过,刘来福一听,身子要瘫下。夏丽娟松开刘来福的手,自己讲起来:"要做一个共产主义的坚强战士,首先要有救世主的胸怀。除了伟大的工人阶级是无产阶级革命的主流,农民阶级也是我们的坚定柱石。他们的贫穷就是我们的贫穷,他们的疾苦就是我们的疾苦,刘来福便是需要拯救的一分子。他穷困孤独,还身患重病,所以他需要同情关怀。我对他产生感情是纯洁的无产阶级感情,没有一丝一毫个人的狭窄和自私。这是我在与农民相结合的道路上刚刚迈出的第一步,也是我誓把农村建设成共产主义大花园,扎根农村六十年决心不变的具体行动!"夏丽娟握住刘来福的手高高举起,她激动得流出了泪水。

院里响起一片热烈的掌声。县革委会主任和那个公社领导也兴奋得抠抠眼角。金书记走过来,像把神请到祭坛似的,把革命委会主任让到正位。

"大家不要嚷了,现在请县革委会刘主任给我们做重要讲话和指示。"他说,"您喝点儿水?"

刘主任摆摆手:"不要。"

他咳嗽一声,吐了口痰,拉开嗓门:"今天是值得大庆而特庆的日子,是因为在全国深挖洞、广积粮、不称霸和抓革命促生产的一片大好形势下,又一新生事物健康地诞生了! 这将在知识青年上山下乡史上写下光辉的一页! 希望这一新生事物发扬光大,普遍地开展起来。我们的农村还很穷很落后,非常需要一种新的力量充实进来改造一番,我们的农村将来定是新美如画的农村!"

下边又是一片掌声雷动。他又说:"愿夏丽娟和刘来福在知识青年与农民相结合的道路上,比翼齐飞,并肩前进!"

公社领导上来又讲了几句,过了一会儿便是人去声散了。

晚上,刘来福的远房嫂子和郑万年老婆来给小两口擀宽心面,没有白面,用荞麦面替代的。放了些葱花、油还有盐酱醋,再打四个荷包蛋。两个人吃得很香。来了一群小青年想闹洞房,全被刘队长撵跑了。有一个人没走远,他马上又折回来,蹲在灭灯的窗下听。

林亮终于等来了胡玲玲的信,他接过通信员送来的信,激动得手有些颤。恨不得一下拆开,立刻知道里边的消息,他看着周围正在铲地的人们,不愿放下锄头停下来看。想,还是让它多温存一会儿,这许是微妙不尽的幸福序曲。强等到组长张信喊声放工了,林亮才放慢脚步,等人群在他身旁匆匆过去,这才坐在桥头的水泥台上拆开信,细心看着。他越看越感到身上发冷,心在紧缩。内容是:厂方派人到本公社调查林亮有关事宜,发现他的父亲有身份问题。胡玲玲父亲的工厂是军工企业,不能容这样的人来工作。这个事曾使林亮担心过,也就真冲这儿来了。一场眼看要成为现实的希望一下散得干干净净! 他顿觉得身体下沉,头在晕眩。这时二姐从后边赶上来,问他在桥头坐着干什么,怎不回家。林亮忙把手中的信团团扔到身边的沟子里。

"没什么,我被太阳晒得有点儿虚脱。在这儿休息会儿,清醒一下。"林亮抬头看看二姐笑着说。

"到家躺在床上,好好休息休息。在这儿能清醒什么,大热天的。"

林亮站了两站,但怎么也没站起,他伸出手示意让二姐拉一把。这才勉强起来,手搭在二姐的肩上,半倚着她的身体、半拖着脚步往家一步步挪去。一路上他什么也不愿去想,恨不得让自己的思维马上停顿下来,就这样寂灭得了,省着无边的痛楚,在体内体外横冲乱撞。可想象力不听他的控制,一个劲地怂恿着他,仿佛是阻挡不住春天荒野上疯长的草。你想不让我苦恼你,你就是遭罪的玩意儿! 幻想那么久的理想前途,就这样化为灰尘了?! 又重新回归到原有的空白?! 那遥远处等着他获取的幸福和爱情,变成空荡荡的骗局了! 可你怎么有那么大的诱惑力，难道我是一个芸芸众生中该入地狱的不幸者？此时，他觉得是在一个既够不着幸福又不知去哪儿的时空中间悬着。

人生真的是一场缥缈的虚无？幸福、爱情是诱惑人的强烈影子？人到底为了什么？一切的当中到底什么是属于人的呢?！

到了家，进外屋门时，林亮向二姐说："我去你那小屋躺一会儿。还有下午你上班时对齐队长说我去不了。"

"好吧，你下午就好好睡一觉。"二姐说，"先吃点儿饭会精神些的。"

"不了，吃不下。"

"我给拿两片索米痛片，吃了能好得快些。"她又道，"我看你是这几天下地累的，还有玲玲老不来消息，把你急的。"

二姐端来一杯热水放在林亮的枕边，又把两片药搁在他的手心。林亮歪头看看二姐，泪水要涌出来，他又狠狠地憋了回去。你怎么这样软弱？一个男子汉怎要流出它来呢？证明你可怜，证明你让人来同情，让人来和你一起痛苦，才能使你心灵得到安慰！

他似睡非睡，稀里糊涂挨到晚上。妈妈过来几次，问他这是怎么了，他像听见还像没听见，也忘了回声。他感觉有点儿饿，就支起沉重的身体，扬头一眼从窗户望到天际变成绯红的云霞。融化进那里该多好，在那儿能变得无忧无虑的轻灵。窗外几只燕子展翅翻飞，把他眼前的霞霓划碎了。他悄悄下地，到外屋摸出碗筷想吃些饭，抓起盖帘上的几根葱叶，捯了很多的酱，就着高粱米水饭，大口大口香甜地吃。身上有了些劲，精神也觉得很饱满。吃完，回屋拿起长笛去了房后，他吹起刚才躺在炕上，迷迷糊糊中构思的一个曲子：

那是一个有人声、有兽声的混沌的世界，人猎取兽为的是饱食它的肉，饮血是止渴。兽吃人为的是占领人的地域度日，它说人比兽更贪婪，是毁坏这个世界的罪魁祸首。双方戕害到没趣的程度，便在各自的内部互相残杀。最后人没了，兽也没了，蝼蚁泛滥，死气横生。遍地是凄风苦雨和冲天的血腥！成为枯枝败叶的树木在风中朽没，该腐烂的在不可收拾中腐烂，勃勃生机化为泥土，只有坚硬的在准备做未来的化石和标本。

从此没了时间，因没有高级智慧对它衡量和计算。空间依然存在，它是永恒的。

过了许久许久，飞旋的尘埃中产生了水气和云团，泥土下在静静地孕育，在暗暗地勃发生气。生出的花草没人命名，进化出的动物没人归类，重新汇成的河流在从西往东流，天和地换了位置，罪孽之源的高级智慧最后出来把这一切又进行编排，规律，各从其类。

这个曲子叫什么呢？叫《一个嬉戏的结束，另一个嬉戏又开始》。林亮想到这儿，浑身一抖，精神一阵剧痛。我这是怎么了？是在扭曲变态？怎想出这些古怪荒唐的东西！自己怎么这么可怕！

二姐不知什么时候来到他的身边，满脸惆怅地看着林亮。

"你很悲痛吧？能哭就哭出来，会好受些。"她说，"憋在心里会生病的！"

林亮仰头笑了笑，说："我没有泪水，只有沉思。"

"你的事情，我全知道了。"

"你知道了什么？"林亮回头瞥了她一眼。

"我在桥头的沟边拣到了玲玲给你来的信。"二姐嘴唇哆嗦，泪水从她捂脸的手指缝间淌出。

"知道就好，但别告诉爸爸妈妈。放心吧，我自己的事情由自己承担。"林亮把手中的烟蒂弹出很远，一道红色弧线划亮夜色。

二姐止住哭声，说："你我谁也没跑出共同的遭遇。"她唉了一声，"你恨爸爸吗？"

"不恨，一点儿不恨。"他平静地说，又点燃一支烟，怒目圆睁地望着夜空。

"以后你怎么打算？你和胡玲玲……"她上前给林亮系上敞开的衣扣。

"还有什么打算，一切听其自然。"他说，"和玲玲的事情也算结束了。"

"去不了南方，还不意味着你和她完结。"

林亮用夹着烟的手在空中挥挥，画出个椭圆形的光环。

"二姐，我有一个想法，前天在地里，我听见咱队的周风和陈国臣合计去黑龙江黑河淘金去，我想和他们一道去。到那儿我……"

没等他说完，二姐一把攥住林亮的前衣襟，连抻带拽，大声哭着说："你是个很想得开的人，怎能自己虐待自己？那是个充满危险、到处是狼虫虎豹的地方。听说即便淘到金，也得叫当地人把金子抢走，甚至把人设法弄死。你是缺钱花，还是逃避这儿的现实？"

"二姐你想到哪儿去了，我到那儿是想锻炼一下生存能力。"林亮语气沉重地说。

"生产队能让你去吗？连有的人进城做临时工都不让去。"她使劲抻了下他的衣领。

"可以偷着去。一会儿我找他们商量商量，尽量让他们带我去。淘金那地方不要户口关系，这儿把我的户口销了也不怕。到哪儿不一样活人呢。"

"你拿定主意了？非要去不可？"二姐咬着嘴唇问道。

林亮点点头。

"那好,我也跟你去,你到哪儿我跟到哪儿,这几天我一步不离地看着你。"

林亮抖开二姐的手,气急败坏地说:"你怎这样烦我呀!哪儿有女的干这种活的?你是我的姐姐,到那儿人家该怎么想?还有淘金的活儿苦死个人,你受得了吗!"林亮把烟蒂啪地摔在地上。他从小到大,任何时候没对二姐这样恼过。他气得两只手在一起较劲。

"反正你去,我也一定去。"

林亮双手抓住头发靠在墙上说:"二姐你别气我好不好?你叫我可咋……"

"你要去,我永远这样气你。只要你……"

"只要什么?"他急切地问。

"只要你答应我说不去,我就不气你了。"

林亮想了会儿,叹息道:"好了,好了。我答应不去行不?"林亮放下双手,喘着粗气。

二姐笑了,抢过林亮手里的火柴,划燃,点着林亮衔在嘴里的烟。

"其实你真要去的话,我要拦不住你,我就发动爸爸妈妈哥哥姐姐缠住你,你能去成?再寻思寻思都是错误。"

"得了,别说了,我算服了你。"林亮长出一口气。

二姐理理他散乱的头发,说:"你要不高兴,我把彩彩找来,让你的心情好些。"

"别了,天不早了,改天吧。"

"你没吃饭呢吧,想吃什么,我回屋给你做去。"二姐捅他一下问道。

"那会儿吃了,不饿。"

"你吹吹长笛,吹你作的《天使的回忆》。"

林亮把长笛放在唇边,那柔亮的乐音在夜幕中回旋飘散,冲破风的堵截,穿过蝉鸣虫叫的干扰,寻找充满生机的地方。

三十二

林亮的心情渐渐平静了些,在爸爸妈妈面前故意显出高兴的神情。对屋的表舅家准备在他临去南方前设"宴"为他饯行,他编个理由让他们取消了。在地里干活时,他在铲地的人们面前认真地铲着地,心神不乱地如什么也没发生过。齐队长问他几时走,他说还得些日子,关系还没弄通呢。他挑水的活不干后,冯大林代替了他,他常把凉水用瓢端到他的下颏让他喝,有时也问他啥时走,他说啥时走啥时告诉他一声。那好,走前到我家干两杯,为你的好事乐和乐和。冯大林嘻嘻地说。雷漏子有时也来到林亮的面前,不讲别的,只翘起大拇指,脸上带一种弄不明白的表情,说,你这小伙子真行,着人佩服。林亮后来忽然明白了,他的行为表情有两种含意。一是说自己要走了,脱离了这地方是好事;二是讲他和齐队长赵老板子在城里做的以为是丢脸的事,回来没向其他人透露,保留了他们的人格没被损坏。

下班时,林亮发现一个物探队的汽车正拉着钻探器材,卸在三角荒的草地上,同时还立起一个小木板房,这是给看器材的老头设的。前天物探队的负责人和工程技术人员来到大队和小队联系此事,要在这儿进行钻探作业,请当地提供可行的地址。金书记和齐队长讲,长出庄稼的耕地不行,其他的荒地和坟茔地的边缘均可以,但还得到公社请示一下。对方说只要不超过我们物探设计方案的地理位置就行,所以选择了三角荒。林亮看到眼里,不由得萌生一种想法,便到那老头住的小木屋坐了一会儿……到了家,晚上他拉上二姐来到街心的大井旁。

"二姐,你把彩彩找来。"林亮坐在井台上说。

"你又有了什么心事,找她干吗?"二姐不解地问。

"回来再说,你先去找。"林亮站起,摇起辘轳,打出一柳罐凉水,放在井沿上,把柳罐弄侧歪些,蹲下张开嘴贴在柳罐边,吱吱地喝开了。

不一会儿,二姐和彩彩来了,俩人用疑问的目光看着林亮。

"我和钻探队看器材的老杜头说好了,我搬到他那小木板房住几天。"他说,"二姐你和爸爸妈妈心平气和地讲讲,就说这几天我在家待得发闷,到那儿住住。几天就回来,千万别提那个事。"

二姐愣了一下,说:"你又要创造什么新鲜事?不在家好好住着,到那儿能待出什么个名堂!我不去说,你自己去吧!"

林亮吸了口烟,又到井沿的柳罐里喝了口凉水,嘴边挂着闪出亮光的水,说:"不去淘金,我是听从你的。弟弟求你这点儿事都不行?"

"你什么时候去?"二姐问。

"明天就搬。"林亮放下柳罐,井里传出咕噜噜的声音,最后咚的一声,吓得二姐和彩彩身上一哆嗦。

"在那儿住,你到底想干什么呀?"二姐哼了声。

"我想在那儿静静地思考一些东西,再认真地看一些书,没别的意思。放心吧你们,我不会寻短见的。你还不了解我这个人吗?"

"要是这样,我一会儿回家和爸妈说。"她说,"我设法做他们的工作,一定让你去成。"

林亮如释重负地挺直身体,拉过彩彩的手,示意让她坐在他身边的井台上。他把彩彩的手放在他两掌中间,轻轻地揉搓。

"彩彩,你不是愿和亮哥在一起吗?这回我不去南方了。"他看着彩彩的表情。

"不去了?亮哥你别逗我了!"

"这是真的,亮哥什么时候骗过你?"林亮搬过彩彩的头,让她倚在自己的臂膀上,心里立刻泛上一种辛酸。

"怎么回事呀?是不是玲玲姐不喜欢你了?"彩彩紧紧握住林亮的手。"不是玲玲姐,是命运不喜欢我了。"林亮感到彩彩的手是那么柔软细腻温热。他说:"二姐,把你的手也拿过来。"二姐的手伸过去,三双手握在一起。林亮一下子紧紧地搂住面前两个女人的头。

"我们永远分不开了!永远……"他嗫嚅地说。霎时,他的泪水漫到二姐和彩彩的脸上!

"彩彩你没事常到你亮哥这儿来玩,你能使他……"二姐哽咽得说不出来了。

"我都懂了,别说了。"彩彩哭出声来。

林亮觉得太阳穴有点儿痛,松开她俩的手,狠狠地掐住太阳穴,感到那儿的神经在激烈地腾跳。他马上站起,又用辘轳摇起一柳罐凉水喝了几大口。

"喝那么多的凉水,小心感冒。"二姐说。

"没问题,不用担心。"他晃晃头。

彩彩止住哭声:"亮哥,你要学保尔和牛虻那样坚强,生命是宝贵的。你对我说过许多次这话呀!"

"是,是,我说过许多次。"林亮用凉水洗了把脸。

"我们唱支歌不好吗?"彩彩说。

"唱支什么歌?"二姐问她。

"唱电影《红色娘子军》中的《万泉河水清又清》。"

"好吧,大家一起唱。"林亮说。

万泉河水清又清,

我编斗笠送红军。

军爱民来民拥军,

军民团结一家亲。

万泉河水清又清,

我编斗笠送红军。

军爱民来民拥军,

军民团结打敌人。

红区风光好,

军民一家亲,

万泉河水清又清，

我编斗笠送红军。

军民团结向前进。

林亮和二姐背上行李拿些粮和油终于搬到了老杜头的小木屋。林亮打开行李，拿出裹在里面的书，放在老杜头闲着的纸箱里。又把粮和油搁在床底下，对老杜头说，我来和你一个伙食。来前他叫彩彩在公社的供销商店买来一包蜡，准备晚上看书写作时点。他非常后悔，从城里回来后不应该把冯大林给他的那只金钟放飞，不然的话带到这儿多好，挂在门口，累了坐在外边听听它吱吱地叫唤，解闷解乏。把带来的长笛盒子挂在木板墙的钉子上，这是他不可缺少的生命的一部分，离开它心灵空虚得会受不了。

老杜头听说他要来，早就用几块木板给他搭好了一张不大不小的床，还用一条旧棉门帘铺上，撒了些防臭虫跳蚤的六六粉。林亮把行李摊开，在上边躺了一下，觉得舒服。二姐一脸愁容地在门口看着他忙活得挺有意思，说了声："我走了。"林亮出去送她。

"离村子这么远，你不觉得凄凉？听说这儿常有野狼出没。"她说，"我真弄不懂你，在这儿住究竟为了啥？"

"我不是说过了吗，就不再多解释了。"

"你打算在这儿住多少天？"

"至少一个礼拜。"

"尽量早点儿回家，别让爸妈操心了。我是对他们撒了许多的谎，才说服了他们。"

林亮叹息了一声，没言语什么。

"你应到城里见见胡玲玲，合计一下你俩以后到底怎么办。你和她都登记了，这样搁着，长了也不是回事啊？"

"我在这儿住完，回去再说吧。怕什么，再办离婚手续也赶趟。"

"至于那样吗？你去不成南方，也不等于你和她的事结束。她要不去，和你在这儿结婚一起生活。你……"二姐站住，看看林亮说。

"那是不可能的。我一切都想好了，已有办法对她讲。"

"我会常来看你的，你可要耐住寂寞。"

"好，千万别让妈妈来，她看了会上火的。我需要什么东西，你就给我送来。"

"胡玲玲没亲自来见你，她一定觉得有愧。她在城里也肯定苦恼得不行。"

林亮长长叹了口气，掐死了正在燃着的烟蒂，扔在地上，用脚使劲地一踏："别说了，我不……"

"要相信她对你是真诚至爱的,事情到这种地步,也是没办法。多年来,我对她是了解的。"她又说,"昨天你说的是命运不喜欢你!证明你在这个事情上已进一步解脱出来,没把怨恨倾泻到她的身上,是不是?"

林亮向二姐点点头。二姐仰头看看天上的流云,闭上眼睛,皱皱眉毛,表示一种内心不安的痛楚感。

"无可奈何花落去!怎有什么似曾?怎有什么相识?都痛快滚得远远的吧!"林亮冷笑了一声。

"二姐,你和丙利的事考虑得怎么样了?"

她平视着一览无余的田野和远处的地平线,回头看看林亮说:"亮弟,你说呢?我先听听你的看法。现在我被先前陈代的事弄得也不知如何是好。"

"以我看,丙利这人很不错,起码人不坏。虽然性格粗糙些,外露点儿,但他真挚,讲感情,只要爱上谁一定是专一的,他交朋友不也这样吗?我俩和他在一起许多年,这一点你是知道的。他从来没因爸爸的问题歧视过我们,倒还维护了我俩在学校、社会上的尊严,不然的话可能就很惨。他对你是真心实意的,上次进城我到他家,他母亲提到了这事情,说他回青年点把你的照片都带走了,在家时也是不停地看,看样他母亲也同意你和他的事,没说咱家的身份问题是你俩之间的障碍。"他又说,"二姐你也别太理想化了,陈代虽曾是你深爱仍割舍不了的如意人,但人的一生中尽善尽美的事是没有的。因我们年轻,所以都被撞得鼻青脸肿。"喷出的烟雾,在他面前萦绕着,熏得他的眼睛有些睁不开。他又说:"二姐你就拿定主意吧,你和丙利会相爱得很好。他父亲虽是县武装部长,但我们不是和他攀高结贵,是他主动追的你。你们只要有感情就行,但感情不能勉强。你们到一起你能慢慢改造好他的性格的。不要放弃了,你就这样做吧。看你下地以来晒得多黑,有时我都心疼你。你要有一个很好的归宿,我看见好替你高兴。"

二姐流下两行热泪,哽咽着含糊不清地说:"好,我听你的。明天我给他去信,表明我的意思。"

林亮一直把二姐送进村子口,他这才返到木板屋。不到八平方米的小屋,加上林亮的床,中间只有条供一个人来回走的狭道。

"年纪轻轻的和家人有什么过不去的,还跑到这躲灾图清静来了?向爹妈赔个不是得了呗,有啥大不了的事,好好在家待多舒坦,上这儿遭蚊叮蝇咬的罪!"杜老头打个呵欠,说,"七十岁有个妈,八十岁有个家。唉,我不是撵你,住两天想明白了,立马回家吧?可别叫那么大岁数的爹妈操心,养你一回多么不容易啊,不图你报恩呗,也得让他们少劳些神!"老杜头循循善诱地给林亮讲了一大套人生哲理。林亮听了,向他笑笑说:"杜大叔,我不是和爹妈闹矛盾吵架出来的,只是找个静地方看看书写点儿东西,家里的房子窄,没地方。还有,我这个人爱孤独。你别产生别的想法。"

"我不信,年轻人哪有爱孤独的,都爱活泼乱跳地在人群里待着。连我这么个岁数都不愿孤单一个人在这儿,我是没招,找个看这玩意儿的活儿干干,挣俩钱填补填补日子,少穷点儿。"他说,"真有点儿后悔,昨天你来我不分青红皂白就答应了你。说不准哪天,你爹妈找上和我又吵又闹啊!"

林亮想,和他一时也说不清楚,他爱咋说就咋说吧,就掏出烟递给他一支,他不要,说这烟茄子叶似的,没劲。问道:"刚才走的那女子,是你啥人?"

"是我的姐姐。"

他歪头看看林亮,说:"呵,看你姐俩的模样,你长得大高个够个帅气劲。你姐姐生得好俊哎,如过去戏子里的公主。"

老杜头吃完饭没事,坐在床上摆弄一副纸牌。林亮问他这是算命啊?他说不是,是凑对挨日子,不然待不住。林亮根本不明白这种赌具叫什么玩意儿,只听他说这东西是从小说《水浒》中的一百单八将那儿来的。可杜老头整天摆得津津有味。有时林亮也感到很寂寞,想和他聊聊什么,老杜头只哼哼哈哈半答不答的。林亮尽量每顿饭都自己动手,不让他上前,是想叫他别说出烦他,赶他走。一天三顿饭把小铁炉子搬出去搬进来,支上炉筒子,生火填煤,做完饭再做菜。一切弄得了,摆在小桌子上,喊他一声,吃饭了。他盘腿坐在床上,边吃边夸林亮的手艺不错。青菜是二姐送到这儿的,彩彩有时也跟来,每次来都是牵着她家跑了又回来的大黑狗,它成了她俩的沉默的保镖。每天一挑水,都是林亮到离这儿比较近的村子去挑的。

林亮本打算白天照常上工,晚上在这儿住,但怎么也鼓不起勇气上工。爱怎么着就怎么着吧!不去了,干脆在这儿清静地反思吧!有时他在问,我这是堕落了?还是难得糊涂?他内心总这样反复矛盾着。清醒也好,堕落也好,糊涂也好,还是麻木也好,他妈的爱咋地就咋地!人为啥这样呢?人怎这么难呢?开始两天他是平静地过来了,后来一想又问自己,我来干什么来了?光反思这些玩意儿不行,还得看,还得写。他忽然想起一位名人的一句话:思索吧,思索能引人入胜。他这才把思维调动起来。有时他写累了,看累了,便躺在床上睡一觉。醒后,双手兜住后脑勺思索着。思索乏了,拿上长笛到屋外看着一望无际的田野吹奏,夜里仰头看着月亮、星星吹。屋内老杜头香甜的呼噜声,远处传来野狼的嗥叫。实在感到寂寞了,他就用在荒地上打来晒干的黄蒿在小屋前燃着,给黑漆漆的夜里添一把火,还驱走了蜂拥人身上的蚊虫。白天他有时走出很远,坐在一个土堆上,静静地看着他住的寂寥孤单的小木屋。他是从另一个角度发现玩味他住的地方到底是个什么样,换个位置看看与他处是否有所不同。我不在那儿了,那里有什么秘密在悄悄进行。是我的秘密?还是他的秘密?看长了它越发陌生,回到里头待上一会儿觉得又很熟悉。他越想越遥远。

我是一个诗人吗?是一个像陶渊明那样的诗人?怎有他那么高的境界,怎有他能创造的隐逸派的千古高风?

> 纷纷战国,
>
> 漠漠衰周,
>
> 凤隐于林,
>
> 幽人在丘。
>
> ……
>
> 采菊东篱下,
>
> 悠然见南山。
>
> 山气日夕佳,
>
> 飞鸟相与还。

和他比太自愧不如,在这儿夜郎自大而已,但倒和卢梭的在《一个孤独的散步者的遐想》中的思想很合拍:

> 唯独在这些孤独和沉思默想的时刻,我才是真正的我,才是和我的天性相符合的我,我才既无忧烦又无羁束。
>
> ……

中国的大诗人和外国的大哲人,都先把世间的事看透,才去归隐,又能用绝妙的思想语言给自己和这个世界找到一个和谐宽松的出处。他们全具有入世者的高识和出世者颖悟的双重魂魄。不怪人们对他们超常的智慧认识也可——给予无穷的启示,认识不到的也可——让人感到神秘兮兮。所以称他们是伟人,甚至是"神"。

三十三

他有时还到附近一片荒坟里徘徊。月下的墓地也很好看,青云冷星,虫儿如鬼吟。没了皮肉的几根枯骨,器官烂掉露出一些洞的骷髅,在月色下泛出白的光泽。它们不能烂了,只等在无声的空间里悄悄被时光刻蚀尽。"生存还是毁灭,这是一个严肃的问题。"他想起哈姆雷特从一个墓坑里捧起一个骷髅自言自语的情景。他也掐起一个反复看着,设想它三寸气在,喘息支配它一切行为时,长的是什么模样?那张千变万化的皮包着你时,你善待过多少人?他们看完你这张脸,心情好的吻过你哪个位置？转身走进的是欢乐的人群，还是回到属于自己幸福的风景线？你这脸愠怒无常时，阴沉地对待过谁？谁在你圆睁的目光下，吓得筛糠似的哆嗦？看你伶俐的牙齿、坚硬的口角骨，也定是个能言善辩的人。你用美语成全过多少人？又用恶语伤害过多少人？又以花言巧语欺骗过多少人？你是否懂撒谎的意义是为了骗取真实，虚伪的内涵为的是得到实质的功利？看你硕大的头颅里那风干的脑体一定小不了，证明你是个举一反三、事事全懂的能手！所以你有智慧也有恶谋。不是双重人格、多元性格的人，没有这么大的头骨。哦，上边有嵌着颗子弹的弹洞和刀痕呢，你一定是作恶多端横死的！

他把它扔在地上，飞起一脚踢出老远，这才是人终结的本质，死多么温柔又多么残酷！

时间一长，林亮找到了他散步的方式。从小木屋出去，乏了在拉来的钻探用的钢管上坐一会儿，起来到那片坟墓转转，回来绕个大弯到一个大水泡子旁停停，高兴的话就脱了衣服，裸着身体在没人深的水泡子里畅游一通，因这儿地处偏僻，没人来，便上岸躺在草地上晒日光浴，晒完前胸再晒后背。他恨不得把五脏六腑全翻出来晒晒！脸贴在地上听虫叫，看蚂蚁出出进进的洞穴，看屎壳郎有趣地推动粪球，它们在他身上爬上爬下，也不觉得痒，仿佛任意地让大自然亲切地抚摸。有时，晚上他在岸边独坐，听清脆悠远的蛙鸣。他所走过的路线，形成一个椭圆形，萋萋蒿草被他踩倒后枯死了，现出条幽静的小道。

一次，他在水泡子边捧着《鲁迅全集》，当看到《且介亭杂文末编·半夏小集》中的几句话时，他热血沸腾：

假使我的血肉该喂动物，我情愿喂狮虎鹰隼，却一点不给癞皮狗吃。养肥了狮虎鹰隼，它们在天空，岩角，大漠，丛莽里是伟美的壮观，捕来放在动物园里，打死制成标本，也令人看了神往，消去鄙吝的心。

看完放下书，他沉思了一会儿，突然产生一股无法抑制的激情，猛地站起，拽得纽扣嘎崩嘎崩直响，甩掉身上的衣服和裤子，光着身子，双手向前一下跃进水里，以蝶泳姿势疯狂地游向对岸，他边游边叫，上了岸又不顾一切地一阵儿奔跑。到了那片荒坟，躺在地上如被什么烧灼般地翻滚，滚了半天起来，抱住一个骷髅又往回跑，到了泡子边，咚的一声跳进水里，手把那骷髅托出水面，一直侧泳游到岸边。他渐渐平静下来，心里有种独霸旷古之感。微风在周围吹拂，各种声音都避他而过。头上大朵大朵的白云乌云交错穿梭，散了又重新集结，乱了又继续合拢，像是要爆发一场规模宏大战争的古代八卦图。狼烟滚滚，阵列萧萧。霎时战鼓隆隆，旌幡猎猎。接着是金戈铁马的踏踏声，忠勇战士的呐喊声，人叫马嘶的喧嚣声，兵刃相交的碰断声，栽倒在地的将士们伤痛的呻吟声，和死者最后的哀鸣声。

他仰起头，看着这在空气中正进行一场空前拼搏厮杀的沙场，简直是善与恶火并的空中的混战。一会儿，白云散了，乌云跑了，天空恢复了柔静的湛蓝色。

彩彩又牵着她那沉默的保镖来看林亮，她用在家带的肥皂给林亮洗玲玲买的那件海魂衫。她看看林亮黑黢的、愈发瘦削的脸，眼泪汪汪地说："亮哥，玲玲姐不爱你了，你……你就爱我吧！"她一下扑进林亮的怀里："亮哥，这样行不行，看你快被她折磨完了！"

林亮用手绢擦擦她不断涌出的泪水，让她松开紧紧搂着他的双臂。

"彩彩，别说傻话了。我是你哥哥呀，哥哥怎能爱妹妹呢！"林亮在她的前额上轻轻吻了下。

"你别骗我，我不小了，我什么都懂。你是秀姐的亲弟弟，她是不能爱的，你爱我……"

林亮一下捂住她的嘴。

"彩彩，你以后也别老提那个玲玲姐，再提她，亮哥可真的不高兴了。"林亮握住彩彩的手说。

彩彩扬头看看林亮，咬紧牙半哽咽地点点头。

"亮哥这个人好不好？彩彩你什么也别顾忌如实地说。"林亮问她。彩彩低下头，好一会儿才抬起来。

"反正觉得你比我亲哥哥都好，一看见你就不知咋高兴法，你说什么可对我心情了！"

"我是那样的吗？"

"是那样。"她忽然笑着神秘地说，"亮哥，我家杏树上的杏和樱桃树上的樱桃要熟了，等再熟得差不多，我马上摘些拿来，让你尝尝鲜。现在你的嘴里一定又苦又没味吧？"

林亮几天来一直干涩的眼里，一下子觉得湿润起来，他抑制住没让泪流出。

"你真是我的好妹妹！"他摩挲着彩彩的头说。她多像农家篱笆边上生长的牵牛花，是那样的单纯可爱，散发出淡淡的清香；又像墙根的苏子叶，有股朴实诱人的香气。这样的人我怎能爱呢？爱倒对她是种破坏摧残！二姐不知什么时候来的，站在林亮的身后，静静地听他俩说着什么。她挎一篮子青菜，转身走进小木屋，放在地上。

"家里不都好吗？"林亮问她。

"挺好。"她说，"爸妈总一个劲问我你为啥来这儿，一定有什么原因。还说胡玲玲到现在怎还不回信。"

"你说没？"

"没有。但总瞒着也不是个长远之计。"她说,"昨天齐队长到家特意打听你的情况,我送他出门时对他如实说了。"

"他说别的没有?"

"没有,只点点头。看样很理解你。后来说,歇就歇几天吧,消消火气,哪天上班都行。"

林亮松了口气。二姐又说:"你得亏没淘金去。周风和陈国臣偷着走了,让刘队长知道后报告到大队,金书记领着刘队长和夏丽娟去他们家把下半年的口粮都收了去。你要真的去了,咱家可就大祸临头了!"

"把他们家下半年口粮收回去,那他们吃什么呀?"林亮疑惑地问。

"人家才不管他们呢。说周风和陈国臣私自出去淘金是资产阶级自由泛滥,是目无国法。你没看见那惨状呢,周风和陈国臣的老婆哭天呼地抱住金书记和刘队长的大腿,不让称他们下屋粮食囤子的粮,夏丽娟就去称,陈国臣的孩子给她跪在地上哀求。后来齐队长上来和金书记商量来商量去,光收回周风和陈国臣本人的下半年口粮,这才算完事。不然的话,现在得出人命!"

林亮听完,浑身出层冷汗。去的话真就坏了!觉得自己仍很天真幼稚。

昨天老杜头向林亮交代一下,让替他看好钻探器材,坐着往这儿拉货的卡车回了家。林亮向他保证,你放心回家吧,回来你看,一点儿啥东西都不会丢的。

只剩林亮一人清静得很,他让二姐和彩彩在这儿别动,他自己动手做起饭菜,留她俩吃完再走。他把二姐拿来的豆角和黄瓜掐了,切了,又淘了米。把小铁炉子从小屋搬到门口生上火,不一会儿饭也好了,菜也好了。林亮还弄了一个特殊的菜,他让彩彩到草棵里捉些蚂蚱。林亮把锅里的油烧得滚开,先把捉回的蚂蚱用面袋闷个半死,这是怕活蚂蚱在油上乱蹦乱跳,把它"唰"倒进锅里。蚂蚱在锅里伸胳膊拉腿一会儿就熟了,撒上点儿盐花,传出扑鼻的香味。这道菜,林亮是跟陈代学的。端到桌上,二姐和彩彩谁也不敢吃。林亮从老杜头的床头板上拿来只剩半瓶的地瓜蒙酒,吃着油炸蚂蚱就着酒,感到心畅神爽。他让二姐和彩彩一人喝一点儿,二姐抿了一小口,脸立刻如红布一般。彩彩推开林亮送上的酒,不沾一点边。吃完饭,二姐在林亮长笛的伴奏下唱了段《红梅赞》,彩彩坐在小板凳上拄着下颏静静地听着,她入神的若有所思的姿态,像英国画家密莱司《新鲜的鲱鱼》油画中那个挎篮沉思的少女。一缕斜阳把她前额的头发染成浅红,俊朗的流线型鼻翼,微微翘起薄薄红润的下嘴唇,似造物主完美的造化。淡淡清愁的眼神,在柔情地望着远方,像歌曲中那斗寒绽放的红梅在那里摇曳,又像是发现了别人没看见的一道绚烂的景观。

她是在用她渐渐成熟的心灵思索着面前这个让人热情欲发,又让人揣测不已的未知世界吗？

林亮没惊动她，在一旁欣赏着她静望中的情态，也顺着她的视线望去。啊，那里有绚烂的晚霞，有优美如歌"暖暖远人村，依依墟里烟"的田园的风，有雾霭笼罩下大道上的远涉者和匆匆的归人。林亮看到这儿，忽然又想起夏锄前那个三步一伏地磕头去朝觐的行脚僧。几千里的路程，可能他此时还在坚韧跋涉的途中。好像又来了灵感，林亮横起长笛悄悄吹奏起，为面前这个正处在幻想中的少女，为那个以不屈不挠的精神和倔强的灵魂早到达他企望的理想圣地的僧人高奏一曲。

彩彩激灵一下被乐曲惊醒过来，哎的一声，侧眼一看林亮在她一旁。她用手揉揉惺忪的眼睛，又往脑后撩撩头发。

"你刚才在想什么呢？"林亮问道。

"没想什么，亮哥。"说完她起来，直直发酸的腰。

"彩彩，咱回家吧，天不早了。"二姐说。

"好，秀姐。"须臾间，狗从远处晃着尾巴，吐着舌头跑回来。二姐和彩彩手拉手走了，一边走一边时不时地向这儿张望。

早上林亮没起时，妈妈和表舅妈来到小木屋。她一脸愁容，心事重重的样子。看林亮只伶仃一人住在小得可怜的房子里，泪立刻流下来。嘴动了几动，没说出什么，便拿出一封信交给林亮。

"别瞒着了，你爸和我都知道了。"妈妈说，"好好一个事情，怎到这份上！"她抽泣起来。

表舅妈长叹了一声："好事难成啊，还得多磨！事哪能一竿子捅到底的。"

"孩子，你怎这个命啊！"妈妈哭着说。

林亮一看妈妈这样，不由得伤心道："妈妈，你要注意身体。去不了南方就去不了，我不在乎。"

"怪不怪你爸爸？"妈妈止住哭声问。

"不怪，这事与他根本没关系。您老不要这样认为。"

"看看你爸爸给你写的信。他已经几顿没吃好饭，唉声叹气地，瘦了不少。"

林亮打开信：

吾嗣亮儿：

为父尽知儿所懊恼，才寻荒郊避度罹痛，乃是父之罪错也，毁你前程，害儿自吞苦果哉。还深瞒在心，怕引起家人慌怵难安。昨逼问秀儿方晓，终悟也。苍天可知吾儿肝胆孝尊，足见你心道通达，明理大度，让父更痛感愧对儿女。

林亮看到这儿，泪水立时涌出，擦擦看下去：

为父一生光明畅朗，憎恶丑行，虽名位寒卑，才识微浅，但终生信奉子曰："唯天下至诚,为能经纶天下之大经,立天下之大本,天地之化育。"可谁"达天德者,其孰能知之"。此乃世道,公理殆丧,良知旦毁,人心不古,畸乎。为父只能借叹:"道不同,不相为谋。"悲哉哀哉!国虽有我一人不能兴邦,无我一人也不能衰腐,然而老朽节操洁守仍兼济世之心,堪生不逢世,泯我之志也。

为父深明亮儿郊野独修,乃疗心伤,思道乎。希儿宽谅余光之年的朽父。求真之途不单处外界,而在之心也。望亮儿速回为父身畔,聊度天伦之乐哉!切尊。

亮儿小安

父吞生野老
×年×月×日

看完,林亮抹了把满脸的泪水,捏住两颊,沉思着。

"亮儿,快回去吧,别让爸爸妈妈担心了。"妈妈低声说。

"老外甥,收拾收拾跟我们走吧。"表舅妈推了下正低头的林亮。

"老杜头不在,我不能这样就走。等他回来,我马上回家。"

"他几天能回来?"妈妈问。

"明后天。"林亮说完,拿出笔和纸,"我给爸爸写封信,妈你带回去,请爸爸放心。"

林亮很快写好信,折叠成个菱形交给妈妈。妈妈和表舅妈动手把小木屋拾掇得利索一些,又给林亮做好了一顿饭菜,稍坐了会儿走了。林亮操起镰刀,在地头打了几捆黄蒿和艾蒿,背回晒在屋前,准备晚上点燃驱赶蚊虫。他总也嗅不够这蒿子的清香味,即使烧燃弥漫出团团烟雾,那里边仍有丝丝的甜馨气。回到小木屋拿起笔又开始写作,写累了,就继续他思想家般的散步。四点往返线——钻探的钢管堆、坟地、水泡子,再返回小木屋。每个地点都留下了他吸剩下的一堆烟蒂。他在水泡子裸泳完,擦擦身上的水珠,上下看看自己晒得发黑的胴体,运用几下内在的爆发力,欣赏着自己一身健美的肌肉。心情不好的话,绕着水泡子奔跑一圈,有时还嘶哑着呼喊,他就用这种方式排遣内心的郁闷。穿上衣服,吸上一支烟,悠闲地往回走。

三十四

进了小木屋,发现胡玲玲在他的床上坐着。林亮往上提提气,心稳一稳,说:"你什么时候来的?怎找到这儿的?"林亮惊奇地问她。

"是秀姐和彩彩把我带来的,你有啥可大惊小怪的?"她声音喑哑,忧郁地说。

"你看我这儿又乱又脏的,你来……"林亮看玲玲比上次进城回来分手时憔悴多了。双眼无神而散乱，以前乌黑的头发，现在却显得枯干发黄，梳得还不整齐。坐在那儿，身子有些弯曲，头探在胸前。

"脏乱又怎么了？这就是地狱，我也愿来！"说着，她用手捂住嘴不由得哭泣起来。林亮把手绢递给她，她接过摔在床上。扬头睁开红肿的眼睛，大声质问："你接到信，怎不去城里？在一起好合计一下我们的事？"她哭着说："这几天我一人在家，泪都流干了，左等右等你也不去。"

林亮有些愠怒，一下掐住手中的烟头，手指觉得发烫，但他忍住没抖动一下。

"我去干什么？我去有何意义！有何用处！"他把那已熄死的烟蒂，狠狠地扔到门外。大声地说，"我去和你在一块好相互折磨，痛不欲生地诉说已成现实的悲剧？"他又抽出支烟，使劲划着火柴点上，大口大口紧吸着。

"我全负这事的责任，你恨我骂我都可以。"她止住哭声说。

"你负能怎么样！恨你咒你又能怎么样！你把我看低了，看成区区小人了。"

玲玲向林亮要一支烟，又和他正吸着的烟对上燃着。

"你恨你父亲不？"胡玲玲被吸进嗓子眼的烟，呛得咳嗽几声，脸涨得通红，过一会儿还紫了起来。

"算你已有三个人说这种话了。可也是，局外人看的是事情的缘由，但我告诉你，这事成功也好，不成功也好，与我父亲毫无关系。"

"你说句心里话，这事究竟应该怨谁？"胡玲玲吸了口烟说。

"怨我自己。恨我把事情料得太顺利，没充分估计它。"

胡玲玲直直地打量着林亮，像打量一个陌生人，烟从手中滑到地上也不知道。

"连我们的感情也是一场游戏？那是我骗了你？是利用了你什么？"她神情沮丧，呆呆地说。

"我不是那种意思，你误解了我。"林亮用平和的语气说。看看身体有些发晃的胡玲玲，忙倒了一杯水，放在她手中，扶她坐在床上。

"我的意思是说，当初我应该把我父亲的问题考虑到，我能否到一个军工企业工作，有了这种预料，我们办起事来会有个思想准备，能稳重行事。和你的感情问题，那是另一回事。"林亮说完，长长出了口气。

"你说说，以后我们怎么办？"她不错眼珠地看着林亮。

"还能怎么办？你随你的父母去南方呗，我你就不用管了。"说这话时，林亮表现得异常平静。

"你好狠心啊！都不承认我们的感情了！去不了南方，也意味着我们的爱情成了场空梦？我真怀疑你……"

林亮笑了笑说："我去不了，我们还能进行下去什么呀？不知你怀疑我啥？"林亮在水桶里舀了一碗水,一饮而尽。感到痛快得很,边啧啧哈哈地觉得过瘾。

"我看你倒很平静,不知你对我们以后的事是怎么想的?"

林亮思索了一会儿,问:"你说呢? 我先听听你的。"

"工厂是一定进不去了,我叫爸爸多方努力,厂方说啥也不答应。我看你还是去,我们在那儿结完婚,你做临时工,咱还不是在一起生活吗?"她强打精神说。

林亮看看表,已到中午,说:"吃完饭再谈这事情,好不好?"

她没言语,林亮让她躺在床上休息一下。林亮在地下把那会儿妈妈和表舅妈做好的饭热了一遍,又做了个菜。胡玲玲翻来覆去躺不住,拿了一本床边的书掀几页看两眼,便抛在一边,反反复复把很整齐的书翻得很乱,还掉在床下几本。林亮上前耐心地拾起,又重新整好摆齐。他最讨厌别人弄乱弄坏他的书,要是另一个人,他早就吼起来。摇摇她的胳膊,说:"吃饭吧。"

她把头往起探了探,往后用劲一仰,说:"我吃不下,你自己吃吧。"

林亮扶着她的双肩,硬把她扶起来,让她坐在桌旁,递给盛好的饭和筷子。林亮又去取老杜头放在床头板的那瓶地瓜蒙酒,看成了空瓶。上次二姐和彩彩来吃饭时,他已经喝没了,还以为有呢。空着两手,转身回来,感到失落惆怅。胡玲玲早看在眼里,把带来的皮包拿来打开,从里面抽出两瓶当地特产原浆高粱酒。

"刚才到你家给你父亲放下两瓶,这够你喝了吧?"她说,"还有两条烟,供你享用的。"

她把这些都一一摆在床上。一条是"海豹"牌的,另一条是"红玫瑰"牌的。林亮拿过酒瓶,用牙咬开盖,倒在一个碗里。

"在这儿委屈你了,临时的家,缺东少西的。"

林亮先喝了一大口,把酒送到她面前。

"我们是不是在一起过上日子啦?"她端起酒碗。

林亮向她摆摆手。又让她把眼镜摘下放在一边,这才看清她眼球充满血丝。她喝酒时,眼泪正滴在碗里。她把喝了一小口的碗交给林亮。

"喝吧,这是我的泪酒!"她感慨地说,"人为啥活着? 人生为什么有爱情呢?"她哽咽起来。

林亮把端在手里的碗放在桌边,深深吸了口烟,接着吐出长长的一条烟线。

"林亮,我对你说句心里话,我有种活活不起、死还死不了的感觉!"林亮苦笑了声,刚要说什么。"这屋太小了,我觉得压抑得受不了啊。"胡玲玲似乎是喘不过气地说。

"我们的路还长着呢,你咋说出厌世的话呀? 我觉得越压抑越是鼓起勇气面对着它,张扬开精神超越它!"

"我没有你那么高的境界,我做不到! 我完了,我垮了!"她接过林亮手中的碗,喝了口酒,"我上次来这儿,咱仨人在沟里的槐树下野餐,没酒杯,我们用空鸡蛋壳喝的。一晃又过去了,唉,多让我怀恋呀!"

"要振作起来。你来的一封信中不是说让我设法潇洒起来吗? 人要有了自信心和生活的目标,是谁也打不倒的吗? 我可把你这句话,当作我的至理名言了。"林亮边往玲玲的饭碗里夹着菜边说,"这两天,我准备把你这话写在纸上,贴在我的床头。现在你怎……"

"我说了吗? 在哪儿说的? 你逗我开心吧?"

林亮不知道她是神志不清,还是故意装糊涂? 此时也没法与她把过去的事情进行一番论战,争得明明白白。他急忙吃完饭,还吃得比以往多。边催她也多吃些,这样会添些精气神。而她强吃下半碗饭。

"玲玲,咱出去转转,别老在这小屋闷得难受。"说完,林亮拿上两盒"海豹"牌香烟,揣进兜里,拉着她出去了。回身锁上小木屋的门,按他常走的路线走去。到一个地方玲玲都用脚踢踢林亮吸剩下的烟蒂堆。

"这回你该说说你对我们事的打算了吧?"玲玲坐在钻探用的钢管堆上。

"我是这样想的,你该去南方还去南方,我自己还在这儿。"

"你真这样想的? 我俩已登记结婚了!"

"那不好办吗,登了再当离婚办下手续还可以的吧? 婚姻法上有这条,结婚自由,离婚也自由。"林亮还是很平静地说完这些话。

"那我们就没有爱情和婚姻了,你对我为什么这样绝情?"

"人在有中取,不在无中求。我不是不喜欢你了,也不是我不爱你,不和你结婚了,而是现实都不让我们……我们……"林亮说到这儿,想了半天,没琢磨出恰当的词汇,给她做最准确的答复,"你到那儿该找工作还找工作,该有爱情还有爱情,该结婚仍结婚,和另一个男人一块生活,这些我都一点儿不往心里去。你我还恢复到以前,仍是最好的同学,是要好的朋友,要说的就是这些。我最后由衷地祝福你的未来幸福美满如意!"

玲玲不顾一切地扑进林亮的怀里,声泪俱下地嗥着说:"我也不去南方了,和你在这儿结婚生活! 你干什么,我就干什么,求你相信我的话,这还是能实现的!"

林亮看着眼下的她,发现她头发里已有几根白丝,把一口烟雾喷在上边。

"别太固执,这样我做不到。我不忍心让你和我在这儿过苦日子,就像二姐那样,会让我难受死的。你去南方,是天赐的良机,失去太可惜。你要不去,那就是两个人在这儿一同遭罪。你的父母就你这一个宝贝女儿,他们能舍得了吗? 别让我拖累了你,否则我心更不安。"

"不，就这样做了。"她有些口齿不清地说。

"听我的话，不要拿人生当儿戏。人生的一次契机来之不易呀！只要我们心里仍在拥有，就能战胜一切的。"

玲玲把双唇咬得发紫，看着林亮："真没想到你有这样的度量，我该……我该咋……"

"别哭了，你看我都没哭，造物主是不喜欢弱者的。小心身体，南方那儿很热，活得坚强才能抗热不中暑。"林亮搬过她的脸，把上面的泪珠一颗颗吻掉，"哪天走，请来信告诉我，我好好送送你，这是我的真心话。"

"你在这儿可怎么办啊？"

"有啥怎么办的。上次丙利在这儿写的诗中有一句挺不错的，'他乡也能乐福天'，请你放心去吧，我会很好的，不用挂念我。"

玲玲平静下来，柔和地说："我看彩彩这个农村小女孩很乖巧的，还对你非常好，你和她能不能……"

听到这儿，林亮哼了一声，晃晃头。

"你就别帮我操这份心啦。你走后，我会安排好我的一切的。"他又说，"我求你能办好一件事情就行。"

"什么事情？"玲玲忙问。

"你回城后，到丙利家，最好见到丙利，你把二姐和他的事好好谈谈，最近二姐让我说服得同意和丙利相处了，丙利他也有这心思。你就当一次红娘，让他俩尽快建立起感情。别的真是小事，我非常关心二姐的未来，农活干不下去，整天满脸愁容。你了解她的秉性，一脑子理想化，缺乏生存适应能力。这样也让我父母少操些心。丙利一家看样没有那种门阀观念，他的父母要真的同意他俩的事，看他们合得来，兴许很快把丙利和二姐调到城里安排个工作。那就万事大吉了！你帮这个忙吧？"

"好，我一定能做到。"

林亮带着玲玲到了他去过的那片坟地，他习惯地像徜徉在一片倒塌的殿堂。在草地上采了几朵野花，用手绢系成一束，献给玲玲。

"你嗅嗅，多香啊！"林亮笑着说。

"你是要吓死我呀，有死人味的花，怎能香呢。"玲玲把花掷在地上。林亮拾起，放在鼻子底下，嗅了会儿，插在一个坟尖上。然而，他坐在另一个坟头上，像欣赏一个美不胜收的景物，不错眼珠地观看对面坟尖上的那束野花。

"你有病啊？还是在发神经？吓死我了。快离开这儿！"玲玲把林亮从坟头上挽起。

"人都有病,没病就不是一个真正的人。不发一阵儿神经,人也就没有个性了。"林亮带一种让人难解的意思对玲玲说。

"你越来越让我看不透了,深不可测!"

林亮又是一阵一声比一声大的笑声。

"人越理智才越没出路。都浑起来吧,一切都模糊不清才有诱惑力。郑万年的守愚禅,才是他真正的他,真正的明白。"

玲玲听得心发怵,他是咋的了? 怎一会儿变得这般样子?! 刚才说话还有条有理,这会儿怎……人可真是个谜!

俩人来到水泡子,他们看着水边长出的蒲棒草上开出的花,还有野百合似的植物,开着灿烂的紫色的小朵。水里有自由游弋的小鱼,游动时,还有露出水面的黑脊梁。这多好,如没人来过的星球,没有高级生物来开拓似的史前的荒芜地带,让人产生一种初蒙的创举感! 这里没生与死的概念,没有善与恶的杀戮,没有美与丑的争宠。一切静得能使人的灵魂融化,仿佛听到虚无中有灵性在吵闹。

"我常一个人在这儿裸泳。"林亮说。

"没人来吗?"玲玲不信。

"这里是被人遗忘的角落,就我一个人在统治。"他笑道,"你来了,你是夏娃,我是亚当。"林亮欲脱衣下水。

林亮穿着短裤一个人在泡子里游了几圈,上来让玲玲给他擦下身上的水珠,捶捶背便回了小木屋。

俩人吃完饭已是日尽月出之时,便各自躺在床上。

"这像不像格林童话中森林里的小木屋? 住着白雪公主和白马王子?"玲玲说。

"像。但就缺少一个狠毒的巫婆,不然就没色彩。"林亮在黑暗中道。玲玲在她那个床上侧歪着身体,用一只手托着腮,看着她对面床上的林亮吸一次烟,那发暗的烟头便忽亮一下。

"林亮,你说我来时想,准备到这儿在你面前大悲大哀一次,海誓山盟非和你厮守一生,心情坚定得不得了。那会儿让你说服得我,先前准备的一切都像退潮的海水,去得干干净净。"她说,"这是为什么?"

对面床上的火炭猛地亮了一次,一股烟淹没在黑暗里,连点儿影子都没有。

"你是变得超然了,自我意识又上了一个层次。"一道火线飞向地上的火炉。

"是不是我比以前心狠了? 说不爱就不爱了,只一人去很远的地方。我看人有一种意识,它支配着人恍恍惚惚去做不属于他自己的事情。"

"这是潜在意识在作祟,说明你深刻了!"林亮翻了下身,床发出咯吱的声音,

"即使这样,我更没恨你的理由了。"

"我们把今夜当成新婚之夜吧。"说着,玲玲来到林亮的床边,示意他脱掉衣服。他坐起:"你把门打开,屋太黑。"

玲玲去拉开门,呼地一大片月光扑过来。玲玲精光的身体堵在那儿,瞬间月辉从她头顶和两腋下射进来,背后的墙上现出她的剪影,门中的她如一尊玉石雕像,伶俐端庄,熠熠生光。

"你虽瘦了些,但秀颀而和谐。臀部还很浑圆,曲线优美而可爱。"他说,"我倒产生不出旺盛的情欲。"

"我在下边垫一个手绢,是白色的。都说这样是证明一个女人是否贞节,完事会明白的。"

"你什么都懂,我怎没想到? 那我该用啥证明给你呢?"

玲玲抽泣起来,用胳膊勾住林亮的脖子。"你们男人没有什么可证明的,所以男人可以任意荒唐。"她说,"我是向你赎罪的!"

"赎什么罪?"林亮吻了她一下说。

"赎欺骗你的罪。"

满是月光的小木屋一片沉默。

整个床像在云雾中飘摇,不知去哪儿,不知在哪儿着陆,有时歪歪羽翼,刚沾到地面,感到不安全,又升了空。后来在混沌不清的空中碎了又重新组合。

林亮看玲玲正把那个白色手绢拿起叠着,对他说:"你看看,这是我的证实。我是不是一片处女地? 你刚刚开垦的。"说完把它小心地包起来,塞进她兜子的底层。

"有水吗?"

"有,干什么?"

"到外边冲冲凉。"玲玲裸着身体出了小木屋,"别穿衣服了,咱们都互相冲冲,天太闷热了。到这时还有啥可怕的。"

"消消汗再冲,别激感冒了。"

"这次要怀上,我就把他迎到世上。证明你我是他的造物主,是至尊至爱无所不在的上帝。"

"那就有了两个上帝,你不怕后患无穷? 但愿他在快感过后的梦中消失。"

"你真不懂我的心。"

"人就是赤条条来,赤条条地去最无忧无虑,最省心。真理它也有苍白的时候。"玲玲说。

他把一瓢水倒在她的头顶上时,她缩着身子,咬牙挺着条条溪流从头上淌到脚下,激得她不安地兴奋起来。她在月光下跳呀唱呀,又哭又笑。说,光着身子才觉得自己是一个人。她给林亮冲凉时,他却对着月亮吹起长笛,像对黑暗中的世界,平静地进行一番诗意盎然的描绘,他还是喜欢柔软的理性!

"还是应回顾一些东西,因我们要分别了。"他放下长笛说。

"我俩再重演一遍在校时演过的鲁迅的《过客》。"

"好主意,但缺一个人,是三个人演的戏。"

"那次你装过客,陈代装老翁,我演女孩。我不演孩子了,演老翁。你仍演过客,怎么样?"

"不,其实我们都是过客。你老翁和女孩都演,一人兼两角,把鲁迅的戏全演下来!"

客——是的。还是走好。

翁——那么,你也还是走好罢。

客——(将腰一伸)好,我告别了。我很感谢你们。(向着女孩)姑娘,这还你,请你收回去。

(女孩惊惧,敛手,要躲进土屋里去)

翁——你带去吧。要是太重了,可以随时抛在坟地里面的。

孩——(走向前)啊啊,那不行!

客——阿阿,那不行的。

翁——那么,你挂在野百合野蔷薇上就是了。

孩——(拍手)哈哈!好!

翁——哦哦……(沉默)

翁——那么,再见了。祝你平安。(站起,向女孩)孩子,扶我进去罢。你看,太阳早已下了。(转身向门)

客——多谢你们。祝你们平安。(徘徊,沉思,忽然吃惊)然而我不能!我只得走。我还是走好罢……(即刻昂了头,奋然向西走去)

(女孩扶老翁走进土屋,随即阖了门。过客向野地里跟跄地闯进去,夜色跟在他后面)

林亮从小木屋回到家的第二天,下了入夏以来第一场大雨。雨下了一夜,早晨人们起来时,发现窗外的园子全是汪洋一片的水,推开门水又涌进屋来。家家呼大唤小地吵吵嚷嚷着往外淘起水来,但淘出去多少,还涌进多少,大人操起铁锹到外边,把当院和园子里撮出道沟,把水顺出去,这才不往屋里进了。

齐队长早早就出了家门,到张信的家,叫他安排一些劳力,到南洼子的麦地,把那里的积水排出来。张信披个蓑衣回来对齐队长说,大队的水库快满槽了,有冲溃大坝的危险。齐队长听了心"咯噔"一下，光着两只脚，一溜小跑来到老榆树下，拿起锤子猛敲悬着的那个"钟"。他扬头看见树上最高的几个枝杈，已被雷雨击断，被密集的树冠挡在半空中。这是昨夜风雨声太大，熟睡的人们没听见。雨还是不停地下，打得地上直泛水雾。这时各家各户的广播喇叭里传出公社和大队领导声嘶力竭的讲话，让八棵老树的全体社员都到大队水库大坝上去，做好开闸放水和护坝的准备工作，一会儿公社防汛指挥部的人和拉着防汛器材的车就到，又说让不能上大坝的闲人撤到高岗地带，以防不测。

水库在屯子的东面，正是截传说中徽、钦二帝走过的那个"两宗"河的河水。这是个中型水库，平常不下大雨时，半槽水不到，赶上旱季能看见底。在辽北平原大地上，虽没有山洪暴发，但这样的大雨要不停地下——四周大地排向河里的水，再流进这里，也能把这个中型水库胀破肚子。八棵老树所处是个盆地，水库一旦决口，水冲向八棵老树，那它就如灌进去倒不出来的腌咸菜的坛子。反复叫喊的广播喇叭，突然中断不响了。"一定是半路上的电线杆让风刮倒了。"张信判断说。

此时，有的家房山墙倒了，前檐墙劈了，后檐墙侧歪了，猪圈塌了，狗窝鸡架鸭架鹅架七零八落泡在水里。用秫秆夹的篱笆也都像被炮火轰得不敢抬头的排排士兵，匍匐在地，里边的各种蔬菜和秧棵侧歪在泥水里立不直。

齐队长看着陆陆续续来到老榆树下、个个拿着铁锹的社员们，长出一口气。他让刘队长和夏丽娟到各家各户动员在家的闲散人员，全撤到屯边北壕棱子上，那儿高又安全。说完，他挥手让身边的人马都上水库大坝。这时，一队的高队长也带领他的人来到这儿，准备共同参加这场与大自然搏斗的恶战。当他们上坝一看，立刻都呆了！水已快漫上大坝，上游的河水，还像野牛似的吼叫着，往这儿汇集。水面上漂来的，有农家园子里没长成的嫩角瓜，有整个草房的房盖，有一个个如阀子似的柴火垛，又有长长的房梁和檩子，漂到溢洪道卡在那儿不动了。齐队长让人上去，用铁锹捅开顺水下去，省着挡住水的流量。眼前的情景告诉人们，上游有的村庄被冲毁了，形势严峻得很！齐队长叫几个棒劳力，马上到水闸房，把闸门提到最高位。他的嗓子渐渐发哑，眼珠子越瞪越红，但神智还很清醒。他折了根树枝，插在水边，用它测试水位，边骂道："奶奶的，公社和大队怎还不来人呢？拉防汛器材的车咋还不到呢？"高队长接过说："八成是来这儿路上的桥让水冲垮了，所以……"齐队长气得一跺脚，泥水四溅，唉一声："真要命！真要命！——那就他妈的光玩咱们呗！"随即立刻喊来赵老板子，叫他马上安排车把前几年上边防汛部门分配这儿的草袋子拉来，越快越好。赵老板子答应了一声，下了大坝没影了。高队长也安排他的人回家让把小队装粮食的麻袋也拉来。

这个水库是五八年大跃进放卫星时修的，工程质量相当差，土是堆成有个大坝的形状,但当时没夯实,内里棉花团似的。大坝的里坡是用石头铺的,刚修完那几年没下过太大的雨,人们的心便松懈下来,有一年大队建房,就把上半坡的石头撬走打了地基。有的小队还拿它修了猪圈。水在扑打着上半坡没石头的土坝。土坝是经不起水涮的,浸到一定时候会发软,能使你措手不及地一下子决开。"妈的!妈的!"齐队长边在大坝上走边骂。对着高队长说:"明白没有?你和我是拴在一根线上的两个蚂蚱,谁也跑不了!也就是说,咱俩手里攥着千百来条的人命!"高队长磕磕巴巴地说:"只靠我们想辙吧!"齐队长停了会儿说:"我有一个办法,你看咋样?""快说,有办法就中。"高队长说。"你领一伙人去把溢洪道挖宽,扩大泄洪面积,这样把流进来的水尽量能多泄出去些,会保持水库里的水来去平衡。"高队长一拍大腿,大叫:"好主意,行!"齐队长又说:"我的人马等一会儿草袋子来了,在大坝外坡的远处用土灌上,给大坝加高。还派些人到沟子里砍树给大坝里坡挂柳,防备水涮。""溢洪道两边是用石头和水泥砌的,挖不动呀!"齐队长一听高队长的话,气急败坏地说:"活人还让尿憋死了?快让人回去取锤子钎子来砸呗,砸开后,用锹再挖。千万别挖大坝这面,也别砸大坝这面的水泥和石头,那样干,会威胁整个大坝安全的!"高队长赞叹道:"你的脑袋和诸葛亮的脑袋差不多。"齐队长突噜一下,抹掉脸上的雨水。雷漏子对齐队长说:"还有一件要紧的事。""什么事?""快让几个细心的人,在大坝上查找一下,有没有豆鼠子洞和蝼蛄洞,见了马上用硬东西堵住,不然的话,水一灌进去会越冲越大,再长的大坝也得垮台。"齐队长拍拍雷漏子的后背:"不怪叫雷漏子,雷劈不着你,你真成漏神仙了,专能找漏的门道。我佩服你!那你看谁行,就领着他们去堵窟窿去。"不一会儿,拉草袋子的车来了,齐队长指挥着社员们下到大坝的外坡挖土灌袋给大坝加高。丁凤贵背着一草袋子的土,挣挣巴巴爬上大坝,一弯身放在地上,用脚还踢了两下,嘟囔道:"妈的,公社和大队的人不来了,光咱们干,累死谁偿命呀!"齐队长朝他一瞪眼睛,上去给他个耳光子,打得他一挺脖。"到啥时候了,还像平常时挑眼拨刺的!你这条小狗命值钱,还是大家伙的命值钱!你这个损玩意儿,败家子儿,把你推进水里淹死得了!"丁凤贵摸着被打得通红的脸,眨了半天眼睛没敢说什么,站了会儿,撒开腿跑下大坝,气哼哼地大干起来。他好像懂了,这当口"军令"如山,谁要开小差,枪崩也没处讲理去。说两句苞米瓤子话,换来一个嘴巴算是轻的。

齐队长站在垛起的草袋子上,指着大坝的外边,用哑了的嗓子喊:"大伙明白不?这大坝要开了口子,首先是我们屯子家破人亡。还有下游的十几个屯子也好不了,几千垧的庄稼地会根苗不留。到那时别说是吃饱饭,就是要饭也难要着。国家救济也是一星半点的,也护不过胸口窝。怎比不遭灾,收了自己打自己吃得好?"说完,他的眼里转着泪水,嘶哑的喉咙直咳嗽。大伙驻足在风雨中,沉静地听着他意味深长的训话。

"来人啊,这儿穿水了!"冯大林不是好声地喊。

齐队长带着人向喊叫的地方跑去。见是个没发现的豆鼠子洞,已让水冲得快有缸口般粗,一股激流正往坝外肆意喷射,眼看着在逐渐扩大,上边的洞壁快要涮透。齐队长接过一个人背来的草袋子,通的一声扔进去。水冲力太大,装满土的草袋子轻如皮球,腾地被弹飞到坝外。接连又扔进几个,仍是一样。张信和冯大林跳下去,想把草袋子用劲按牢在喷水的地方。但人站不住脚,冲得人和草袋子连滚带爬轱辘到坝外。急得齐队长在原地直跺脚。雷漏子说:"快下到坝里几个人,挽着胳膊,挡住洞口,让水流得没劲,多扔草袋子,会堵住的! 算不了啥大事。"人们下去,按雷漏子说的做了,果然很灵。人们这才喘上口气,都擦擦脸上的汗水和雨水。齐队长揪着雷漏子的肩膀,咬咬牙,向他点点头。

雨还是不停地下,水库里雾气沼沼,波浪滔滔,声音撼人心扉。天阴沉灰蒙,似宇宙没开混沌的情景,又像是它在挥动一条巨大而无形的鞭子,在惩罚着人类。

一队的麻袋拉来了,挂柳的树也运来了,扩大溢洪道的工程也干上了。齐队长和高队长在大坝上两头跑着查看。齐队长一会儿看看插在水边做标志的树枝,每次看时都皱着眉头。这时刘队长把患气管炎的老婆和不到十五岁的儿子也催到大坝上。他老婆走一步喘一步,心里骂他,你这个老不死的,看你当几天芝麻粒大的官,不知道咋地好了。大晴天我都不能下地干活,这时候把我弄来,你说我能干啥呀? 刘队长对她说,有一分热发一分光嘛,咱是干部,不同一般社员。他分配老婆孩子在坝底下往草袋里装土。

负责把屯子里的闲散人员撤到北壕棱子的夏丽娟和刘队长一样样忙完那边,也来到大坝上,正站在高处开始她的政治鼓动:"社员同志们,知青战友们,在这抗洪抢险的第一线上,是战场也是火线。此时谁表现好,想靠近组织,到我这儿表下态度。我是公社党委委员,有责任考虑你们的要求,过后把你们的意愿报到公社党委会进行审批。"话音刚落,真的有几个人到她面前表示决心。

姜宝库说:"现在人们干得一个比一个起劲,都够党员团员,你别老嚷嚷了,倒耽误大伙干活。"齐队长说:"你考虑一下老雷头,他可没少出好点子,一定够党员资格。"雷漏子哼了一声:"什么党不党的,我就知道棺材板子,要死的人了,不入了。""你这老顽固,思想有问题,以后得好好改造改造你。"夏丽娟说。

其实,当人们投入一场空前亢奋的劳作中之时,都变得主动积极自觉,不需要外在虚饰的名誉进行鼓励刺激,夏丽娟这样倒引出反感情绪。人们被一种自然的命运驱使时,都已经变得无畏而忘我起来。

三十五

一队的人，挖宽溢洪道的工程成功了，水位上升的速度减缓。齐队长把此消息向大家讲了，干活的人们更加振奋。大坝里坡打桩挂柳的人们干得热火朝天。挂柳是古老而实用的护坝方法，是让树枝挡住扑过来的浪头，减少对土坝的冲刷力。不这样土坝被水一击一刷，会层层塌陷掉。雷漏子扶着一根立在坝里坡的桩子，知青高占奎抡起木榔头用劲地往桩顶头楔。郑万年和韩文德一副架，他扶桩子，韩文德抡木榔头。郑万年眼里已没了往日守愚的"天真气"。韩文德每抡榔头砸一下，他咬牙点下头，替韩文德用心使一下劲。雷漏子有时抬头看看灰蒙蒙的天，像在问：老天爷你咋还不晴呢？大雨点打得他老眯眼睛。他一走神，桩子一歪，高占奎榔头跑偏，把桩子砸劈一个豁，好悬没打在他的胳膊上。他们每楔进一根桩子，然后迅速拴上一棵树。在这间隙，高占奎向风雨呼啸的空中挥挥榔头，大喊道："与天斗其乐无穷！与地斗其乐无穷！"

水库的雾气中有人一声接一声地喊：救命啊！救命啊！风雨中，大坝上所有的目光全集中到喊声处。浪涛里，一个女人抱着一根木头，向大坝上的人们边叫边挥手，求生的眼神乞怜般地望着这里的人。她的周围有在水里凫动的猪和狗，个个把小嘴巴尽力探出水面，四肢用劲直蹬，显然是上游又有一个村子被冲毁了。韩文德甩掉背心，穿条裤衩要跳进去。

"水大浪急，你行吗？"齐队长怀疑地问。"没问题，我串联到过上海，横渡过黄浦江。"韩文德在坝顶一个凌空鱼跃，一头扎进水里。在水中稍停片刻，他忽地冒出来，用力挥动双臂，游向那女人。到了跟前，揪住她一沉一浮的头发，往上一提，腾出一只手抠住她的腋窝，掉头往大坝这儿游。上了岸，那女人往脑后撩撩遮在脸上的湿发，跪在地上鸡啄米似的对韩文德磕头，泥水在她头周围乱溅，就趴在地上从嘴里往外呕泥汤汤。过一会儿才说，刘家屯的水库决开了，家家的土房让水冲得轰隆一声，冒股尘土就倒在水里。她已撤到高岗地带，是回家抓一只老母鸡，想身边该有个活物，但水到了，才被冲到这里。人们这时向水面上看去，又像那会儿的情景，一垛垛的柴火垛，一个个的草房尖，横冲直撞的房梁檩子，园子里没长成的角瓜香瓜倭瓜。人们都深深地吸口凉气。齐队长用手指着水库里那些漂浮的东西，什么也没讲，以一种严峻的目光、庄重的神情，向人们示意着。看见没？我们要不拼命保护住大坝，就像他们似的失去家园！脚下的大坝是我们的生命线！

人们心领神会，个个干劲倍增。里坡的男女社员干得更是把吃奶的劲使出来。女的两人一副架,一个撑袋口,一个用锹挖土往里装。男的来了抓住袋嘴一转身,撑袋子的在后边就势推他一把,撒开腿一阵风似的冲向大坝顶。个个没有了往常干活的藏奸耍滑劲。忘我纯正的精神往往是灾难和命运给逼出来的!他们开始干活时还披着蓑衣和麻袋片,有的身上套着个装化肥的塑料袋子,在袋角剪出两个窟窿,两条胳膊在那儿伸出来。后来都一一甩在一边,觉得身上有它碍事,耽误干活,一会儿抻抻,一会儿正正的。鞋不穿了,上衣扒下,裤子也脱了,只兜个裤衩。男的是这样,女的也把裤子卷过膝盖,上衣也不穿了,只一个贴身的背心,雨一浸能看见里边洁净的肤色。呱嗒板子和一群妇女干得像谁和她们竞赛似的,别的话什么也没有,只有呼呼的粗喘声,光听道:"来,来,这儿装满了,快背走!"浪张和儿子冯良一人装一人背,也忘了冯书记腿瘸被撤职的苦恼。郑万年老婆和闺女利琴边挣边装,装好,俩人再给朱健祥。都忘了先前因这个未来的姑爷,两家打得不可开交的事。郑万年老婆不时地认真看看朱健祥,小伙子挺能干,有力气,将来是一把好手。人们渴了,仰头张开嘴接落下的雨水,润润冒烟的嗓子。累了在草袋子上稍坐会儿,起来再干。大小便,男的走出一段就就地解决,女的也不专找背人的地方,离开远一点儿,叫两个女同伴挡住,解开裤腰带就蹲下。没有人像以前那样,见这等事,不是一阵哄声,就是意淫的浪笑。人与自然的搏斗,会把人净化成无邪的圣徒,还会抛弃故有的狭窄自私自怜自卑,完全投入群体力量当中去。增长的是征服欲,焕发出来的是人性纷呈的异彩、凝聚力向心力的光芒、团队精神和生命意志的伟大礼赞!

林亮被面前这撼人心魄的情景给深深打动了,他用心一一记下,有一天写出来,一定是绚丽多姿、活力四射的诗章。他也真恨起二姐来,和他一起来干了会儿,借方便的机会溜回了家。刚才她撑草袋子,彩彩装,挺好的仨人一伙,可她……不是小队社员,还是学生的彩彩都主动跑来大干,你怎么能开小差呢?齐队长要知道,把你推进水库要你的命,都没处申冤去。多亏现在来来往往的人们只顾干,没有注意这些事情,否则你的后果是惨的。他想。

"亮哥,你想什么呢?快来背呀。"彩彩在后面催他。此时他仿佛失聪了,彩彩叫他一点儿没听见。他又想到,眼下这场虽不是血与火的刀光剑影的厮杀恶战,却是战胜自然、从魔鬼手中夺取生存权利和自由的你死我活的战场。它把漫长的人生浓缩在近在咫尺的舞台上,让人性瞬间升华,让灵魂迅速摈弃龌龊,让心灵开出真之花善之花美之花。想到这儿,林亮身上产生一股青春的热流,在他的记忆中沉眠了几年,逐渐泯灭的簇簇光斑,又在脑际飞出来。

那是一次青春的篝火晚会。

端午节,他们年级的全体同学到天桥山下扎寨野营,鲜艳的团旗插在草地上。

同学们把拾来的枯树枝放在一堆,等夜幕降临好燃起来。语文老师张利坐在同学中间讲端午节的来历,讲完他背诵屈原的《哀郢》,同学们听着个个把采来的艾蒿放在鼻子底下嗅。天桥山上虚清庵里的尼姑给山下野营的人挑来一挑山泉水,同学们有滋有味地喝。边喝边好奇地看岁数不大的尼姑,年纪轻轻的怎么就出家了呢?生活中遇到了啥难事?在这寥无人烟的地方耐得住寂寞吗?陈代用照相机给尼姑拍了张照片,不少同学和她合了影,二姐毓秀也合了张。午餐完,男女同学手挽着手,在草地上跳起《青春圆舞曲》。一边跳一边唱:蓝色的天空像大海一样,宽阔的大路上洒满阳光。跳累了就坐下来唱《让我们荡起双桨》,又唱《喀秋莎》。

林亮当时还写了首诗,等到夜里点燃了篝火,大家围着火堆高声朗诵:

在这星光婆娑的夜晚,

篝火闪烁着智慧的光焰。

这里是阳光积淀的宿营地,

这里是青春勃发的火山。

所有的希望和理想,

请奋力地翱翔吧,

我们是祖国大地上的忠实儿女,

是祖国天空中矫健的雄鹰。

此时想起来,那诗真是口号似的,可谁也逃不脱当时那激情的诱惑。但那时他们多么纯洁,多么快乐啊。每个同学的胸中和这篝火一样,燃烧着爱祖国爱人民爱生命的青春热忱。他们憧憬着对社会和人生的无限美好,一颗颗勃跳的心,沉浸在甜蜜的情感里。

篝火旁,他们讨论刚看过的电影《年青的一代》的主题思想和其中的人物形象。许多人说要学肖继业为祖国建设,志在深山找矿的雄心大志,不学贪图享乐,满脑子资产阶级思想和个人主义的林育生。又谈到明年高考谁都报什么专业,再到大学毕业分配时,个个都表示任祖国挑选,到祖国最需要的地方去,到最艰苦的地方去。大家立下誓言:一颗红心两手准备!他们分析歌德的史诗《浮士德》中的"要每天每天去开拓生活和自由,然后才能作自由与生活的享受"。同学们高呼道:"歌德真伟大,好像专给我们写的,太合乎我们此时此刻的意愿了。""那么你们说,你真美,请你停留一下! 歌德又是什么意思?"陈代问大家。"是让我们抓住美妙的青春时刻,以儿女的拳拳之心报效祖国。""不对,他是说光阴易逝,让人去珍惜。""也不对,这是人告别人世时,对生活无奈的痴恋。""你这样说是消极不健康,是资产阶级的绝望意识。"胡玲玲最后说:"你们讲了半天,都不是歌德对世界真正的认识和肯定。我看歌德在长诗最后结尾的'那永恒的女神,在带领我们飞升',诗人是说,将来人类世界的和平繁荣,是由我们女性带来的。"同学们七嘴八舌议论,讨论得异常热烈。大家往篝火中不断地添树枝,火光把夜空映得通红。各班级开始演节目,一班班长王小平同学表演的小品,她装成妖道老太太的模样,手拿一根木棍作烟袋衔在嘴里,双唇兜兜着,眼睛使劲地往大里瞪。刁蛮地一会儿支使儿媳妇干这个,一会又叫干那个。稍有不对,操起烟袋杆便打儿媳妇,演得活灵活现,逗得周围人捧腹大笑。有人说:"你演得不像东北老太太,倒像黄世仁的妈。""不对,像《孔雀东南飞》中刘兰芝的婆婆。"

"唉,四班来一个!多才多艺的都在你们那儿呢!"这是三班的同学向这边叫号。陈代把二姐从地上拉起来,俩人合计一下,就表演起电影《冰山上的来客》里喀拉和古兰丹姆对唱的那段戏。二姐象征性地依在一个墙角,陈代拿起胡玲玲的小提琴横在胸前,当热瓦普弹,在草地一头边走边唱走向二姐:"戈壁滩下一股清泉,冰山上一朵雪莲。风暴不会永远不住,啊,什么时候啊,才能看到你的笑脸。"二姐唱第四段时动情地哭了,似乎那时就预示到她现在的命运。"你的友情像白云一样深远,你的关怀像透明的冰山。我是戈壁滩上的流沙,任凭风暴啊,把我带到地角天边。"她现在在这儿是颗流沙,她由衷爱着的人却在天边。非常有意思的是,丙利最后上场,对二姐说:"姑娘,天不早了,你该回去休息了。"这是电影中化名真神的特务说的话,语调口气都惟妙惟肖,逗得大家哄堂大笑。

夜深了,篝火熄了。同学们谁也不愿回帐篷去睡,仍坐在月色下,一起谈理想,谈友谊,谈未来美好的人生之路。都认为那一定是一条美丽而惬意之路。他们每人叠一只纸船,上面插一根点燃的蜡烛,放在河里,任淙淙的流水,把它汇聚成一条光明的飘带。

这刻骨镂心的青春记忆,至今还使林亮挥不去忘不掉,仍影响着他。想想它,他顿然生出一股无穷的青春热忱。啊,那篝火升腾的晚会!那纯粹不曾遭到污染的理想!现在你哪里去了?

想到这儿,他周身又生出使不完的力量。他撑起草袋子,让彩彩装得满满的。光着上身,赤着脚,抓起草袋子一下悠到肩头。呀!呀!他野马般的飞奔到大坝顶。吓得周围的人议论纷纷:这小子疯了?玩上命了?!他发狂似的不停地干着,一连背到大坝顶上十几袋。

"别累坏了,亮哥!"彩彩惊恐地说。

"没事,你就给我装吧!"他胸脯起伏,粗声粗气地说。

彩彩说什么也不给他装了,强把他按在草袋上坐下。他从来没干过这么重的活,心快要跳到嗓子眼,浑身如火灼般地痛。他看看彩彩,心里说,你怎么了解我此时的感觉?

他下意识地去摸放在一边的衣服,哆嗦的手指半天才在兜里掏出只有几棵烟的烟盒和火柴。放在嘴里一支,强控制住发抖的手,使劲擦了几下火柴,在盒的磷面上,只划下几道白痕。这才发现烟和火柴早已湿得不成模样了。

"你咋了,亮哥? 还能抽吗?"彩彩看他心神不安的样子,"你是不是又想起……想起玲玲姐了?"她眼里噙着泪珠。

"没有,没有。你给我装,我不干受不了!"他把烟和火柴团了团摔在泥里,用脚使劲踏了一下。

当林亮又扛了三袋从大坝上下来,发现彩彩蹲在地上,双腿紧紧地并在一起,两手揪着裤管,脸上的表情异常。那神色像怕别人知道什么。林亮低头看见她的腿和脚背上,有一缕缕鲜红的血。彩彩缓慢地抬起头,羞惭地说:"亮哥,我来病了。刚才一阵肚子痛,就……"她看了看自己的脚。林亮马上明白了,这是一个少女的初潮。他上前把她从地上扶起,抹抹她那滴着雨水的头发。

"小妹妹,不是病,这证明你成熟了。"他说,"快回家去吧,在这儿别着凉。"林亮把自己的衣服给她披上,又说:"快去吧,听我的话。"

"成熟了? 什么是成熟?!"她说,"我不回去,还在这儿和你一块干活。"林亮看她执拗不动,在地上的衣服兜里摸出手绢,用劲拧干上边的雨水。向她点头,示意让她垫在那儿,手绢给了彩彩,他转身遮挡旁边人的视线。

这时,从大坝的南头,飞奔而来三匹马,蹄声嗒嗒,泥浆迸射。到了抢险的人们中间,他们翻身下马。三个人中,一个是公社革委会李主任,另一个是呱嗒板子的男人,公社水利助理朱树仁,后一个是大队金书记。他们走到齐队长和高队长的面前挨个握握手。打听完水库眼时的情况,他们说,公社拉防汛物资的汽车和大队组织来抢险抗洪的人,因半路上的桥梁被冲毁隔在那边,所以都没到,他们仨人是骑马凫过来的。还有两个让水冲走了,已派人到河下游去找,此时不知是死是活。他们仨的马水性好,才安全到了这儿。朱树仁把齐队长的手攥得咯咯直响,说:"扩宽溢洪道,大坝加高,坝里打桩挂柳,做得有备无患。你比我这个水利助理想得都周到!"公社李主任拍拍齐队长的肩头:"你们孤军奋战,保护水库没出事,真难为你们了!"齐队长说:"不光我,还有一队的高队长和他的人马,不然的话,我自己也抵不住。要没有两队的社员玩命地干,我和高队长再能耐,也唱不好这台大戏。"李主任说:"对,这是集体主义精神。真正的铜墙铁壁是群众,他们是创造历史的动力。你为八棵老树,不,为全公社立了大功,水撤后,一定把你报到县里嘉奖你。""有没有人伤亡?"大队金书记问。"眼时没有。"齐队长答。朱树仁拔下插在水边当作测水标志的树棍,看看上边用手指甲抠出的刻度,说:"齐队长你真行,就用这土办法来监测水位的? 你可真……""这是前些年辽河发大水,我去那儿抗洪时学来的。人被逼到一定程度,就啥办法都想出来了!"齐队长说。

雾气散尽,雨停了。抢险的人们感到饿劲上来,软在原地不动。齐队长立刻让姜宝库、马兴国还有呱嗒板子回小队做豆腐做饭。太阳艰难地从云缝中挤出来,雨是不会下了。齐队长和高队长吩咐几个人留在坝上观察情况,剩下其他人回队部吃饭。姜宝库、马兴国和呱嗒板子把饭菜摆在条桌上,去叫人们来吃。这才发现抢险的人们,有躺在仓库粮囤子上的,有蜷在马圈墙角的,有卧在碾道碾盘上的。他们挨个叫怎么也叫不动,操起料叉子捅也不起。最后他们也一侧歪倒下了。

三十六

整个屯子的房屋损坏最厉害的,要数新结婚的刘来福、夏丽娟家的。本来就很寒酸,这场大雨中,四面墙倒了两面。东屋住人的那间还断了两根檩子,不修人再住在里面,定把人压住不可。大队金书记指示齐队长调劳力先给他家修。没有砖石,从个人家暂借来干土坯,用马车拉来。张信领着知青刘强、韩文德到西沟子砍了两棵大碗口粗的杨树,削掉枝和叶,剥了青皮,如两根象牙,还有点儿豆角弯,就当檩子插进房盖露天处。放上秫秸秆,压上土,撒上盐,用和好的羊角泥抹平,屋顶的事算得了。大伙运坯和泥又砌上西山墙和后山墙。刘来福和夏丽娟在淘屋里淋进的积水。俩人新婚的衣服早脱了,一个用有红喜字的脸盆往桶里淘,另一个拎桶倒在外边。这对新婚夫妇脸上没有一点儿新婚的喜色,你干你的,我干我的,像在斗争会上那样严肃。姜宝库把眼睛挤成三角形,趴在张信的耳根说:"唉,看出来没有? 小两口晚上压轴的事,一定是不顺当。"

"你啥都知道,天天晚上来听声子吧?"张信把瓦刀往坯上一顿,说。

"谁干那掉价的事? 全凭我眼睛来看。没错,保准是那方面的事。"姜宝库说完,指指炕上卷在炕脚底的两床被褥。说:"小两口要和气的话,怎用两套行李?一套就够热乎的啦。这是俩人不合性,各睡各的。"

张信看看炕上的行李,不由得笑了,脸又马上沉下来,说:"这新结婚的小两口也不容易呀! 赶上四大愁了!"

"什么叫四大愁? 说说咱听听。"刘强问。

张信看看淘水的小两口,声不太大地说:"有米没柴,病老婆叫,漏雨的房子,掉底的尿罐子撒不了尿!"

冯大林正搬一摞子土坯往这儿来,被张信四大愁逗的,失手坯落地砸了自己的脚趾头。疼得他咚一声坐在地上,把脚抱在怀里揉,还嗷嗷直叫。

"该，谁要你走神耳根刺挠了？这才叫'美帝国主义和一切反动派搬起石头砸了自己的脚'。"张信笑着说。冯大林瘸着腿要过来打张信，张信跳下墙跑了。

下午，大队通信员举着一封信，喊："林亮在这儿没？有你一封信。"

林亮答应一声，接过信一看，是胡玲玲来的。没拆开就揣进兜里，心里早知道信里是什么内容。到了家，林亮把信递给二姐。

"她说什么了？"二姐问。

"我没拆开，你看看告诉我就得了。"林亮猛吸了口烟说。

"后天她坐中午十二点三十分的火车走，叫你和我送她去。"

"还有别的吗？"他问。

"没别的了，是写了一半的信。下边连名也没署，日期也没写。好像是痛苦得写不下去了。"她说，"你自己看看，怕什么？你连这点儿勇气也没了？"

林亮把信推回去。

"我这块表送给她吧，临走你不给她一件东西做纪念，从朋友角度还是从感情方面都说不过去。"二姐说完，摘下腕上那块精致玲珑的小坤表。这是大姐前年特意给她买的。

"以后你戴什么呀？"林亮不安而又感谢地问。

"那就先别管了，解决眼前问题吧。"二姐定定地看着林亮，迟疑了一会儿，很艰难地问，"你和她在小木屋那两天……是不是有了那事？"

林亮低下头，红着脸说："是的。不过……"

二姐打断他的话："不用解释了。一个女孩子把一切给了一个男人，说明她的心永远为你在跳动着。虽然以后在生活上不能与你厮守在一起，她的灵魂也属于你的。"她又说："后天你和她最后分别时，你要挺住，不要过于激动。"

林亮抬起头，羞涩地瞥了二姐一眼。想说什么，觉得喉咙发干，没说出来。

"我不是在怪罪你，这是姐姐对你的忠告。即使那时是我，也难免做出这样的事情。"她又说，"女人在没男人时，是天上飘浮的云朵；等有了男人，也就有了热量和湿度，还会变成低气压，相互一融合，就会降雨的。"

林亮还没听见二姐发表过这么合乎情理的高论，心里轻松了许多。忽然想起一件事，就对她说了，就是那天在大坝抢险时，彩彩初潮的事。他让二姐对彩彩讲讲，这是女人必须经历的事，要注意卫生，不要生气，不要累着，要教给她怎么做。二姐说："好，一会儿我去找她，给她一卷卫生纸，再给她一条新三角短裤。你像是她的姐姐，不像是她的亮哥，比一个女人都想得周全。"

"后天我想让她也和我们一起进城。"林亮犹豫地说，"不知为什么，最近我有些离不开她。虽然她不能为我做些什么，但她在我身边，就感到宽慰，心情好些。"

"见了面你和她说,不管有什么事,后天也得陪我们走一趟,就说我约她的。"

"没她你心里怎么也平衡不了,是不是?"二姐说,"我看你应该亲自去找她。"

二姐去了,不一会儿回来说,彩彩去她姑姑家了,得住几天,说不上哪天回来。林亮听后沮丧得不得了,心一下从里凉到外。

临进城的头一天晚上,他特意去彩彩家打听她回来没有,一听她妈妈说仍没有回来,他身子软得几乎堆下来。出了彩彩的家,他仍不死心地在大门前,在那挺立的大杨树下踱步徘徊。他企盼像往常那样,院里一声狗叫,彩彩推开房门笑吟吟向他走来。或像上次她不在家,正要离开时,她悄然从夜里出来,不声不响地到他身边,轻轻叫一声:"亮哥!"随后她那月亮般纯净的脸上,展开鲜润绚丽的悦色。美目盼兮中,好像一下子聚拢了人间的一切美好!黑暗顷刻退去,只有她在紧紧地拥抱一个无边的空间。

林亮足足等到半夜,他所预想的情景仍没来。回到家躺下愣是睡不着。当第一声鸡鸣时,他下地穿上衣服,在一张纸上写了几行字,写好贴在二姐小屋门上。一个人出了家门,顶着月亮隐去,只有点点星光的夜空,朝城里走去。

他开始在大道上走着,越走星光越暗淡,因黎明前有段黑暗,它一过,天会大亮起来。他觉得一个人走路很轻快,感到一个真正的个体在支撑着一片空间。

天亮了,空气甜润,大地上的万物都湿漉漉的。人咳嗽一声都传出很远,脚底摩挲地面的嚓嚓声也带回响,新的一天就这样开始了。清晨起来,定变得更聪慧明亮,嗅觉灵敏得能闻到遥远的气息。

他又蓦地想起坐着马车来八棵老树时,半路上那只在树上跳跃着迎送他的喜鹊。你在哪里栖息呢?在哪里欢唱嬉戏觅食呢?

他感到这大道走过几次有些倦了厌了,想走能通向城里庄稼地里的小道。但它纵横交错,走哪条才是正确的呢?顺着大致的方向尽管走吧。凭着自我感觉和判断力慢慢地寻觅,毕竟能寻找到所希望的方向,这样会锻炼一个人的思维推进能力。他走出这节地的小道,又走进那节地的小路。走完顺的就走横的,边走边抬头望望城里的方向,那是他所要达到的目的地。因此自己的这边重心和前方那个重心时时忘不了在暗暗地沟通,想象那边是个诱惑源。鞋趟满尘土,露水打在上边,和了一层泥,裤子也湿了半截。他这样不断地走着,不知走了多长时间。越过一个个不知叫什么名字的村子,跨过一条条说不明白的河流,最后终于接近了城边。他看看被泥水污了的鞋和裤子,这番模样怎好到车站送他那个至爱过的人?看时间离中午那趟火车开走还很早,就来到他常来游泳的二道河,脱下裤子和鞋在河边洗起来。裤子搭在岸边的柳树上,鞋挂在一棵杨树杈上,控净里边的水,朝着阳光使之尽快地干。坐下慢慢地吸起烟,不由得想起上次进城,和胡玲玲在这儿游泳，从这儿又到学校的情景，烦恼又袭上心头，他晃一下脑袋，索性把烟蒂摔进水里，脱巴脱巴一头扎进河里，奋力狂游了一阵。感到精疲力竭，这才上了岸。从家走到这儿还没吃饭呢，五十多里路，不算远呀，怎么就觉得乏了？他坐在树荫下避开直射他的阳光，慢慢地等鞋和裤子干。

进了城，他在一家副食商店简单吃了两个面包，喝了一瓶汽水，抹抹嘴巴，向车站方向走去。到那儿正好是她乘坐的那趟火车要开的时刻，他不想给自己和她在最后分别时留有太多的时间，否则会遭遇无法摆脱的无情煎熬。

他走进远离车站的一个道口，顺着铁道线走向月台。心想二姐看了她写的贴在小屋门上的纸条后，自己坐班车早进了城，这会儿她可能和胡玲玲一家人，一定还有丙利，一起走在去车站的路上，还兴许早就到了车站。他们一个个猜谜似的想，他怎么还不来呢？这是咋了？他看着腕上的表，计算着时间，一会儿慢、一会儿快地走，不时地抬头张望月台上有没有他们。都在那儿呢，个个拔着脖子四处望着，焦灼得直跺脚和搓手心，他脸上泛出一种幽默的微笑。他听见远处一声火车进站的汽笛，这才轻松走向月台，是低头脚步稍快些走上去的。一个人向他望了一下，疯狂地奔过来，一把揪住他，当胸给了他一拳。

"你咋才来？没把人急死！"

"你把我打疼了。"林亮攥住那人的手，往旁边一拉。

"不打你不解恨，你麻木了？怎才来？"丙利抽出被林亮攥着的手。

"我是从家走到这儿来的，你……"林亮瞥了他一眼说。

"秀姐说了。即使走也早该到了，你不是午夜就开始往这儿走的吗？"

这时，又有两个人奔向这边，一个猛扑进林亮的怀里，抽泣不已地捶打着他。丙利和二姐背过脸到一边去了。林亮在身后悄悄地摘下腕上那块坤表，塞进抽泣人的手里。

"这是我送给你的，做个纪念吧。"他正正她揉搓歪的衣领。

"我们之间仅仅这些吗？你怎不说些别的！"泪水打在她捧在手里的坤表上。

林亮真想鼓起情感和她缠绵地说些什么，但他走路累得心肠硬了起来。嗫嚅了一会儿，嘴苦涩得啥也说不出来，任凭她絮絮叨叨。

"你的头发怎么这样湿？"胡玲玲睁开模糊的泪眼问。

"我刚才在二道河洗了个澡。所以……"林亮摊开双手，让她看自己的身上。

"你此时倒很坦然。"胡玲玲用怨怼的目光看着林亮。

"我去那边和你父母道别一声。"林亮推开她要过去。

"不用了，他们和我都对不住你，欺骗了你！"胡玲玲伸手拦住他。

"这是什么意思？我可没那么想。"林亮用鼻子哼了一声。

"我说的是真的,他们见了你,倒无话可说。"

二姐在一边抱住丙利哭泣着。胡玲玲回头看看。

"你托我办的事,我都照你说的做了。"

林亮向她点点头。

"谢谢你。"他说,"到那边要安心工作,要好好爱护自己,你……"林亮摘下她的眼镜,掏出一方手绢,擦擦模糊在镜片上的泪珠,轻轻地给她戴上。

那边有人喊:"上车吧,车要开了。"

林亮把胡玲玲推到身旁刚下完人敞开的车门边,指了指让她走进车厢。她站在车门的梯级上,回头深情地望望他。立刻转身跑进车厢,在一个打开车窗的座位上坐下。她从车窗里长长地伸出手,林亮紧跑几步奔向那手,他用右手握住她的手背,把左手放在她的手心上,温存地摩挲着。他看见了她手上边每条线的纹路里都有些细碎的汗珠。他想再仔细看看那条生命线,但一声骇人的长鸣,一下把手和正在手上扫描的目光撕开了!

这一声,似乎地球被震裂了!他也正陷进一道被震开的缝隙里,越陷越深,越来越小。他被吸进的洞越来越窄,当他挣扎的欲望没了的时候,他自言一句:愿去哪儿就去哪儿吧! 无可奈何才是自由的出路!

……

不知过了多长时间,他感到鼻孔插进根管子,一股股似热似凉的气流通过它往自己的体内漫延。腕上的静脉有股液体往里缓缓地爬,胸腔同时被一种东西狠狠地鼓荡着,每鼓一下,整个身体几乎被弹离他牢牢躺着的地方。等身体落下来,他这才意识到此处不是那会儿被吸的洞窟。有人用手轻轻地在掀他的眼睑,像是拂去尘封在古老镜面上的灰尘。他看见妈妈慈祥的脸上衰老的忧伤、二姐红肿的双眼里模糊的泪水、丙利焦灼的神情。啊,还有徐叔叔那带有伤感的严肃、徐婶啜泣时脸上的抽搐,他们个个把头都探向他这里。不知是谁说一声:"他醒了! 你看他用眼睛在辨认我们呢!"

他用尽气力地问:"我在哪儿呀? 你们为什么都来这儿? 发生了什么事情?!"

他想抬头和他们凑近些,前额一阵剧痛,头重重地靠在后边垫得很高又软绵绵的东西上。他尽力用鼓足起来的想象力,来拯救眼看要泯灭的意识和刚恢复的辨认力,但他想到的却是前些天住在小木板房时,和一个女人在月光下裸舞,和她共同上演的裸戏《过客》。又想到在那离小木板房不远的坟地,他捧着一个骷髅自我欣赏的情景,此时它正睁开一双窟窿似的眼睛瞪着自己,像那会儿的洞穴似的,在产生一股吸力正吸着他。额前的疼痛正把他往那里推搡着,和那吸力正合手往洞穴里使劲地拽。

霎时周围又是一片又哭又叫声,又是一阵不知多少人忙忙碌碌操纵器械的碰撞声。

又不知过了多少时间,他被吸进的洞穴产生种反引力,把他从洞底吸了回来。强力的死亡奈何不了他,只好眼看着他凭顽强的生命力回到洞口。这次他首先恢复了耳聪,听到一个清纯的女性低一声高一声地叫道:"亮哥,你快醒醒呀!"

这声音怎这么好听,这么熟悉啊?! 一种强烈的生的意识支配他睁开双眼,是彩彩正摇着他的胳膊叫。她的脸像从阴霾中露出的太阳,那样光鲜而又热烈,她翕动着激情的双唇,喊道:"快过来呀,亮哥醒了!"

在一旁打瞌睡的二姐和丙利迅速来到林亮身边,定定看着他,激动地说些什么,他没听明白。

"我是咋的了? 怎在这里?"他用眼睛问身旁的二姐,她抽泣着,没说清要说的话。

"你只顾随着火车奔跑,没注意,一下子撞到月台上的水泥电线杆上了。"丙利急促地说。

"是吗? 我为啥那样跑? 为谁而跑啊?"

"还是神志不清,这样的大事都记不起来。"二姐在说。

"我马上找大夫去!"丙利匆匆出了病房。

"彩彩,你怎么也来了?"林亮把目光转向彩彩。

"彩彩听说你出了事,像你似的,天没亮一个人走到城里来的。守在你身边快有一天了,还不吃不喝。"二姐揉揉红肿的眼睛说。

"亮哥,是我不好,没随你一起来。否则……"她泪流满面地说,"听妈妈说,你来这儿的头一天晚上,亲自到我家找过我。我在姑姑家回来晚了,回来就听说你这……你这样了。"

彩彩说完,忙拿出一个用二姐送给她的手绢裹着的东西,打开,里面是鲜红的樱桃和黄澄澄的杏。

"快吃吧,亮哥。听说你好几天没吃东西了。"她用手捏着一颗红得发软的樱桃放进林亮的嘴里,"吃吧,这是我在家用小被硬焐熟的。现在树上的还都青着呢,熟还得等些天。快吃亮哥,我焐熟很多,都带来了。"说完又把挤出核的一颗杏塞到林亮的嘴里。

林亮把樱桃和杏都含在嘴里,慢慢地咀嚼着。这才明白发生了什么,泪水已涌出眼眶外。他想把樱桃核用舌尖推出嘴外,觉得舌头不听他使唤,连樱桃肉和杏肉也咽不下,因嗓子眼发干发紧,刺激得发痒,便是一阵咳嗽。二姐急忙上来,要用罐头瓶里的匙抠出卡在他嗓子眼的东西,她拿匙的手哆嗦得伸不进嘴里。彩彩说："我来吧，秀姐。"说完，她用包樱桃的手绢用劲擦擦小手指，弯着伸进林亮的嘴里，用长长的指甲勾出里边的东西，又取出舌尖底下的樱桃核。忙又用匙舀了一点儿甜水倒进他的嘴里，这才使他轻松了不少。彩彩放下匙，拿起林亮头下的枕巾角给他拭拭眼角的泪滴。他心里升起一股说不清是感激，还是依恋，便说："彩彩，你把脸贴在亮哥的脸上……"

彩彩迟疑了一会儿，回头看看二姐。她看二姐向她投去信任的目光。彩彩这才伏下身体，把那潮湿的脸伸向林亮。

"亮哥不好，劳你走那么远的路，专程来这儿看我。"林亮不安地说。

"亮哥你别这么想，让我的心多难受啊。"彩彩拿起枕巾，轻轻地蘸蘸林亮头上缠着的纱布周围渗出的汗珠，"还疼不，亮哥？"

林亮晃晃头。二姐这时说："你随着火车奔跑，胡玲玲摇着车窗号啕大哭，你撞在电线杆栽倒在地上，她几乎要从车窗里窜出来，是她父亲和母亲强把她拉回车里。"林亮听完，头又是一阵疼痛，忙紧闭双眼，身体不住地抽搐。

"我来了，听丙利哥讲，你受伤后，秀姐哭晕过两次。她和丙利哥一眼没眨守到你第一次醒过来。"彩彩说。

"那会儿我觉得妈妈在这儿了。"林亮问二姐。

"什么那会儿，那是前天的事。是你第一次清醒时看到的吧？出事后，是丙利坐着他父亲的吉普车把妈妈接来的。"二姐说。

"妈妈来，不能下地的爸爸谁照顾了？"林亮问道。

"你醒过后，大夫说你没什么问题，危险期过了，妈妈这才放心地回了家。当天走的。"二姐说完，这时丙利和一个穿大褂的女大夫进了病房。

"你这同志可真没办法，这种话你已经说多少遍了？我们对他已竭尽全力抢救诊治了。不光对他，对任何一个病人，我们都尽职尽责治病救人，到这儿没贵贱之分。"那女大夫不耐烦地对丙利说。丙利还是对女大夫吼道："你要治不好他，我专找你算账，还让你们院长负责！"一双怒目瞪着女大夫。

"我们对他算是非常照顾了。配个没其他病人住的单人病房，这待遇只有县里的大领导才能享受到。他是你的要好朋友是不假，你那位当部长的父亲也来对我们这样讲的，我们都做到了，你要我还怎么样？你看他现在不是好了吗？"

丙利还是用手指着对方，强调这要求那的。

"你这人有病，得送精神病院！"女大夫说完，把奄拉在下颏的口罩往上一拢，急急地出了病房。丙利难堪地站在那里。

林亮扬手要丙利到他身旁，说："丙利啊，你不要为我变得这样。"林亮紧握住他的手："我到底是怎么个病况？"

"大夫诊断说你是脑震荡。我怕他们不用心去治,落个后遗症,那可就惨了!"丙利忧郁地说。

"没什么事,脑震荡也是轻型的,我心里有底。你别和大夫老发脾气。即使是死,谁也留不住我! 大夫也是治病治不了命。你这样忒叫我不安了。"林亮抖抖丙利的手说。

一旁的彩彩忙用手捂住林亮的嘴,说:"亮哥,别说死的话,我不愿听!"两大滴泪珠落在林亮的脸上。

"我不想在这儿待了,要马上回家。"林亮抬起头说。

丙利和二姐忙按住他。

彩彩把一颗挤出核的樱桃送进林亮的嘴里。

"吃一点儿吧,这樱桃可甜了! 你的嘴现在一定很苦,没什么味。"

三十七

几天后的一个中午,林亮坐着丙利父亲的吉普车走在回家的路上。车在满是辙沟和被阳光晒干布满泥块的大道上艰难前行着,像条在水上颠簸的船。坐在后座的林亮的头被二姐抱着,这样是为了减轻车身带来的震荡。但还觉得额头的伤处一阵阵抽搐般的疼痛,他咬紧牙不出声地忍受着。双手用劲地握着坐在左边的彩彩的手,彩彩不停地用手绢给他擦拭满脸渗出的汗滴。坐在前座的丙利不时地回头看林亮痛苦不堪的样子,一个劲地嘱咐司机,把车开稳点儿,慢些,但吉普车不听使唤似的,还摇摇晃晃。司机的前额也急出一层汗,不耐烦地对丙利说:"车开得够稳够慢的了,这样的路况让我有啥办法?"丙利一把拉过方向盘,生气地说:"你上一边待着去,我来开。就不信控制不了这个是人都能摆弄的机械玩意儿!"司机停车下去,绕到右边坐在丙利的座位上,摘下绿军帽粗鲁地抹抹头上的汗,喘息着说:"你比我们老首长都难侍候!""你说啥?"丙利厉声地问。司机忙赔笑着道:"你别往心里去,我给你开个玩笑。其实你爸爸真不像你有这样大的脾气,你说路这样我能怎么着?"丙利斜了他一眼。林亮看到这儿,伸手拍拍前边丙利的肩,说:"你怎这般急躁? 不是他的事。"

别说,丙利也真有办法,他避开大道中间横七竖八的辙沟,把车开在路边缘车没压过的草地上。这样,车真的平稳了不少。"说你这人死心眼还不服气,人长脑袋干什么的? 就是关键时刻能想出办法!"丙利歪头瞪了旁边的司机一眼。司机有些无地自容地低下头。林亮感到胸闷,叫二姐和彩彩把车两侧的车窗摇下来,股股清新的风吹进车里。他坐直,望着一掠而过的道旁的杨树,听到了车轮压在草地上发出的唰唰的响声,看到了车往前行使,田野上翠绿的庄稼渐渐向后移动。顿感在自然面前有种重生的感觉,多少天没见到这阳光这大地了。只有置身在它当中,方显示生命的活力、生活的新颖。他看看近前方形的窗口,猛然想起那天在那方方的空间里伸出的那只苍白、纤细的女人的手。他头痛得浑身一颤!忙闭上双目,叫她们快把车窗摇上。二姐仿佛明白此时他在想什么,把他的头拉到她的怀里,用手遮盖住他的眼睛。"不要想得过多了,看你为这事付出多大的代价,她在那边也定会心神不宁的。许是你俩在不同程度的痛苦折磨中会得到一种平衡,慢慢也就能各自心安理得了。"二姐把手从林亮的眼睛上移开,看着他说。丙利在前边道:"秀姐你真行,解释得好。""彩彩,还有没有樱桃了?我嘴苦得不行。"林亮说。彩彩忙把手绢打开,勉强从有些烂的樱桃里挑出几颗好的递给林亮。他放进嘴里嚼了一会儿,核都没吐全吞进肚里,说:"那些都扔到车外吧,看把手绢全染红了。"彩彩听话地把手绢里的樱桃抖落到窗外。

　　车到了家,林亮由二姐搀扶着进了屋。这时表舅、表舅妈迎上来,帮着拎这提那的。他先到爸爸跟前坐下,和老人家倾心地谈了一会儿。爸爸老泪横流,说了些对不住儿子的话。林亮说:"爸爸不要这样讲,只有儿子对不起父亲的,没有父亲对不起儿子的。"说完忙把从城里带来的水果和糕点放在爸爸面前,又让妈妈给对屋的表舅家一些。丙利坐了会儿说要走,林亮送他到门外,他说过几天再来看他。二姐和丙利依依不舍地讲了些什么,一直看丙利上车出了村子。她回了屋,和妈妈说让林亮在她的小屋暂住几天,那儿安静,便于养伤。

　　彩彩几乎天天来看林亮,每次都给他拿来些好吃的,有香喷喷的豆面卷子,有焙得发红的柿子,此时园子的柿子正青,没下来呢。让林亮又想起在医院吃到的红樱桃和杏,可看出彩彩对他用心良苦。她有时来时林亮正在熟睡,她就手挂下颏不声不响地等他醒来。有时等乏了,她把头侧歪在林亮的身边睡下,他醒来就拿一件衣服给她盖上,静静地看她微翘的眼角挂着浅浅的泪水,看她脸庞上罩着一层少女特有的清愁。又看见在她浅而甜柔的肩窝里那颗黑痣,如玉碗里盛着颗光泽四射的宝石。看到这儿,他被面前这个单纯可爱的小姑娘,净化得心灵震颤。感到这一生不能缺少她,也离不开她。她是他生命和灵魂不可分割的一部分!这次进城,要把她真的带去,也许就不会受到这样的挫折和创痛。因她会给他理智,给他清醒。想着想着,两行泪水顺着他的脸流下来。他忙擦掉,在熟睡的彩彩肩窝里的黑痣上吻了下。

　　一次他在半睡不睡的梦中听到二姐对彩彩讲,女孩子初潮要注意哪些事。不要慌张,这不是病,是女人都会有的。林亮打个呵欠醒来,彩彩看看林亮,忙把二姐正要给她的一卷手纸和一条三角短裤塞进衣襟里,脸羞得通红,没和屋里的人打一声招呼就走了。二姐看着她的背影，禁不住对林亮哈哈笑起来。多少天来，林亮还没看见她这样开心过。他把二姐拉到身边，谈了她和丙利的事情，谈了小聪明陈代，又谈了在校时甚至更远的事情。一直款款絮语到天亮。

一天晚上，齐队长、雷漏子、赵老板子，分别拿着小米、鸡蛋，还有一只活老母鸡，来看林亮。他心里觉得非常不是滋味！自己这点儿小事，怎劳三位老人特意看他？谈话中他们提起上次在城里卖马料下饭馆的事，个个都有些羞愧。感谢林亮回来守口如瓶，不然在屯子人面前难做人。林亮强坐起，笑着说："其实我早就忘了，用不着这样酬谢。""看看这小伙子真是个有心劲的人，多会处事，还说忘了。就凭你年轻轻的能忘了吗？就是让我们把心搁在肚子里，像啥事没发生一样！"雷漏子赞叹道。"难得呀，没承想你是这样懂事的年轻人，叫我说什么好呢！"齐队长激动地摇着林亮说。赵老板子在一旁也道："给你搬家来这儿那天，我真没看错你。行，你可以。我认你做我的干儿子吧？"林亮不由得笑笑说："不要这样，只要你们以后不小瞧我，咱爷俩就做个忘年交。凡是用着我的，我都尽力去做。"林亮对齐队长说，过两天就下地干活去。齐队长忙摆手说："在家多养些日子，地里再忙也不差你一个人，有病可不是小事。"林亮说一个人在家待得太闷，下地干干活，病会好得快些。"过几天你愿上班，就和郑万年、老雷头铲铲桥西的杨树苗圃，愿干多少就干多少。别着急，你脑袋有伤，怕震，怕低头。"林亮听齐队长说完，答道："这样也好。"

苗圃荒得让人看了心没缝，草比苗还多还高，锄头干脆用不上，只能用手薅。细细的杨树苗在草丛里，显得发黄柔弱。林亮、雷漏子，还有郑万年就坐在垄台上，薅一块往前挪一步。雷漏子说："不怕慢，就怕站。都别忙，这不是着急的活儿。"

等薅出一段，回头一看，除了垄沟里躺着乱七八糟的草，垄台上的杨树苗不像那会儿没薅时，被草欺负得可怜单细了，这时倒显得翠绿苗壮而富有生气。林亮这时，又像发现什么奇迹般的，不住地回头看，心里越发清澈起来。周围的生活中和客观事物里，处处有理性可发现。就像一个聪慧的人，在一个浑噩的群体中必然显得无助愚拙，一旦把周围这些搬倒，自然就变得强大。

很有意思的是雷漏子，他边薅草边把一片草叶放在嘴上衔着，吹出谁也听不明白的音调。活儿不忙，他才有这份闲心。郑万年低头薅草，嘴里叨叨咕咕："咱今儿个给它来个哈巴狗撵兔子——凭工磨！"

林亮看看他就想笑。今天怎没叠纸飞机呢？

其实他这时也没闲着。一边薅草一边捉草丛里的蚂蚱！捉一个用草棍串上一个。林亮问他这是干什么，他说："等会儿歇着时，用火燎燎吃它！"

林亮想，蚂蚱用油煎了好吃，光用火烧能好吃吗？饥饿真是让人没法也得有法!

薅了两条垄,雷漏子说:"今天我执把政,到沟坡的树下歇着去!"

林亮躺在沟坡的树下,刚要眯着,郑万年提着那串用火燎好的蚂蚱,喊叫:"谁吃呀? 快上前,不然的话一会儿就完了。"

林亮装没听见,没过去。雷漏子和他从草棍上往下摘蚂蚱,一个个地吃得很香。一股火烧昆虫的焦煳味,钻进林亮的鼻孔里,使他想起刚铲地那天,冯大林用火烧蛤蟆肉的情景。

"小伙子,你头上包着绷带是咋的了?"吃完蚂蚱肉回到树下的郑万年问。林亮想了一会儿,不想直接告诉他事情的原因。想编个别的理由糊弄过去,不然会让他心烦得一半会儿过不去。雷漏子看出林亮难为情,就说:"他送一个朋友,不小心让车撞了下。"雷漏子把事情叙述得非常简单,够上一个提炼语言的大师。

"少唬我,我啥不知道! 那天有一台吉普车进村就是送他的,全村都传开了。我闺女利琴把他那点儿事全告诉我了。"郑万年瞪了雷漏子一眼,"你咋和我打马唬眼呢? 就寻思你是老家贼,我是傻瓜呀!"

"郑大爷,那你还明知故问?"林亮问他。

"直接问你,怕你不好意思,我也知道你心有难处。先前我咋没问呢?"他抹掉沾在嘴巴上的蚂蚱腿,说,"年轻人,想开点儿。不要因一失,就感到活得没味了。人活着就是在有得有失中过一辈子。"

林亮忙坐起,问郑万年:"郑大爷,什么叫失?"

"这个看起来很简单,说出来道理倒挺深。"他说,"我讲一个故事做比方。"

"什么故事?"林亮往他面前凑了凑。

"一个很能敛财的老财主和他的儿子在地里割麦子。儿子对他说:'爹,这算收了吧?'老财主说:'不算!'在场院,儿子捧一捧打下的麦粒说:'爹,这回算收了吧?'老财主说:'不算!'在碾道,儿子把筛好的面抓给他爹:'这回真的得了吧?'老财主说:'不算!'在厨房,儿子把用面做好的面汤端给他爹又说:'这回你还说啥,眼看着要进肚里,真的得了吧?'老财还说:'不算!'儿子气得一跺脚,手一哆嗦,汤碗啪啦啦掉地上打了! 老财主看着儿子,嘿嘿地笑着说:'看看,我说不算得就不算得,洒了不是?!'"

郑万年把林亮弄糊涂了,皱着双眉不解地问:"到底怎么算得?"

郑万年怡然自得地吐个硕大的烟圈,又吐出个小烟圈穿过上边那个大烟圈,说:"嚼在嘴里咽进肚子里,再拉出来,才算真正的得! 明白没?"

林亮听了,恍然大悟,哈哈大笑起来。

"不管什么东西,它在你身外一时,就说不定是谁的。怎能马上就说属于你自己的呢?!"

一边的雷漏子哟哟着说:"不新鲜,老掉牙了。用一句话就把它包了啦! ——穿坏是衣,死了是妻!"

"你整一个新鲜的给我听听?"郑万年不服气地瞥了雷漏子一眼。

"咋? 我不会整呀? 保准比你那玩意儿强!"

林亮等不及了,说:"雷大爷,快讲讲你的。"

雷漏子自信地说:"我讲的不全是我的,是一个现成的,我给改造一下。但保证你听了觉得新鲜。"雷漏子把身子往浓荫下挪挪,躲开移到他头上的阳光,说:"是以前在我儿子念的课本上看到的,叫什么狐狸和乌鸦的故事。"

"是,叫寓言故事。"林亮说。

"一只乌鸦叼块肉蹲在树上,狐狸在下边馋得直逗乌鸦,让它唱歌,一张嘴,肉掉下来让狐狸吃了。要说乌鸦把肉叼在嘴里算得了呗?"

"嗯。"林亮接一句,意思催他快讲下边有啥出其不意的东西。

"下边的狐狸要得,就得学会动心眼会哄。我说的是啥意思呢,要得到什么东西,有时也得耍耍鬼花活,要不就拿不来! 事到关键的时候,要看你脑袋快不快。"

"那你很佩服狐狸的手段了?"林亮问。

"想做一个能人,有时也得这样。"

"你一定不赞成乌鸦的傻劲喽?"林亮看他一眼说。

"也不一定。我年轻时像乌鸦那样也傻过,但我吃一堑,长一智,慢慢变得心眼快了。好比说,我是树上那只乌鸦,下边的狐狸在惦记我嘴里的肉。这时我要遇事多转会儿,先看破它安的什么心。觉得它要得到我到手的实惠,还经不起它的逗,便拿不定主意了。就一咬牙一狠心,一下吞进肚里得了,省着为这事操心,对方也死了心。你看这多利索干脆? 你说我说的对不对? 是不是个理?!"雷漏子歪头问林亮。

林亮点点头。他又说:"你欢喜半截的老婆跑了,把你一个晒在这儿了。不也就像那乌鸦嘴里的肉,忙活了半天没吃着吗?"

林亮听到这儿,头上的伤口一阵痛,有些晕,身上立刻冒出层虚汗。感到雷漏子最后的话,是对自己人格的污辱。用眼睛瞪了他一会儿,低下头,用右手的拇指和食指掐掐太阳穴,极力把心情平复下来,火气总算是慢慢消了。

"你讲的哪儿新鲜呐? 一会儿稀的,一会儿干的。我还不知道你? 遇事不是躲着走,就是哏起来不吱声。我看你纯是事后诸葛亮,孩子死才来奶,在那儿还教训人家林亮呢。你都滑到家了,要不你叫雷漏子啦!"

郑万年一席话倒把雷漏子说笑了。

"你说我不生气，人就那么回事吧！"雷漏子笑嘻嘻地说。

两个人便和和气气谈论起人究竟是啥的问题：一个说，人和猫狗没什么区别，就是托生时的一念之间，钻进人的皮囊就成了人，钻进带毛的皮囊就成了兽。

另一个说，兴是这个理。我猜想，既成了兽还兴许轮回到人，当人还没啥意思，当兽还太低能，受人的气。

一个说，你说得对，不如啥也不托生。来个绝对的寂灭。两个人在议论做人和人的归宿上，达到了空前的统一。

这时，撤了职的原大队书记冯玉海，拄着根棍子从桥上一瘸一拐地向这儿走来。他是在家闲不住，出来散散心，看这儿有人，想凑到这儿唠唠嗑。雷漏子说："咱们快进苗圃里薅草去，不勒他。"

说完，仨人钻进没腰高的苗圃里薅起草来。

冯玉海看这边干上活了，就坐在桥栏杆上，四处乱望。

饲养员卢希尧从大路上下来，远远地向铲地的人们走来。下身的蓝布围裙让风吹得直裹腿，绊得他趔趔趄趄。由于他总待在饲养棚里，不常到室外，强烈的太阳光刺得他有些昏花，用手遮着眯缝的眼睛，向前边的人群眨巴着。到跟前，转头瞄了一会儿，说："齐队长呢？齐队长！"低一声高一声地喊。

齐队长早看见他来了。

"在这儿，喊我有啥事？"凑到他面前。

"有事。"卢希尧放下挡阳的手，定了定神。

"没好事，是不是在家的几个烂牲畜有病了，再不老得躺倒起不来了？"齐队长像有所预料，因为他了解小队所有的家底，胸有成竹地问。

"不是。"饲养员急得晃晃头。

"那有什么事找我？"齐队长不耐烦地说。

"你快回去看看，就知道了。"他说，"队部来了一伙红卫兵长征队，要在咱这儿住，我不留，他们还硬着不走。你说这事咋办吧？"

齐队长骂道："妈的，啥时候了还有这玩意儿，这都是前好几年的事啦！守在这通向关里关外的大道上他们在这儿过时总打尖，连吃带喝地没少搭。你回去告诉他们，我们铲地正忙，没工夫接待，快叫他们找别的地方去。"

卢希尧像被扼住脖子一样，急得双手在下边蓝布围裙上左右蹭了蹭，张开变了形的嘴说："我撺了半天，他们就是不动。你寻思我爱搭扯他们呢！上次留那个剃头匠，偷走大马勺你扣我工分的教训，我死也不会忘，还没这点儿记性！你能撺你去撺吧，我是没辙了。"

"他们几个人?"齐队长问。

"八个。"饲养员松了口气地说。

"你先回去,等会儿放工我到队部看看。兴许一会儿没人勒他们,感到没味就走了。"齐队长向饲养员摆摆手,"去吧,快去吧。"

"你可快点儿呀,我可呛不住他们嘟囔。"卢希尧悻悻地走了。

怎么还过长征队呢? 这早在六七年上半年就结束了,现在已是"深挖洞广积粮不称霸,备战备荒为人民"的社会新时期了。反正是新鲜事人们就喜欢。地里的社员一听又来了长征队,下班时谁也没先奔家,都向队部走去。张信说:"西洋景,西洋景! 好长时间没有了。"

"这年头没点儿新玩意儿,咋叫怪呢,怪才有意思,要不活得没劲!"马兴国也凑热闹。

"没啥可稀奇的,事物发展到一定阶段,就出现返祖的现象。骡子配上种,还兴下个马驹呢!"郑万年显得很有见解。

落日的余晖,映照在队部房顶插着的一杆大旗上,上印有"北方工学院卫东彪造反兵团'从头越长征队'",旗褪了色,有些发白,旗的边缘被风撕咬成一条一条的。旗杆是富有南方特产的湘妃竹。七八个人一捏巴就称为兵团,这是"文化大革命"时的"特产"。几个人刻一个圆木头疙瘩,就可以说是什么联总和什么司令部。只要你敢打破惯例,敢发挥想象去使用词汇,敢给任何勉强出来的意识和事物用语言修辞注脚,就是与众不同的新生事物,就有人称奇,有人认同叫好。

齐队长走进队部,后边紧随一群社员。连二的通铺大炕上,躺着横七竖八的男女,都枕着又脏又破的小行李卷。清一色草绿色军装,露出脚趾头的"解放"牌胶鞋,破烂陈旧得跟房顶上那面耷拉着的旗一样! 让人一见就知道,这是一支长途跋涉的队伍。朝向炕里的脑袋,一溜长长的头发,散在炕角底下,分不出哪是男哪是女。还都呼呼地睡死了,一个个肚子似蛤蟆起鼓。齐队长用脚踢了踢支撑房梁的柱子,是给他们个动静好醒醒。柱子的震荡,把房棚上的尘土嘟噜震落了,飘坠到炕上八个人一身一脸。尘土太轻,没把他们搔醒。姜宝库说:"敲缸沿,那声大。"

当当几声,八个人如鞭子抽在驴耳朵上,个个激灵地立起。都揉着眼睛,大头鬼般左右摇着头,把涌到屋里的人们吓得后退两步!

"谁是头?"齐队长问。

一个留着两撇小胡子的,看看齐队长,说:"我是。"

"你们是干啥玩意儿的?"齐队长用手伸进帽里,挠挠头发。

小胡子说:"我们是路过这里的长征队,要在这儿下榻。"

齐队长摊开双手,皱皱眉说:"这是生产队,不是旅馆饭店。县城离这儿不远,那儿吃住方便,一猫腰就到。"

一猫腰!逗得大伙直乐。这词是多少年前——这里还是大草原时,蒙古人形容几十里,骑马加一鞭子,马一猫腰就到达目的地的词。

"你贵姓?"齐队长问小胡子头头。

"我姓霍,叫霍兰。"小胡子头头答。

"你们趁天还没黑,快走吧。"齐队长催促道。

"我们不白吃白住,公买公卖付你们钱。"当中一个女的说。

"不行,我们当地人都吃了上顿,下顿不知上哪儿张罗去呢,苦哈哈的。让你们吃喝,社员们有怨气,我搪不了。"齐队长一副为难的架子,"再说啦,你们的粮票不是山东的,就是江西的,给了我们也不好花。就是吃了,给两角钱、三两粮票,不够干啥的。有的还吃完嘴巴一抹,抬腿没影了。撵上管你们要,还说,我们是毛主席给撑腰的红卫兵,吃遍天下不先付钱,请记在他老人家的账上。我们守在这条大道上,这样的亏没少吃。走吧,快走吧,走晚了这地方可狼多!"

八个人一听,腾腾跳下炕,呛呛道:"我们是宣传马列主义毛泽东思想来了,谁是光上你这儿吃吃喝喝来着?你不接待我们就是反对马列主义毛泽东思想,也就是反革命!"

还有一个吼道:"这就把他揪出来批斗!改造一下他的灵魂!"

叫霍兰的头头一把薅住齐队长的衣领,指着脑门,眯缝着眼说:"听口气,你是这儿的一队之长吧?"他高喊一声:"也是个正在走的走资派!"

一阵儿连轰带击的连珠炮,把齐队长轰晕了。有谁能承受起这一大堆罪名啊!用其中的一个,就能把人置于死地!

"好好,我服了。你们别吵了,让我们的刘队长给你们安排。"齐队长回头看看刘队长,没言语,在他和长征队之间用手比画一下,齐队长掉头出了屋。在院子里他狠狠地踩踩脚,呸一声骂道:"又他妈的来了一群狼!糟蹋利索拉倒,败完家省心!"

刘队长像接受一柄神圣的权杖一样兴奋异常。满脸喜滋滋地让保管员老姚头开仓库拿米取油,又叫在跟前的呱嗒板子和郑万年老婆立马回家,在园子里摘些青菜来,再带上盐还有做菜的小材料。

三十八

屋内的气氛缓和了,看热闹的人们上前和长征队搭话。原来他们三年前到北京天安门接受毛主席检阅,后觉得出来一次不容易,又到湖南毛主席家乡韶山,到江西瑞金,在那儿按当年红军长征的路线走了一遍。他们住遵义、越赤水、过腊子口、渡金沙江、爬雪山、过草地,最后到达延安,这才来到了这儿。一路上他们访贫问苦,展开社会调查,宣传马列主义毛泽东思想。一个女长征队员说:"革命老区的人们生活可苦哟,他们为中国革命做出了巨大贡献,现在还在吃红薯面、南瓜汤、山芋干呢。但他们的革命意志还像当年那样坚定,老红军老八路们是我们共和国的宝贵财富啊。"

他们的口音已经南方化了,听不出是东北人啦。

"我是沈阳知青,六六年也长征过,早回来了,插队到这儿快一年了。你们咋……"高占奎问。韩文德打断他的话,小声地说:"他们纯是瞎眼苍蝇,乱撞一气。是堂吉诃德和桑丘,把风车当巨人,拿客栈当城堡的蠢货。"

刘强问:"你们就这些人吗?"

霍兰说:"在家出发时,我们共十五个人。去的途中有四个开了小差,回来时又有三个乘火车早到了家。他们经不起漫长而艰苦的考验,是革命队伍中的败类,是张国焘似的叛徒。"

冯大林也跟着凑热闹:"你们走多少路?磨破多少双鞋?"

霍兰头头说:"你算算吧,当年红军长征一出就是二万五千里,我们走个来来回回,还绕道到湖南,到了家也是一来一回。你说能有多少里?等于红军长征的好几倍。"他又说:"鞋磨破无数双!我们穿过布鞋、草鞋,还有解放牌胶鞋。我们这才叫史无前例、名副其实的长征呢。"霍兰说完,抬脚让冯大林看看满是破洞的黄胶鞋。

"真行,太叫人佩服了。"冯大林惊讶地说。

外屋,呱嗒板子在淘米洗菜;郑万年老婆在做豆腐,在锅下凑柴烧火;卢希尧给马圈里的马添完草料,也来帮忙,想一会儿也跟着长征队混一顿,省着自己再做挺费事的。他在他的小灶上给炒黄豆,在锅里用勺搅得稀里哗啦响,还用脚往灶膛里踢着柴火。不一会儿,锅里冒出熟香气,他赶紧用笊篱把炒好的黄豆,舀进早稀释好的装盐水的瓷盆里。嗞嗞啦啦几声,满屋香气扑鼻。

四个女长征队员也下厨帮干这干那的,嘻嘻哈哈掺和得很热闹。有两个肚子前隆不敢深弯腰,像吃根扁担,行动甚是不便,回头时整个身体得跟着转,还老摸腰眼。呱嗒板子心想:这两个女人怀孕了吧?身上好像还有着什么东西?她对两个行动不便的女人说:"你们回屋歇着去,我们几个干过来了。"

过一阵儿工夫,呱嗒板子和郑万年老婆把做好的小米饭,井巴凉水,和熬好的菜端到炕上的条桌上。八个男女长征队员操起筷子和碗,狼吞虎咽般呛上了。有的渴了,在吱吱地喝小米饭水,还有阵阵嘎嘣嘎嘣的嚼盐豆声。吃完,八个人蹭蹭嘴角。接着,刘队长、呱达板子等几个人上来也吃。霍兰问刘队长:"你也是队长啊?"

"是副队长。"嘴嚼着饭的刘队长含混地答。

"一会儿你吃完,敲钟让全体社员来这儿开大会,再找两个苦大仇深的老贫农讲村史和忆苦思甜。我们演文艺节目宣传毛泽东思想。"

刘队长急忙答:"好,等大伙回家吃完饭,一敲钟全都来。"

都吃完,瓷盆底还剩些盐豆,上来几个人一人一把抓净,满屋又是一阵嚼豆的嘎嘣声。

人们走出门,到街上时,呱嗒板子和几个妇女挤眉弄眼地讲:"你说我咋看见有两个女长征队员,好像肚子里有玩意儿呢?"

"可别瞎说,人家都是干革命的,怎能有那事呢?"

"那可不一定,走出来好几年,年轻男女,干柴烈火的,还能背得住有这等事?"

"说不上生了几个啦!看他们是不是人,是人的话就难免。"

刘队长留下两个人把队部大院打扫得干干净净。他又立刻到老榆树下敲响"钟",又迅速回到队部。让先来的几个人,把公社动力站放在这儿的一个拖拉机的拖斗,推到房檐下,用它当一会儿演出节目的"舞台",面向宽阔的大院。又把马圈里和上屋的围灯拿出来添满煤油,埋杆悬在"舞台"四角,捻得通亮。丁凤贵对马兴国说:"刘队长张罗这事,比干什么事都来劲。还挺有办法,真能耐。"

八个长征队员登上"舞台"踩台试幕,用迈开的脚步量量长宽的角度,男队员还打几个把式,跌一阵儿空翻,看能不能折到台下。女队员哼哼呀呀亮亮嗓子,觉得挺满意,这才回屋打开行李卷,拿出二胡、笛子、快板、碎嘴子,吱吱嘎嘎,呱呱嗒嗒,声音悠悠地练起来。霍兰把插在房顶的大旗拔下来,戳在"舞台"的右角。

人们开始零零星星地来了,还像看电影似的拎着马杌子和小板凳。刘队长吩咐带来高家什的坐后边,矮家什的坐前边。雷漏子向郑万年和赵老板子说:"水库抢险齐队长露脸,这回该到刘队长露脸了。这叫卤水点豆腐,一物降一物!"

"现在这事没法让人相信。上次抢险在大坝上,公社头头说还要奖赏齐队长呢,到现在也没信,上边信的是这玩意儿。"赵老板子指指"舞台","不看你干多少,看你会干啥,干的对不对人家的心。"

三位老人家里的马杌子和板凳早就叫孩子和老婆拿来坐上了。没的坐,就脱下鞋垫在屁股底下,仰脸向"舞台"张望。后边一片黑压压脑瓜,一堆堆地叽叽喳喳说着笑着。

齐队长虽不喜欢这支长征队,但吃完饭在家怎么也闲不住,随着人群也来了。

他和赵会计坐在场外，望着"舞台"上来来往往、蹦蹦跶跶的长征队。

"现在这事真弄不明白，冷不丁又冒出个长征队。我看将来这世道是兵打兵，贼打贼，就剩下我们庄稼人，都是些无能为的人！"齐队长说。

"谁愿打就打，别直接打咱就行。不管谁当令，咱们都是老百姓。还是那句话，磨道驴听喝得了！"没等赵会计接茬，齐队长又无奈地说。

"你这个人是刀子嘴豆腐心，以后做事别那么实诚。上次水库抢险，你拼死命地领着大家保住了水库，没淹着咱偌大的村子，没让下游那么多的屯子和土地被冲毁，这功劳该多大呀！上边只给你一张奖状，当揩屁股纸都硬。公社领导和大队金书记到县里又吃又喝开庆功会，领回来的奖不是毛毯就是自行车，把你这个在第一线上玩命实干的人甩到一边。你说你图个啥？"

齐队长不在乎地哼了一声说："这事我早知道了。是呀，看这事是让人伤心晦气，但我有自己的主心骨，我是为了咱八棵老树下的上千口子人！我是一队之长，能抛下他们不管，眼看着他们遭殃？ 都在这块土地上团团火火地这些年，扛着一个日头，喝一口井的水，吃的是一块地方打出的粮。"说到这儿，齐队长眼泪汪汪："只要他们心里有着我，我就知足了。"

赵会计的泪水一下子流出来，有些抽泣地说："你这人叫我咋说好呢，天下难找你这样的大好人！"他又说："刘队长是只狼，你要时时提防着他点儿！"

霍兰站在"舞台"边上，抻抻麻了花的绿军装衣襟，高喊一声："文艺演出现在开始！"

二胡和笛子紧随奏起曲调。不知刘队长什么时候打开仓库，把大红鼓和大小抓钹拿出来，让几个社员敲敲打打地为长征队助阵。长征队这时由二男四女排成两列，在"舞台"上大踏步从这角走到那角，从那角又走到这角，反反复复绕得台下的人眼花缭乱。两个怀孕的女队员怕人看出前边的突兀，直往后弓腰，倒把屁股撅得老高。这时韩文德犯朗诵瘾了，腾的一下跳上台，到霍兰面前耳语几句，霍兰点点头应着什么。韩文德让乐队给他伴奏，他亮开深厚的嗓门：

长征是宣言书，它向世界宣告，红军是英雄好汉；长征是宣传队，它向人民宣布，只有红军的道路，才是解放他们的道路；长征是播种机，它散布的革命种子，将到处发芽、长叶、开花、结果……

接着是舞蹈，前进一大步，后退一小步，象征着一支队伍在艰难地行进。后又是男队员几个把式和空翻，意思是战胜了困苦，越过了雪山草地。两个乐手在台角边奏乐边唱：

红军不怕远征难，
万水千山只等闲。

......

接着又是快板书和三句半,还有合唱、独唱和乐器演奏。台下是一会儿静,一会儿掌声雷动,又是阵阵呼喊声。最后,一个女队员站出来,打着拍子领着台下的人们唱忆苦思甜的歌:

天上布满星,

月牙亮晶晶。

生产队里开大会,

诉苦把冤伸。

万恶的旧社会……

不知怎么的,唱着唱着,台下的社员们,禁不住都笑起来,唱不下去了。霍兰气急败坏地喊道:"在革命的大是大非面前,都应该严肃些。我们是无产阶级的群体,该有阶级感情和觉悟,怎么能笑呢!在我们的无产阶级队伍里,就是有些人对本阶级的性质认识不够。所以我们在长征的途中出现了张国焘似的叛徒,怀疑马列主义毛泽东思想的大旗到底打多久,因此产生了悲观主义情绪和小资产阶级逃跑主义思想。这千万要不得,要马上改正,尽快树立无产阶级立场。"说完,他带领台上台下的人们唱:

贫下中农一条心,

天南海北一家人。

共产党领导我们向前进,

毛主席的话儿记心间。

唱完,霍兰问刘队长:"你们队里谁是苦大仇深的老贫农?有的话让他上台讲讲村史和诉诉过去的苦。"

刘队长说:"老雷头是,叫他讲吧。"

刘队长过来拉雷漏子上台,雷漏子说什么也不上。说着,台上下来几个长征队员,把雷漏子推推搡搡地拥上台。他的一只鞋还在他坐着的地方,他急得直喊:"我的鞋!光一只脚叫我怎么讲?"

刘队长拾起鞋给他穿上。他笑着说:"这不是耍我虎吗?我能讲个啥?"

台上八个人和台下的社员们齐声鼓掌,鼓得手心发疼。这时,"舞台"四角的围灯有些暗淡,因周围糊满了蚊子、蠓虫、蛾子、蚂蚱和蝼蛄,使会场朦朦胧胧。有的在围灯上找不着落脚的地方,就在人群中飞舞,还往人的鼻孔和脖梗里、袖管里钻。刘队长一看,又迈开跑细的腿,到仓库里取出一大瓶敌敌畏,拧开盖,往四个大棉花团上滴了滴,分别系在四个围灯下边。一会儿工夫,那飞翔的寄生物纷纷坠地。台上台下的人们不再揉眼睛抠鼻子,拍脸挠大脖子了。

雷漏子看有这么多人捧他的场,还为他扫除害虫,只好坐在给他准备的一个马机子上讲起来:"村史我不会讲,要诉诉苦还可以。"他干咳两声,清清嗓子里的痰,吐在台上,"那是一九四九年,我给咱屯的大粮户于三猴子扛大年子,一年到头种地、铲地、割地、打场什么都干过,为了能养活一家老小,干活给饭吃就行。早上天蒙蒙亮下地,晚上太阳没了收工,两头不见日头。活计是累,但吃得挺饱。早晨吃的是高粱米饭、大豆腐熬土豆,晌午黏豆包、干豆腐炒尖椒,晚上是小米饭蒸鸡蛋糕,还兴是煮咸鸭蛋。"他吸了口烟,又讲道:"有一年过五月节,正像现在铲地时,我们这些扛大年子的要于三猴子供我们一顿白面花卷、猪肉炖粉条子,是这儿往年的惯例。可那年他小心眼起来,没给我们做,供我们的是平日晌午的饭菜。下晌他叫我们几个人去他的高粱地点小豆,地就是现在的北长垄子。我们合计坏他一下,就把小豆点得非常稀少,剩下的豆种没带回来,就在地头刨个坑埋上了,用一个破磨盘压在上边。回来我对于三猴子说,小豆全种上了,保证够苗。他说,密比稀好,出来后把多余的薅薅。等苗出来,他下地看苗情,小豆苗稀稀零零没多少棵。但发现地头的磨盘不知被什么拱得老高!他蹲下歪头一看,磨盘底下长出白花花的小豆芽子,是它把磨盘拱起来的!他一看全明白是怎么回事了。以后,他再也不敢和我们玩花花肠子啦。你们说说,小豆芽子咋那么有劲呢?"

人们听了哈哈大笑起来。高占奎问雷漏子:"扛一年大活,能挣多少钱?"

"那时不给钱,秋后给粮。年头好,能给就四五石高粱吧。养活五六口人,还是盈盈有余的。"

"一石高粱有多少斤?"刘强问。

"四百五十斤。"他又说,"其实那时不算苦和饿。要说这事,还是六〇年吃大食堂时,一天三两粮,地里的野菜吃光了,树皮扒下来用碾子压碎掺苞米棒子磨成的面,做淀粉饽饽吃。那真够受的,吃了拉不下屎,用棍抠,都往外带血。那三年老头老太太给饿死多了!"

台下哄堂大笑,笑完每个人眼里都转着泪花,使他们忆起那辛酸的过去。霍兰指着雷漏子,吼道:"你诉苦怎诉到新社会来了?你这人反动,思想有问题!"

雷漏子站起,向霍兰愣愣眼珠子,也硬气地喊道:"共产党不是讲实事求是吗?咋的我说几句真话就不行了呢?过去的地主对我们不好,我们就把豆种给他埋了,这不是反抗压迫剥削吗?你们别到这儿来唬我们,我们啥都懂!"

雷漏子把霍兰呛得直眼唠。僵持半天,霍兰想说什么,咽了几下唾沫没说出来。雷漏子看霍兰蔫了,来了劲。准备跳下台时,又说道:"反正我就知道,谁能让我们庄稼人吃饱穿暖谁就好。庄稼人一辈子图喜个啥呀!就是这点儿事!还有养活儿子,祖宗的香火别断了!"

气得霍兰直翻白眼，他把刘队长召到"舞台"一角，训斥道："你这个管抓革命的队长咋当的？怎么做的社员思想工作？你平常领他们读不读报，学不学毛选？群众的思想太落后了！"

刘队长急得抓心挠肝连跺脚，真想像霍兰训他一样，训训雷漏子，他还怕雷漏子那张冤损人当小菜吃的嘴。他又不由得想起春天在这当院，让张信涮的那档子事。一细想，长征队过几天拍拍屁股离开这儿，自己在这儿还日子长着呢，别叫人总指脊梁骨。他趴在霍兰耳根子说："这老头有病，他老婆给他气受，前几年就魔魔怔怔的，一说话颠三倒四的，今天八成又犯了。"

霍兰听了后，说："我看不但他这样，你这里的社员群众都成问题。连起码的谁是我们的朋友，谁是我们的敌人的道理都不明白。"说完，他从草绿色军用挎包里拿出合订本的毛选，向台下挥挥，大声喊："大海航行靠舵手，干革命靠的是毛泽东思想。所以要把毛泽东思想印在脑子里，落实在行动上，融化在血液中。"他又说："请大家把带来的毛选翻到《中国社会各阶级分析》这一章。"

下边没声音，过一会儿都说："我们没带呀。"

"怎么没带？"霍兰用惊讶的口吻喊道，"以前你们开会也不带吗？我们一路上，到哪儿开会哪里的群众都自觉地带毛选……都给我立刻回家取去！这是我们的精神食粮！"霍兰挥挥手中的毛选喊道。

马兴国今天放工后，在园子干了一气活，吃完饭又急三火四来开会。他有脑神经痉挛病，一着急或累着，好吭哧吭哧地往右甩头，不知道的人听了吓一跳。今天犯得很严重，吭哧吭哧又甩上头了。吓得霍兰直打哆嗦。这个人是啥毛病？这地方的人咋这样怪呢？行了，到此为止，领大家唱首歌散会得了。他打着拍子，起个头，刚要唱，高占奎腾地跳上"舞台"，说："你们家不是离松花江不远吗？就唱一首《松花江上》，那多抒情够味儿。"

霍兰眼睛一瞪，差点儿把高占奎推下台去，喝道："那是黄歌！你是沈阳知青，受这儿影响得是不是也有病？要唱就唱'工农兵心最红，革命路上打先锋'。"

高占奎骂骂咧咧地，说："你们让革命革酥骨了，什么都是黄的了！"

"你还是不是毛主席路线的？咋这样顽固不化！"霍兰对高占奎大声喊。

"我是修理地球这条路线的，你少给我扯上纲上线那套！"高占奎指着霍兰的嘴说。霍兰也怕横的，眨了几下眼睛，没说出什么。高占奎立刻把女知青李利华喊上台来，一人领唱一人打着拍子，领着台下的知青们唱起来：

我的家在东北松花江上，

那里有森林煤矿，

还有那满山遍野的大豆高粱。

他们唱着唱着,不由自主从坐着的地上站起来,台上的长征队也渐渐地随着唱。

　　我的家在东北松花江上,

　　那里有我的同胞,

　　还有那衰老的爹娘。

唱得长征队和知青们的泪水要掉下来,这歌勾起了他们深深的思乡情感。当又唱到"整日价在关内流浪,哪年哪月,才能够回到我那可爱的故乡",立时都泪流满面,又唱到"爹娘啊,爹娘啊,什么时候才能欢聚一堂"时都哭出声来。有的社员也被感染得心里酸楚楚的。

　　一场宣传会,在一片悲伤哀婉声中结束了。刘队长摘下围灯,噗的一声吹灭。蘸敌敌畏的棉花的周围和地上,是一层各种昆虫的死尸。王迪吼了一声:"刷锅了灶,吹灯拔蜡台!"

　　霍兰头头叫刘队长给长征队安排住处。刘队长让四个男队员住在队部通铺大炕上。喊住马兴国,让他领两个女队员到他家住。他挠挠头,正发愁另外两个女队员咋安排时,呱嗒板子上前说:"我家宽绰,整个北炕正闲着呢。"说完,她挽着两个肚子前隆的女队员的胳膊。刘队长说:"她们在谁家住,谁就供饭。秋收时小队补给你们粮,保准不会亏了你们的。"

　　呱嗒板子把两个女队员领到家,一进屋先把北炕打扫一遍。打开大柜门,取出她结婚后没盖过几次的被褥铺在炕上。又来到外屋往灶膛里塞了把柴火,烧热些,因这炕总不住人,容易潮,别把两个身板不利索的女人凉着,得了关节炎。都是女的嘛,就得同性人来关怀。锅开了,她打了一盆,掺点儿凉水,端进屋里,让两个女队员洗洗脸和脚,这样解乏睡得实惠。呱嗒板子把饱满的枕头往瘪里拍拍,别把头垫得太高,睡落枕不好,有身孕的女人更不适应。两个女队员洗完脸和脚上了炕,看炕上铺好的崭新被褥,感谢地说:"我们来给你添多大的麻烦,大婶你回去休息去吧。"

　　"客气什么,谁出门能背房子背地的?你们要不嫌弃我这儿,一半会儿不走,总住在这儿也行。"

　　一句简单的话,说得她们心里发暖,眼睛发热。走了几年的路上,很少遇到这样热情的人。

　　"你们是不是要在这儿待些日子?"呱嗒板子问。

　　两个女队员为难地摇摇头,一个说:"谁知道我们的头头是啥意思,一切都听他的。"

　　呱嗒板子想问问,她俩怀上孩子的事。一想不中,看样她们不是正当结婚有的，到嘴边的话马上又咽了回去。她上炕放下遮窗户的布帘，回到自己住的南炕，拿来绛紫色的布制幔帐，挂在北炕的幔杆上，又轻轻打开放下。转眼这成了一个让人产生朦胧感的独一处。她这才回到南炕，脱衣服钻进被窝，侧头看，她的男人朱树仁睡得正香。

两个女长征队员，看呱嗒板子躺在对面的炕上不动，她俩才敢脱自己的衣服裤子，又小心翼翼地解开捆在身上的绳子，拿下贴在肚子上的三根宽竹片。这是长征途中，在南方绑上的。白嫩嫩的皮肤上，已勒出几道又青又紫的痕迹。解开所有的束缚，腹内的东西开始一阵阵恢复活力地蠕动。你动什么呀？都难死我了，不光明的谬物！我披枷带锁地揣着你，是为了遮盖还懂得羞耻的脸，是为了最后的德行不被判绞刑。苦痛的是我，委屈的是你。但你的生命力，竟如此勃发和顽强。难为你了，没见面的孩儿，等你出世那天，我向你好好地道谢一番。你知道你的爸爸是谁吗？他是我们队里的头头和骨干分子，他借谈工作之名，把你们的妈妈骗到丛林深处，命令我们脱下衣服，躺在地上，说这是工作的需要……

两个女人一样的遭遇，越想越为未来担忧！不约而同地用手摸越发浮肿的大腿，逐渐膨胀的双乳与乳头周围扩展的红晕。手一揉搓到这儿，有种美妙的喜悦感，又有种慌怵感。你这个生命之果，给我们带来多少战战兢兢难挨的日子啊，这就是我们这次长征的意义？多么不堪回首！

两个女队员盖的被子，散发出一股老箱子底的薰衣草味，还有种暖乎乎的潮霉味。这不是人世间生活的气息吗？俩人透过窗帘看见，星光很柔和，月色也很诱人。

南炕上，呱嗒板子的男人朱树仁睡醒一觉，打个呵欠，睁了睁眼睛，又伸伸胳膊，扭了下肩膀。

"啥事就说呗，痒死我了。"朱树仁踹了媳妇呱嗒板子一脚。

"不捅你，怕你再睡死。"呱嗒板子说，"唉，你说北炕的两个女人可能是怀孕了，还装着像没那回事。她们的身上好像绑着什么家什。是不是她们肚子里的玩意儿，找不着正当香主，用那家什勒瘪些，怕别人看出来？"

朱树仁打个呵欠，说："你小声点儿，别让人家听见。那有啥稀罕的，有也是她们当中某个男人的。那会儿她们一进屋，我就看出来了。"他又说："咱公社一把手，把沈阳知青搞大肚子好几个，还有原大队书记冯玉海，不也同样吗？这年头不知是怎么回事，啥也不是时，好人一样，一当了官，前劲就大。"

"你在公社也是个官，八成也有相好的女人了吧？在公社工作的大姑娘小媳妇，一个比一个水灵，你看上谁了？搞上几个了？说！"呱嗒板子又踹了踹她男人。

"别烦我好不好！我这疙瘩权力还不吸引人，怎有好看的姑娘媳妇围着我转呀？是那样的话，我早把你甩了！"朱树仁把背给了呱嗒板子。

"你敢！要有，我把你剐了，别看我是洗盆刷碗的家庭妇女！"呱嗒板子呸一声。

"你也别嘴硬，看我是不是那种人，是的话谁也挡不住。什么事都容易管住自己，就是这事难，还有钱的事！"朱树仁哼了一声。

"挡不住就挡不住吧，谁怪我连个孩子都不会生。"呱嗒板子说到这儿，有些黯然神伤。她便平心静气地说："你能找个女人就找吧，我不怪罪你，这样就平了咱们之间多年的心事。"

"得了，别说了，这些年我啥时候为这事埋怨过你呀？我早就认这个命了！"朱树仁转过身来。

"不认账，装好人，头些年你没骂过我是母骡子，连个驹都挂不上？你主张抱养一个——现在的儿子健祥。"呱嗒板子的泪下来了。

"过去多少年啦，提它干啥。"

朱树仁借着从窗帘缝射进来的月光，静静地看着自己的媳妇，红扑扑的脸上似乎散发着一种幽香。高高的颧骨上长着颗黑痦子，他说："咱们乐乐咋样？"

"别用那老办法哄我。不行，北炕有人。"呱嗒板子往北看看。

"她们都睡着了。咱儿子和郑万年的利琴出去不知上哪儿溜溜去了。正好……"

"别忙。"呱嗒板子轻轻扒拉她男人一把。

"咱儿子和利琴能不能成？"朱树仁说，"看前一阵子，你和她妈连吵带打的。"

"差不多。"呱嗒板子进了她男人的被里，"利琴她妈，最近和我挺爱近乎。"

"说实在的，总干这事，真怕伤身子骨。常言说，'累坏牛，累不坏地'。你是没事！"

"啥意思？——不是你要的吗？"

"你是地，我是牛呗！"

"那你在公社食堂吃点儿好的，补补身子。"

三十九

霍兰头头领着他的长征小分队，要在八棵老树住些天，发挥长征队一路宣传一路歌的原则，并参与当地的政治生活和夏锄劳动。霍兰尽量使他的权力行之有效，充分调动每个队员的宣传鼓动作用，发扬老红军的光荣传统，到各家各户问寒问暖，给老乡挑水打扫院子。又在街道两旁的土墙上和住家的房檐下刷大标语，什么"你们要关心国家大事,要把无产阶级文化大革命进行到底",剪"忠""公"大红字,贴在家家户户的窗户上。晚上召集全队的男女老少,到街中大井旁的广场上,唱语录歌,跳"忠"字舞。刘队长是当中最活跃的一分子,站在排头连跳带唱,罗圈腿一跳起来,像料又子成精。整个广场怪调嘶哑,火燎兔子乱蹦。沈阳知青开始跟着掺和一阵儿,后来蹲在青年点不出来了。怎么想这么搞不对头,再好的菜吃来吃去也有腻歪的时候,历史要是重演,不是闹剧,就是悲剧。就像袁世凯以共和的名义,登上大总统的宝座,后又称上帝,十五天垮了台,必然失败早在等着他。齐队长不明这么深的道理,反正觉得不是个滋味,干脆这事不沾边。下了班,吃完饭,灯一吹,躺下便睡。让刘队长和长征队愿咋折腾就咋折腾。

八棵老树一下子又回到了六六年热得发疯的劲头。临近的屯子来了不少人也跟着凑热闹,回了本村也领着人们又唱又跳起来,人们重新回到自己破坏自己的亢奋中。它像一场流感,但比风传染得还快。

长征队要下地干活,霍兰让刘队长给他们张罗六把锄头。两个肚子有问题的女队员不能来,还在呱嗒板子家闲着。马兴国老婆问长征队中一个叫刘度的男队员:"你们当中两个女的咋像有身孕了呢?"

刘度不在乎地说:"她俩走到江西省余江县被血吸虫咬了,得了大肚子病。"他在欺骗没见过世面的八棵老树人。

刚追完肥的庄稼显出墨绿色,长得很快,淹了膝盖骨。风一吹似连绵起伏的翠海。南洼子的小麦刚灌完浆,麦梢有些发黄。锄地的人们路过这儿,长征队的两个女队员情不自禁唱起:

麦浪滚滚闪金光,

棉田一片白茫茫。

丰收的喜讯到处传,

社员人人心欢畅。

一边唱还一边来个舞蹈动作,社员们停下挂着锄头观看。到了地里,长征队也像其他人一样,每个人也拿一条垄。但铲起来跟闹着玩差不多,仍放不下那股造反的劲头。两条腿骑在垄上,是啪嚓啪嚓左右开弓的大飞锄,把苗砍得东倒西歪,气得齐队长心痛得不敢说,暗暗地骂道:怎来这些祸根! 头几天,一场大雨把苗拍倒,社员用好几天的时间,强把它扶正培上土。今年又遭殃了,人心坏,地减产! 可刘队长跟着长征队的后边,把砍倒的苗一棵棵扶起来,很耐心,还乐呵呵地。张信气不过,指着长征队喊道:"你们跟哪个师娘学的? 会不会铲? 不会到一边凉快去! 你们这样干,明年让我们喝西北风啊? 纯是二性子撒尿,混抢!"

一个叫张广的男队员不忿地说:"咋的? 不会,这不正在学吗? 还等你来慢慢教我们呢。毛主席上井冈山才几条枪呀,后来不也夺取了全国的胜利吗? 建国时,我们国家白纸一张,就建设了现在繁荣昌盛的社会主义社会。再铲两天保证超过你。"

张信被对方的大道理呛得直伸脖。

"我服了,我服了! 你们都是爹!"张信气得回到自己的垄上。雷漏子说:"说不听就别说了,就叫他蹦跶吧。都是些生荒子,没多大尿水。一会儿把他们累趴下,就老实了。"

铲到地头,还没到歇气的时候。张信把锄头往地上一扔,不是好声地说:"歇着,憋气干活没劲死了!"

往日这么长的垄头,应铲一个来回才歇气。齐队长听了,也没说什么。少铲些地,长征队也少祸害些地里的苗。大伙都钻进地头的树下,七扭八歪地躺倒。霍兰问刘队长:"谁是地富反坏右? 拉出来在地头开批斗会。"

"没了,清理阶级队伍时,一个地主两个富农,斗死的斗死,呛不住斗的都逃了。"刘队长说。

"阶级斗争搞得还很彻底。"霍兰说,"那个老雷头呢?"

刘队长一听,忙把霍兰拉到一边,他在霍兰耳根嘀咕了一会儿。霍兰点点头,走到雷漏子面前。

"你爷爷和你爹过去是干什么的?"

雷漏子把眼睛一立愣,从嘴里喷出口浓烟。

"你是查户口的? 还是狗皮膏药,找病来了?"他用烟袋指指霍兰头头,说,"我爷爷早先在辽河渡口是给人家摆船的,我爹在辽源煤矿给日本人挖煤,硬活活累死了,我给地主扛过大活。那天晚上,我在大伙面前不是讲过了吗? 一家三辈,都叫人家剥削过,真正的苦大仇深! 要挑毛病整我,没门! 你黄嘴丫子没褪净,还嫩点儿!""别跟我吹胡子瞪眼的。你出身好,也不能证明你现在是个好人。"霍兰哼了一声,"就凭你那天在大会上攻击新社会,也是个蜕化的阶级异己分子!"

"那你能把我咋的?"雷漏子不服。

"能咋的? 欲加之罪,何患无辞!"霍兰头头狠狠地说,"今天就斗斗你这个蜕化的阶级异己分子!"他上前揪住雷漏子的衣领,拖死猪似的往人群里拉:"来人,按下他的头!"

说着,上来两个长征队员,把雷漏子踹个狗抢屎,他趴在地上直喘气。"大伙往前凑凑,开地头批斗会。"霍兰喊道。

"大家都发言,揭发他反党反社会主义的罪行!"男队员刘度吼道。

"阶级斗争一抓就灵!"男队员张广随着助阵。

正在这时,雷漏子在地上,身子一挺,嗓子哏喽一声,嘴冒白沫,白眼球一个劲地翻。人们一下围上来。

"老雷头咋啦? 咋啦?!"一阵惊讶的询问声。

雷漏子的老婆、儿子、儿媳妇都围上来,刀抹脖子般的嚎叫。他老婆子趴在他身上,高一声,低一声地:"老头子,你可别,扔下我们老小可咋活呀!"

齐队长慌张地说:"他是抽上羊癫风了! 快掰嘴,掐人中!"

儿子听齐队长一说,忙掐雷漏子的鼻子下边,儿媳妇活动他胳膊腿,但他四肢仍僵硬不动。这时齐队长上前,撩了两下雷漏子眼皮,说:"快抬到家里去,找赤脚医生看看,八成病得不轻。"

雷漏子老婆哭成个泪人似的,提着她老头的耳根叫。齐队长叫几个社员跟回去,半路上换着抬。长征队的人,这会儿都老实了,造反的劲头再大,见到人命关天的事也怯了。

郑万年几天来,心事重重,一烦恼又叠起纸飞机。老对老婆说,他看见八棵老榆树上在冒青烟,小队坟茔地鬼魂幽幽。他老婆拉长脸说:"你的眼睛怎那么尖呢? 我咋没看见?"

"你是俗人,我是啥人? 你要看见就没那档子事了。"他忧心忡忡地说。他看老婆孩子都睡了,端着小油灯,翻箱倒柜找出一尊小铜佛,抱在胸前。打开房门,四外看看没人,就来到房后一间小破房里。小房在一般人不易发现的墙犄角,里边阴暗潮湿。他把闪闪烁烁的小油灯,放在窗台上,扑通一声跪在地上,朝一张桌案上摆着的他家祖宗牌位,磕起头来,叨咕道:"八棵老树要大难临头,请祖宗显灵,保护我们一家!"

他泪流满面地哭着喊着。

丙利在桥西苗圃找到林亮,俩人悠闲地走向钻探队的工地,井架已竖起来,钻探工开始操作,远远地能听见隆隆的柴油机发电声和嗡嗡的钻探声。看器材的老杜头走了,小木板房也拆了,原地上留下一片被人踏枯的草、几只破袜子,还有一堆燃剩下的煤灰。一看就让人知道,这生活过人。林亮上前瞧着这一切,想起和胡玲玲在这儿的那段情景,他情不自禁地嘿嘿笑了起来。

"你笑什么?"丙利纳闷地问。

"没笑什么。"他收住笑声。

丙利用手抚摸一下林亮的前额,说:"好了吧,没留下疤痕。"

"没事了,一切都安然无恙。"他平静地说。

"伤可能留在你的心上!"丙利放下手。

"那就靠自己慢慢疗治吧。也许……"他看看高高的井架,说道,"人的心灵多块伤,就是多一双眼睛! 它既不好,也不坏。"

"到底是个精明的人,总能找出自己的一套活法。"丙利拉了下林亮的胳膊,示意坐在一块草地上。

"我忘不了当年,你说的那句话。"

"哪句话?"

"冷眼世人,热血知己! 真让我刻骨铭心。"

"因我们的友谊是热血铸成,所以当初我说出这样的话!"

"但它没全概括我们这代人的遭遇和心声。"

"你的意思呢?"丙利递给林亮一支烟,忙问。

"我发现,我们这代人有种童心被欺的感觉。"

"说得很好,但不全面。还有吗?"

"用鲁迅的一段论述,可以解释它。"

"什么论述? 说说,我听听。"

"那些青年拼命地使尽他们稚弱的心力和体力,奔走于风沙泥泞中,想于中国有些微的裨益……真不知有多少了。显然他们没有先见之明,这些用血汗换来的果实,大抵仅供虎狼一舐。"

"你和胡玲玲没少与我谈这些,现在我也有所认识。当初我们这些人……"

林亮打断丙利的话,有些愤懑地说:"不,是我们整整一代人!"

"这样认识,也许更确切。"丙利强调说,"我们这代人那时造这反造那反,这也革命那也革命,都想将来真有一个红彤彤的世界等着我们。可是现在,就像《红楼梦》中说的'三春去后诸芳尽,各自须寻各自门'。"

"说得对。"林亮说,"我非常推崇美国总统肯尼迪在他就职演说时说的'不要问你们的国家能为你做些什么,而要问问你们能为你的国家做些什么'。现在我们的国家虽横遭磨难,民族的良心倍受蹂躏。不管她好歹,我们是她的儿女,就不能视而不见,做落井下石的事情。她要是一点点坏下去,到坏得一塌糊涂,想一想,我们能会好吗? 只能做一个正直的人,这是我们最后唯一的选择!"

"你的思想境界总是那样高,从家庭到你自己,遭到那么多的打击,还在忧国忧民! 你可真……"

"反正我是真这样想的,别人咋想的我是不知道了。"林亮对丙利讲起夏丽娟和长征队的事。

"没什么出奇的,是这个时代的特产。"丙利忙转移话题说,"别谈太远了,谈谈近前的问题。——唉,胡玲玲给你来信没?"

"没有。"

"她也太不够意思了。"

"别怪她,她在那边一定很不……"林亮一下掐死手中的烟,"甭提这事了!"

"你和我二姐处得怎么样了?"

"我这次来,就是想和秀姐好好谈谈。上次因你的事,也没来得及认真更深一步地进行。说心里话,我真的很爱秀姐这个人,她也转变对我以前的看法啦。"

"丙利,我非常支持你们的事情,就等着你做我的姐夫了!"他说,"我和爸爸妈妈不止一次谈了二姐和你的事,他们都同意。你下一步有何打算?"

"秀姐要没什么问题,我回城想让她也跟去。我父亲答应在城里的烟酒公司给她找个工作,暂时在那儿先干着。以后看哪儿好再商量调动。"

"那你呢? 还在青年点待着?"

"这好办。我和秀姐的事,他们也非常支持。我要说让我父亲找个工作也很容易。我是想先把秀姐安排好,然后再研究我,也赶趟。"

"我把我的二姐可托付给你了,你对她一定要好。"

"放心吧,咱这么多年啦,保证差不了。不看别人,还看你呢。"

"那我就把心放进肚子里啦。"

"走,找那个冯书记去!"

"找他干啥?"

"听秀姐说,他污辱过她。"

林亮一把拽住站起来的丙利。

"你坐下吧。他家也够惨的了,给他留一条出路得了。"林亮把他拉到原地。

"我非为秀姐出这口闷气不可。"

"什么闷气,也没成为什么事实。"林亮瞥了他一眼,"走,回家吃饭去,你饿了吧?"

俩人走到彩彩的家门口,林亮把她喊出来。

"丙利哥,什么时候来的?"彩彩腼腆地问。

"来有一会儿了,你最近忙什么呢?"

"没忙什么。这几天我也没上学,上学也学不着什么,所以没去,在家侍候侍候园子。"

"彩彩,你的丙利哥,快成你的秀姐夫啦。"林亮诙谐地说。

"啊,秀姐和丙利哥处对象了呀? 那是好事啊!"彩彩惊喜地说。

"你愿意不?"丙利问。

"丙利哥,你在逗我吧? 我怎管着你俩的事?"彩彩的脸上现出不安的神色。

"你将来能找一个什么样的对象?"丙利又问。

"我还没想那种事呢,再说我还小,不咋懂。"彩彩说完,把身子转过去。

丙利对林亮说:"你看彩彩,是不是有种超凡脱俗的古典美?"

林亮没言语,只点点头,说:"彩彩,走,到我家吃饭去。"

二姐从地里回来,看丙利在屋里,脸上立时布满喜悦。丙利马上迎上去,俩人热情地相互问候着。二姐疲乏地脱下外衣和头上的红纱巾。妈妈对二姐说:"快做饭吧,丙利还没吃呢。"

二姐和妈妈来到外屋,彩彩也去帮着忙活。等把菜和饭摆在桌上,丙利把放在炕上的他拿来的酒和罐头打开,给爸爸妈妈先斟满。林亮指指自己的头,说还有些痛,喝不了酒。他给二姐和彩彩也倒了点儿。彩彩闻见酒味,忙用手捂鼻子。爸爸多少天来头一次这样的高兴,便酌了不少。二姐感到今天对她有种非常的意义,便喝了丙利给她倒的大半杯酒,眼里被酒灼出一层泪水,她也给丙利倒了杯。丙利喝了一口,对爸爸妈妈讲了他和二姐相处的事,又讲了这次他把二姐带回城里安排工作的事情,爸爸妈妈都点头同意。妈妈在饭桌上长叹了一声:"从身边又飞了一个,慢慢地飞得一个不剩!"睁开泪眼看一看林亮。彩彩也禁不住掉下泪,瞅一眼林亮,把头依在身边二姐的胳膊上。爸爸从他一摞书中拿出一张纸,交到丙利手中,说:"这是我秀儿最近写的一首古体诗,你好好看看。其中有男性阳刚的豪气,真是巾帼不让须眉。——你朗诵大家听听。"

丙利浏览了一遍,大声地读:

贞葩不愿坠寒塘,

自守高洁更傲霜。

报得冬时花竞放,

只留风骨向苍茫。

丙利惊异地看看二姐,呆了一会儿说:"好诗,不同凡响的好诗!我就是累死也写不出来。这里有一个女性高贵的人格和坚贞不屈的品质。不愧是'绥山毓秀,沫水钟灵'。"说完,丙利扬脖喝下手中一满杯酒,"我真没看错人。这是我徐丙利的福气!"不轻易掉泪的他,也激动得簌簌落下泪来。

彩彩也来了激情,端起她一直没动的酒杯,和二姐的酒杯碰了碰,说:"秀姐,祝贺你和丙利哥永远幸福!……"她和二姐抿了一小口。

在一旁始终沉默的林亮,看着眼前的情景。心里既高兴,又有些伤感。和他相依为命的二姐要走了!以后自己有许多想说的话,还向谁倾吐?手足之情,心与心的依恋,就这样结束了。他看见了彩彩,心马上宽松了很多。

吃完饭,爸爸让妈妈把他的纸墨笔砚拿来,摆在刚撤下碗筷的桌子上。又叫林亮在柜底下翻出当年抄家时仅剩下的紫砂壶和那把撒金面的扇子,这是妈妈当时冒死保留下来的,知道这是爸爸的心爱之物。爸爸今天要不同寻常地雅兴一番。他铺开宣纸,用紫铜镇纸把纸的四角压住。二姐把研好的墨放在他面前。爸爸喝了口紫砂壶里的茶,擎起狼毫毛笔,在砚台上蘸蘸,旋即在宣纸中间,画了一幅画,又题诗一首:

神如秋水气如云,
古道斜阳我送君。
身在寮居无别赠,
东南山色愿平分。

下边落款是:己酉年六月于八棵老树孤愤斋。又盖上吞声野老的钤印。爸爸这才长出了口气,一下子坐在炕沿上。一屋子的人用贯注的眼神看着桌上的画,都被画中饱满的气势吸引住了。静得能听见每个人的呼吸。

"多少年没操笔作画了,今天真让我耗尽心力!"爸爸用困顿嘶哑的语气说。

"大伯,中国画我不太懂。但这首题诗,我非常感兴趣。有种雅而不俗、清新酣畅、一泻喷薄的气势,意境高妙深远!可见大伯深邃的文学功力和渊博的知识底蕴。真叫我们这代人望尘莫及!不怪秀姐也能写出那样好的诗,可谓高门出龙女。"丙利发了一通感慨。

"过讲,过讲!大伯为它泼出一生的心血,乃雕虫小技也。"爸爸谦虚道。

丙利用手指指画中的弱冠青年和那女子,又指了指自己和旁边的二姐,用目光询问林亮爸爸:是不是我们俩?林亮爸爸点点头。

"大伯,您老太过谦了。怎把小辈人当君来送别!"丙利向老人深深鞠了一躬。

"唉,这不是对你过分的抬举。大伯认为,凡是为人处事秉正刚阿的人,我都奉为君子!没什么大惊小怪的。"爸爸解释道。

"大伯,诗中的'东南山色愿平分',您老的意思是不是让我借周围自然景色,赋诗应对?"丙利问。

"说得好,是这个意思。"爸爸笑着说。

丙利忙向林亮爸爸拱手道歉,说:"小辈今天被大伯超凡的画艺和奇绝的诗才吓得魂不守舍了,怎敢和大伯您这样的雄才高士唱和对诗呀!"丙利这番话,把爸爸说乐了。

"不能对便罢,不要这等谦卑。"爸爸扬手让丙利直起身子。

画上的墨迹渐渐地干了,爸爸让林亮挂起来。林亮找来图钉,把画按在墙上。放在桌上看与悬在高处观赏,视觉效果截然不同,更显示出画中传神的意境。爸爸说:"大伯现在囊空如洗,此画就作为我馈赠你和秀儿订婚的礼物。明天你和秀儿把它带走吧。"爸爸双眼湿润。

"大伯,我一定当无价之宝来珍藏。"丙利握住爸爸的手,深情地说。

"回去后,最好找人装裱一下,这才算是一幅完整的画。可能即使有这样的人,也不敢抛头露面干这种事情了。现在的形势把它都认为是四旧!"爸爸忧伤地说。

"没问题,我要寻到能裱画的人,他准能为我效劳。别人甭想干涉! 我要一亮我父亲的牌子,谁敢和我玩鬼花活。"丙利又拿出他旁若无人的豪气。

天渐渐黑下来,丙利和二姐出门谈他们的事去了。林亮也把彩彩送回家。他觉得自己要面临一种困惑,二姐你就这样走了吗?

二姐一走,林亮搬到她住的小屋。头一天他一夜没合眼,反复地想了许多过去和现实的事情,过了两天,他在小屋里开始写起东西来,越写脑袋越明澈,曾经模糊的视野越来越清晰。

四十

在齐队长家里,他和张信、赵会计、雷漏子、赵老板子等一些人,在研究怎么把长征队赶走的事情。

"不能让他们在这儿再闹下去了,长了我们八棵老树会糟蹋在他们手里的。"齐队长对屋里的人喊道。

"是呀,我们得想办法,叫他们离开这儿。"赵会计说。

"我那天要不装抽风,他们能把我这把老骨头弄散架。"雷漏子心有余悸。

"你们说这事该怎么办?"齐队长问。

"那能怎么办? 就把他们硬赶出村子去! 咱人多,他人少,怕他个啥!"张信说,"我去敲钟,集合全队的男女劳力,都操上家什,看他们怕不怕?"

"只好这样干了。这事像上次水库抢险似的,就靠咱自己啦,谁也指不上。"齐队长挥手让张信马上去敲钟。不一会儿全队社员来到八棵老榆树下。齐队长站在碾砣上,向大家讲了这次集合要做的事情,叫赶紧回家取应手家什,都到队部集齐。大家听了都同意这个做法,他们早对长征队恨之入骨。

到了队部,卢希尧说六个男女长征队员都去呱嗒板子家看那两个女长征队员了。齐队长说:"走,到那儿去。正好在那儿把他们一起撵走。"说完,他让几个社员把炕上他们的行李卷和其他东西,还有墙上挂着的地图、房顶插着的那杆破旗夹着。

到了呱嗒板子家,社员们把房子团团围住。齐声大喊,让长征队的人都出来。八个长征队员从屋里惊慌地出来,霍兰头头惊讶地问:"你们这是干什么?"

"不干什么,就是让你们痛快走。"齐队长说。一阵噼噼啪啪,把他们的行李、破旗等东西都扔在他们脚下。一个叫胡立的男队员说:"我们来,是帮你们抓革命促生产来了,咋这样对待我们!"

"什么抓革命促生产? 纯粹来糟践我们来了。马上给我滚!"张信摆手吼道。

"不立刻走,我们就不客气了。"姜宝库喊。大家举起手中的铁锹和二齿钩。

几乎与这个事情同时,八棵老树又发生了一件出人意料的事。夏丽娟和刘来福结婚以来,由于刘来福患严重的风湿性关节炎,丧失了性功能,但他不死这份男人本能的欲望,每天夜里都把夏丽娟撩拨得火烧火燎,让她一次次燃烧起来的热血,又一次次地凉下来,弄得她哭笑不得,死活不行。白天干活没劲,那颗赤热的革命之心,也赤热不起来了。更忘了四处拣粪往地里和沤肥坑里倒了。

老婆跑了、四处抓耗子吃的冯良,性压抑得受不住,时常到刘来福家窗下听声。一听到漆黑的屋子里小两口的男女生活过不成,他在窗下就抓心挠肝。一次他憋得不行,撞进屋,便和赤身在炕上的夏丽绢媾合在一起。刘来福看着俩人在一起鱼水之欢,暗暗恨起自己,又不敢出去喊,怕暴露自己是个废物。只能哑巴吞黄连,有口说不出,就来个眼不见,心不烦,到炕梢蒙上大被睡下。不行,还能听见那边的声音! 就又到外屋地柴火堆里趴着,有时还上外边躲躲。

冯良这回可找到了快乐,几乎天天晚上来,早上走。两个人爱足意满时,吃着喝着谈些心里话。冯良怎么也改不了他狗肚子装不了二两生酥油的脾性,把他占便宜的事对别人说了。这事很快传到大队,又传到公社、县里。县和公社管知青工作的领导来八棵老树调查此事,夏丽娟毫不犹豫地承认了。来的人立刻把挂在刘来福家门上,县里赠送的"青年之家"匾额和屋里墙上那块大镜子摘了去。县里下指示,撤掉夏丽娟模范知青的荣誉称号,说她是革命队伍里蜕化变质的堕落分子,要开除她的党籍。夏丽娟对这一切都不在乎了,晚上该和冯良睡还是照样睡。出奇的是,冯良自和夏丽娟在一块以来,不去四处抓耗子吃了,和正常人一样了,而夏丽娟倒变得有些疯癫。

夏丽娟要和刘来福离婚,刘来福说什么也不同意。他说,明个我把病治好了,咱俩还在一块过,你和冯良暂时就这样吧。夏丽娟说,你不怕人家说你是王八? 刘来福说,我怕没有你,变得像以前那样孤单。夏丽娟感动得吃吃地哭了。她觉得她被一种虚幻的理想遗弃了,唯有她不爱的却收留了她。

住在呱嗒板子家的两个怀孕的女长征队员要分娩了。临产的痛苦,使她俩一会儿下地,又一会儿上炕地挣扎着。凄惨的叫声让人头发根发麻。半个接生婆的呱嗒板子这回显了身手。她一个人忙不过来,就叫朱健祥把他未来的丈母娘利琴的妈找来帮忙。一个人搀着一个孕妇在屋地上遛,这样让胎儿下坠,给生产造成有利条件。怎么? 这肚子上绑着几道硬东西,箍得紧绷绷的? 撩起衣服一看是捆着竹片,惊得呱嗒板子一跳。

"你是直罗锅啊? 好好的身板栅上这玩意儿干什么?!"惊出一头冷汗的呱嗒板子喝道。

临产的女队员痛苦不堪地摇着头,什么也说不出来。呱嗒板子和郑万年老婆想给解开,但怎么也解不开,肚子膨胀得使绳子扣紧死了! 呱嗒板子从柜底下取出剪子,嘎嘎几下把绳子全剪断,绳子和竹片这才稀里哗啦落了地,白净的肚皮上现出道道紫痕!

"都要生了,你的那些战友怎不来照看照看?"呱嗒板子问,"你的孩子是他们当中谁的?"

一个女长征队员呻吟着说:"他们都不会来的,玩弄我时热情得不得了,是谁的我只能说心中有数。这时他们都顾面子要名誉啦。"

"那他们还是不是人! 白和他们在一起走那么长的路。"郑万年老婆说。

"也许生下来,他会来认儿子?"另一个女长征队员说。

"那也别在肚子上绑那些家什呀,难道你愿意遭这份罪?"呱嗒板子问。

"他要我这样干的,我自己也……为了要脸面。托生什么也别托生女人,女人天生就是遭罪受欺负的命!"一个女长征队员说。

"甭提了,他几次要用脚把孩子端下来。我说去医院打胎,他怕张扬出去影响他。什么也没有人狠!"另一个女长征队员流着泪说。

"把你们那两个女长征队员找来,在你身边也好壮壮胆。"呱嗒板子说。

"她们能来吗? 只怕不是好事,就没人敢沾边了。"长着一双杏眼的女长征队员苦笑着说。

"都是些啥人! 到关键时候,都他妈的各顾各!"郑万年老婆骂骂咧咧的。

两个产妇一阵没命嘶喊。呱嗒板子和郑万年老婆,忙把俩人扶到炕上,又让郑万年老婆赶快在大灶膛多烧些开水,等会儿孩子生下来好用。别看呱嗒板子自己没生过孩子,但对女人生产的事还真通晓。她就是因为自己没有过这种特殊经历,才热衷于此的。想通过这样的方式,找到属于一个女人的感觉,半路便学会了这等差事。她热心地给产妇轻轻揉着肚子。

"孩子正在发育的时候,你俩就在肚子上捆上家什,还紧紧地绑着。孩子生下来一定不会是个好模样。"呱嗒板子一边揉一边道。

两个女队员有苦难言的脸上布满愁云,把头歪在一边,枕上一滩泪水。生着杏眼的女队员急切地抓住呱嗒板子的手,用劲地在安抚腹内的阵阵疼痛,说:"两位大婶你们真是好人,一路上也没遇见过像你们这样的人。将来该怎样报答你们呀!"

"用不着说这话。都是女人嘛,谁没有过难事,不要客气。"呱嗒板子说。

"我前天就和他说过,我这几天要生,让他有个思想准备,生时要他来。那会儿我还让人通知他,真就不来!"一个朝天孔鼻子、唇边长着一圈轻毛须的女队员说,"现在的人咋回事呢?真琢磨不透!"

两个产妇从中午折腾到晚上,还没有要生的迹象。呱嗒板子亲自下手给产妇煮了小米饭和十几个鸡蛋,拿上来让她俩吃下,好有产力。

孩子终于从可怜的母亲的阵痛中降生下来,令人遗憾的是,由于孕妇妊娠期间长期地、近乎残酷地挤压,加上难产,两个孩子生下来都没有了生命迹象。他们还未来得及睁眼看看这个世界,就都夭折了。

两个孩子不约而同地刚出生就死了!这不祥的消息狂风似的传遍了八棵老树。两个产妇顾不得人说什么了,只享受产后腹内空空的轻松感——总算生下来了!这或许意味着她们的屈辱到头了!

这时,不知谁喊了声:"快看,八棵老榆树上冒烟啦!"人们掉头看去,月光下的树梢上升起缕缕烟雾。怪事!怪事!真是祸不单行!人们一齐奔向八棵老榆树去救火。到跟前一看,树好好的,哪有火?但从远处看,树梢上仍是烟雾腾腾。

队部那边也知道了这边的消息。四个男长征队员和两个女长征队员正为这事展开着一场论战。当然是有关两个孩子的父亲究竟是哪个或哪两个男长征队员的问题。孩子虽然夭折了,但这个问题仍然不能回避。他们先是以斗私批修为基点,并狠斗私字一闪念,坦诚交代谁和两个女长征队员有过性关系。死一般的沉默,每个人的嗓子眼儿,都像塞了个果核。过了半天,还是无人讲话。霍兰头头在屋地中央的豆腐磨周围转着,一个劲地催促其他人发言。整个屋子使人瘆得慌!赵番受不了这恐怖的气氛,憋不住地说:"可能是在半路开小差的陈友和于风他俩干的事。在一出岷县的路上,他俩和她俩有过一个时期的暧昧关系。好像在一家旅馆里,陈友和于风在半夜里溜进过她俩的房间。"

"既然这是赵番亲眼所见,孩子不是别人的,八成就是他俩的。"一个叫裴力的男队员说。

"也许这是事实,就这样的认为吧,别老为它纠缠不清了,倒把咱一个好好的队伍搞得焦头烂额!"霍兰最后定案似的说。

"不切合实际,事实就是事实。总结论证一个事件时,怎能用好像和八成的词汇来确定一个不可靠的'事实'呢?这是片面的形而上学。"一个叫王克华的女队员说,"陈友和于风是半年前开小差的。一个女人从妊娠怀孕到孩子生下时,得需要九个月的孕育期。我看这是谁都应该明白的生理规律吧!"

赵番不服气地辩驳道:"可以肯定他们发生过不正当关系!"

"这是个无头案,那你说该怎么办?"男队员封玉化问王克华。

"不能说是无头案,造成两个孩子事实的人,就在我们中间。确切地说,在你们四个男人中间!"一个叫李莺的女队员说,"一路上你们男人,把我们四个女人欺负坏了!你没有忘了一次次占有我的情景吧?我没怀上,才没像她俩那样遭大罪,你才敢在光天化日之下,谈你怎么清白,怎么把事情化为乌有,好逃脱责任!"

封玉化怔了一会儿,他向周围的人斜了一眼,觉得自己的心在突突地跳。

霍兰一下蹿到磨盘上,双拳紧握,拿出势不可挡的造反派头,吼道:"你们的立场哪里去了?动不动就内乱火并上了!还有没有革命的原则性和组织纪律性!"他声嘶力竭地喊道:"即使有这么多不良现象,为何不向我反映?使我丧失对这个队伍的控制能力!战友们,我们要团结,团结到底才能夺取最后的胜利!"

恢复到正常人的冯良,显得特别腿快嘴勤。两名长征队员的孩子要生下来了,他跑向队部报信。那边对事情没有反应,他便把这里的信息反映到呱嗒板子家。没有人支使他,全是他主动地来回跑着传着。孩子夭折了,还是他义务传递的消息。

队部的长征队员们还在争论不休。这个因,那个果,本来就在他们中间产生的。但他们此时都在维护自己所谓的"尊严",相互谴责、猜疑、推诿着。

霍兰头头此时的心里有些慌乱,但他尽力使自己平静下来。两个产妇当中一个叫樊歌的生下的孩子是他的骨血。他死也记得,九个月之前,在南方的竹林中,他以革命的名义和樊歌销魂般的快感。这个事情其他人是知道的,可谁敢和他叫真对质呢。因为他是凌驾于他们之上的头头,因为他们有忍为高、忍是爱的传统认识。所以他才能从灾祸之中解脱出来,变成一个高高在上的清白之人。隐私虽然是肮脏的,但没有隐私的人是空洞的人,是没有真正幸福的人。可这只配超人来享用!隐私,你成为一个永恒之谜吧!什么是卑鄙?卑鄙是为达到一种目的而设计的,这目的是过渡到崇高的一个必要手段!可有谁懂这些呢?他们真可怜!

被蚊蚋和蠓虫糊满的围灯灰暗不明。队员们争论乏了,个个嘴唇一圈白沫,都不像那会儿又嚷又叫了。有的躺在炕上,有的倚在豆腐榨上,有的缩在墙犄角。

四十一

呱嗒板子家成了一个空前的"大戏台"。"主角"不是两名产妇,而是呱嗒板子和郑万年老婆,配角是前来打听事的八棵老树的村民。当然,两名产妇也是很重要的两个人物。

这时,屋里传来几声微弱的呼叫,而且声音里有种瘆人的急切,像溺水的人乞求来人救命的最后哀诉！是那个叫樊歌的女长征队员在呼叫！光亮下，她的脸憔悴发黄，满脸是脏污的泪痕。她张口不停地喘息，还带着虚弱的呻吟。她撩开盖在身上的被，指指下身。呱嗒板子抢过郑万年老婆手中的手电筒，朝那儿照照。这一照惊得呱嗒板子头发竖得溜直，一股浓浓的血，从樊歌的两腿之间不断涌出，这是产妇产后最可怕的大出血！如果不及时医治止住，会导致产妇身上的血流尽而丧命的！呱嗒板子把心一下提到嗓子眼，她此时忘记害怕了，向身边一挥手，敏捷地跑出屋外，对着人群喊齐队长在不在？又叫谁能到队部，向长征队报告一下这里的危急情况。快腿子冯良毫不含糊地站出来，听完呱嗒板子对他的交代，撒腿跑向队部。这时齐队长已站到呱嗒板子面前。

"嘛事？叫我！"齐队长紧张地问。

呱嗒板子从来没有那么果断和干脆利索地说："队长大人，你赶快派一辆马车，把屋里正在流血的产妇拉到城里医院去，不然的话，她就要上西天了！"她怕齐队长迟疑下不了决心，又强调道："这可是人命关天的事，你不能见死不救啊！"

"懂！你别老重复了。我的心也不是河卵石！"

齐队长像拂去眼前的烟尘似的，用手在他和呱嗒板子之间划拉一下，喊了声，"赵老板子在哪儿呢？在就麻溜地来我这儿！"

赵老板子如蛤蟆分水似的，从人群的一头窜到齐队长身边。

"你快把车套来，拉产妇到城里医院。越快越好！"齐队长看赵老板子走没影了，把目光又转向呱嗒板子，像等她再要吩咐什么。

不一会儿，赵老板子晃着鞭子，吆喝着牲口旋风般地来到这儿。呱嗒板子又和郑万年老婆返回屋，把流血不止的产妇背出来，在马车上铺一条褥子，让她舒服地躺在上边，身上再盖上一层被。赵老板子晃下鞭子要走。郑万年老婆忙说："得把车胎里的气放出去，瘪着车走起来稳当。不这样的话，气鼓车好颠，就更要产妇的小命了！"

"对，是那么回事。这么乱，你还没忘了关键的事。"呱嗒板子称赞着郑万年老婆。

赵老板子听了点点头，从腰里摸出鱼刀子，用刀鞘尖捅开马车轮胎气门芯，把车胎里的气放出去。呱嗒板子拍了下郑万年老婆，让她和自己一起随车去，她没犹豫，便上了马车。车出了屯子，上了通向城里的大道。

人们被折腾得有些乏了，再怪的东西，时间一长，也就淡了它的新鲜劲。大家就见怪不怪地散去不少人，呱嗒板子家散了半拉台。

队部这边的霍兰仍稳坐钓鱼台，认为自己的算盘还没拨差。他希望樊歌因大出血而死，祈祷她在这个世上消失掉。如果是这样，这个隐私真就成了谁也不知晓的永恒之谜！要存在的话，只在他的记忆中、他销魂的感觉里！周围的他们是些什么？是没有意志、只有麻木和愚蠢的沉默者。他摆布裁决他们，就像摆布裁决一群虫豸！他陶醉在自我良好的感觉中。

在快要天亮时，拉产妇去城里的马车回来了。不幸的是，马车走到快接近城里时，产妇因流血过多死了。尸体直接拉到队部。当人掀开盖着她的被，一张白纸般布满肮脏的泪痕和凌乱发丝的小脸，在早晨的阳光和湿润的空气中，泛着一种不明不白的遗憾和来不及思索的青春的哀怨，她那微睁的有些混浊、带有刚刚遭受完磨难和痛苦的余悸还没散尽的眼神，像还有话要说，心底又有积蓄已久的许多事情，没向面前这个使她迷恋不够的世界交代，但命运却无情地处决了她！

"她死不瞑目啊！看她的眼睛还半睁着呢！"围观的人中，不知是谁说了句。

霍兰看拉着樊歌尸体的车停在当院，他暗暗地心花怒放："真就按我所想象的来了，我是一个聪明透顶的预言家！这有啥办法，你千万别怨恨我，这是死神选择了你！客观上成全了我！"他强装悲痛抚尸大放悲声。嘴里不住地喊："为什么快要到家了，就失去这样好的战友！"他从湘妃竹的旗杆上撸下那面褪色发白的旗帜，盖在尸体上。他庄严地领着其他长征队员举起拳头，在死者面前宣起誓来："我们一定继承你的遗志，要完成你未竟的事业，将革命进行到底！"

八棵老树的热闹中心，从呱嗒板子家转移到队部，人们潮水似的奔向这里。齐队长叫刘队长："你亲自处理这件事情，设法给死者弄几块板打个棺材。不管她是咱乡的还是外乡的，是死在咱这儿了。你去问问霍头头，他需要不需要这些，不需要的话要抬着死尸走回家，咱也就省事了。别管他们对不对，人死了自然就招人可怜，托生一回人多不容易！咱替他们想到了，也就心到佛知了。"

刘队长"嗯嗯"答应着。他把霍兰拉到一边，把齐队长的意思向他学了一遍，霍兰点头同意。刘队长吩咐身边的丁凤贵，让他把碾道的门板卸下来，搭在当院做放死尸的床拍子。又叫人找来木匠，在仓库翻出几块杨木板，凑合一个棺材。别看刘队长是抓革命的队长，对白事情和一些民俗规矩很内行。

长明灯点上了，倒头饭卢希尧也做好了，他把死者的枕头也烧了，他成了今天为死者打殃的。长征队的全体人员看尸守灵。刘队长再三叮嘱他们，千万别让猫狗等其他活物接近死者，不然会借尸还魂，炸起尸来那就全屯遭殃了！

霍兰看死个人有这么多的麻烦事，上去阻拦，嚷道："我们是革命的无产者，不搞迷信！"

刘队长拉住他的衣袖说："在这儿，你就入乡随俗吧，别瞎犟任性了！"

霍兰皱皱眉，转身躲在远处。齐队长上来对刘队长说，现在是头伏天，丧事处理越快越好，别在院里停长了，尸体腐烂会臭气熏天。刘队长说，我明白。他立刻吩咐几个男社员拿上铁锹到小队的集体坟茔去打墓子。齐队长告诉他，把墓子打在前几年死的女"右派"坟的旁边，她们都是外乡人，正好做伴儿。

墓穴挖得了。杨木的白茬棺材用牛车也拉来了。后边跟着哭哭啼啼的长征队员，还有一些社员。下葬时象征性地放几声炮仗。第一锹土由霍兰扔在棺材盖上，他虽不承认死者是他的业余"妻子"，但他是这个队伍的头头，这第一锹土他扔是理所当然的，又掩盖了其他六个人的耳目，也把他半悬着的心彻底放下了。

齐队长让来送葬的社员回家吃饭，饭后马上拿起锄头下地铲地去。地要不侍候上，挨饿是真的，是铁的现实！顾完死的，还得顾活的。踢过碍脚的事，一切归于正常。这是齐队长做事的一贯原则。

蹲在坟堆前烧完的纸灰旁的男长征队员刘度，疯了般地从地上跳起，向霍兰、向所有的长征队员吼道："我和吴娇有过关系，她的孩子是我的！"

霍兰瞥了刘度一眼，心里暗笑：行，你挺勇敢，算是一条汉子！可你很蠢。其他队员个个张着嘴，呆呆地看着刘度。他跑进屯子，向呱嗒板子家疯了似的奔去，一边嚎一边呼喊道："我和吴娇有爱情，我要找回我们的真！"

自从二姐和徐丙利走后，林亮的心情分外惆怅，整天感到孤独无助。尤其长征队来了后，出现的一连串事情，让他认识到人在无情地自我贬值。它不是对附在人身上一些赘疣的破坏，再对人进行重新估价和建立崭新的意志，而是把人贬值到毫无人道的社会属性，驱赶到动物那边去了。

就在埋葬完死者的那天下午，林亮出民工的四哥得了种莫明其妙的病，被两个民工从工地上送到家来。他坐在炕上，目光呆滞，手脚哆嗦不止，言语不清，双唇震颤，记忆谵忘，产生一丝幻觉时，能讲出一些让人听了似懂非懂的话。讲完一个劲地讪笑，明显有精神障碍和情感障碍，像是帕金森综合征，又像是中毒反应伴发性的障碍病。一家人看他这种情景，一下罩上层阴云。送来的一个民工说，工地上的活相当劳苦。工头像过去的奴隶主似的，为了赶进度超任务，对民工非打即骂。住的是阴暗潮湿的工棚，由于管理伙食的人非常贪婪，民工吃的是上顿玉米面大饼子稀菜汤，下顿高粱米粥咸菜疙瘩。四哥受不了这份苦，常到工地附近的饭店吃饭喝酒。工头发现后把他痛打一顿，所以得了这病。另一个民工说，不光是工头打的，他在那家饭店吃饭时，好像有人在酒中下了些什么药，他是从饭店爬回工地的。工头打完他时，翻他上下衣服的兜，里面一分钱一两粮票也没了。看样有人想毒晕他，要他的钱财。遭了毒，又挨顿打，两下折磨不得病还能好？

"我前些天去工地，没发现像你们说的情况呀？"林亮不解地问。

一个民工唉了一声："那是刚开工不久，新调来的工头和伙食管理员还装两天人。等他们踩开七窍趟熟道，就敢贪敢搂了！上边老喊叫我们学大庆学大寨，赶在上冻前高低完成修桥任务，他们就溜须不顾命来了，才对我们又打又骂，后勤那边往死里克扣伙食费。伙食搂子伙食搂子嘛！不搂就不管伙食了！搂到手里和工头二一添作五一分。工地一完活，个个揣足腰包，拍拍屁股回家了。"

林亮一听全明白了。他也便自然承担起为四哥到处求医讨药的义务，成天搞得疲惫不堪。中药熬了，西药也吃了，四哥言语仍然不清。但生活能自理了，吃饭时不用人叫也能自己坐在桌旁吃了。不过，整天还像半个植物人似的发痴发呆。

晚上，心闷的林亮拿起长笛想到外边去吹，这样他的身心会舒畅些。他想起好几天没见彩彩了，便信步走向她的家。他在大门外站了一会儿，张开嘴想喊一声，唤她出来谈些什么。又怕引起猸猸的狗叫声，让自己的心更发慌发烦。他把长笛放在唇边，吹出一串滴溜溜的颤音。为让她听见，林亮把气力运得很足，尽量使音符富有穿透力。彩彩在屋里的灯光下晃了下身影，敏捷地窜到外屋推开房门，向这边匆匆走来。手里好像捧着什么东西。林亮看见她，欣喜万分，用长笛又吹出个低音阶，意思在迎接着她。彩彩用手解开拴着柳条大门的麻绳，门张开一道不太宽的缝，她闪出来，回头又把门合上，来到林亮的面前。

"一听就是亮哥的声音。"她说，"你吃吧，这是刚下来的红柿子。"彩彩把捧在手里的东西递到林亮的嘴边。

林亮此时真有点儿渴，接过不客气地吃起来。

"亮哥，你要爱吃就都吃了吧。我看它刚发红，就见一个摘一个给你攒着。你要不来，一会儿我想给你送去。"彩彩笑着说。

林亮把咬在嘴里的一口柿子迅速咽下去，定定地看着面前越发乖巧可爱的彩彩，眼里蒙层泪水，但心里却十分甜柔。

"亮哥，你快吃吧。看这些天你家四哥得病把你操劳成啥样了。脸都瘦了，还有些发灰。"

彩彩说着，掏出手绢，上前给林亮擦手指上的柿子汁，还要擦他嘴唇上的。林亮挡住她的手，拿下她手中的手绢，自己擦了擦。这时林亮越发感到，自己一个人再自信再精力充沛，在一个无援的孤境中，也觉得单薄脆弱，此时幸亏有彩彩这样的人能来抚慰他，这真是命运的安排！所以自己不敢像爱胡玲玲似的爱她，否则会把自己所向往的那个由贞静纯情结构的世界破坏得荡然无存，自己会成为一个寡淡无味的空心人！

"亮哥，你是不是心闷得慌？"她用头示意前边宽敞的街道，"咱四处走走。"

她在前边带路，林亮跟在后边。他透过月色，看看昏蒙蒙天空中的星辰，看看周围幻影参差的房屋，忽而产生一种在心事苍茫、神魂浩渺的夹缝中寻找一种目的的冲动。身体内瞬间焕发出汩汩的膨胀感，要做些什么，要赶快做些什么！过了一会儿细一想,又是种漫无目的的失落感。

"亮哥,来,咱并肩走,你别老在后边。"

林亮撵上她。

"叫我看看你的长笛,一打看你吹这东西,我就想拿在手里好好看看。又想这东西是金贵的,怕弄脏弄坏了,你心疼,我也心疼。"

"不怕,弄不坏。不信你也吹吹试试?"林亮教她怎样按键,怎样拢住嘴唇运用口中的气,把它吹进发声的孔里。她听从林亮的指点,摆弄一会儿,便能吹出颤巍巍的声音了。音色虽然单调混浊,但有种拥抱生活和自然的热情。

人若具有美好的天性,她憨拙的行为都带有优雅的意趣。

她吹完,把长笛潇洒地甩甩,在月色下划出一道熠熠的弧光。

"那次玲玲姐来,你吹的曲子叫什么?"她坐在井台上说。

"叫《天使的回忆》。"林亮双手插在裤兜里,望着夜空说。

"是谁作的曲子?"她问。

"是我自己胡乱写的。"

"亮哥,你真能,干什么都行。"她羡慕地说,"你们最好的五个人,我见着四个了。个个都那么有知识,文质彬彬的。出口成词,张嘴就是文章。上次丙利哥来,在你家,看你和秀姐和大伯在一起又谈又画又写诗的,我一句话都说不出来,让我不好意思死了。"她低下头,过一会儿抬起头说:"你总提到的那个陈代哥,也像你们一样有水平吧?"

"嗯。"

"你们咋都好得像一个人似的?我身边咋没有和我像你们那样要好的人呢?"她轻轻叹了一声。

"我不是吗?还有你的秀姐和丙利哥。"

"我想过这个事,也和你们相比较过,可怎么想怎么比,总觉得和你们有难以接近的距离。有时我真恨自己,懂得太少了!"彩彩把长笛交到林亮的手里,愧疚地捂住脸低下头。

"慢慢你什么都会懂的,这不是着急的事。"

"亮哥,你要不嫌麻烦的话,就一点点地教教我吧。"彩彩放下捂住脸的手说。

夜静得如柔润的梦,而树叶的摩挲声、庄稼棵和庄稼棵向他们致意的影子,又像是梦中的呓语在悠悠飘移。夜的世界多美,她灌输给人香馨的滋爽。他们走在村外悄静无人的大道上,这道多宽,这道在无限地延伸。林亮的心随着它走进那会儿他想象的苍茫和浩渺里。

"亮哥,你在想什么呢?"彩彩歪头看林亮神情庄重的脸。

"我在想很远很远的事情。"林亮吐出的烟团停留在他眼前静止的空间。

"亮哥,你能把我也带到那个很远很远的地方吗?"

"你爱去,我就带着你。"

"亮哥,你背诵一首你最爱读的诗呗?"彩彩的脸上洋溢着欢愉的神情。

"你爱听什么样的诗?"林亮吸了口烟问。

"爱听使人向上,又产生很多联想的。"

"那我给你背一首刘禹锡的《秋词》。"

"刘禹锡是谁?"

"是唐朝一位大诗人。"

"啊,是和写《下江陵》的李白一个朝代的人吧?"她说,"我在课本上读过李白这首诗。"

自古逢秋悲寂寥,

我言秋日胜春朝。

晴空一鹤排云上,

便引诗情到碧霄。

"晴空一鹤,还有诗情到碧霄? 真太好了! 听了让人心里发亮,还让人有种在天上飞的感觉。亮哥,你再背一首类似的,还不同于这样内容的诗?"她对事物有种差异性的审美要求了,"也是你最爱读的。"

林亮想了想,忽然脑子里闪现出雪莱的《西风颂》。他高声朗诵起:

哦,狂暴的西风,

秋之生命的呼吸!

你无形,但枯死的落叶被你横扫,

有如鬼魅碰上巫师,

纷纷逃避

……

把昏睡的大地唤醒吧,

要是冬天已经来了,

西风呵,

春日怎能遥远?

……

彩彩听得木讷讷地,悄然无声地站在林亮面前。眼睛一会儿看看朗诵诗的人,一会儿仰头看看远处。过了一会儿,她问这诗里都是什么意思,林亮给她一一讲解。林亮是个逆反心理很强的人,所以他非常喜欢雪莱这首最富叛逆性,又具有浪漫色彩的诗。

四十二

刘度和吴娇裂变的情感又重新愈合了,这是让人倍感欣慰的事情。他们虽然失去了自己的孩子,但所幸他们没有失去自己的爱人,他们还拥有当初的爱情。面对着种种压力,他们曾怯懦过,退缩过,所幸他们又重新拾回了原有的勇敢。

长征队走了,他们是唱着歌走的,为八棵老树村的人们带来种种搅扰之后,他们最终未能按他们的意愿改变人们的生活方向,更无力改变社会发展的规律。他们走后,人们的生活又回到了原来的轨道。只是,他们来时是八个人,走时只有五个了——刘度和吴娇未随"大部队"走,他们寻找到了自己爱情的港湾,和含恨死去的樊歌一起,留在了八棵老树。他们深信,这八棵老榆树会像保护其他村民一样,为他们遮风挡雨。

郑万年去世了,他的死虽然给他的亲人们带来了巨大的悲痛,但仔细想来,生老病死,谁也改变不了这个自然规律。

八棵老树也似乎恢复了以往的宁静。偶尔,全屯子的人也能一觉酣睡到自然醒了。齐队长第一个起来,揉揉惺忪的眼睛,走到老榆树下,拿起锤子不紧不慢地敲起"钟"。敲了几下,他从碾砣上下来,用脚踢踢昨夜不知是谁在这儿祷告烧的香灰,打着呵欠一个人往地里走去。随后,人们也零零散散地跟在他后面去了。他们以善良的本性就这样不停地劳作着。

随后,八棵老树的人们终于从越拧越紧的螺丝扣般的恐惧生活中松弛下来,投入紧张而热火朝天的拔麦子的劳作中。在沸腾的劳动里,他们重振精神驱走心中的余悸,忘记了痛苦,忘记了灾难,全身心地陶醉在丰收的喜悦之中。

一片片金黄的麦子在刷刷地倒下,社员们你追我赶,谁也不愿落在后面,一边拔一边喊,一派热气腾腾的竞争场面。他们又在劳动中找到了自我,在挥洒汗滴中找回了热忱。

一车车麦子拉进场院,用铡刀铡去根,把麦穗铺在平坦的场院上,马拉驴拉的石头碌碡整天整夜地转压。麦子脱了粒沙在底下,社员们过来用木锤子挑去压烂的麦秸,又用木掀把麦粒撮成大堆,一锨锨扬净晒干。伏天到了,人们头上都搭着条蘸水的湿手巾,忽忽悠悠的。他们每人捧一捧成熟饱满的麦子,定定地看。激动得齐队长、雷漏子、赵老板子把颗颗泪水浸进手中的麦子里。姜宝库一头扎进麦粒堆,故意把自己埋进半截身。冯大林在上面打着滚,抓起麦子一把把往嘴里塞,他们哭着、嚎着、叫着!

齐队长暗暗地下了一个大胆果敢的命令,因为他看刘队长到县里开学大寨会议去了,就连夜让张信掌秤,赵会计算账,痛快地把麦子分下去,每个社员分五十斤,实际体现在账上是三十斤。这是土皇上定的土政策,叫瞒产私分。齐队长骂道:"我们在水库抢险,差点儿没累死,又被长征队扰得要死要活,不多分点儿多吃点儿补补伤了元气的身子,以后咋他妈的干活劳动? ——不管他那套葫芦茄子,给我分,也不是我一人得,法不责众!"

齐队长安排车挨家挨户地送,谁打听分多少,也不告诉他们究竟。

张信边称麦子边叨咕道:"悄悄地,打枪的不要!"他揩揩额头上的汗:"就这样干,就兴他们喝我们的血,不行我们补补血?"

不久,刘队长开会回来寻摸着这个事,立刻报告到公社。社领导马上把齐队长抓到人保组,对他又审又问,齐队长不藏不瞒,承认了有这档子事,该杀该剐随你们便! 人们见齐队长去公社两三天没放回来,以雷漏子、赵老板子带头,领上一群村里的老人到公社为齐队长申冤鸣不平。指着公社革委会主任的鼻子,异口同声地说:"分麦子不光是齐队长一个人之事,也有我们的份。要蹲笆篱子我们一起蹲!"

即使这样也没动摇那些领导们。

小队这边,张信和赵会计看公社还没放齐队长,就号召全队社员罢起工来,眼看着地里的草长起很高,硬是不下地去铲。张信领着几个人到刘队长家,把他痛打了一顿。把他的老婆孩子全轰出了村子。张信骂道:"你这个吃里扒外,不是人揍的! 八棵老树不要你了,滚回你老家去吧!"

公社领导怕事情闹大不好收拾,见来了这么多人,家里那头还罢了工,况且他们水库抢险,当然功大于过,便把齐队长放了,还好言相劝地把上告的老人们劝说回去。公社领导说,今年的返销粮不给你们啦。齐队长说,不给也行。我回去把要缴公粮的麦子再分给社员,两下抵了。那个领导愣愣眼睛,什么也没说出来。

从此,八棵老树的人们懂得了,该怎样把握和改变自己命运的道理。只有不屈不挠、有理据争地面对现实,敢于斗争,方能讨来公道、正义与自我的生存权利,否则没有其他出路!

齐队长恢复好身体,和雷漏子、赵老板子来到村口的老榆树下,他们坐在碾砣上吸着粗糙的蛤蟆癞烟叶,一股股辣滋滋的烟雾在树下缭绕。这时,郑万年老婆和三个闺女给郑万年刚上完坟回来,个个脸挂哀伤,心情悲痛地走过这里。三位老人上前安慰一番,倒更引出她们失去亲人的伤感。齐队长说:"以后你家有啥事尽管找我,能办的话绝不含糊。"郑万年老婆感谢地点点头。

夏丽娟回了沈阳。冯良没了刚结识的伴儿,又犯了吃耗子的病。此时他也在这儿经过,正瞪圆眼珠四处寻耗子吃,村子里的老鼠见了他,吓得远远地躲着。他这是到野地里去抓田鼠吃,吃得他眼睛溜直,嘴唇发紫。浪张如尾巴似的跟在儿子冯良的后边,嘴里仍叨叨那句:"车到山前必有路,不叫我有路谁有路!"

"一个人咋成这个样啦!"齐队长摇摇头。

"人到底是个啥玩意儿?"雷漏子说,"是动物还是别的呢?!"

"可也是,人不就是从猴子那会儿变过来变过去到现在吗?"赵老板子说,"其实没啥稀罕的!"

齐队长说:"所以从动物变过来的我们,就抗折腾。"他猛吐出一口浓烟:"尤其咱们庄稼人,好比墙头墙角长的那种叫死不了的草。春天它先发芽冒锥,夏天墙头旱得像骨头似的,它在墙顶上渴得摆来摆去,干打蔫不死。入了冬越冻越泛青,叶倒油汪汪的,梗毛茸茸的黑。除了到冬至来场大雪,把它埋住,你细拨拉墙角的它,还有绿意思。"

"别说,还真是这个理。"赵老板子感慨地说。

晚上,浪张趁着漆黑天,不声不响地来到老榆树下。她拿个纸扎的、为她儿子冯良收魂的替身,在树下烧着。她看着火堆哭哭啼啼,给冯良唤了一阵魂也走了。不曾想火星刮到附近一个柴火垛,燃起一场大火直吞向阅尽沧桑的老榆树。有人发现,立刻敲响树下的"钟",人们提着水桶很快把火扑灭。林亮也在灭火的人群中,等救火的人群散去,他一个人在树下静静地伫立。过了一会儿,觉到很孤寂,张开嘴想对谁说些什么,转身看看旁边没有人。只有八棵老榆树上空的无数云朵,像一群群白狗似的,急匆匆地舔舔大花盘子般的月亮,随后逃遁进茫茫的黑海里。风吹着巨大的树冠,传来如山洪暴发般的轰轰响声。风一过,树上又恢复到情人絮语似的枝叶之间的摩挲声。

林亮悻悻然要回家去,掉过头,见迎面走来一个伶俜端庄的身影,是彩彩,她来到林亮的身边,轻轻地说:"亮哥,人都去了,你一个人还在这儿想什么呢?"

林亮郁闷的心蓦地热乎起来,他激动得有些要落泪,口吃地说:"没……没想什么。我……我发现,在夜里望这八棵大树的树尖,好像是一条能通到天上的路。彩彩,你说是吗?"

彩彩咯咯地笑着说:"亮哥,那是你故意那样想的吧?不然的话怎么可能呢!"

"彩彩,你说天上好,还是地上好?"

她又笑了,羞怯地用手捂住嘴。

"听说天上是好,可咋去那儿呀。都说地上不好,但人们都在地上住着。"

林亮用殷切的目光看着彩彩,看她在月下低着的头。

"亮哥,你饿不?"她打开手里拿着的一个里边用纸外边用手绢包着的东西。

林亮疑惑地看着她白净而纤巧的手在伶俐地动作。

"这是用刚分下的麦子碾成的面蒸的馒头,还有糖三角。"彩彩拿起一个递给林亮,"亮哥,多吃点儿。看这些日子,家里外头事又把你折磨个够呛! 又瘦了不少。"

林亮咬了口里有小豆馅的馒头,豆馅零落在衣襟上,彩彩上前用手忙拨拉掉。

"彩彩,你家咋这么快把麦子碾成了面?"

"分了麦子我就到小队碾道排着,碾面的人可多了,排起很长的队,都到了队部大门口。等到了我这儿,才和我妈俩人忙活完的。"她说,"我知道你家也分了麦子,可你是从城里来的怎会碾面呢。我就想快把碾好的面做成馒头、糖三角,让你尝尝你亲手种过、铲过、收过的果实。一定和你在城里吃那些在粮站买来现成的面不一个味,还肯定比那个香! 比你们城里用机器磨成的面好吃多了!"

林亮的心又一阵震颤。

"亮哥,过几天我帮你把你家分的麦子碾成面,我筛面可麻利啦。"

"彩彩你真美!"林亮用袖管抹去眼角的泪水。

彩彩不好意思地转动胸前的纽扣,轻声说:"亮哥,我们什么时候能进趟城?"

"干什么去?"林亮道,"对呀,你以前向我要求过这事情。"

"我想……"她迟疑了一会儿说,"我想进城到咱小时玩的那个公园看看。"

"行,这好办。"林亮问,"你说什么时候去?"

"有工夫明天就去,我非常想秀姐和丙利哥!"

"好,好。听你的,明天坐最早的那趟班车!"